LES LARMES
D'UNE MÈRE

DE LA MÊME AUTRICE
CHEZ LE MÊME ÉDITEUR

Un ange nommé Nelly, 2023.
Le Courage d'une sœur, 2022.

KITTY NEALE

LES LARMES D'UNE MÈRE

traduit de l'anglais
par Martine Desoille

ARCHIPOCHE

Ce livre a été publié sous le titre
A Mother's Ruin
par HarperCollins, Londres.

Pour consulter notre catalogue :
www.archipoche.com

Éditions Archipoche
92, avenue de France
75013 Paris

Contact : serviceclients@lisez.com

ISBN 979-1-0392-0532-0

Prologue

Battersea, Londres, 1961

Les contractions déferlaient par vagues, arrachant des cris déchirants à Nelly. Elle avait l'impression de n'avoir fait que hurler depuis des heures. La sage-femme était arrivée, mais la douleur oblitérait tout autour d'elle, et c'est à peine si elle remarqua sa présence.

– Vous ne pouvez rien faire pour la soulager ? implora Ruth, sa mère.

Il y eut une réponse, semblable à un sifflement, où il était question d'une ambulance, puis la chambre s'assombrit.

– Maman…, gémit Nelly.

– Je suis là, ma grande. Courage !

La douleur revint en force, et Nelly eut l'impression que son corps se déchirait en deux. Elle entendit un bruit de porte qui claque, puis une voix qui lui était familière. Était-elle en train d'halluciner ? Elle ferma les yeux, mais la voix se fit entendre à nouveau, cette fois tout près de son oreille.

– Nelly, ma chérie, je suis là.

C'était Arthur !

Arthur ! Il s'était embarqué pour l'Australie sans savoir qu'elle était enceinte, et voilà qu'il était revenu juste au moment où elle accouchait de leur bébé. Elle étira le bras pour le toucher, mais sa main retomba sur le lit. Une sensation étrange s'était emparée d'elle comme si elle partait à la dérive. Soudain, ses oreilles se mirent à siffler si fort qu'elle entendit à peine sa mère crier :

— Elle fait une hémorragie ! Pour l'amour du Ciel ! Il faut stopper les saignements !

— Apportez-moi des serviettes propres. Autant que vous en trouverez !

La voix d'Arthur lui parvint, insistante, mais lointaine.

— Nelly, ne me quitte pas ! S'il te plaît, ne me laisse pas.

Elle éprouva une étrange sensation de glissement quand le bébé sortit de son ventre, mais elle était à peine consciente de l'agitation qui régnait autour d'elle. Elle avait l'impression de flotter, la douleur envolée, tandis qu'un halo de lumière dorée qu'elle connaissait bien se formait devant ses yeux. Elle tendit les bras. Son amie était là, celle qui lui venait toujours en aide quand elle avait besoin de réconfort.

— Ange, mon Ange, murmura-t-elle.

Puis plus rien, de l'obscurité, jusqu'à ce que quelqu'un s'écrie :

— Dieu merci, elle est revenue à elle !

Tandis que les paroles de la sage-femme pénétraient son esprit embrumé, elle comprit que sa mère sanglotait.

— Ça va aller, vous pensez ?

— Oui, mais il faut l'emmener à l'hôpital.

Nelly était dans un état second. Elle avait le vague souvenir d'avoir traversé un tunnel au bout duquel scintillait une lumière dorée. Soudain, une main saisit la sienne et elle vit Arthur, assis à son chevet.

– Tu es là pour de vrai ?

– Oui, et je te promets de ne plus jamais te quitter. Regarde, Nelly, c'est notre fille.

Elle porta son regard sur le petit paquet qu'il lui présentait, et discerna un toupet de cheveux roux.

– Oh, s'il te plaît, laisse-moi la prendre.

Arthur plaça le bébé entre ses bras en murmurant :

– Elle est si belle, exactement comme toi.

Une immense joie emplit le cœur de Nelly tandis qu'elle contemplait sa fille.

– Tu lui as donné un joli nom.

Un nom ? Quel nom ? demanda-t-elle, en posant sur Arthur un regard égaré.

– Angela. Tu as crié son nom en tendant les bras vers elle juste avant de perdre connaissance.

Nelly sourit tendrement à sa fille, qui cherchait son sein.

– Angela, murmura-t-elle. Mon petit ange.

1

Battersea, sud de Londres, 1966

Assise sur le rebord de la baignoire, Nelly Jones s'amusait à asperger doucement sa fille. La petite, âgée de cinq ans, riait aux éclats, ses boucles rousses cascadant sur ses épaules tandis que ses yeux gris pétillaient de bonheur.

Soudain l'expression de la fillette changea, devenant étonnamment sérieuse.

— Maman, on se lavait pas comme ça avant, n'est-ce pas ?

— Ah, non ? Et qu'est-ce qui a changé alors ?

— On se lavait dans un baquet devant la cheminée.

Nelly s'étonna d'entendre à nouveau Angela parler du « temps d'avant ». À deux ans, quand elle avait commencé à parler, c'était devenu une habitude qui, à mesure qu'elle apprenait des mots nouveaux, prenait de plus en plus d'importance. Une fois, Angela avait fait remarquer qu'on faisait jadis bouillir le linge dans une lessiveuse avant de le passer à l'essoreuse. Elle avait aussi expliqué comment on repassait, en insistant sur le fait que le fer était mis à chauffer sur les braises. On aurait dit que sa fille se souvenait d'avoir vécu dans une vie antérieure. Était-ce possible ?

Petit à petit, cependant, l'habitude lui était passée, et quand Nelly l'interrogeait, Angela n'avait aucun souvenir de ce qu'elle lui avait dit. Et voilà qu'elle recommençait à parler du « temps d'avant ».

— Comment sais-tu qu'on utilisait des baquets au lieu de baignoires ?

Angela haussa les épaules.

— Je sais pas. S'il te plaît, maman, me lave pas la tête, ça me pique les yeux.

Habituée à ce qu'elle rechigne, Nelly lui tendit le gant de toilette et dit :

— Mets-le sur tes yeux pour les protéger.

— Non, maman !

— Allons, ma chérie, je te promets de faire vite.

Nelly lui chuchota des paroles apaisantes tout en commençant à mouiller doucement la chevelure de sa fille. Elle s'attendait à ce que la petite se mette à hurler, mais curieusement, Angela se laissa faire sans broncher.

Nelly se demanda encore une fois si Angela avait, elle aussi, des dispositions pour la voyance, car mis à part ses allusions au « temps d'avant », elle ne semblait pas posséder de dons particuliers.

— Et voilà, c'est fini ! dit Nelly en enroulant une serviette autour de la tête d'Angela. Et maintenant, au lit.

Une bonne heure s'était écoulée avant qu'Angela eût finalement accepté de se coucher, même si Nelly savait que sa fille allait lutter contre le sommeil tant que son papa ne serait pas rentré. Nelly aussi avait hâte qu'il rentre. Il était transporteur dans l'entreprise de déménagement de son père, et n'avait pas vraiment d'horaires.

À présent, presque prête à l'accueillir, Nelly s'observait dans la glace. Elle avait détaché ses cheveux auburn, qui retombaient harmonieusement sur ses épaules, et la robe noire qu'elle ne portait que pour les grandes occasions épousait gracieusement ses hanches. Mais Nelly fit la moue. Elle se trouvait pâle, car sa peau de rousse refusait de bronzer. Une touche de maquillage ne serait pas de trop. Elle mit un peu de rouge à joues et de mascara, pour faire ressortir ses yeux verts, et enfin un soupçon de rose corail sur ses lèvres.

C'était suffisant, décida-t-elle en se dirigeant vers la cuisine. Elle déboucha une bouteille de chianti et l'emporta avec elle dans le salon, où elle avait dressé une jolie table pour le dîner. Elle sortit deux verres, les remplit de vin, l'oreille aux aguets. Elle était impatiente d'entendre tourner la clé dans la serrure.

Quelques instants plus tard, la porte d'entrée s'ouvrit et il y eut un bruit de pas précipités dans l'escalier tandis qu'Angela sortait en courant de sa chambre.

— Papa !

— Ma chérie ! s'écria Arthur en prenant sa fille dans ses bras.

— Tu as aimé ton cadeau ?

— Oui, c'est un très joli dessin. Mais je croyais te l'avoir déjà dit ce matin.

Nelly observait la scène. Elle fut parcourue d'un frisson comme chaque fois qu'elle voyait son mari. Ils formaient un couple heureux, l'unique ombre au tableau étant qu'ils n'avaient pas eu d'autres enfants.

Voyant qu'Angela bâillait, Arthur lui ordonna :

— Allez, zou ! Au lit.

Nelly embrassa sa fille, puis retourna dans le salon-salle à manger. Leur appartement se trouvait juste au-dessus d'une petite boutique de Wandsworth Road, et malgré la vue qui donnait sur les usines, ils avaient eu le coup de cœur pour les chambres spacieuses.

Enfin, elle entendit se fermer la porte de la chambre d'Angela. Prête à accueillir Arthur, Nelly s'empara d'un verre et le leva pour porter un toast à son mari :

— Joyeux anniversaire, mon chéri !

Il parut sur le seuil, sa carrure de géant débonnaire emplissant tout le chambranle.

— Merci, trésor.

Nelly posa son verre et ils échangèrent un baiser fougueux.

— Je t'ai préparé ton plat préféré, lui murmura-t-elle doucement.

— Au diable les petits plats, grogna-t-il d'une voix sensuelle. Tu es belle comme un cœur, et j'ai autre chose en tête.

— Plus tard, rit-elle en se mettant à courir, Arthur à ses trousses. Chut, tu vas réveiller, Angela, lui lança-t-elle par-dessus son épaule.

Quand ils atteignirent la cuisine, Arthur huma l'air :

— Est-ce que je sens des paupiettes ? Si c'est le cas, je veux bien attendre.

— Le temps que tu te changes, elles seront prêtes.

— Et après le dîner, c'est moi qui serai prêt, lui glissa-t-il avec un regard langoureux.

Bien que le nom officiel de leur fille fût Angela, tout le monde l'appelait « petit ange », à cause de son grand sourire plein d'innocence, même si, en réalité, c'était un vrai petit diable. À dix-huit mois, gâtée comme elle l'était par ses grands-parents et son père, Angela avait commencé à faire des caprices. *Toi aussi tu la gâtes*, protesta une petite voix dans la tête de Nelly. C'était vrai. Elle gâtait Angela, mais après l'enfance malheureuse qu'elle-même avait connue, Nelly tenait à ce que sa fille soit entourée d'amour.

Une fois le dîner prêt, Nelly apporta les assiettes dans la salle à manger et les posa sur la table. Au même instant, Arthur entra et elle s'élança dans ses bras. Il sentait bon la lotion après-rasage.

— Allons, viens manger avant que ça refroidisse.

— C'est toi que je veux manger, lui glissa-t-il d'une voix sensuelle.

Nelly frissonna de plaisir. Après quatre ans de mariage, ils s'aimaient toujours passionnément.

Elle rit, et ils se mirent à table en silence. Une fois son dîner terminé, Nelly se leva et alla chercher le cadeau d'Arthur sur la desserte.

— Joyeux anniversaire, dit-elle en le posant devant lui.

Arthur se dépêcha de déballer le présent, ses yeux s'écarquillant de joie quand il vit la montre.

— Oh, Nelly, c'est merveilleux !

— Ça te fait plaisir ?

— Mais oui, je l'adore, et toi aussi d'ailleurs.

— Moi aussi, je t'aime, dit Nelly, mais je ne l'ai réellement compris que lorsque tu as rencontré cette fille avec qui tu as décidé de partir en Australie.

— Tu cachais bien ton jeu, parce que tu avais l'air contente de me voir partir.

— Je ne savais pas encore que j'attendais ton enfant. Est-ce qu'il t'arrive de regretter d'être rentré en Angleterre ?

— Nelly, ça fait déjà quatre ans, et tu continues de me poser la même question. Et je te réponds à chaque fois la même chose. Je ne le regrette absolument pas.

— J'étais en train d'accoucher d'Angela quand tu es arrivé.

— Je sais, et je t'ai épousée trois semaines après la naissance de la petite.

— Il n'empêche que je continue de me faire du souci pour elle. Quand elle va grandir et qu'elle découvrira que nous n'étions pas mariés quand elle est née. Ça va la traumatiser.

— On est en 1966, les temps ont changé. Quand Angela sera majeure, cela n'aura plus la moindre importance.

— Ça, je demande à voir.

Arthur s'approcha de Nelly et la souleva sans effort de sa chaise.

— Ne t'inquiète pas, trésor. Et cesse de ressasser de vieux souvenirs. C'est mon anniversaire et j'ai attendu assez longtemps mon autre cadeau…

Nelly se pelotonna contre lui, en espérant que cette fois, ils réussiraient à concevoir un nouveau bébé. Ils avaient essayé si souvent et, bien que le médecin lui eût assuré que tout était en ordre, elle n'avait pas réussi à tomber enceinte. Elle passa ses bras autour de son cou et il la porta jusqu'à la chambre où il la déposa sur le lit.

Aussitôt, ils se dévêtirent et leurs deux corps s'enlacèrent étroitement, emportés par la passion. Nelly arqua ses reins lorsque Arthur la pénétra, lui arrachant un grognement d'extase.

Comme toujours, Arthur fit monter son ardeur pour l'amener progressivement au plaisir extrême, Nelly se tortillant sous lui. Juste au moment où il se répandait en elle, la sonnerie aigre du téléphone retentit.

— Ne réponds pas, Nelly, haleta Arthur en se laissant retomber à côté d'elle.

Mais Nelly ne lui obéit pas cas. Elle sentait que quelque chose de terrible était arrivé.

— Si, il le faut, dit-elle en se ruant vers le téléphone.

— Nelly ! s'écria sa mère dans le combiné. Viens vite ! Je crois que ta grand-mère a eu une attaque.

Arthur avait été formidable. Voyant Nelly tétanisée, il avait pris les choses en main.

L'instant d'après, ils étaient en route pour l'hôpital à bord d'un taxi qu'Arthur avait commandé. À présent, elle était assise à côté de sa mère sur une banquette en bois, et toutes deux attendaient le verdict des médecins.

— Bon sang, qu'est-ce qu'ils fichent ? s'impatienta Ruth en se tordant les mains.

— C'est vrai que c'est long, concéda Nelly, avant de demander :

— Au fait, tu as prévenu Mary ?

— Oui. Elle est en route.

Un jeune homme en blouse blanche s'approcha.

— Vous êtes les parentes de Mme Sadie Greenbrook ?

— Oui, je suis Ruth Marchant, sa fille, et voici sa petite-fille, dit Ruth en désignant Nelly.

— Comment va-t-elle ?

— L'attaque l'a partiellement paralysée, et je crains qu'elle n'ait perdu l'usage de la parole.

— Oh, non, gémit Ruth.

— Je vais la faire hospitaliser, mais en attendant, vous pouvez la voir si vous le souhaitez.

Dès qu'elle vit le visage émacié de sa grand-mère sur l'oreiller, les yeux de Nelly se remplirent de larmes, l'empêchant de distinguer clairement son aura.

Lire les auras était un don qu'elle possédait depuis l'enfance, mais qui était resté inexploité jusqu'au jour où elle avait fait la connaissance d'Elsie, la mère d'Arthur.

Elsie était médium, et c'était elle qui lui avait appris à décrypter la signification des auras. Elsie lui avait aussi appris à développer ses dons de guérisseuse, et c'est ainsi qu'elle avait soulagé les crises d'arthrose de sa grand-mère. Mais cette fois, lorsqu'elle prit la main de la vieille femme dans la sienne, Nelly se sentit impuissante. Elle ne savait pas guérir les attaques.

Sadie essaya de parler, émettant des sons inintelligibles :

— Qu… qu'est…

— Je ne comprends pas ce que tu dis, maman. Essaie encore une fois, l'encouragea Ruth en se penchant au-dessus de sa mère.

Sadie essaya à nouveau de former des mots, sans succès.

Une infirmière passa la tête dans l'embrasure.

— Docteur Ralston, il y a une dame qui demande à voir Mme Greenbrook.

— Ce doit être Mary, ma sœur, dit Ruth.

— Très bien, elle peut entrer, opina le médecin, mais seulement pendant quelques minutes. Votre mère a besoin de repos et nous allons bientôt la transférer dans un autre service.

Mary entra, tirée à quatre épingles comme toujours, en dépit du fait qu'elle avait dû se préparer en quatrième vitesse. Cependant, dès qu'elle vit Sadie, ses manières guindées s'envolèrent.

– Oh, maman…

– Qu… qu'est-ce…

– Elle essaie de dire quelque chose, mais je ne comprends pas quoi.

Mary secoua la tête puis, haussant la voix, demanda :

– Maman, tu as besoin de quelque chose ?

– Pas la peine de crier, la semonça Ruth. Le docteur n'a pas dit qu'elle avait perdu l'audition.

La détresse dans le regard de Sadie était évidente, songea Nelly. Petite et râblée, sa grand-mère était une femme pleine de sagesse, avec un caractère bien trempé. Mais à présent, étendue parmi les oreillers blancs, elle avait le teint gris et n'était plus que l'ombre d'elle-même.

– Ne… Nel…

– Je crois qu'elle essaie de prononcer ton nom Nelly.

Nelly vint s'asseoir à côté du lit.

– Je suis là, mamie.

Lentement, Sadie leva son bras encore valide et toucha la joue de Nelly pour essuyer ses larmes.

– Paaa… p… pleuuu…

Un sanglot involontaire franchit les lèvres de Nelly. Sa grand-mère cherchait-elle à lui dire de ne pas pleurer ?

– Ne t'inquiète pas, tu seras bientôt sur pied et tu pourras à nouveau parler, lui dit-elle doucement en espérant que ses paroles sauraient la réconforter.

— Je crains que vous ne deviez la laisser, à présent, dit l'infirmière en s'en revenant dans la chambre. Nous allons transférer Mme Greenbrook dans une autre salle.

Nelly embrassa la joue parcheminée de la vieille dame, puis Ruth fit de même et dit :

— On doit partir, maman. Mais on reviendra te voir demain.

Ce fut ensuite au tour de Mary.

— À demain matin, maman.

Nelly avait le cœur brisé à l'idée de laisser sa grand-mère, mais sa tante prit les devants. Passant un bras autour de ses épaules, elle l'entraîna dehors.

— Ne t'inquiète pas, Nelly. Ma mère n'est pas une petite nature, elle va se remettre. Et maintenant, montez dans ma voiture, je vais vous raccompagner.

Elles regagnèrent Battersea en silence, chacune perdue dans ses pensées, Nelly récitant une prière silencieuse. *S'il vous plaît, mon Dieu, faites qu'elle ne meure pas.*

2

Nelly regrettait son appartement de Wandsworth, mais malheureusement la boutique du rez-de-chaussée avait été vendue et les nouveaux propriétaires voulaient habiter sur place. Arthur ne se faisait pas trop de souci. Il avait placé leur dépôt de garantie à la banque afin qu'ils puissent acheter leur propre maison. Cependant, ils allaient devoir remettre leurs projets à plus tard, car les prières de Nelly avaient été exaucées et sa grand-mère s'était suffisamment remise pour pouvoir rentrer à la maison.

Le seul souci était que grand-maman ne pouvait pas rester seule. Sauf qu'avec Ruth, qui travaillait à plein temps dans une épicerie, et Mary dans un cabinet médical, il n'y avait qu'elle qui pouvait s'occuper de sa grand-mère.

Cette perspective n'enthousiasmait guère Arthur, mais il avait accepté, dans la mesure où ce n'était que temporaire. Après avoir mis leurs meubles dans un garde-meubles, ils avaient emménagé chez Ruth, à Candle Lane. Nelly n'avait pas la tâche facile. Le caractère de sa grand-mère s'était beaucoup altéré et elle était presque tout le temps de mauvaise humeur, hargneuse et renfrognée. Heureusement, son tempérament d'avant reprenait parfois le dessus, rendant la cohabitation plus supportable.

Cependant, la situation n'avait pas tardé à se détériorer. Arthur détestait vivre chez sa belle-mère, car ils étaient obligés de partager leur chambre avec Angela, et ne pouvaient donc pas faire l'amour. Arthur voulait qu'ils partent s'installer de leur côté, mais Nelly n'était pas d'accord. Elle avait observé l'aura de Sadie, et bien que celle-ci ne présentât rien de plus que les ombres dues à son arthrose, elle se faisait du souci. Quelque chose de terrible se tramait, elle en avait la certitude, et elle craignait que sa grand-mère ne fasse une autre attaque.

Quatre mois s'étaient écoulés ainsi, et comme grand-maman trouvait Angela fatigante, Nelly avait pris l'habitude de laisser sa fille sortir jouer dehors.

Comme elle jetait un regard dans la rue, Nelly fut soudain prise de panique. Où était passée Angela ? Elle lui avait pourtant bien dit de rester devant la maison. Mais elle n'était nulle part visible. C'est alors qu'elle aperçut Jessie Stone sur le pas de sa porte, et la héla.

— Vous n'auriez pas vu ma fille, par hasard ?

— Elle était encore là il y a cinq minutes, mais si vous voulez mon avis, les enfants de son âge ne devraient pas être livrés à eux-mêmes.

Nelly ravala une réplique acerbe lorsqu'elle vit Angela déboucher en courant au coin de la rue, sa chevelure rousse, qu'elle avait soigneusement tressée le matin même, cascadant à présent librement sur ses épaules. Tommy Walters et sa bande arrivaient quelques pas derrière, mais dès qu'ils virent Nelly, ils firent demi-tour et traversèrent la rue. Tommy, leur petit voisin, n'était âgé que de sept ans, mais c'était un véritable voyou qui passait son temps dans la rue.

— Tu reviens plus tard ? lui lança Tommy, ses cheveux auburn hérissés comme les poils d'une brosse.

— Non, ma tatie vient à la maison et je peux pas sortir.

Nelly contemplait sa fille d'un œil consterné. Sa figure piquetée de taches de son était crasseuse, sa robe maculée de boue et ses chaussettes parfaitement propres une heure plus tôt retombaient en tire-bouchon sur ses chevilles.

— Angela, non mais, regarde-moi ta robe ?

— J'aime pas les robes. Pourquoi je peux pas mettre un pantalon comme les garçons ?

— Parce que tu es une petite fille. Et combien de fois dois-je te dire de ne pas traîner avec ces vauriens ?

— Mais moi, j'aime bien Tommy.

— C'est un voyou. Et je ne veux pas que tu t'éloignes de la maison.

— Mais on faisait que jouer à chat.

— Ce n'est pas une raison. Quand papa rentrera, je lui dirai ce que tu as fait.

— Papa ne va pas me gronder, dit-elle, pleine d'assurance.

Nelly soupira. Arthur allait sans doute prendre la défense de sa fille qui, à ses yeux, ne faisait jamais rien de mal. Elle avait beau essayer de raisonner Angela, c'était peine perdue dès lors que tous les autres cédaient à ses caprices.

— Allons bon, et voilà tatie Mary qui arrive à présent, dit Nelly en voyant la voiture de sa tante tourner au coin de la rue. Vite, allons te changer.

— Mary est là, grand-maman ! lança Nelly en s'emparant d'un gant de toilette pour débarbouiller Angela en vitesse.

— Au nom du Ciel, mais qu'est-ce qui est arrivé à cette petite ? s'écria Mary Taylor dès qu'elle vit Angela. On dirait qu'elle s'est roulée dans la boue.

— Elle est sortie jouer dehors.

— Angela est un peu jeune pour ça. Tu devrais la garder à la maison.

— Je ne peux pas la garder enfermée à la cuisine, et puis elle voulait essayer sa nouvelle corde à sauter.

— Ne me dis pas qu'elle s'est mise dans un état pareil rien qu'en sautant à la corde ? Il est grand temps que tu la reprennes en main.

— Je fais de mon mieux, répondit Nelly en serrant les dents.

Elle adorait sa tante Mary, mais son ton hautain avait le don de l'exaspérer.

Mary pinça ses lèvres puis changea de sujet. Faisant signe à Angela de s'approcher, elle plongea la main dans son sac et en ressortit un paquet de bonbons.

— 'ci, tatie Mary.

— On dit *mer-ci.* Allons, dis-le correctement.

— Nan, regimba Angela.

— Nelly, tu ne devrais pas tolérer une telle insolence, dit Mary avec un profond soupir. Et tu dois absolument corriger sa diction.

Nelly eut une grimace. Sa fille était effrontée, incontestablement, mais, pour ce qui était de sa diction, comment pouvait-elle la corriger à un si jeune âge ? Tout le monde à Candle Lane avalait les syllabes, et Angela répétait tout ce qu'elle entendait, comme un perroquet.

— Allons, Mary. La petite est très bien.

Nelly jeta un coup d'œil reconnaissant à sa grand-mère puis, faisant asseoir Angela, essaya de lui brosser les cheveux, mais autant essayer de passer un peigne dans un balai de crin.

— Aïe aïe aïe ! Dis-lui d'arrêter, grand-ma !

— On ne dit pas *grand-ma*, mais grand-maman, la reprit Mary.

— Bon sang, tu peux donc pas lui ficher la paix, à cette môme ? Moi, ça me plaît qu'elle m'appelle grand-ma.

Nelly renonça à coiffer sa fille.

— C'est bon, lui dit-elle.

Avec la grâce d'une gazelle, la fillette bondit à terre puis, écarquillant des yeux implorants, demanda :

— M'man, est-ce que je peux sortir jouer dehors ?

— Non, ma chérie. Papa va rentrer d'une minute à l'autre et il est temps de prendre ton bain.

Angela se mit à geindre, et l'humeur de grand-ma changea brusquement.

— Fais-la taire, nom d'une pipe ! Elle me casse les oreilles.

Résignée, Nelly prit sa fille par la main, et la traîna jusqu'à la salle de bains tandis qu'elle hurlait et se débattait.

Quand Nelly et Angela furent hors de portée de voix, Sadie poussa un soupir de soulagement.

— Ça fait du bien quand ça s'arrête.

— Comment vas-tu, maman ? lui demanda Mary.

— Bien. Pourquoi ça ?

— Pour rien. En tout cas, même si Angela est parfois un peu turbulente, je suis contente que Nelly puisse s'occuper de toi. Je n'aimerais pas que tu te retrouves seule comme cette pauvre Mme Cox. Ce n'est plus la même depuis qu'elle a perdu son mari.

— Mais c'est pour notre Nelly que je me fais du souci.

— Pourquoi ? Elle est malade ?

— Non, mais il n'est pas juste qu'elle doive rester ici pour s'occuper de moi. Arthur et elle devraient être chez eux, et j'ai remarqué qu'il s'absentait de plus en plus souvent ces derniers temps.

— L'entreprise de déménagement est en train de se développer.

— Je sais, mais quelque chose me dit que leur couple est en train de battre de l'aile.

— Foutaises ! Arthur adore Nelly.

— Oui, mais il y a de l'eau dans le gaz depuis qu'ils ont emménagé ici.

— Je suis sûre que tu te fais des idées.

— Des idées ? demanda Ruth.

Les deux femmes se retournèrent et Mary détailla sa sœur cadette, qui arrivait du travail. Elle avait les traits tirés et ses cheveux bruns étaient ébouriffés.

— Tu as l'air complètement lessivée, ma pauvre. Tout va bien ?

— Oui, ça va, mais on est en plein inventaire et on a du boulot par-dessus la tête. Mais pourquoi disais-tu que maman se faisait des idées ?

— Pour rien, simplement elle se fait du souci pour Nelly et Arthur.

— Ah… et pourquoi ça ?

— Maman te racontera pendant que je prépare le thé.

Ruth se laissa tomber avec volupté dans un fauteuil puis, s'étant débarrassée de ses chaussures, alluma une cigarette et demanda :

– Eh bien, maman, c'est quoi cette histoire avec Nelly et Arthur ?

– J'ai l'impression que leur couple bat de l'aile et je m'inquiète pour eux.

– Mais non, voyons. Arthur est souvent en déplacement, mais c'est parce qu'il a beaucoup de travail, et Nelly le sait bien.

– C'est ce que dit Mary, mais j'estime qu'ils devraient avoir leur propre maison.

– Peut-être, mais Nelly tient à rester ici jusqu'à ce que tu sois guérie.

– Mais je vais bien.

– C'est à Nelly qu'il faut dire ça.

– Je le lui ai dit, mais elle ne veut rien savoir. Elle n'arrête pas de scruter mon aura. Quand elle était petite, elle disait qu'elle observait nos lumières. Tu te souviens, Ruth ?

– Oui, murmura Ruth, en détournant les yeux.

Elle avait toujours su que Nelly était différente, mais c'était Elsie, la mère d'Arthur, qui avait découvert qu'elle avait un don et l'avait aidée à le développer, même si l'Église condamnait ce genre de pratiques. Ce sont des dons de Dieu, avait souligné Elsie, et elle avait fini par convaincre Ruth.

Ruth pinça les lèvres. Dès lors que Nelly avait le don de soulager la douleur, ne pas en faire usage eût été pécher, non ? Et si elle sentait que sa grand-mère n'allait pas bien, elle resterait aussi longtemps qu'elle l'estimait nécessaire.

– De te voir fumer, dit Sadie, ça me donne envie de priser du tabac.

Mary, qui entrait, la théière à la main, s'écria :

— Maman ! Ne me dis pas que tu vas reprendre cette habitude répugnante !

— Oh, calme-toi, j'ai juste dit que j'avais envie de priser un peu de tabac.

— Mais c'est mauvais pour toi, surtout après que tu as fait une attaque.

Il y eut un petit cri, suivi d'une cavalcade dans l'escalier, et Angela déboula en trombe dans la cuisine. Elle se jeta dans les bras de Ruth.

— Mamie, mamie, t'as des bonbons pour moi ?

— P't'êt bien.

Angela grimpa sur les genoux de Ruth, comme chaque soir.

— Qu'est-ce que tu m'as rapporté ?

— Voyons. Un roudoudou ? Ou une boule de coco ? Quelque chose qui te reste en travers du gosier, pour que tu cesses de nous casser les oreilles, dit-elle en gloussant à sa propre blague. À moins que... ce soit de la réglisse ou de la pâte de guimauve ? C'est à toi de deviner.

— Je lui ai déjà donné un paquet de bonbons.

— Vraiment ? dit Ruth. Alors dans ce cas, je vais garder les miens pour demain si tante Mary t'en a déjà donné.

— Oh, non, mamie. Je les veux tout de suite !

Ruth ôta Angela de ses genoux, puis lui donna une petite tape sur les fesses.

— Demain, mademoiselle. Et maintenant, va rejoindre ta mère et mettre ton pyjama.

— Les bonbons, plus tard ?

— On verra. Et maintenant, file !

Dès qu'Angela fut hors de portée de voix, Mary dit :

— J'espère que tu ne vas pas céder. Un paquet de bonbons c'est bien assez, et puis le sucre c'est mauvais pour ses dents.

— Ah, parce que tes bonbons à toi sont sans sucre ?

— Tu as raison. Je me laisse embobiner, moi aussi, mais elle est tellement craquante.

Le silence s'installa tandis que Mary servait le thé. Presque au même instant, Arthur entra dans la cuisine.

— Bonjour, mon grand, le salua Ruth. Tu es rentré de bonne heure, aujourd'hui.

— Oui, on n'a eu qu'un déménagement à Farnham, dans le Surrey, et pas très gros avec ça. C'est une jolie petite ville, soit dit en passant, et je ne serais pas contre aller vivre là-bas, commenta-t-il comme pour lui-même. Enfin, ça fait tout de même plaisir d'être rentré avant sept heures. Où est Nelly ?

— Elle vient juste de mettre Angela en pyjama, et elles ne devraient pas tarder à redescendre. Assieds-toi donc. Mary vient de faire du thé.

— Au fait, dit-il en tirant une chaise, maman m'a dit qu'elle allait passer vous voir mardi.

— Chic ! Comme je regrette le temps où nous vivions tous côte à côte. Les Walters, nos nouveaux voisins, sont insupportables.

— Heureusement qu'ils n'ont qu'un gamin.

— Une vraie petite fripouille, ce Tommy, souligna Sadie. Mais au moins ce sont des Blancs. Il y a deux familles jamaïcaines qui ont emménagé dans la rue. On vit dans la jungle, ma parole.

À ces mots Mary bondit et s'écria, hors d'elle :

— Maman, comment peux-tu avoir de tels *a priori* ?

— Et voilà que ça recommence ! Mary, écoute-moi bien. Avant 1961, c'est à peine si on voyait une personne de couleur à Battersea. Je me souviens que les pères disaient à leurs gamins : « Un penny pour chaque homme noir que tu vois. » Crois-moi que les pères ne se ruinaient pas. Mais depuis la nouvelle loi sur l'immigration, ils arrivent par milliers, et ils prennent le travail de nos hommes, par-dessus le marché.

— Ne dis pas de bêtises, ils occupent les postes que les patrons n'arrivent pas à pourvoir. Ils travaillent dans les chemins de fer, les bus, et les hôpitaux. Sans eux, notre système de santé et nos transports publics seraient à l'arrêt !

— Balivernes ! En tout cas, ils ne sont pas comme nous et ils devraient retourner dans leur pays.

— Ils sont venus ici parce que le gouvernement a encouragé les entreprises à les employer. Et puis tu as l'air d'oublier qu'ils sont anglais, et que nombre d'entre eux se sont battus pendant la guerre.

— Ils ne sont pas anglais !

— Mais si, et ils ont des passeports britanniques. Pour l'amour du Ciel, maman ! Ils sont comme nous. Ils ont les mêmes rêves et les mêmes aspirations. À cause d'Hitler des millions de juifs sont morts. Et voilà que tu te mets à penser comme lui !

— Comment oses-tu !

— Parce que c'est la vérité. Tu devrais songer à t'enrôler dans l'Union des fascistes.

— Il faut faire quelque chose. Mosley a peut-être raison.

— Maman, tant qu'il y aura des gens qui pensent comme toi, rien ne changera.

— J'ai le droit d'avoir mes propres opinions.

— Oui, et aussi de les garder pour toi. Tu ne devrais pas cracher ta haine raciste devant la petite.

— Allons, allons, vous deux, calmez-vous, intervint Arthur sur un ton conciliant.

— Je suis calme, dit Mary en ravalant sa colère. Mais, franchement, Arthur, est-ce que tu trouves normal que maman tienne ce genre de propos devant Angela ?

Il secoua lentement la tête.

— Non, pas du tout. Mais c'est le genre de choses qu'elle va entendre quand elle ira à l'école, de toute façon.

— Et tu partages le point de vue de maman ?

— Non. Je hais Mosley et tout ce qu'il représente, et je pense qu'une majorité de gens le déteste. Mais oui, il a toujours des adeptes parmi les gens ignorants qui ne savent pas penser par eux-mêmes. Et maintenant, si vous voulez bien m'excuser, j'en ai assez de cette discussion.

Sur ces mots, Arthur sortit du salon sous le regard médusé des deux femmes.

— Bon sang ! s'exclama Sadie. J'ai l'impression qu'on l'a contrarié.

— *Qu'on* l'a contrarié ! Non, maman, c'est toi, dit Ruth, prenant la parole pour la première fois depuis que la dispute avait éclaté.

— Oui, renchérit Mary. À chaque fois que je viens te voir, tu me rejoues la même rengaine insupportable, maman. Et je crois qu'Arthur est comme moi. Il en a par-dessus la tête. C'est devenu une véritable obsession chez toi. Bientôt, tu vas accrocher la bannière des Chemises brunes à ta fenêtre, ma parole !

– Ne dis pas de sottises, et puis je t'interdis de me parler sur ce ton ! N'oublie pas que je suis ta mère et que tu me dois le respect.

– Le respect, ça se mérite. Tu as toujours été un exemple pour nous, quelqu'un à qui on pouvait parler quand on avait des problèmes. Mais depuis que ces familles jamaïcaines ont emménagé à Candle Lane, tu es devenue une vraie mégère. Franchement, j'ai honte de toi.

– Cette fois, la coupe est pleine ! Pour qui est-ce que tu te prends, avec tes grands airs ? Comment oses-tu nous faire la morale ? Sors de chez moi, espèce de garce !

– Je m'en vais de ce pas. Et je te rappelle que la maison est au nom de Ruth, dit Mary en raflant son sac à main avant de filer vers la sortie.

Elle descendit Candle Lane d'un pas digne et la tête haute. Mais dès qu'elle eut tourné au coin, ses épaules s'affaissèrent. Elle savait qu'elle n'aurait pas dû s'emporter, mais les propos que tenait sa mère l'avaient mise hors d'elle. *Oh, mon Dieu*, pleura-t-elle intérieurement. *Il va bientôt falloir que je lui dise la vérité.*

3

— Papa ! s'écria Angela en sautant sur le lit de ses parents.

Son pied se prit dans l'ourlet de sa chemise de nuit et elle poussa un petit cri joyeux quand Arthur la cueillit dans ses bras, lui évitant une chute mémorable.

Ses traits s'étaient radoucis, à présent, tandis qu'il déposait un baiser sur la joue de sa fille.

— Espèce de casse-cou, la gronda-t-il gentiment. Tu aurais pu te faire mal. Et maintenant, dis-moi, tu as été sage aujourd'hui ?

— Oui… hein, maman ?

Nelly leva les yeux au ciel, mais se contenta de déclarer :

— Oui, mis à part que tu as encore fait les quatre cents coups avec Tommy Walters.

— Je croyais que maman t'avait interdit de jouer avec ce garçon.

Angela baissa la tête, puis posant sur son père un regard plein d'innocence, expliqua :

— Je voulais pas jouer avec lui, mais c'est lui qui a voulu et j'ai pas osé dire non. Je voulais pas être mal polie.

Arthur éclata de rire, puis reprenant l'air grave :

— Eh bien, il ne faut pas recommencer. Si Tommy te demande de jouer avec lui, dis-lui que tu n'as pas le droit.

— Oui, papa.

— C'est bien. Et maintenant au lit. Je vais te border.

— Mais j'ai pas dit bonsoir à mamie Sadie, à mamie Ruth et à tatie Mary.

— Bon, tu descends vite leur faire la bise et tu remontes aussitôt, d'accord ?

— Mais j'ai pas envie de dormir, papa. S'il te plaît. C'est trop tôt.

— Encore une demi-heure, alors. Mais pas plus.

— Arthur ! protesta Nelly. Angela commence l'école lundi. Elle doit apprendre à se coucher de bonne heure. J'essaie de l'habituer.

— Mais je l'ai à peine vue, ce soir. Une demi-heure, ce n'est pas bien grave.

Nelly regarda son mari sortir de la chambre avec Angela. Arthur ne l'avait même pas ne serait-ce qu'embrassée sur la joue quand il était rentré, et elle avait l'impression qu'un gouffre était en train de se creuser entre eux. En août, ils avaient fêté le cinquième anniversaire d'Angela et, maintenant, leur fille allait entrer à la grande école. Ces cinq années de bonheur avaient passé à toute allure, et plus rien n'était comme avant depuis qu'ils étaient revenus vivre à Candle Lane.

Nelly décida d'aller les rejoindre en bas, mais elle eut un choc en entrant dans la cuisine.

— Où sont passées maman et tante Mary ?

— Mary est partie, et grand bien lui fasse ! glapit Sadie. Non, mais, pour qui elle se prend celle-là !

— T'es en colère, grand-ma ?

Le regard de Sadie se posa sur son arrière-petite-fille et un bref sourire étira ses lèvres.

— Nan, ma poulette. Mais je veux bien un petit câlin.

Angela s'approcha de Sadie et l'enlaça brièvement, avant de retourner aussitôt vers son père en implorant :

— Je veux jouer à dada, papa.

— Pas ce soir, ma princesse. J'ai le dos un peu fatigué. Monte dans la chambre, je vais te lire une histoire.

Nelly sourit à sa grand-mère, heureuse de constater que pour une fois elle s'était montrée affectueuse avec la petite. Quand celle-ci revint avec un livre et que son père la prit sur ses épaules, Nelly poussa un soupir de soulagement. Il n'y aurait pas de jeux turbulents accompagnés de rires hystériques ce soir, juste une histoire, et avec un peu de chance Angela s'endormirait de bonne heure.

Quand la petite commença à sucer son pouce, Nelly alla dans le petit salon converti en chambre à coucher pour Sadie, et y trouva sa mère.

— Maman, ça va ?

— Je voulais juste être un peu tranquille. Quand ta grand-mère pique sa crise, ça me met dans tous mes états.

— Il paraît que les attaques sont dues à des caillots de sang qui se forment dans le cerveau. Cela explique ses changements d'humeur. Il ne faut pas lui en vouloir.

— Dis-moi la vérité, Nelly. Comment se porte-t-elle ?

— Son aura n'a pas l'air trop altérée, mais son bras est encore un peu faible. Je lui fais des séances de magnétisme chaque jour, mais ça n'agit que sur son arthrose.

— Elle était littéralement déchaînée quand elle s'est disputée avec Mary.

— Ce n'est pas bon pour elle. Il faut éviter de la contrarier.

— Ce n'est pas moi, c'est Mary qui est montée sur ses grands chevaux quand maman s'est mise à dire du mal des noirs.

— Je la comprends. Dans le cabinet médical où elle travaille, elle côtoie un grand nombre d'immigrés. D'après ce qu'elle m'a dit, ils n'ont pas la vie facile. Tu imagines ce que ça fait, d'être en butte au racisme à longueur de journée ?

— Tu prêches à une convaincue. Ma devise c'est « Vivre et laisser vivre ». N'empêche qu'il ne faut pas que Mary recommence à se disputer avec elle.

— Non, tu as raison. Et maintenant, tu veux bien revenir à la cuisine ? Angela n'ira pas dormir tant qu'elle ne t'aura pas dit bonsoir, et je veux qu'elle se couche de bonne heure maintenant qu'elle va commencer l'école.

— Laisse-moi juste une minute.

— Tu es sûre que ça va ?

— C'est à toi de me le dire, Nelly. C'est toi qui sais lire les auras.

— Oui, bien sûr, et la tienne est parfaite. Mais tu as l'air abattue ces temps-ci.

— Je vais bien, et maintenant, file et laisse-moi un peu tranquille.

Nelly n'avait rien vu d'inquiétant dans l'aura de sa mère, mais à l'évidence quelque chose ne tournait pas rond.

*

Restée seule, Ruth contemplait tristement la petite maison mitoyenne identique à la sienne de l'autre côté de la petite rue grise et étroite. Elle s'était réjouie secrètement quand Nelly et Arthur étaient venus s'installer ici. C'était merveilleux de vivre sous le même toit que sa petite-fille, même si la maison était pleine à craquer. Curieusement, malgré toute cette joie, la solitude lui pesait, mais elle ne parvenait pas à se projeter dans une nouvelle relation. Son mariage avec Ken avait été un désastre et quand elle repensait à la façon dont il avait traité Nelly, elle était dévorée par la culpabilité.

Quand Ken était parti se battre, pendant la guerre, elle était restée sans nouvelles de lui si longtemps qu'elle l'avait cru mort au combat, et dans un moment de folie, elle s'était jetée dans les bras d'un autre homme dont elle s'était retrouvée enceinte.

Peu après, Ken était rentré, et malgré les circonstances l'avait suppliée de rester avec lui. Il avait suggéré à Ruth de dire que le bébé était de lui et lui avait promis d'élever Nelly comme sa propre fille. Elle avait envoyé une lettre à Andrew pour lui dire qu'elle n'était tout compte fait pas enceinte, et que son mari étant rentré du front, elle ne pourrait plus jamais le revoir.

Toutes les promesses de Ken s'étaient envolées aussitôt après la naissance de Nelly. Elle était la preuve vivante que sa femme l'avait trompé et il s'était mis à la détester. Il n'était plus le même et, craignant qu'il ne devienne violent, Ruth avait consigné Nelly dans sa chambre, condamnant sa fille à une vie malheureuse et solitaire.

Ruth ferma un instant les yeux, en proie à un terrible sentiment de culpabilité. Au lieu de se plier à la volonté de Ken, elle aurait dû faire passer sa fille en premier. Elle s'était conduite en égoïste. Comment s'étonner dès lors que Nelly se soit raccrochée à sa grand-mère ?

Quand Ken avait fini par s'en aller avec une autre femme et que Nelly avait découvert qu'il n'était pas son père, les questions avaient commencé à fuser. Qui était son *vrai* père ? À part qu'Andrew était un soldat, marié et père d'un petit garçon, Ruth ne pouvait pas lui dire grand-chose, car lorsque leur idylle s'était achevée, elle n'avait plus jamais eu de nouvelles de lui. Peut-être n'avait-il pas survécu à la guerre…

Et malgré cela, elle n'arrivait pas à oublier la chaleur de ses bras.

Quand Angela se fut endormie, Arthur l'emporta au premier et la mit au lit. Il scruta un instant le visage poupin de sa fille, puis la petite chambre en désordre autour d'eux. Angela n'aurait pas dû dormir ici. Elle aurait dû avoir sa propre chambre.

Lorsqu'il avait accepté de revenir vivre à Candle Lane, il ne pensait pas qu'ils allaient rester aussi longtemps, et entre-temps il avait trouvé la maison idéale pour eux à Richmond. Certes, elle était un peu chère, mais l'entreprise prospérait et il était en mesure de rembourser un crédit. Sauf que Nelly avait refusé de partir. Sa grand-mère était encore trop malade et ne se remettrait peut-être jamais tout à fait. Pourquoi ne pas plutôt chercher une maison autour de Candle Lane, afin qu'elle puisse s'occuper de sa grand-mère pendant la journée ? Mais Arthur ne voulait rien entendre. Il voulait habiter à Richmond, là où l'air était pur et non pas pollué par la fumée des usines, comme c'était le cas ici. En ce qui le concernait, Sadie avait l'air bien, même si elle était un peu soupe au lait par moments. Le moment était venu pour eux de partir vivre de leur côté. Et il était prêt à taper du poing sur la table pour se faire entendre.

— Angela dort ? murmura Nelly en entrant dans la chambre.

— Oui. Oh, et moi, je vais devoir ressortir après dîner.

— Oh, non, pour une fois que tu es à la maison de bonne heure… C'est à peine si je te vois, ces temps-ci.

— Je sais, mais un dépôt plus grand vient de se libérer à Clapham, et papa et moi avons convenu d'aller le visiter. Il peut contenir jusqu'à huit camions de déménagement.

— Pourquoi est-ce qu'il n'y va pas seul ?

— Parce que nous sommes associés, Nelly. Il veut avoir mon avis. C'est normal.

— Mais tu as déjà roulé toute la journée.

— Je te l'ai déjà dit, nous sommes débordés, en ce moment. Je n'y peux rien.

Arthur n'était pas mécontent d'avoir à ressortir. Nelly et lui n'avaient plus de vie privée et s'il restait à la maison il devrait passer la soirée devant la télé en compagnie de Ruth et de Sadie. Et pour peu que cette dernière soit de mauvaise humeur, ils ne pourraient pas échanger un mot, de peur de la déranger pendant qu'elle regardait son émission préférée. Cela le rendait fou et il ne comprenait pas comment Nelly pouvait la supporter.

— Bon, dit Nelly, j'espère juste que tu ne vas pas rester trop longtemps au dépôt.

— Je ne pense pas, mais ensuite j'ai prévu d'aller retrouver un vieil ami.

— Quel vieil ami ?

— Un garçon que j'ai rencontré en Australie, dit Arthur.

Il s'en voulut quand il vit la mine dépitée de Nelly. Mais pourquoi aurait-il dû se sentir coupable ? Après tout, c'était elle qui faisait passer sa grand-mère en premier et qui refusait de quitter ce trou.

— Bon, je vais faire un brin de toilette et me raser.

Quand Arthur s'en alla, Nelly s'en revint à la cuisine, le cœur gros.

— Arthur n'est pas resté longtemps, ma foi, dit Sadie.

— Non. Bert et lui doivent aller visiter un nouveau dépôt plus grand.

— Un samedi soir ?

— Ils n'ont pas une minute à eux dans la journée. L'entreprise est en train de se développer rapidement et je ne devrais pas m'en plaindre, même si Arthur n'est presque jamais à la maison.

— Il ne devrait pas porter des poids et conduire un camion. Ils n'ont donc pas assez de main-d'œuvre pour s'en charger ?

— Si, mais Arthur a besoin de s'occuper. Et puis son père a le dos en vrac et il ne quitte plus le bureau.

— C'est sûr qu'on ne peut pas reprocher à Bert de ne pas avoir fait sa part du boulot. Il est parti quasiment de rien, et grâce à lui, Elsie et lui habitent dans une belle maison à Wimbledon.

— Arthur aussi veut quitter Battersea.

— Je le comprends. Elsie me manque, et je comprends qu'elle ait eu envie de quitter ce quartier miteux. Il n'y a plus que des barres d'immeubles à présent, et presque toutes les anciennes rues ont été rasées. Celle-ci va sûrement y passer un jour. Et tu as vu ces tours qu'ils sont en train de construire ?

Nelly ouvrit la bouche pour répondre, mais n'en eut pas la possibilité. Sa grand-mère était remontée sur ses grands chevaux.

— Non, mais, tu as vu ces énormes blocs de béton qu'ils empilent pour faire des immeubles ? Douze étages d'un coup. Ça ne m'a pas l'air bien solide, ces trucs-là. Pour rien au monde j'irais vivre là-bas. Pour moi, c'est une maison en brique ou rien.

— J'imagine que ces logements sont très beaux à l'intérieur et qu'ils ont tout le confort moderne.

— Peuh, autant vivre dans une cage à poules. Arthur a raison, ma grande, vous devriez quitter Candle Lane. Tout est moche ici. Sans parler de l'odeur infecte des usines quand le vent rabat la fumée dans notre direction ! J'ai jamais pu m'y faire.

— C'est à cause du houblon, de la levure et tout ce qui sert à fabriquer la bière.

— Ouais, mais il y a aussi le glucose de l'usine Gartons et les bougies Price. Bon, et maintenant, haut les cœurs ! Qu'est-ce qu'il y a à la télé ?

Nelly s'obligea à sourire, contente que sa grand-mère soit d'humeur communicative.

— J'aurais bien aimé qu'Arthur m'emmène au ciné, ce soir, quand il est rentré.

— Ça fait combien de temps que vous êtes pas sortis tous les deux ?

— Deux mois.

— Tu es trop jeune pour rester enfermée toute la journée.

Toutes deux se retournèrent quand Ruth entra dans la pièce, la tête enturbannée d'une serviette-éponge.

— J'ai vidé le ballon d'eau chaude, Nelly. Si tu veux prendre un bain, tu vas devoir attendre une heure.

— C'est pas d'un bain qu'elle a envie, c'est de se changer les idées, fit remarquer Sadie. Elle passe ses journées ici à s'occuper de moi et de la petite. Arthur n'est jamais rentré avant huit heures et il ne l'emmène jamais dîner dehors.

Ruth fit la moue, puis dit :

— Les hommes s'imaginent que les femmes sont contentes de rester à la maison pendant qu'ils vont au pub. En tout cas, ce n'est plus comme avant et tu es libre de sortir seule si ça te fait envie, Nelly. Angela est au lit et si elle se réveille je suis là.

— Mais où veux-tu que j'aille, toute seule ?

— Tu pourrais reprendre tes séances de magnétiseuse à la maison communale.

Un silence s'ensuivit tandis que Nelly prenait le temps de réfléchir à la suggestion de sa mère. Maintenant qu'Angela allait commencer l'école, elle prendrait l'habitude de se coucher de bonne heure.

— J'aimerais bien recommencer à soigner les gens, maman, mais je dois d'abord en parler à Arthur pour voir ce qu'il en dit.

– Il n'y verra pas d'inconvénient. Tu ne seras sortie que quelques heures. La maison communale ferme ses portes à dix heures.

– Oui, mais s'il ne rentre pas avant moi, qui est-ce qui va s'occuper du dîner ?

– Moi.

– Tu es sûre, maman ?

– Si je te le propose.

– Affaire conclue ! dit Sadie. Et maintenant, on se tait et on regarde la télé.

Nelly eut tout le mal du monde à se concentrer sur l'émission qui passait à l'antenne. Une question ne cessait de la tarauder : Arthur serait-il d'accord ?

4

Tommy Walters mourait d'envie de monter dans une automobile. Quand le père d'Angela sortit de la maison, il l'apostropha :

— Eh, m'sieur, vous voulez bien m'emmener faire un tour ?

Arthur Jones secoua la tête, puis demanda, intrigué :

— Tu as dîné, ce soir ?

— Une tartine de pain avec du saindoux, répondit Tommy en se demandant pourquoi cela l'intéressait.

M. Jones était un géant à l'allure débonnaire. Tommy enviait Angela, dont les parents, contrairement aux siens, n'étaient jamais ivres.

— Tiens, va t'acheter un cornet de frites, lui dit M. Jones en lui jetant une pièce.

Tommy l'attrapa au vol et son regard s'illumina quand il vit que c'était un demi-shilling.

— 'ci, m'sieur, lança-t-il, en filant s'acheter un cornet de pommes frites bien salées et généreusement arrosées de vinaigre.

Il dévora ses frites, puis lécha ce qu'il restait de graisse sur ses doigts et balança le cornet de papier dans le caniveau. Quand il tourna à nouveau au coin de Candle Lane, il se rembrunit en voyant sa mère qui l'attendait sur le seuil.

– Tommy, reviens ici tout de suite !

– C'est bon, j'arrive, dit-il en la suivant à regret à l'intérieur de la maison.

– Tiens, prends ça et va me chercher une bouteille de cidre.

N'importe qui d'autre aurait poussé de hauts cris en voyant le désordre qui régnait chez eux. Mais Tommy était habitué à la crasse. Sa mère titubait sur place, l'haleine chargée d'alcool. Il fit la grimace.

– Il faut vraiment que j'y aille ? Tu es déjà bourrée.

– Non, mais dis donc, sale morveux, dit sa mère en levant la main comme pour le frapper. Fais ce que je te dis.

– J'y vais.

Le garçon prit les sous et sortit chercher le remontant de sa mère.

Tout en roulant, Arthur songeait à Tommy Walters. Il avait beau savoir que c'était un garnement, il lui faisait pitié, avec son air famélique et ses jambes grosses comme des allumettes.

Une heure plus tard, Arthur et son père, trouvant le dépôt à leur convenance, décidèrent de signer le bail. Quand ils se quittèrent, Arthur se rendit au pub où il avait rendez-vous avec son ami Joe. Quand il entra dans le bar, l'homme qui était assis dans un coin près de la porte le gratifia d'un :

– Salut, l'étranger !

Arthur était ému de le revoir. Joe et lui s'étaient pris de sympathie l'un pour l'autre dès le départ et étaient devenus des amis proches quand ils avaient fait le tour de l'Australie.

— Ça fait rudement plaisir de te revoir, Joe !

— Également.

— Qu'est-ce que tu bois ?

— Une pinte.

Arthur alla chercher les bières puis vint s'asseoir à côté de son ami.

— Si je m'attendais à avoir des nouvelles de toi ! Comment est-ce que tu as fait pour te procurer l'adresse de ma mère ?

— Tu étais au quatrième dessous quand on était en Australie, mais tu refusais de me dire ce qui n'allait pas. Alors j'ai pris la liberté de lire la lettre de ta mère. Je voulais t'aider, tu comprends ?

La réponse de Joe le surprit, mais il lui était trop redevable pour pouvoir lui en vouloir. Il se plaisait bien, en Australie, mais quand il avait appris que Nelly était enceinte, il avait décidé de rentrer en Angleterre. Comme il n'avait pas de quoi se payer le billet, Joe l'avait aidé.

— Quand j'ai trouvé l'argent que tu avais glissé dans mon portefeuille, tu t'étais volatilisé. J'ai toujours voulu te rembourser, mais je ne savais pas comment te joindre. Je suis bien content de pouvoir te repayer, en tout cas.

— Cet argent, je te l'ai donné.

— Mais je tiens absolument à te rembourser. Tu comptes rester longtemps ?

— Pour toujours. Je ne sais pas si c'est une bonne idée. Je suis revenu quand j'ai appris que ma mère était tombée malade et qu'elle me réclamait.

Entre-temps, elle s'est remise, et moi, je claque des dents. J'avais oublié que le temps est pourri, ici.

— Mais on est en septembre et il fait doux, protesta Arthur.

— Doux ! Tu plaisantes, dit Joe en resserrant son blouson autour de lui. Et qu'est-ce que tu fais de beau, maintenant ?

— Je travaille dans l'entreprise de déménagement de mon père. Lui et moi, on s'est associés.

— Et la fille que tu mourais d'envie de revoir ?

— Je l'ai épousée, et on a une petite fille de cinq ans.

— Ça a l'air de bien marcher pour toi, dis donc. C'est super.

— Et toi, Joe ? Tu comptes aller travailler dans l'exploitation agricole de ton père ?

— Non. On ne s'entend pas mieux qu'avant, lui et moi. J'ai l'intention de monter ma propre boîte.

— Mais encore ?

— Je préfère ne pas en parler pour l'instant. Mais si jamais ça marche, je te tiendrai au courant.

— Pardon, je ne voulais pas être indiscret.

— Y'a pas de mal, Arthur, mais ce n'est encore qu'à l'état de projet, tu comprends ?

— Je comprends. Mais où est-ce que tu crèches ? Tu vis chez tes parents ?

— Non, vu l'ambiance, j'ai préféré m'installer de mon côté. Je me suis trouvé un petit studio du côté d'Earls Court. Mais je passe voir ma mère presque toutes les fins de semaine.

Ils évoquèrent le bon vieux temps et tout ce qu'ils avaient fait à l'époque où ils bourlinguaient ensemble. Et, bien sûr, il fut question de football, et de la Coupe du monde remportée par l'Angleterre. Arthur était intarissable sur le sujet.

Il leva son verre, prit une longue gorgée de bière et déclara avec un grand sourire :

– Avec un type comme Gordon Banks comme gardien de but, on ne pouvait pas ne pas gagner. À un moment, un chien est entré sur le terrain. Si tu avais vu comment Banks a plongé pour l'attraper. La foule était en délire.

– Je suis content que l'Angleterre ait raflé la Coupe, mais moi, ce que je préfère c'est le rugby.

– Moi, j'aime bien de temps en temps, mais les règles sont trop compliquées.

– Qu'est-ce que tu ne comprends pas ?

– La règle du hors-jeu, par exemple.

Joe se lança dans une explication qu'Arthur s'efforça de suivre, puis il finit sa bière et commanda une autre tournée. Ils continuèrent de parler de sport encore un moment, puis Joe dit :

– Désolé, vieux, mais il faut que j'y aille. J'espère qu'on va se revoir.

– Bien sûr. Et puis, comme je te l'ai dit, je tiens à te rembourser.

Joe protesta, mais Arthur insista et ils convinrent de se revoir la semaine suivante.

Arthur était légèrement ivre quand il prit le chemin du retour. Il songea à Joe qui avait l'intention de se lancer sérieusement dans les affaires. Il l'enviait, d'une certaine façon, car il allait pouvoir mener sa barque comme il l'entendait, contrairement à lui, qui travaillait avec son père.

Au début, Arthur aimait bien faire la route. Mais plus maintenant. Il en avait par-dessus la tête d'être toujours par monts et par vaux. Et puis, son père et lui avaient beau être associés, c'était son père qui commandait. Et il ne se gênait pas pour le lui faire comprendre.

Si ça continuait comme ça, il en serait toujours au même point dans dix ans : un déménageur comme les autres, un tâcheron sans responsabilités, et qui n'avait pas son mot à dire dans la gestion de l'entreprise.

Nelly n'était toujours pas couchée quand Arthur rentra. Elle était impatiente de lui parler, espérant qu'il serait d'accord pour qu'elle reprenne ses séances de magnétisme, mais ses espoirs furent douchés.

— Je ne pense pas que ce soit une bonne idée, Nelly. Je rentre souvent tard du travail, mais au moins tu es là quand j'arrive. Je n'ai pas envie de me retrouver seul en compagnie de ta mère et de ta grand-mère pendant que tu es à la maison communale.

— Je serai rentrée au plus tard à dix heures.

— Mais pourquoi est-ce que tu veux soigner les gens ? Tu n'as pas déjà suffisamment à faire avec ta grand-mère ?

— J'ai besoin de me changer les idées et de mettre un peu le nez dehors. Tu es tellement occupé que tu ne m'emmènes jamais nulle part. Je passe mon temps à m'occuper d'Angela et de grand-mère.

— Et tu n'as pas l'air de te rendre compte que je travaille comme un forcené. Pauvre petite Nelly, qui se retrouve coincée devant la télé… Comme la vie est dure, railla Arthur avec sarcasme.

— Bien sûr que si, je m'en rends compte. Mais j'ai vingt-trois ans, pas quatre-vingt. Et j'ai l'impression de passer complètement à côté de la vie. Les folles années soixante ! Tu parles ! Mon horizon à moi se limite à Candle Lane et les fichues boutiques du quartier !

— Ne jure pas, Nelly. Ça ne te ressemble pas.

— Et toi, tu n'es qu'un vieux grincheux. C'était quand la dernière fois que tu t'es vraiment amusé ? J'en ai par-dessus la tête. Au fait, tu te souviens de la dernière fois où nous avons fait l'amour ?

Dès que les mots jaillirent de sa bouche, Nelly les regretta, et elle baissa les yeux, rouge de honte. Elle se sentait frustrée, certes, mais ce n'était pas une raison pour s'exprimer aussi crûment. Soudain elle comprit que, depuis des semaines, elle marchait sur des œufs, comme si elle avait pressenti que quelque chose de terrible était sur le point d'arriver.

— Nous n'avons aucune intimité et je refuse de faire l'amour alors que notre fille dort dans la même chambre que nous, répliqua Arthur. Imagine que tu la réveilles avec tes cris ? Tu n'es pas très discrète, avoue-le.

Nelly s'empourpra à nouveau. Comment pouvait-il lui lancer ça en pleine figure. Que leur arrivait-il ? Qu'arrivait-il à leur couple ?

— Je te demande pardon, s'excusa Arthur. Je n'aurais pas dû dire ça. J'étais de mauvaise humeur en rentrant, mais je n'aurais pas dû m'en prendre à toi, tu n'y es pour rien.

Voyant son air contrit, elle se jeta dans ses bras.

— Je suis désolée, moi aussi. C'est sans importance. Oublie les séances de magnétisme.

— Non, non. Va à la maison communale, et la prochaine fois que je rentrerai de bonne heure, je t'emmènerai danser.

Les bras d'Arthur se resserrèrent autour d'elle et Nelly se lova tout contre lui. Elle sentit son membre se durcir contre elle et, se tournant, l'entraîna vers le lit.

Angela dormait, le pouce dans la bouche, comme toujours. Arthur tourna brièvement les yeux vers elle et dit :

— Non, Nelly.

— S'il te plaît, je te promets de ne pas faire de bruit, supplia-t-elle, tandis qu'elle se serrait tout contre lui.

Le regard d'Arthur s'assombrit et avec un petit grognement de désir, il commença à déboutonner son corsage en dévorant ses seins des yeux. Puis ils tombèrent sur le lit, en arrachant leurs vêtements à la hâte, et Nelly se mit à feuler doucement quand les lèvres d'Arthur effleurèrent ses mamelons. Il y avait si longtemps. N'y tenant plus, elle supplia doucement :

— S'il te plaît, mon amour, prends-moi.

Nelly arqua ses reins, emportée par la passion, tandis qu'il la pénétrait d'un coup de boutoir. Ce fut rapide, les ongles de Nelly griffant le dos de son mari à mesure que le plaisir montait. Elle avait presque atteint l'orgasme, quand sa bouche s'arrondit et qu'elle cria :

— Oui, Arthur, oui ! Maintenant !

Au même instant, une petite voix se fit entendre :

— Qu'est-ce que vous faites ?

Nelly repoussa brusquement Arthur, tous deux restés sur leur faim. Arthur écarquillait des yeux horrifiés tandis qu'il s'empressait de se couvrir. Mais trop tard, car Angela demanda :

— C'est quoi, ça, papa ?

— Tu vois ce que tu as fait, pesta-t-il en rabattant promptement le drap sur son membre.

Nelly s'enroula tant bien que mal dans le couvre-lit pour cacher sa nudité.

— Ce n'est rien, ma chérie. Allons, recouche-toi, il est l'heure de dormir.

— Mais tu criais, maman. Papa t'a fait mal ?

— Non, non, pas du tout. C'était juste un jeu. Et maintenant, retourne te coucher.

— Je veux du lait.

— Très bien, papa va aller t'en chercher, dit Nelly en se postant de façon à bloquer la vue d'Angela pour qu'Arthur puisse enfiler son peignoir.

Et voilà ! songea-t-il en nouant sa ceinture. Ce qu'il redoutait s'était produit. Plus jamais il ne ferait l'amour tant qu'Angela dormirait dans leur chambre.

Combien de temps encore allaient-ils devoir supporter cette situation ? C'était un enfer pour tous les deux.

5

Assise dans le hall de la maison communale, Nelly était perdue dans ses pensées. Le premier jour d'école d'Angela avait failli tourner à la catastrophe, la petite refusant d'entrer dans le préau et s'accrochant désespérément à la main de sa mère, jusqu'à ce que Tommy Walters vole à son secours.

Le garçon lui avait dit d'arrêter de se comporter comme un bébé, et à la stupéfaction de Nelly, Angela l'avait suivi sans protester. Le moins qu'on puisse dire c'est qu'ils faisaient une drôle de paire, lui avec sa dégaine débraillée de gosse des rues, et Angela propre comme un sou neuf et tirée à quatre épingles. Nelly n'en revenait pas qu'il l'ait prise sous son aile, d'autant qu'il avait deux ans de plus qu'Angela et qu'il aimait passer pour un dur.

Après cela, Dieu soit loué, la petite n'avait plus jamais bronché quand il fallait aller à l'école. Mais même si Tommy lui avait tiré une fameuse épine du pied, Nelly ne voulait pas qu'Angela traîne avec lui et sa bande, et elle ne cessait de lui répéter qu'elle devait garder ses distances.

Le mois de septembre touchait à sa fin, désormais, et Nelly se faisait du souci pour son couple. Pour leur cinquième anniversaire de mariage, Arthur lui avait offert des fleurs, mais sans même un petit mot d'accompagnement, et il ne l'avait pas emmenée dîner dehors. Elle avait fait contre mauvaise fortune bon cœur, pensant qu'il était trop occupé pour songer à ce genre de choses, mais depuis quelque temps il se comportait bizarrement, comme s'il lui avait caché quelque chose.

Pire même, certains soirs, il invoquait des prétextes futiles pour sortir tout seul, et Nelly en venait à se dire qu'il voyait peut-être une autre femme. Rien que d'y penser, elle en avait la nausée et se demandait si elle n'aurait pas mieux fait de lui poser carrément la question. Mais non, Arthur ne l'aurait jamais trompée. Tout le problème venait de ce qu'ils vivaient à Candle Lane. Mais chaque fois qu'elle envisageait de partir, elle songeait à sa grand-mère. Elle sentait confusément que quelque chose de terrible était en train de se tramer. Sadie allait-elle faire une autre attaque cérébrale ?

Heureusement qu'elle s'absentait de la maison deux soirs par semaine pour rejoindre les trois autres guérisseuses qui officiaient à la maison communale. Mais bien qu'elle eût fait promettre à sa mère de l'appeler immédiatement en cas de problème avec Sadie, Nelly n'arrivait pas à se détendre complètement. Cela affectait ses talents de magnétiseuse, au point qu'elle avait dû remettre plusieurs patients aux soins de ses collègues.

Une femme s'était approchée de Nelly. Celle-ci l'invita à prendre une chaise puis lui demanda ce qui l'amenait. La femme lui dit qu'elle souffrait de migraines. D'une voix douce, Nelly lui dit de se détendre, puis, s'étant postée derrière elle, leva les yeux au ciel et récita une prière silencieuse. Ses mains étendues au-dessus de la tête de la femme, elle s'efforçait de lui transmettre l'énergie bienfaisante qui émanait de ses paumes.

Elsie, sa belle-mère, lui avait patiemment appris à se servir de ses dons, et Nelly n'oublierait jamais sa première séance de magnétisme. Après avoir réussi à soulager l'arthrose de sa grand-mère, elle s'était sentie complètement vidée. Elsie lui avait expliqué qu'elle devait déverser l'énergie à l'intérieur d'elle-même et non pas à l'extérieur, et Nelly avait peu à peu maîtrisé cette technique et amélioré ses performances.

À présent, tandis qu'elle se concentrait, elle sentait distinctement le picotement familier dans ses paumes et ferma les yeux pour se concentrer davantage. Tout était silencieux, et une atmosphère de paix régnait dans la salle, quand les portes battantes s'ouvrirent à la volée et qu'Angela déboula dans le hall.

– Maman ! Maman ! cria-t-elle en s'élançant à toutes jambes vers Nelly. Maman, il faut que tu viennes, vite ! Grand-ma arrête pas de crier et mamie pleure.

– Je suis désolée, dit Nelly à sa cliente, mais il s'agit d'une urgence.

Nelly s'accroupit face à sa fille, en pyjama et pantoufles sous son manteau enfilé à la va-vite, et lui demanda :

– Comment se fait-il que tu ne sois pas au lit ? Et contre qui est-ce que grand-maman est en train de crier ?

– Contre un monsieur noir.

— Quel monsieur noir ?

Posant ses mains sur ses hanches, comme l'aurait fait un adulte, Angela soupira, excédée :

— Celui qui est avec Mary.

Nelly se demanda ce que sa tante faisait avec un homme noir, mais pour l'heure elle était plus préoccupée par le fait que sa fille soit sortie seule de la maison.

— Est-ce que mamie sait que tu es ici ?

— Non, je me suis enfuie avant qu'elle me voie. Maman, s'il te plaît, viens. J'ai peur.

Pour qu'Angela lui fasse un tel aveu, c'est que la situation devait être critique. Nelly prit sa fille par la main et, après avoir lancé un rapide « au revoir » à ses collègues, sortit de la salle en trombe.

— Maman, tu marches trop vite, protesta Angela, mais c'est à peine si sa mère l'entendit tandis qu'elles tournaient au coin de Candle Lane.

Presque au même instant, elle vit la porte du numéro cinq s'ouvrir à la volée et un homme en sortir, comme propulsé par un canon, et atterrir en vrac sur le trottoir.

Mary s'élança aussitôt à son secours et l'aida à se relever tandis que Sadie paraissait à son tour en vociférant d'une voix rauque :

— Emmène-moi ça loin d'ici, sans quoi ça va saigner !

— Il a un nom, maman ! Il s'appelle Leroy, et je n'arrive pas à croire que tu te comportes ainsi !

— Et moi, je n'arrive pas à croire que tu veuilles l'épouser ! Il est... il est...

— Noir ! Oui, Leroy est noir, mais contrairement à mon premier mari, c'est un homme gentil.

— Tu ne pouvais pas te trouver un gentil *Blanc* ? Ce n'est pas correct, Mary, et si tu continues comme ça, je ne veux plus te voir !

— Très bien, puisque c'est comme ça, je n'ai plus rien à ajouter, excepté ceci : Je suis enceinte ! Qu'est-ce que tu dis de ça, hein ?

À présent, tous les voisins étaient sortis de chez eux, visiblement ravis du spectacle. Seule Mme Cox les regardait avec commisération. Tommy Walters et trois petits autres vauriens de sa bande suivaient la scène avec intérêt, les yeux brillants d'excitation.

Nelly se fraya un chemin jusqu'à sa grand-mère et sa tante.

— Ma parole, vous tenez absolument à ce que tout le quartier soit au courant de vos affaires ?

— C'est à cause d'elle, qui s'affiche avec ce… *ce* !

— *Ce* quoi ? cria Mary. Leroy est un être humain, et tout ce qu'il y a de bien.

— Un sale nègre ! Voilà ce qu'il est !

— Maman !

— C'est quoi un nègre, grand-ma ?

À cette question de son arrière-petite-fille, Sadie eut l'air contrit.

— C'est un gros mot et j'aurais pas dû le dire. Fais pas attention.

Nelly vit alors sa mère passer la tête par la porte et demander :

— Maman, tu avais remarqué qu'Angela était sortie de la maison ?

— Non. Je suis désolée. Remarque, avec tout ce raffut, pas étonnant qu'elle se soit enfuie.

Nelly vit alors son énergumène de fille s'approcher de Leroy et, le prenant par la main, lui dire gentiment :

— Tu t'es fait mal ?

— Non, ma poulette, c'est juste une égratignure.

— Eh, visez un peu, les gars, s'écria soudain Tommy. Elle a touché le moricaud. Avec ça, si elle se chope pas la gale.

— Tais-toi ! lui lança Angela, furieuse.

À la surprise de Nelly, le garçon se tut, mais se tournant vers Leroy, Angela lui demanda :

— Pourquoi est-ce que tu as la peau noire ?

— Parce que je viens de Jamaïque.

— C'est où ?

— Angela, ça suffit maintenant, la sermonna gentiment Nelly.

Leroy sourit.

— Ce n'est pas grave. Ça ne me dérange pas.

— Éloigne-toi de lui, Angela ! ordonna Sadie.

— Pourquoi ?

— Fais ce que je te dis !

— Il n'est pas pestiféré, glapit Mary.

— Allons, viens, il vaut mieux partir, dit Leroy en la prenant par le bras.

— Tu as raison. Nous ne sommes manifestement pas les bienvenus, ici.

— Ni ici ni ailleurs, soupira tristement Leroy.

Avec un reniflement dépité, Sadie tourna les talons et rentra dans la maison, non sans avoir lancé un dernier trait à sa fille aînée :

— Je te préviens, Mary. Ne ramène plus jamais un nègre dans ma maison.

La porte se referma dans un claquement et, se tournant vers sa sœur, Ruth lui glissa, mécontente :

— Tu n'aurais pas dû l'amener ici. Je t'avais dit qu'il ne fallait pas contrarier maman. Et toi, en plus, tu en rajoutes en lui disant que tu es enceinte.

— Parce que je le suis.

– À ton âge ! Ne sois pas stupide !

– Je ne suis pas stupide !

– Si. Mais j'en ai assez de cette discussion. Maintenant, maman va être dans tous ses états. Je ferais mieux d'aller voir comment elle se porte.

– Hum, renifla Mary. Elle ne doit pas être bien malade, sans quoi elle n'aurait jamais trouvé la force de jeter Leroy dehors comme elle l'a fait.

– Elle était tellement en rogne qu'elle aurait pu renverser un camion à mains nues. Mais ce n'est pas bon pour sa tension, argua Ruth, les narines frémissant de rage. Nelly, viens, rentrons.

– Une seconde, maman. J'aimerais d'abord échanger quelques mots avec tante Mary.

– Dépêche-toi. Ta grand-mère va sûrement avoir besoin de toi, dit Ruth en pivotant sur ses talons.

Mary poussa un soupir.

– Leroy, je te présente ma nièce, Nelly. Et tu as déjà fait la connaissance de ma petite-nièce, Angela.

– Enchanté.

– Également, dit Nelly en lui serrant la main.

Leroy était grand, avec des yeux très sombres et des cheveux noirs crépus. Il portait un veston croisé gris sur un pantalon bouffant resserré au niveau des chevilles. Plusieurs familles jamaïcaines s'étaient établies à Battersea, et les hommes semblaient tous porter cette sorte de vêtements. Nelly était impressionnée par le courage dont sa tante faisait preuve. Les femmes blanches s'affichant en compagnie d'hommes noirs étaient considérées comme des moins-que-rien. Il fallait que sa tante soit follement éprise de Leroy pour s'exposer à une telle vindicte.

— Il semblerait qu'au moins un membre de la famille soit prêt à te serrer la main, Leroy.

— Personnellement, je n'ai pas de préjugés, tante Mary, mais tu sais comment sont les gens d'ici. Ils vont t'en faire baver.

— Je sais, mais nous ne serons pas le premier couple à tenir bon malgré les écriteaux « Ici, on refuse les Noirs » qui fleurissent à la façade des immeubles.

— Quand est-ce que vous allez vous marier ?

— Dès que possible. Tu viendras à la cérémonie, Nelly ?

— Bien sûr, et maman aussi, certainement.

— J'en doute, car elle n'ose pas tenir tête à ta grand-mère, qui ne va pas se gêner pour te mettre la pression à toi aussi.

Avant que Nelly ait pu répondre, Angela tira sur la manche de Mary.

— Je pourrai être ta demoiselle d'honneur, tatie ?

— Je suis désolée, ma poulette, mais il n'y aura pas de demoiselles d'honneur parce qu'on ne va pas se marier à l'église.

— Angela, chérie, retourne à l'intérieur, intervint Nelly en voyant la mine renfrognée de sa fille.

— Non ! Veux pas !

— Fais ce que je te dis !

La lèvre d'Angela se mit à trembler, mais Nelly, habituée aux caprices de sa fille, ne céda pas. Soufflant bruyamment, Angela fit ce que sa mère lui ordonnait. Mais à peine était-elle rentrée qu'elle ressortit en courant.

— Maman ! Grand-ma veut que tu rentres tout de suite.

— Elle me traite vraiment comme une gamine, soupira Nelly. Mais mieux vaut ne pas la contrarier.

— Au revoir, dit Mary en commençant à s'éloigner la tête haute, main dans la main avec Leroy.

Tommy et sa bande commencèrent à les suivre en gesticulant et en mimant une danse tribale, et Mme Stone, du numéro neuf, cracha par terre quand Mary passa devant chez elle. Le sang de Nelly ne fit qu'un tour. Les gosses, passait encore, car ils n'avaient pas conscience de la gravité de la situation, mais de la part des adultes, c'était inadmissible. Elle eut envie d'invectiver Mme Stone. Mais hormis une intervention divine, rien ni personne n'aurait pu venir à bout de tels préjugés. C'est pourquoi elle se tint coite et attendit que sa tante et Leroy aient tourné au coin de la rue avant de regagner la maison.

Dès qu'elle eut franchi le seuil, sa grand-mère se lança dans une diatribe pleine de fiel.

— Je n'arrive pas à y croire ! Ma propre fille va épouser un nègre ! Et elle est enceinte, par-dessus le marché !

— Je doute qu'elle le soit, dit Ruth. Pas à son âge.

— En tout cas, je ne veux plus jamais la voir. À partir d'aujourd'hui, elle a cessé d'être ma fille. Et si jamais elle ose se présenter chez moi, je lui claquerai la porte au nez.

Nelly, qui n'avait pas apprécié la façon dont sa tante avait été reçue, sentit de nouveau la moutarde lui monter au nez.

— Ce n'est pas ta maison, mamie. C'est celle de maman, et s'il te plaît, arrête de tenir des propos racistes devant ma fille.

— Si ça ne te plaît pas, tu sais ce qu'il te reste à faire !

— Ne parle pas à Nelly sur ce ton, s'emporta Ruth dont la patience avait elle aussi atteint ses limites.

— Je lui parle sur le ton qui me plaît !

— Ne crie pas... s'il te plaît, ne crie pas... pleura Angela.

Non seulement Angela devait supporter les sautes d'humeur de Sadie, mais voilà qu'elles aussi se querellaient, songea Nelly, consternée.

— Ce n'est rien, ma chérie, dit-elle en caressant la tête de sa fille. Viens, on va monter faire un puzzle toutes les deux dans ta chambre.

Bientôt, la petite se calma, ses pensées entièrement absorbées par le morceau de ciel bleu qu'elle essayait d'insérer dans le puzzle. Mais Nelly continuait de bouillir intérieurement et de songer qu'il était grand temps qu'ils quittent cette maison.

6

On était à la mi-octobre et Ruth n'était pas mécontente d'être rentrée du boulot. Arthur n'était pas là, Nelly s'était rendue à la maison communale, et avec Angela déjà couchée, elle allait pouvoir passer une soirée tranquille en compagnie de sa mère. Mais un coup frappé à la porte vint interrompre sa quiétude.

C'était Elsie. Les yeux de Ruth s'écarquillèrent.

— Ça alors ! Tu parles d'une surprise… est-ce que tout va bien ?

— Oui, oui, mais il y a quelque chose dont j'aimerais te parler.

— Entre, ma belle, l'invita Ruth.

— Regardez qui va là ! s'écria Sadie, visiblement contente de voir Elsie lorsque celle-ci entra dans la cuisine.

— Bonjour, Sadie. Comment vous portez-vous ?

— Comme un charme.

— Tant mieux. Mais où sont les autres ?

— Nelly est à la maison communale, où elle fait des séances de magnétisme, quant à Arthur j'ignore où il est, lui dit Ruth.

— Tiens, c'est curieux. Bert m'a dit qu'il n'avait pas beaucoup travaillé, aujourd'hui. Je m'attendais à le trouver ici.

Ruth jeta un coup d'œil à la pendule et fronça les sourcils.

— C'est vrai qu'il est déjà huit heures. Il a peut-être eu un problème avec son camion.

— Si c'était le cas, Bert me l'aurait sûrement dit. J'aurais dû téléphoner pour m'assurer que vous étiez tous là. Mais avec Bert qui fourre son nez partout, c'était impossible. Il ne sait pas que je suis ici. J'espère seulement qu'Arthur ne va pas tarder.

— Mais qu'est-ce qui t'amène, Elsie ?

— Eh bien, j'avais pensé qu'on pourrait organiser une petite fête en janvier, pour l'anniversaire de Bert.

— Tu ne t'y prends pas un peu trop tôt, Elsie ?

— Pas vraiment. Cela exige pas mal de préparation, et j'aurais aimé demander un coup de main à Arthur et Nelly. Il va avoir cinquante ans, Ruth ! Déjà !

— Déjà ! répéta Sadie. Et où comptes-tu faire ça ?

— J'avais pensé louer la salle des fêtes. Je sais bien que nous n'habitons plus le quartier, mais la plupart de nos amis vivent toujours ici.

— Bien, dit Ruth. Arthur n'est pas encore là, mais ça ne nous empêche pas de commencer à tout planifier. On va faire une liste de tout ce dont on va avoir besoin.

— Oui, bonne idée. Je suis sûre qu'Ann aurait aimé participer, mais elle vit à Milton Keynes.

— Avec ses trois gosses, dont des jumeaux, ta fille a déjà bien assez à faire comme ça.

— Elle vit trop loin pour que je puisse l'aider. Mais elle vient passer le week-end prochain à la maison. Ça va me faire du bien, de la voir.

— Il paraît que tu vas prendre aussi Angela chez toi vendredi soir. Tu aimes souffrir, commenta Ruth avec un sourire amer.

— Oh, mais je suis ravie, et puis ce n'est pas une de plus qui va faire une grande différence.

— Grand bien te fasse.

— Tu es au courant, pour Mary ? demanda Sadie.

— Oui, Arthur m'a dit.

— Je ne l'accepterai jamais. Elle n'épousera pas ce Noir tant que je serai vivante.

— Arthur m'a dit que vous n'étiez pas d'accord. Mais est-ce si grave, au fond ? Elle est seule depuis la mort de son mari, et après tout ce qu'elle a enduré, elle a bien droit à sa part de bonheur, non ?

Voyant le regard de sa mère s'assombrir, Ruth s'empressa de changer de sujet.

— Bon, je croyais qu'on était censées organiser une fête d'anniversaire.

Ignorant sa fille, Sadie s'écria, livide :

— Elsie Jones, si tu es venue pour prendre la défense de Mary, je te prierai de sortir de cette maison !

— Ne vous mettez pas dans cet état, voyons, protesta Elsie. Je ne prends la défense de personne.

— Vraiment ? Je n'avais pas remarqué.

Elsie s'approcha de Sadie, et se penchant sur elle, lui prit la main et dit doucement :

— Allons, Sadie, je n'ai pas envie que nous nous fâchions. Faisons comme si je n'avais rien dit, d'accord ?

— D'accord, mais... ne prononce plus le nom de Mary.

— Entendu, dit Elsie en coulant un regard compatissant à Ruth.

Après cela, elles s'assirent toutes ensemble pour discuter des préparatifs, et petit à petit la tension se dissipa. Le buffet fut le premier point qu'elles abordèrent, puis il y eut les boissons, la musique, et enfin la liste des invités.

— C'est drôle, commenta Ruth, je n'arrête pas de penser à une autre fête que tu avais organisée, il y a des années, pour le départ d'Arthur en Australie.

— Notre première petite-fille a été conçue ce soir-là. Peut-être qu'ils vont remettre ça à l'occasion de l'anniversaire de Bert, dit Elsie en riant.

Ruth sourit, et elles se mirent à évoquer le bon vieux temps, jusqu'à ce qu'Elsie déclare qu'elle devait s'en aller. Il était neuf heures et demie.

— Je vais appeler un taxi, mais en attendant qu'il arrive, est-ce que je peux monter voir la petite en vitesse ?

— Bien sûr, mais par pitié, ne la réveille pas.

Elsie redescendit peu après, le sourire aux lèvres.

— Notre petit ange dort sur ses deux oreilles, ne t'inquiète pas. Mais je ne comprends pas pourquoi Arthur n'est pas encore rentré. Où peut-il bien être ?

Ruth eut un haussement d'épaules nonchalant.

— Il savait que Nelly devait aller à sa consultation ce soir, alors je suppose qu'il est allé faire un tour au pub.

— Oui, c'est probable, concéda Elsie.

Presque au même instant, il y eut un coup de klaxon dans la rue.

— C'est le taxi, dit Ruth en raccompagnant Elsie jusqu'à la porte.

Quand elle revint à la cuisine, Sadie s'était assoupie. Une demi-heure plus tard, Arthur rentra enfin.

— Bonsoir, lui lança-t-elle en faisant de son mieux pour prendre l'air détaché. Tu es rentré tard, dis donc. La journée a été longue ?

– Oui, un déménagement dans le Devonshire. Et gros avec ça, je suis lessivé.

Tout en allumant une cigarette, Ruth observa Arthur entre ses cils. Il mentait, à l'évidence. Mais pourquoi ? Toutes les excuses bidon qu'il invoquait quand il rentrait tard ne pouvaient vouloir dire qu'une chose : Arthur trompait Nelly. Devait-elle s'en mêler ? Le mettre au pied du mur ? Elle ouvrit la bouche, prête à exiger des explications, quand la porte s'ouvrit à la volée et Nelly entra en trombe.

– Bonsoir, mon chéri, dit-elle, en s'élançant aussitôt vers son mari.

En voyant son gendre enlacer tendrement Nelly, elle s'en voulut d'avoir douté de lui. Non, jamais Arthur ne lui aurait été infidèle. Il était trop amoureux de sa femme. Mais il n'empêche qu'il manigançait quelque chose. Elle en était certaine.

Quand tout le monde fut couché, Ruth, restée seule à la cuisine, sentit monter une vague de tristesse. Quand sa sœur était venue leur présenter son amoureux, Jamaïcain ou pas, elle l'avait enviée. Parfois, elle mourait d'envie qu'un homme la prenne elle aussi dans ses bras. Mais comment pouvait-elle espérer rencontrer quelqu'un alors que sa vie tout entière tournait autour de son travail et de son foyer…

7

Le samedi suivant, Nelly passait un coup de chiffon en fredonnant gaiement. La veille au soir, Angela était allée dormir chez Elsie, de sorte qu'Arthur et elle avaient pu faire l'amour, avec tant de fougue et de désir mutuel, qu'elle s'en était voulu d'avoir pu imaginer que son mari la trompait.

— C'est quoi encore, ce raffut ! grommela Sadie.

Nelly s'approcha de la fenêtre, et ses lèvres se pincèrent en une ligne amère quand elle vit Tomy Walters se faisant rosser par sa mère. Angela, qui s'était approchée, regardait elle aussi la scène, visiblement choquée, tandis que le garçon poussait des cris déchirants. Nelly avait beau ne pas porter le garnement dans son cœur, elle ne supportait pas que Laura Walters puisse le frapper à coups de ceinture.

— Je reviens tout de suite, grand-maman, dit-elle en se ruant à l'extérieur.

Une poignée de voisins étaient sortis sur le pas de leur porte, manifestement révoltés, mais personne n'osait intervenir. Nelly s'élança vers Laura et la saisit par le bras. Aussitôt, la mégère fit volte-face et l'abreuva d'injures.

— Ôte tes sales pattes de là !

Nelly eut un haut-le-cœur tant l'haleine de la femme était chargée d'alcool.

— Laissez Tommy tranquille, ordonna-t-elle.

— Mêle-toi de tes oignons ! Il n'a que ce qu'il mérite !

— Pourquoi ? Qu'est-ce qu'il a fait ? demanda Nelly.

À son grand soulagement, son attention momentanément détournée, la femme s'était arrêtée de fouetter les mollets de Tommy.

— Il m'a tenu tête, éructa Laura, en lâchant l'oreille de Tommy par la même occasion.

Aussitôt, le gamin en profita pour filer sans demander son reste.

— Tu ne perds rien pour attendre, petit sagouin ! rugit sa mère. Tu vas voir ce que tu vas prendre tout à l'heure !

— C'est révoltant, dit Mme Stone, quand Laura eut regagné sa maison d'un pas chancelant. Il est à peine une heure et elle est déjà saoule comme une barrique.

D'autres femmes hochèrent la tête, se joignant au concert de commérages, mais Nelly prit sa fille par la main.

— Allons, rentrons à la maison.

— Non, je veux pas rentrer. Je veux attendre que Tommy revienne.

— Il n'est pas près de rentrer, crois-moi, dit Nelly, qui ne pouvait s'empêcher d'avoir de la peine pour le garçon.

— C'était quoi, ce raffut ? demanda Sadie dès qu'elle les vit.

— Laura Walters qui donnait une correction à son fils.

— Bah, il aura encore fait les quatre cents coups.

— Ce n'est pas une raison pour le battre à coups de ceinture. Je crois que sa mère est saoule.

— Ouais, saoule comme une barrique, dit Angela. C'est bien comme ça qu'on dit, hein, grand-ma ?

— Oui, répondit Sadie, tout en glissant à voix basse à Nelly : Où est-ce qu'elle est encore allée chercher ça ?

— Jessie Stone.

— Ça ne m'étonne pas. On raconte que Laura aime bien lever le coude, et son homme aussi.

— C'est quoi… lever le coude… ? demanda Angela.

Nelly en avait assez de cette conversation.

— C'est sans importance, mon petit ange. Et maintenant, cours chercher ton puzzle à l'étage.

Pour une fois, Angela fit ce qu'elle lui ordonnait, et quand elle fut hors de portée de voix, Nelly dit :

— Si ses deux parents sont alcooliques, rien d'étonnant à ce que Tommy soit un garnement. Cela explique aussi pourquoi il est aussi mal attifé.

— Ouais. En tout cas, si sa mère continue comme ça, elle va pas faire de vieux os.

— C'est pour Tommy que je me fais du souci. Je devrais peut-être aller trouver les services sociaux.

— Ne t'en mêle surtout pas, Nelly. Ce ne sont pas tes affaires. Et puis, il est pas dit que le gamin serait plus heureux dans un orphelinat. Parce que c'est là qu'ils finissent tous.

— Si ça lui permet d'échapper aux coups de sa mère, si.

— Tu l'as déjà vue le battre avant ?

— À vrai dire, non.

— Tu vois. Le garçon a peut-être fait une grosse bêtise qui a poussé sa mère à bout. C'est un petit voyou, que tu le veuilles ou non. On ne va pas alerter les services sociaux parce que Laura l'a battu une fois.

Nelly n'était pas de cet avis. Elle espérait en tout cas que sa mère se serait suffisamment calmée quand Tommy rentrerait chez lui. Maintenant, elle comprenait mieux pourquoi le gosse traînait dans les rues à toute heure. Ses parents étaient probablement trop ivres pour s'en préoccuper. Mais il n'avait que sept ans, et il était dangereux d'être livré à soi-même à cet âge-là.

Nelly ressentit un pincement de culpabilité. Bien souvent, elle avait chassé le garçon de devant sa porte. Mais avait-elle le choix ? Il jurait comme un charretier, et récemment il avait essayé de voler des pommes sur un étalage au marché. C'était une mauvaise fréquentation et elle ne voulait pas que sa fille se laisse entraîner.

À trois heures, Mary passa les voir, mais dès qu'elle la vit, Sadie s'écria :

— Tu ne nous ramènes pas ton sale nègre, au moins ? Sinon du balai !

Il n'y eut pas de réplique acerbe ou de dispute, Mary se contenta de les regarder d'un œil triste. Ce fut Ruth qui rompit le silence :

— Mary, qu'est-ce qui ne va pas ?

Elle resta clouée sur place, tremblante, et l'air accablé. Nelly scruta l'aura de sa tante. Tout semblait normal.

— Mary ? répéta Ruth. Qu'est-ce qui ne va pas ?

— Je... je ne suis pas enceinte.

— Je te l'avais dit, remarqua Ruth.

Sadie retroussa ses lèvres.

— Est-ce que ça veut dire que tu ne vas pas épouser le maudit nègre ?

— Pour l'amour du Ciel, maman, ne l'appelle pas ainsi. Mais non, en effet, Leroy est parti.

Un sourire satisfait aux lèvres, Sadie déclara :

— Bon débarras, et qu'il aille au diable ! Mais s'il est si merveilleux, comment se fait-il qu'il se soit évaporé ?

— Parce que je le lui ai demandé.

— Mais pourquoi ? s'indigna Nelly.

Mary se recroquevilla à nouveau sur elle-même, les yeux pleins de larmes puis, sans dire un mot, sortit en trombe de la pièce. Ruth allait la suivre, mais Nelly lança :

— J'y vais, maman.

— Oui, bon. Vous avez toujours été proches toutes les deux. Nul doute qu'elle préférera te parler à toi.

Nelly trouva sa tante dans la salle de bains, assise sur le rebord de la baignoire, pliée en deux et les bras passés autour de sa taille, et se balançant d'avant en arrière comme quelqu'un qui souffre. Elle leva les yeux vers Nelly, et gémit :

— Oh, mon Dieu, que j'ai été stupide.

— Mais pourquoi ? demanda Nelly doucement.

La voix brisée par l'émotion, Mary répondit :

— Après la mort de ton oncle, je suis sortie une ou deux fois avec des hommes, mais sans parvenir à avoir des rapports avec eux. Leroy a tout changé, il a réussi à faire sauter les barrières. C'est un homme merveilleux, et moi, comme une idiote, je lui ai dit de partir.

— Je ne comprends pas.

— Non, bien sûr. En fait, quand j'ai cru que j'allais avoir un enfant, j'étais folle de joie.

— Je suis désolée, tatie. Ce ne doit pas être drôle de faire une fausse couche.

— Je n'ai pas fait de fausse couche. Ta mère avait raison. J'ai été stupide, pleura Mary. J'ai huit ans de plus que Leroy, mais ça n'avait pas l'air de le déranger, et comme moi, il était fou de joie quand je lui ai dit que j'étais enceinte. Mais je ne serai plus jamais enceinte, Nelly. Je n'aurai jamais d'enfant… C'est trop tard.

— Mais pourquoi ?

— Au lieu de confirmer ma grossesse, le docteur m'a dit que j'étais entrée dans la ménopause. Et à ce moment-là j'ai réalisé à quel point je m'étais fait des illusions.

Nelly se livra à un rapide calcul de l'âge de sa tante et comprit qu'en dépit du soin qu'elle apportait à son apparence, elle était presque arrivée à la cinquantaine.

— Je comprends, ça n'a pas dû être facile pour toi. Mais pourquoi rompre avec Leroy ?

Mary soupira à nouveau, s'obligeant à reprendre contenance.

— Parce que Leroy rêvait de fonder une famille. Je ne pouvais décemment pas l'épouser dans ces conditions, tu comprends ? Il faut qu'il se trouve une femme de son âge, pas un vieux pruneau comme moi, qui ne peut pas lui donner d'enfants.

— Tu le lui as dit ?

— Non. Je lui ai juste dit que c'était une fausse alarme et que je ne voulais plus l'épouser en fin de compte.

— Si tu lui avais dit la vérité, il ne l'aurait peut-être pas mal pris.

— Il serait peut-être resté, mais je sais qu'il aurait fini par m'en vouloir un jour.

— Oh, tatie. Je suis désolée, soupira Nelly.

Prenant visiblement sur elle-même, Mary s'obligea à sourire.

— J'ai eu tort de venir. Comment pouvais-je espérer des paroles de réconfort de la part de ma mère ? Enfin, je finirai bien par m'en remettre.

Elles redescendirent à la cuisine, et les paroles de Mary concernant sa mère se révélèrent exactes, car la vieille femme lui dit :

— Bien, j'espère que ça t'a servi de leçon et qu'à l'avenir tu resteras avec les gens de ta race.

— Je m'attendais à ce que tu dises ça, soupira Mary. Je ferais mieux de m'en aller à présent.

— Tu n'es pas obligée de partir si vite, protesta Ruth.

— Si, il vaut mieux que je parte, sinon je vais dire des choses que je risque de regretter par la suite.

— Hum, si tu as quelque chose à dire, dis-le une bonne fois.

— Non, maman. Et de toute façon, connaissant tes sentiments, ce serait peine perdue.

Sur ces mots, Mary sortit, Nelly à sa suite.

— Elle ne le pense pas, s'empressa de dire cette dernière. Son attaque cérébrale l'a beaucoup changée, et depuis elle se comporte bizarrement.

— Je sais, et je ne devrais pas essayer de discuter avec elle. Mais j'étais venue avec l'espoir de retrouver ma maman d'avant, une femme sage et tolérante, à qui je pouvais toujours me confier.

— Elle est toujours là d'une certaine façon.

Un grand coup à la porte fit sursauter Mary, qui posa une main sur son cœur et dit :

— Je déteste ces soirées de la Conspiration des poudres où les gamins font craquer des pétards et frappent à toutes les portes pour demander un penny pour Guy Fawkes. C'est comme s'ils faisaient la mendicité. Et dire que leurs parents n'y trouvent rien à redire.

Mary interrompit soudain sa diatribe et pâlit.

— Non, mais, tu m'entends grommeler comme une vieille mégère ? Depuis que je suis entrée dans le retour d'âge, j'ai l'impression d'avoir cent ans.

— Tu n'es pas vieille, tatie.

— Trop vieille pour avoir des enfants, en tout cas, dit-elle en déposant un baiser sur la joue de Nelly. Au revoir, ma grande.

Nelly demeura un instant sur le seuil tandis que sa tante s'éloignait d'un pas digne, puis elle retourna à la cuisine, où sa mère et sa grand-mère étaient en train de parler de Mary. Toutes deux semblaient contentes qu'elle ait rompu avec Leroy. Elles n'avaient pas l'air de comprendre combien Mary était malheureuse.

Soudain, Nelly se demanda si le mauvais pressentiment qui la taraudait ces derniers temps concernait uniquement les déboires de sa tante, ou si quelque chose d'autre, quelque chose de beaucoup plus grave, se préparait, et elle sentit son cœur se glacer.

8

Le 5 novembre[1], Nelly était de sortie avec Angela. Un cierge magique à la main, la fillette poussait des petits cris ravis à la vue des étincelles qui fusaient du bâtonnet et illuminaient son visage.

— Maman, pourquoi est-ce qu'on ne peut pas allumer un feu de joie ?

— Parce que le jardin n'est pas assez grand.

— Mais Tommy, lui, il va en faire un.

Nelly l'écoutait à peine, cherchant partout Arthur des yeux.

Soudain, Angela dit :

— C'est dommage que papa ne soit pas là.

— Je sais, ma chérie, murmura Nelly tout en continuant de balayer la rue du regard.

Arthur avait promis de rapporter des pétards qu'ils feraient claquer dans la cour. La rue était remplie de fumée, et de temps à autre une fusée fendait les airs avant d'exploser en une cascade de points lumineux.

— Il va rentrer bientôt, dis ?

— J'espère.

1. Fête de la Conspiration des poudres.

Une bande de gamins remontait la rue en courant. L'un d'eux jeta un pétard dans leur direction. Juste avant qu'il n'explose, Nelly saisit Angela par la main et l'attira à l'intérieur de la maison sans lui laisser le temps de protester.

Angela courut à la cuisine en chouinant :

– Mamie, je veux aller dehors. Emmène-moi.

– Attendons d'abord que ton papa soit rentré, proposa Ruth pour l'amadouer.

Nelly jeta un coup d'œil à la pendule.

– Maman, j'ai ma permanence à la maison communale.

– Dans ce cas, vas-y. Je m'occupe de la petite demoiselle.

– D'accord, mais tu ne cèdes pas à ses caprices ! Il y a des gamins qui jettent des pétards dehors, je n'ai pas envie qu'elle ait un accident.

– J'ai passé une journée éreintante au boulot. Je peux t'assurer que je n'ai pas envie de sortir, ce soir. C'est toujours la même rengaine, le 5 novembre. L'année dernière, un gosse n'a rien trouvé de mieux que d'attacher un serpenteau à la queue d'un chat. La pauvre bête était paniquée. Elle s'est mise à détaler comme une folle avec ce truc allumé derrière elle.

– Quelle horreur ! dit Nelly.

Elle se pencha pour embrasser sa fille.

– Je dois y aller, ma chérie. Sois gentille avec mamie.

Tandis qu'elle se rendait à sa permanence, Nelly était songeuse. Après cette nuit merveilleuse où Arthur et elle avaient fait l'amour pendant qu'Angela restait dormir chez Elsie, Arthur était redevenu distant et distrait. La plupart du temps, il rentrait tard, et certains soirs son haleine sentait l'alcool. Quand elle lui demandait où il était allé, il répondait qu'il était allé faire un tour au pub, mais sans jamais la regarder en face, et Nelly était persuadée qu'il lui cachait quelque chose. Arthur avait-il une maîtresse ?

La maison communale était quasiment vide quand Nelly entra dans le hall. Sans doute les pétards et les tirs de fusées avaient-ils dissuadé les gens de venir.

À neuf heures, n'ayant eu qu'une seule consultation, elle décida de rentrer chez elle. L'air était tellement chargé de fumée, quand elle tourna dans Candle Lane, qu'elle dut plaquer son foulard devant sa bouche. Une voiture de pompier la dépassa puis s'éloigna. Mais pourquoi avait-on appelé les pompiers ?

Elle pressa le pas. Le trottoir était mouillé, constata-t-elle quand elle atteignit la maison. Elle courut à la cuisine où elle trouva sa mère en train de bercer une petite silhouette recroquevillée sur elle-même et secouée de sanglots.

— Qu'est-il arrivé à Angela ? s'écria-t-elle.

Quand la petite silhouette se déploya, Nelly comprit que ce n'était pas sa fille. C'était Tommy Walters, le visage strié de traînées noires et les yeux rouges.

— Tommy s'est brûlé la main, et comme sa mère n'était pas en état de s'occuper de lui, je l'ai ramené ici, expliqua Ruth. Ce n'est pas bien méchant, mais c'est douloureux.

— Mais comment est-ce qu'il s'est brûlé ?

— Ce nigaud a voulu allumer un feu de joie dans son jardin, mais les flammes se sont mises à bondir en tous sens. Bon sang, Nelly, tu as loupé le spectacle. Heureusement, Mme Stone a vu les flammes par-dessus son mur et a appelé les pompiers.

— Mais, où étaient les parents de Tommy ? Ils n'ont rien vu, eux ?

— Son père n'était pas à la maison, et sa mère était dans la pièce du devant sans se douter une seconde de ce qui se passait sur l'arrière de sa maison, dit Ruth avant de former le mot « ivre » avec ses lèvres pour ne pas que Tommy l'entende.

Mais le gamin n'était pas idiot.

— Ouais, maman était bourrée.

— Ce n'est pas un joli mot, lui dit Ruth, bien qu'elle ne pût s'empêcher de sourire. Heureusement que ta grand-mère est dans sa chambre, reprit-elle à l'adresse de Nelly, sans quoi j'aurais eu droit à un sacré sermon.

— Arthur est là-haut ?

— Non, il n'est pas rentré. Angela était tellement déçue que j'ai eu un mal de chien à l'envoyer au lit.

— Et elle dort ?

— Je ne l'ai pas entendue broncher, alors je suppose que oui.

— Je vais monter voir, dit Nelly en s'élançant dans l'escalier.

Mais elle ne trouva nul signe d'Angela quand elle entra dans la chambre. Les deux lits, le grand et le petit, étaient vides.

— Angela ? demanda-t-elle. Où es-tu ?

Il y eut un petit cri étouffé, puis la porte de la penderie s'ouvrit à la volée et sa fille en sortit en s'écriant :

— Maman, maman, il y a eu un feu et Tommy s'est brûlé !

— Je suis au courant. Mais ce n'est rien qu'une petite brûlure à la main et il va mieux à présent.

— Mais non, maman. J'ai vu son feu depuis la fenêtre. Il a voulu monter sur les bûches et il est tombé dans les flammes, sanglota Angela.

— Mais non, voyons.

— Mais si ! Et il a pris feu, insista la petite, sa voix montant dans les aigus.

— Allons, ma chérie, viens avec moi, dit Nelly en prenant sa fille par la main.

Elles descendirent au rez-de-chaussée, et Angela écarquilla de grands yeux en voyant Tommy assis sur le canapé.

— Je… je croyais que tu étais tombé dans le feu.

— Bien sûr que non, mais regarde ça, dit le garçon, en brandissant sa main brûlée comme un trophée.

— Mais alors… c'était pas toi sur le bûcher…

— Mais non. C'était un Guy Fawkes en paille que j'ai habillé avec de vieilles fringues à moi. Un feu de joie sans Guy, ça s'est jamais vu.

— Maman, tu sais que j'ai trouvé Angela dans la penderie ? protesta Nelly. Et elle était dans tous ses états !

— Je croyais qu'elle dormait, répondit Ruth, en rougissant. Puis se tournant vers Tommy, elle lui dit : Allez, petit, il faut rentrer chez toi maintenant.

— Mais, et ma main ?

— Ce n'est pas bien méchant. Tu n'as même pas besoin d'un pansement. Je l'ai enduite de margarine. Elle sera bientôt guérie.

À contrecœur, Tommy se leva, mais juste avant de sortir, il se retourna et lança à Angela :

— Et toi, pauv' nouille, qui croyais que je m'étais jeté dans le feu.

Nelly avait horreur de la grossièreté, mais elle tint sa langue.

— Dis bonsoir à mamie, dit-elle à sa fille avant de monter la mettre au lit.

— Pourquoi il est pas rentré, papa ? demanda Angela.

— Il a dû avoir un problème au travail, répondit-elle, tout en songeant par-devers elle que ça n'était sûrement pas la raison.

— Mais il avait promis qu'on tirerait des pétards ensemble.

— Je sais, ma chérie. Je suis sûre qu'il va te rapporter une surprise, lui dit Nelly pour la tranquilliser.

Puis elle se mit à lui fredonner une berceuse. Heureusement qu'Angela s'était remise de ses frayeurs, songea-t-elle. Comment les parents de Tommy avaient-ils pu le laisser ainsi, sans surveillance ?

Un quart d'heure plus tard, Nelly ressortit de la chambre sur la pointe des pieds. Dès qu'elle regagna la cuisine, sa mère lui dit :

— Je n'avais pas la moindre idée que la petite était réveillée. Elle va mieux maintenant ?

— Oui, mais je me fais du souci pour Arthur. Il devait être là à sept heures et il est dix heures passées.

À peine avait-elle prononcé ces mots qu'Arthur entra.

— Eh bien, ma foi, dit Ruth, il était temps.

— Mais enfin, où étais-tu passé ? demanda Nelly. Tu étais censé rentrer de bonne heure et rapporter des pétards à Angela.

— Ah, mince, ça m'était complètement sorti de la tête.

— Comment est-ce possible, avec tous les pétards qui ont été tirés ce soir ?

— Écoute, j'ai des soucis. Alors, laisse-moi tranquille, d'accord ?

Nelly n'arrivait pas à en croire ses oreilles. Elle le vit s'approcher de la cheminée et s'asseoir, le regard perdu dans les flammes. On aurait dit qu'il avait l'esprit ailleurs. Mais à quoi, ou à qui, pensait-il donc ? Ce qui était certain, c'est qu'il n'avait aucune envie de parler.

— Puisque c'est comme ça, dit-elle. Je monte me coucher.

— Nelly ? lança Ruth. Ça va aller ?

— Oui, maman. Bonsoir, répondit-elle, consciente qu'Arthur n'avait même pas relevé la tête.

Arrivée au pied de l'escalier, Nelly s'arrêta, les yeux pleins de larmes. Arthur et elle ne cessaient de s'éloigner l'un de l'autre. Si seulement grand-mère n'avait pas été aussi malade et qu'ils avaient pu partir vivre de leur côté. Soudain, une autre pensée lui traversa l'esprit. Arthur détestait vivre ici et pourtant il n'avait pas parlé de déménager depuis un certain temps déjà. Pourquoi ?

Est-ce qu'il avait l'intention de la quitter ? Étouffant un sanglot, Nelly se hâta de monter à l'étage. Sa vie était en train de s'effondrer.

Quelques minutes plus tard, la porte de la chambre à coucher s'ouvrit, et Nelly demanda, des larmes dans la voix :

— Arthur, est-ce que tu vois une autre femme ?

— Quoi ? Jamais de la vie. D'où est-ce que tu sors cette idée ?

Angela remua dans son lit, et craignant qu'elle ne se réveille, Nelly souffla à mi-voix :

— Il n'y a pas que le travail qui te retient le soir. Tu sens souvent la bière quand tu rentres, et tu ne parles plus de déménager.

— J'ai beaucoup de choses à gérer, si bien que j'ai mis notre projet de maison en veilleuse.

— Mais alors, si ce n'est pas une femme, qu'est-ce que c'est ?

— C'est le boulot, si tu veux tout savoir. J'envisage de me reconvertir.

— Quoi ? Ne me dis pas que tu as l'intention de quitter l'entreprise de ton père ?

— Tu as parfaitement résumé la situation, c'est *son* entreprise, pas la mienne.

— Mais c'est ton père et il espère que tu vas prendre sa suite un jour.

— Oui, *un jour*, mais il n'a pas encore cinquante ans et il en a au moins encore pour quinze ans à la tête de la boîte. Il n'a pas besoin de moi, Nelly. Je fais des livraisons, comme tous les autres gars, il pourra facilement me remplacer.

— Je croyais que tu aimais ton travail ?

— Au début, oui. J'aimais bien faire la route, mais maintenant c'est devenu une corvée et je déteste ça.

Nelly songea à son beau-père, un homme pour qui elle avait beaucoup d'estime. Bert, tout comme Arthur, était un gentil géant, mais si Arthur démissionnait, il le prendrait mal.

— Et donc, tu as trouvé une reconversion ?

— Oui. Enfin, je l'espère. Je t'ai dit que j'avais retrouvé un vieil ami, un certain Joe Somerton, qui est revenu vivre en Angleterre. Il m'a proposé de monter une affaire avec lui et on se voit fréquemment pour en discuter et régler les détails.

— Tu ne songes pas à repartir en Australie, au moins ? demanda Nelly, affolée.

— Mais non. On va se lancer dans la construction, ici, en Angleterre.

Arthur lui expliqua alors en quoi consistait l'affaire : acheter des terrains, construire des maisons et combien cela pouvait leur rapporter.

Aux yeux de Nelly, c'était un projet viable, mais risqué. Arthur avait l'air tellement emballé qu'elle n'osait pas doucher son enthousiasme. Mais d'un autre côté, elle estimait avoir son mot à dire.

— Je ne sais pas, dit-elle. Quitter l'entreprise de ton père, c'est un peu lâcher la proie pour l'ombre. Tu es sûr que ça va marcher ?

— Oui, j'y ai beaucoup réfléchi, et j'en suis sûr. Mais je voulais d'abord en parler avec toi avant de donner ma réponse à Joe. Je te l'aurais dit demain matin, si tu ne t'étais pas fourré cette idée absurde en tête que je voyais une autre femme.

— Je suis désolée, mais reconnais que tu te conduis bizarrement ces derniers temps.

— C'est parce que j'ai beaucoup de choses à régler, je te l'ai dit. Il va falloir que j'investisse toutes nos économies, ce qui signifie que nous n'allons pas pouvoir acheter une maison avant un certain temps.

Nelly se garda de faire remarquer qu'elle lui avait suggéré d'acheter une maison dans le quartier.

— Mais si tu mets tous nos sous dans ta boîte, de quoi est-ce qu'on va vivre ?

— Joe et moi, on va se verser un petit salaire jusqu'à ce qu'on ait vendu nos premières maisons, mais ça ne sera pas mirobolant. Nous aurons de quoi louer un petit appartement, mais guère plus.

— À t'entendre, ta décision est déjà prise.

— Oui. Mais j'aimerais avoir ton assentiment.

Nelly réalisa soudain combien ils avaient été gâtés, jusqu'ici. Arthur était bien payé et ils n'avaient jamais manqué de rien. Mais à partir de maintenant, elle allait devoir économiser. Cela dit, elle était allée à bonne école avec sa mère, et même si elle n'avait jamais eu à le faire, elle savait comment préparer des repas avec de bas morceaux. Et puis, Elsie s'était serré les coudes avec Bert quand il avait monté son affaire. Elle allait suivre son exemple.

— Si c'est ce que tu veux vraiment, je suis partante, moi aussi.

Le visage d'Arthur s'illumina et il la prit dans ses bras.

— Je vais parler à mon père demain, mettre tout au clair, et ensuite je donnerai ma réponse à Joe.

Quand Arthur vint se coucher à côté d'elle, Nelly se pelotonna contre lui. Ils ne feraient pas l'amour tant qu'ils vivraient ici, mais avec un peu de chance, ils allaient bientôt trouver l'appartement idéal.

9

Ce soir-là, Ruth n'arriva pas à trouver le sommeil. Elle songeait à sa fille et à Arthur et se demandait à quel jeu jouait son gendre. Soudain un cri retentit à l'extérieur, suivi d'un violent claquement de porte.

Ça devait être les voisins, songea-t-elle en fermant à nouveau les yeux. L'air de la chambre était poisseux et étouffant comme si un orage était en train de se préparer. Avec un soupir agacé, elle rejeta ses couvertures et alla entrebâiller la fenêtre d'un poil.

Elle allait se remettre au lit quand un bruit de sanglots étouffés lui parvint. Elle alla jeter un coup d'œil au-dehors. Tout d'abord elle ne vit rien, puis à la pâle lueur d'un réverbère, elle distingua une petite silhouette assise au bord du trottoir, les pieds dans le caniveau. Un enfant ! Qu'est-ce qu'un enfant faisait seul dans la rue à une heure aussi avancée ?

Sans faire de bruit, elle enfila sa robe de chambre et sortit dans la rue. À sa stupeur, elle reconnut le petit Tommy Walters, vêtu d'un mince pull-over, la tête rentrée dans les épaules.

— Tommy ? dit-elle en s'approchant. Qu'est-ce que tu fais dehors à une heure pareille ?

— Ma mère m'a viré, dit-il, en essuyant ses larmes d'un revers de manche.

Le sang de Ruth ne fit qu'un tour. Quelle sorte de mère flanquait son gamin à la rue en pleine nuit ?

— Mais pourquoi, que s'est-il passé ?

— C'est à cause du feu que j'ai allumé dans le jardin.

— Je ne comprends pas. Ça s'est passé en début de soirée. Pourquoi est-ce qu'elle a attendu aussi longtemps pour te mettre à la porte ?

Il haussa ses frêles épaules.

— Parce qu'elle a descendu pas mal de cidre entre-temps et qu'elle m'a donné une correction.

— Écoute, dit Ruth en lui tendant sa main. Je pense qu'il est temps que tu rentres chez toi. Je vais parler à ta mère.

— Oh, non, pitié ! supplia-t-il en bondissant sur ses pieds. Si vous faites ça, elle va perdre la boule.

— Mais je ne peux pas te laisser là, voyons.

Rejetant ses épaules en arrière, Tommy déclara bravement :

— Vous en faites pas pour moi. Je vais attendre qu'elle s'endorme, et mon paternel avec, et puis je rentrerai en loucedé.

— Tu as une clé ?

— Nan. Ma chambre donne sur l'arrière. Je vais escalader le mur, et grimper le long de la gouttière.

— Mais tu risques de tomber, dit Ruth, horrifiée.

— Nan. Je l'ai déjà fait plein de fois.

Parcourue d'un frisson, Ruth resserra frileusement son peignoir autour d'elle. Certes, le garçon avait allumé un feu sans demander la permission, mais ce n'était pas une raison pour le flanquer dehors. Elle allait dire deux mots à sa mère, qu'il le veuille ou non.

— Tu ne vas pas escalader la gouttière. Nous allons entrer par la porte.

— Non ! Non, s'il vous plaît ! Faites pas ça, sinon je m'enfuis.

La terreur se lisait dans les yeux du garçon et dans sa voix. Ruth lui tapota l'épaule.

— Bon, d'accord, mais il fait un froid de canard. Alors tu vas venir chez moi en attendant.

Tout aurait pu se passer sans encombre, si Sadie n'était pas sortie de sa chambre juste à ce moment-là. Avec son filet bleu sur la tête, son peignoir qui béait sur sa longue chemise de nuit en flanelle, ses mâchoires sans dents, son allure était du plus haut comique. En zozotant, elle demanda :

— Pourquoi est-ce que tu ramènes ce petit vaurien à la maison à une heure pareille ?

— Parce que sa mère l'a mis à la porte, figure-toi.

— Eh bien, il n'a que ce qu'il mérite. Et maintenant, du balai.

— Non, maman. Je ne le laisserai pas seul dehors.

— Mais enfin, regarde-le. Il doit être plein de puces. Je ne veux pas de ça chez moi.

— Je te rappelle que c'est *ma* maison et que c'est moi qui décide qui peut y venir ou non.

— Je t'interdis de me parler sur ce ton !

Ignorant la mine indignée de Sadie, Ruth dit à Tommy :

— Va à la cuisine, je vais te donner un morceau à manger.

— Comment ! Tu vas le nourrir en plus ?

— Non, non, je veux rien, dit Tommy, les yeux brillants de larmes.

— Va à la cuisine, répéta Ruth en le poussant gentiment.

Restée seule avec sa mère, elle lui dit :

— Il n'a que deux ans de plus qu'Angela, et si c'était elle qui se retrouvait dans cette situation, j'aime à penser que quelqu'un lui viendrait en aide. Et maintenant, retourne te coucher, maman, et ne te mêle pas de ça, s'il te plaît.

Était-ce l'expression de son visage ? Toujours est-il que Sadie ne se rebiffa pas, se contentant de soupirer bruyamment.

— C'est bon. Fais ce que tu veux.

Ruth alla à la cuisine et, en deux temps trois mouvements, elle découpa une grosse tranche de pain qu'elle tartina généreusement de margarine et de confiture de fraises. Puis avec un sourire apaisant, elle la tendit à Tommy, qui s'en saisit et l'enfourna goulûment, comme s'il craignait qu'elle ne la lui reprenne.

— Oh, merci, m'dame. C'est trop bon.

Assis du bout des fesses sur la banquette, Tommy grelottait. Ruth lui servit une tasse de lait chaud puis vint s'asseoir à côté de lui et demanda, gentiment :

— Elle te bat souvent, ta mère ?

— Nan, parce que la plupart du temps j'arrive à m'échapper.

— Et ton père ?

— Il est pas méchant. Quand il a trop picolé, il roupille.

Il n'a que sept ans, songea Ruth, *et pourtant, il parle comme un adulte.* Elle allait lui proposer une autre tartine de confiture quand elle vit qu'il s'affaissait sur la banquette, les paupières lourdes. Tandis qu'il glissait dans le sommeil, elle l'examina et comprit que lorsqu'il dormait il avait les traits innocents d'un gamin comme les autres.

Elle se leva, alla chercher ses cigarettes sur le rebord de la cheminée et prit une longue bouffée de fumée. Il y avait quelque chose chez Tommy qui l'émouvait. Apercevant le vieux plaid sur le fauteuil de sa mère, elle l'en recouvrit et le borda. Il remua mais ne se réveilla pas et elle décida de le laisser dormir. Nelly ne serait pas contente de le trouver là demain matin, et Sadie non plus, mais tant pis. Il était hors de question qu'elle le laisse escalader la gouttière en pleine nuit.

Pauvre gosse. Ses deux parents semblaient préférer leur bouteille à leur fils. Quelle sorte d'avenir allait être le sien ? Songeant qu'elle ne pouvait rien y faire, Ruth écrasa sa cigarette et se cala sur la banquette. Elle était fatiguée elle aussi, et ne tarda pas à s'assoupir.

Quand elle se réveilla, le lendemain, Nelly entendit du bruit à la cuisine. Sa mère devait déjà être levée. Arthur et Angela s'éveillèrent à leur tour. On était dimanche matin et plutôt que de se prélasser au lit, Angela était impatiente de descendre au rez-de-chaussée.

Elle enfila sa robe de chambre et sortit. Quelques instants plus tard, elle revint dans la chambre et dit :

— Maman, papa, vous devinerez jamais qui est-ce qui a dormi à la cuisine hier soir !

Nelly s'empressa d'enfiler un peignoir, mais Arthur dit :

— Si nous avons de la visite, je ferais bien de m'habiller convenablement avant de descendre.

En découvrant que leur invité surprise n'était autre que Tommy Walters, Nelly fit grise mine. Assis à la table, dans ses vêtements tout chiffonnés, il était en train de piocher sans façon dans un bol de céréales. Furieuse, Nelly siffla entre ses dents :

— Qu'est-ce qu'il fait ici ?

— Sa mère l'a mis à la porte hier soir. Je l'ai trouvé dans la rue à minuit passé, alors je l'ai laissé dormir sur la banquette.

— Elle l'a mis à la porte ! Mais ce n'est qu'un gamin.

— Précisément, et si tu veux tout savoir, je pense que Laura Walters est une mère indigne, qui n'aurait pas dû avoir d'enfants.

Angela grimpa sur une chaise à côté de Tommy et, souriant, lui dit :

— Je savais que tu serais là. J'ai rêvé que tu vivais avec nous.

Puis, se tournant vers Ruth, elle demanda :

— Est-ce qu'il peut rester pour de bon, mamie ?

— Euh, c'est beaucoup demander, ma chérie.

— Il n'en est pas question, intervint Nelly en s'approchant de sa mère pour lui murmurer à l'oreille : Je crois qu'il faut alerter les services sociaux. Il aurait pu lui arriver de gros ennuis cette nuit, s'il était resté dans la rue.

— Non, Nelly. Tommy risque de se retrouver à l'orphelinat.

— Oui, et là-bas, au moins, il serait nourri et logé convenablement.

— Je n'ai pas envie que le pauvre gosse finisse à l'Assistance publique. Je vais avoir une explication avec sa mère, et à partir de maintenant, je vais veiller sur lui.

— Mais...

— Et maintenant, on n'en parle plus.

Puis, souriant à Tommy, elle dit :

— Eh bien, petit, encore un bol de céréales ?

— Oh oui, s'il vous plaît, m'dame, dit-il en souriant, dévoilant ses dents tordues.

— J'avais pourtant dit à ta mère de pas l'amener ici, dit Sadie en entrant dans la cuisine, l'air mécontent.

Arthur apparut à son tour. Il eut l'air surpris de voir le garçon, mais contrairement à Sadie, il lui sourit.

— Bonjour, jeune homme. Qu'est-ce que tu fais ici ?

— Ma mère m'a flanqué dehors et elle (il désigna Ruth), elle m'a amené ici.

— Elle, rectifia gentiment Arthur, c'est Mme Marchant. Mais dis-moi, pourquoi est-ce que ta mère t'a mis à la porte ?

— À cause du feu. Pourtant, c'était pas si grave, j'ai pas mis le feu à la baraque.

Arthur éclata d'un rire sonore, mais Nelly pinça les lèvres, visiblement contrariée.

— Il ne faut pas dire de gros mots, Tommy.

— J'ai pas dit de gros mots.

— Si, tu as dit *baraque.*

— Mais c'est pas un gros mot comme si j'avais dit la pu...

— Ça suffit ! s'emporta Nelly sans lui laisser le temps de finir.

— Mon père, il le dit tout le temps. Il m'appelle son petit corniaud.

Arthur éclata à nouveau de rire, mais le sourire de Nelly était forcé et une fois de plus, elle murmura à l'oreille de sa mère :

— Je n'ai pas envie qu'Angela apprenne de gros mots. Regarde-la. Elle boit littéralement les paroles de Tommy.

— Je sais, mais j'ai de la peine pour le pauvre gosse.

Se tournant vers Tommy, elle lui dit :

— Bien, et maintenant, petit, il faut rentrer chez toi. Je vais t'accompagner.

— Non, non, c'est pas la peine, dit Tommy, filant vers la porte en s'écriant : Merci pour tout !

La porte se claqua, puis il y eut un silence qui dura quelques minutes avant que Ruth ne déclare :

— C'était gentil à lui de me remercier. Ce n'est pas un mauvais garçon.

— Comment est-ce que tu peux dire ça, maman ? Tu n'as pas entendu comment il parle ?

— Ce n'est pas de sa faute. Il ne fait que répéter ce qu'il entend à la maison.

— Je suis désolée pour lui, mais je ne veux pas qu'Angela soit amie avec lui.

— Mais je l'aime bien, protesta la petite.

— Ça m'est égal. Je t'interdis de le fréquenter.

— Nelly, non, mais, est-ce que tu t'entends ? On dirait ta tante Mary. Tommy est un petit garçon comme les autres.

— Je sais, et je ne veux pas qu'elle les fréquente non plus.

— Toi et Arthur avez tous les deux grandi à Candle Lane, et vous n'en êtes pas morts. À t'entendre, on a l'impression que ce n'est pas un quartier assez bien pour toi.

— À l'époque, il n'y avait pas de voyous comme Tommy Walters.

— Oh, mais si, simplement, tu as une mémoire sélective. Quant aux gros mots, Angela en a déjà entendu dans la bouche de ma mère. Mais elle ne les répète pas pour autant.

— Toi aussi, il t'arrive de jurer, protesta Sadie. Mais Nelly a raison, on n'utilise pas le mot p…

— Il faut toujours que tu prennes sa défense, geignit Ruth.

— Écoutez, maintenant que le garçon est parti, je propose qu'on n'en parle plus, proposa Arthur. Il y a quelque chose d'important que nous aimerions vous dire.

— Alors, allez-y ! s'impatienta Sadie.

Nelly laissa Arthur parler. Sa mère ne dit rien jusqu'à ce qu'il évoque la possibilité de déménager. Nelly retint son souffle quand sa mère se tourna vers elle et demanda, l'air inquiet :

— Mais, et ta grand-mère ? Qui va s'occuper d'elle ?

— Je continuerai de venir chaque jour. Et toi tu prendras le relais quand tu rentreras du boulot.

Sadie commenta :

— Il est grand temps que vous partiez vous installer de votre côté. Et d'ailleurs, je ne vois pas pourquoi tu devrais venir ici tous les jours. Je n'ai pas besoin qu'on s'occupe de moi.

— Mais ça ne me dérange pas, grand-maman. Et je vais m'occuper de toi jusqu'à ce que ton médecin décide qu'on peut te laisser seule.

— Ce vieux radoteur ? L'enfer aura gelé quand il se prononcera.

— Tu ne serais pas en train de me pousser vers la sortie ? demanda Nelly, pour essayer d'apporter un peu de légèreté à la conversation.

— Mais non, voyons, ma bécasse.

— C'est quoi une bécasse ? voulut savoir Angela.

Arthur prit sa fille dans ses bras et la fit tournoyer avant de la reposer à terre en riant.

— Bien, et maintenant, je ne serais pas contre manger un petit quelque chose. Après quoi je vais aller trouver mon père et tout lui expliquer, même si ça ne m'enchante pas.

— Il va sûrement mal le prendre, fit remarquer Sadie. Tu es sûr que tu as pris la bonne décision ? Chez ton père, au moins, tu as la sécurité de l'emploi. Ce n'est pas rien.

Nelly n'avait pas réalisé à quel point Arthur était malheureux, et bien qu'elle sût que sa grand-mère avait raison, elle était décidée à le soutenir. Elle entreprit de lui préparer un solide petit-déjeuner. Mais tandis qu'elle cuisinait, un frisson glacé la parcourut et ses mains se mirent à trembler.

Quelque chose allait arriver, quelque chose de terrible. La vie de sa grand-mère était-elle en danger ?

10

Tandis qu'il se rendait à Wimbledon, Arthur hésitait. N'aurait-il pas mieux fait d'attendre, avant d'annoncer la nouvelle à son père ? Non, c'était mieux que de le faire au dépôt, où quelqu'un risquait de les entendre, surtout si la discussion tournait au vinaigre.

Tout en se garant dans l'allée privative de ses parents, il scruta la maison avec envie. La façade en brique rose était chaleureuse, et le jardin de devant, bien que dénudé à cette saison, ploierait à nouveau sous les fleurs de toutes les couleurs l'été prochain.

Il enfonça le bouton de la sonnette et sa mère vint lui ouvrir, l'air exténuée. Il entendit des cris et des rires d'enfants. C'étaient ses neveux qui chahutaient dans le couloir. Il sourit. Sacrés jumeaux ! Pas étonnant que sa mère soit sur les rotules.

Ann, sa sœur, pourchassait les enfants. Quand elle vit son frère, son visage s'illumina.

– Arthur ! Quelle bonne surprise ! Nelly et Angela ne sont pas avec toi ?

– Non, je suis passé en coup de vent pour voir papa. Si elle avait su que vous étiez là, Nelly serait venue.

On entendit comme un rugissement, puis la grosse voix de Bert qui tonnait :

— Darren, Jason, arrêtez ça tout de suite !

Les gamins avaient attrapé le chat par la queue et le tenaient suspendu. Ils le lâchèrent aussitôt et l'animal cracha de rage avant de prendre la fuite.

— S'il vous avait griffés, vous ne l'auriez pas volé, dit Bert.

Puis, gratifiant Arthur d'un sourire, il demanda :

— Eh bien, fiston, qu'est-ce qui t'amène ici ?

— Il faut que je te parle. Mais au calme, si possible.

— Allons dans mon bureau. Et gare à vous, les garçons, si vous nous dérangez.

— Vous allez tout de même prendre une tasse de café, protesta Elsie.

— Mais bien sûr, dit Arthur, qui aurait fait n'importe quoi pour retarder le moment fatidique.

Le salon, d'ordinaire impeccablement rangé, était un vrai champ de bataille, avec des jouets éparpillés dans tous les coins. Mais cela ne semblait pas la déranger, car elle souriait de toutes ses dents.

— Quel dommage que le petit ange ne soit pas là avec toi. Elle aurait adoré voir ses cousins.

— Oui, et moi j'aurais bien aimé voir Nelly, renchérit Ann. Elle est ma meilleure amie, mais nous ne trouvons jamais le temps de nous voir.

— La faute à qui si tu es partie t'installer à perpète, ma chère sœur ?

— Je sais. Mais tu as une voiture, tu pourrais l'amener plus souvent.

— Je te signale que je n'ai que le dimanche pour me reposer et je ne fais que conduire toute la semaine.

— Allez, ce n'est pas si loin, et tu sais bien que mon mari n'a pas son permis.

— Eh bien, il devrait songer à le passer.

— Tu es bien venu jusqu'ici pour parler à papa.

— Oui, mais c'est pour parler de choses sérieuses, pas pour le plaisir.

— Écoutez, vous deux, si vous n'arrêtez pas, cette conversation va se finir en dispute. Arthur, je te sers un petit quelque chose à grignoter avec ton café ?

— Non, merci, maman. J'ai pris un petit-déjeuner copieux avant de venir.

— Comment va Sadie ? Elle n'avait pas l'air d'aller fort la dernière fois que je suis passée à Candle Lane.

— Elle va plutôt bien, mis à part ses sautes d'humeur. Je ne sais pas comment Nelly fait pour la supporter.

— Moi non plus. Mais j'ai lu dans les cartes qu'un changement imminent se préparait pour vous deux.

Arthur remarqua que sa mère l'observait d'un drôle d'air, comme si elle avait su quels étaient ses projets. Il pâlit.

— Quelle sorte de changement ?

— Je ne sais pas au juste, mais je suppose que nous n'allons pas tarder à le savoir. C'est pour ça que tu es venu voir ton père, non ?

Incapable de soutenir son regard, Arthur baissa la tête, soulagé lorsqu'elle sortit du salon pour aller préparer le café.

Après quoi, ce fut au tour de son père de le regarder bizarrement. Puis les enfants commencèrent à se chamailler, semant le chaos dans la pièce. Ann parvint à les calmer, mais le bébé se réveilla et se mit à brailler.

— Allons dans mon bureau, dit son père à Arthur, quand Elsie s'en revint avec le café. En espérant qu'ils vont se calmer quand nous reviendrons.

Le petit bureau se trouvait sur l'arrière de la maison. Son père s'installa derrière sa table de travail et lui fit signe de s'asseoir face à lui.

— Eh bien, fiston ? Qu'est-ce que tu as à me dire ?

— Je... je quitte l'entreprise. Je veux monter ma propre boîte, et une belle occasion s'est présentée de m'associer avec un vieux copain.

— Mais, tu es déjà associé avec moi !

— Pas officiellement, papa. En fait, mon statut n'est pas différent de celui de tes autres employés.

— Comment ça, pas différent ? Tu es mon fils !

— Papa, je suis désolé, mais j'en ai par-dessus la tête de... trimballer des meubles à droite et à gauche à longueur de journée.

— Je te rappelle que tu travailles dans une entreprise de déménagement, Arthur.

— Oui, mais c'est *ton* entreprise. Et je n'y ai aucune latitude. J'ai envie de réussir de mon côté.

— Je vois. Et qu'est-ce que tu vas faire au juste ?

— Je vais devenir promoteur immobilier, dit Arthur, conscient qu'il allait devoir répéter tout ce qu'il avait déjà expliqué à Nelly. Joe Somerton sera mon associé, et nous allons acheter un terrain sur lequel nous allons construire des maisons pour des primo-accédants.

— Mais tu ne connais rien au bâtiment.

— Nous avons fait appel à un constructeur. Nous, on se chargera du volet promotion et de la commercialisation.

— Et si vous ne trouvez pas d'acquéreurs ? Vous allez vous retrouver endettés jusqu'au cou.

— Nous avons mené une étude de marché. Les temps changent, et au lieu de louer les jeunes couples veulent acheter.

— Ça me paraît risqué. Tu as oublié que tu avais une femme et un enfant à nourrir ?

— Bien sûr que non. Mais Nelly me soutient à fond.

Son père devint grave, puis les questions s'enchaînèrent, tombant l'une après l'autre.

— Je vois, mais cet ami avec qui tu veux t'associer, il a les reins solides au moins ? Combien est-ce qu'il entend mettre dans l'affaire ? Vous allez faire cinquante-cinquante ?

— Joe est un type super, et il prend beaucoup plus de risques que moi. Il injecte la plus grosse part des capitaux.

— Et d'où lui vient cet argent ? S'il l'a emprunté, souviens-toi qu'une fois que vous êtes associés, la moitié de la dette t'incombe. Il a de l'expérience dans le domaine du bâtiment ?

Arthur commençait à en avoir assez de cette avalanche de questions. Toutefois, il s'obligea à rester calme.

— Joe a hérité de ses grands-parents et, non, il a grandi dans une ferme et n'a guère d'expérience dans le bâtiment.

— Une ferme ! Mais enfin, Arthur, toi tu ne connais rien d'autre que les déménagements, et Joe la traite des vaches. Et vous voulez monter une entreprise ?

— Papa, toi-même tu es parti de rien, et ça ne t'a pas empêché de réussir. Tu nous as emmenés vivre à

Battersea, et tu as investi jusqu'au dernier penny dans ton entreprise. Et ça a marché. Pourquoi est-ce que ça ne marcherait pas pour moi ?

— J'avais déjà travaillé dans le transport de marchandises, et je connaissais bien le métier.

— Ce que nous ne savons pas, nous allons l'apprendre. C'est ce que je veux faire, papa. Je suis désolé, mais ma décision est prise.

— Je vois ça. Mais il me faut un peu de temps pour digérer la nouvelle. À présent, retourne dans le salon, je te rejoins dans une minute.

Arthur savait que son père cherchait à cacher sa déception, et il se sentit horriblement coupable quand il sortit du bureau.

En bas, Ann était en train de donner la tétée à sa petite fille. Les garçons dessinaient en silence. Quand ses yeux croisèrent ceux de sa mère, celle-ci demanda :

— Qu'est-ce que tu as fait, mon garçon ?

— J'ai dit à papa que je quittais la boîte.

— Et il l'a pris comment ?

— Pas très bien.

— Pourquoi est-ce que tu t'en vas ?

Arthur s'assit sur le bras du fauteuil de sa mère et entreprit de lui expliquer les raisons de son départ.

— Il le faut, maman. Je ne peux pas laisser passer une pareille occasion.

Sa mère soupira.

— J'ai vu du changement dans les cartes de tarot, dit-elle. Mais je ne m'attendais pas à ça.

— Maman, je pense qu'il vaut mieux pour tout le monde que je parte maintenant, même si papa et toi allez mettre un certain temps pour digérer la nouvelle.

— Tu as sans doute raison. Je te souhaite de réussir, mon fils.

Arthur serra sa mère et sa sœur dans ses bras, lança un au revoir à son père resté dans son bureau, puis regagna sa voiture.

Il avait le cœur lourd, quand il démarra en trombe et commença à descendre West Hill à toute allure. Il n'arrivait pas à oublier la tristesse dans les yeux de Bert. Avait-il bien fait ? Son projet était-il risqué ? Aurait-il dû rester dans l'entreprise paternelle ? Non. Il avait besoin de changement. Il voulait se lancer dans une aventure et réussir par ses propres moyens. Il était tellement absorbé par ses pensées qu'il ne remarqua pas que le feu était passé au rouge. Soudain, un crissement de pneus lui fit tourner la tête. Un camion arrivait droit sur lui. Incapable de réagir, il écarquilla les yeux, horrifié, quand le camion emboutit sa voiture dans un fracas assourdissant.

Projeté violemment de côté, son corps percuta la portière tandis que son véhicule partait en zigzaguant de l'autre côté de la chaussée. Il y eut un autre choc assourdissant, et c'est alors qu'il ressentit une douleur atroce. Il poussa un cri, puis tout devint noir.

11

Tommy avait trouvé porte close ce matin-là, si bien qu'il avait escaladé la gouttière, et découvert ses deux parents au lit, en train de ronfler comme des sonneurs, dans des relents d'alcool. Il s'était réveillé sur le canapé, Ruth endormie à son côté. Il sourit à cette pensée. Angela avait de la chance. Elle vivait dans une maison accueillante, et il aurait bien aimé avoir une grand-mère comme Ruth. Elle avait pris soin de sa main brûlée, et l'avait accueilli chez elle quand il s'était retrouvé à la rue. La maman d'Angela aussi était gentille, mais un peu coincée tout de même. Quant à la vieille Sadie, c'était rien qu'une grincheuse mal embouchée.

Tommy descendit au rez-de-chaussée, où régnait le chaos habituel. À la cuisine, la table était couverte de bouteilles de cidre vides, côtoyant un cendrier plein à ras bord. Il eut soudain envie de mettre un peu d'ordre et commença à jeter les bouteilles à la poubelle.

— Ah, voilà un bon garçon !

Il se retourna brusquement et vit le visage bouffi de sa mère. Elle avait les yeux chassieux, mais souriait. Elle semblait n'avoir aucun souvenir de ce qui s'était passé la veille. Soulagé, il dit :

— Je voulais donner un petit coup.

— Toutes les bouteilles étaient vides ?

— Oui.

Elle s'approcha de l'évier et se servit une tasse d'eau qu'elle avala goulûment avant de se laisser choir sur une des chaises branlantes de la cuisine. Puis elle alluma une cigarette roulée, ôta un brin de tabac de ses lèvres et fit signe à son fils d'approcher.

— Je suis contente que tu aies rangé un peu. Allons, viens me faire un câlin.

Tommy grimpa sur les genoux de sa mère, savourant l'instant. Il était si rare que sa mère soit sobre, et malgré la cuite qu'elle avait prise la veille, elle avait l'air de bonne humeur. Quand elle lui passa une main dans les cheveux, il se serra contre elle. Si seulement elle avait pu être ainsi tous les jours.

— Je ne suis pas la meilleure des mères, mais je t'aime, fiston. Je sais qu'il faut que j'arrête de boire, et je vais le faire, tu verras.

Tommy connaissait la rengaine par cœur, et savait que ça n'arriverait jamais, mais il était heureux que sa mère le serre dans ses bras. Si ses copains l'avaient vu, ils l'auraient traité de mauviette, mais il s'en fichait.

À une heure, Nelly était en train de finir d'éplucher les pommes de terre tout en riant des pitreries de sa fille qui jouait aux cartes avec Sadie. Pour une fois que la vieille femme était de bonne humeur et qu'elle s'entendait bien avec Angela…

— Perdu ! s'écria Angela en raflant les cartes sur la table.

— Bon sang ! Tu es trop futée pour moi, constata Sadie.

— Encore une partie, grand-ma ?

— D'accord, mais juste une.

Ruth, qui était en train d'arroser le rôti, releva la tête, les joues rougies par la chaleur du four, et demanda :

— Tu penses qu'Arthur sera rentré pour le déjeuner ?

— Il est parti avant onze heures, alors oui, il devrait être là. Tu veux que j'épluche des navets ?

— Berk, dis non, mamie ! s'indigna Angela, qui avait horreur des navets.

Tout en s'attelant à la tâche, Nelly se mit à penser à Arthur. Devait-elle essayer de le dissuader de mener son projet à bien ? Il allait falloir mettre tellement d'argent dans sa nouvelle entreprise ! Autant dire toutes les économies qu'ils avaient amassées depuis cinq ans. Et à supposer que tout parte à vau-l'eau ?

— Ça suffit, maintenant, Angela. Je suis fatiguée, s'agaça Sadie.

— Est-ce que je peux sortir jouer dehors ?

— Non.

— S'il te plaît, maman.

— J'ai dit non.

— Une demi-heure, ça ne peut pas lui faire de mal, plaida Sadie.

— La dernière fois, elle est allée jouer avec Tommy et sa bande.

— Elle ne le refera plus. N'est-ce pas mon ange ? dit Sadie en lançant un clin d'œil à la petite.

— Non, je resterai devant la porte.

— Tu vois, elle a retenu sa leçon. Laisse-la donc prendre un peu l'air, Nelly.

Nelly poussa un gros soupir.

Si la cour, sur l'arrière, n'avait pas été un tel bric-à-brac, Angela aurait pu s'y amuser tranquillement, mais Ruth avait la manie d'accumuler les objets et tous les placards étaient pleins de rogatons qui ne serviraient jamais à rien. Maintenant qu'Arthur et elle avaient décidé de partir vivre de leur côté, il lui tardait de trouver un appartement, si possible avec un jardin où Angela pourrait jouer en toute sécurité.

— S'il te plaît, maman, insista de nouveau Angela.

— Bon, d'accord, mais pas plus d'une demi-heure. Et gare à toi si tu ne restes pas devant la porte, ma fille.

Angela allait s'élancer vers la porte avec sa corde à sauter quand Nelly la stoppa net et ordonna :

— Mets ton manteau.

Elle enroula une écharpe autour du cou de sa fille, puis lui enfila un bonnet, n'acceptant de la laisser sortir que lorsqu'elle fut certaine qu'elle était assez couverte.

— Tu la couves trop, dit Sadie.

— Mais il fait un froid de canard, dehors.

— Oh, là, là, quand j'avais son âge, on était déjà bien contents d'avoir des chaussures aux pieds, alors les bonnets et les écharpes…

— Eh bien, c'était il y a longtemps. Et je n'ai pas envie qu'elle prenne froid.

— Tu l'élèves dans du coton, grommela Sadie.

Nelly ferma les yeux, exaspérée, mais ne dit rien. Elle savait qu'il était inutile d'essayer de tenir tête à sa grand-mère.

Une heure s'était écoulée quand Nelly ordonna à Angela de rentrer. Le déjeuner était bientôt prêt et

Arthur n'était toujours pas là. Elle décida d'appeler Elsie, au cas où il serait toujours à Wimbledon.

Quand ils étaient revenus vivre à Candle Lane, Arthur avait insisté pour qu'ils fassent installer le téléphone. C'était un luxe que peu de familles du quartier pouvaient s'offrir, mais c'était rassurant de pouvoir décrocher le combiné, si Sadie venait à faire une nouvelle attaque.

À en croire Elsie, Arthur était parti à midi et demi. Mais alors où était-il passé ? Était-il retourné voir son ami ? Il aurait pu au moins lui passer un coup de fil pour l'avertir. Parfois, il la rendait folle. Au même instant, on frappa à la porte. Elle pâlit en voyant un officier de police debout sur le seuil.

Il n'eut pas besoin d'ouvrir la bouche. Elle comprit aussitôt que quelque chose de terrible était arrivé à Arthur. Les murs du vestibule se mirent à tourbillonner tandis que de petits points lumineux dansaient devant ses yeux et que ses genoux fléchissaient sous elle.

Le policier la rattrapa pour l'empêcher de tomber. La porte de la cuisine s'ouvrit et Angela parut.

— Mamie, mamie, il y a un policier !

— Que se passe-t-il ? demanda Ruth.

— Dès qu'elle m'a vu, elle a eu les jambes coupées, expliqua le constable.

Aidée par l'homme, Nelly s'approcha en titubant d'une chaise, le cœur battant à tout rompre. Elle avait senti que quelque chose de terrible allait arriver, mais pas ça. Pas à Arthur !

Le constable se tint coi pendant un moment, se contentant de se racler la gorge.

— Vous êtes madame Jones ?

— Ou… oui, balbutia Nelly.

— Votre époux a eu un accident de voiture.

— Oh, non ! Arthur est blessé ? Gravement ?

— On l'a transporté à l'hôpital. Je ne peux pas vous en dire plus.

Nelly bondit sur ses pieds.

— À quel hôpital ?

Assise au chevet d'Arthur, Nelly se dit que ç'aurait pu être pire. Du moins était-il en vie, même s'il était toujours inconscient.

— Pourquoi est-ce qu'il ne se réveille pas ? demanda Elsie, qui était accourue dès qu'elle avait su ce qui était arrivé.

— Je n'en sais rien. Mais j'aimerais bien que les médecins s'activent un peu plus.

— Je trouve qu'ils prennent leur temps pour lire les radiographies, grommela Elsie.

Toutes deux tournèrent la tête quand le rideau s'écarta.

Ce n'était pas le docteur. C'était Bert, les joues couleur de cendre.

— Il n'est toujours pas revenu à lui ? demanda-t-il.

— Non. Et si ce maudit médecin ne revient pas bientôt, je vais aller le chercher moi.

— Je hais les hôpitaux, ronchonna Bert.

Elsie se fâcha.

— Je sais que tu as la phobie des hôpitaux, mais je te rappelle que c'est ton fils qui est étendu sur ce lit.

— Oui, pardon, ma chérie. Je ne comprends pas ce qui est arrivé. Arthur a l'habitude de conduire. Comment a-t-il pu se faire percuter par un camion ?

Une infirmière parut. Sa blouse blanche impeccable crissa quand elle prit la tension d'Arthur.

— Vous ne devriez pas être à trois dans cette chambre, murmura-t-elle.

Bert se passa une main dans les cheveux, et dit sur un ton qui trahissait sa frustration :

— Cela va faire une heure que nous sommes là, et personne ne nous a encore rien dit sur l'état de mon fils.

— Le docteur va bientôt venir, répondit l'infirmière tout en notant les constantes d'Arthur sur la feuille de surveillance accrochée au pied du lit.

Bert allait protester à nouveau quand le docteur entra et leur fit signe de le suivre dans le couloir.

— Votre époux va être transféré au service de chirurgie orthopédique, dit-il tout bas, sans quitter Nelly des yeux.

— Il… il va s'en sortir ? demanda-t-elle la gorge serrée.

— Le fait qu'il n'ait pas repris connaissance nous préoccupe. Mais la radiographie ne montre qu'une légère fêlure de la boîte crânienne. Il n'y a pas de signes de commotion, et ses pupilles sont symétriques. Il a une vilaine fracture du tibia péroné, ainsi qu'une entaille profonde au niveau de la cheville.

Nelly demanda à nouveau, haletante :

— Oui, mais, est-ce qu'il va s'en sortir ?

— Nous allons le surveiller de près, afin de nous assurer qu'il n'y a pas de lésions cérébrales. Mais comme je vous l'ai dit, il ne présente pas de signes de commotion.

— Mais dans le cas contraire ? reprit Bert.

Le médecin poursuivit comme s'il n'avait pas entendu sa question :

— Ah, voilà les brancardiers. Vous pouvez venir avec moi dans le service d'orthopédie.

— Attendez. Quels sont les symptômes d'une commotion cérébrale ? insista Bert.

Visiblement contrarié, le docteur égrena d'une voix atone :

— Respiration bruyante, visage congestionné, pouls irrégulier, pupilles asymétriques, température élevée. Je comprends parfaitement votre inquiétude, mais comme je vous l'ai dit, aucun de ces symptômes n'a été constaté.

Elsie posa une main apaisante sur le bras de son mari.

— Allons, mon chéri, du calme.

— Comment veux-tu que je reste calme alors que mon fils est sans connaissance dans un lit d'hôpital ?

Une autre heure interminable s'écoula tandis qu'ils attendaient dans le couloir, autorisés à n'entrer qu'un par un dans la chambre pour jeter un bref coup d'œil à Arthur. L'infirmière-chef leur conseilla de rentrer chez eux, mais ils refusèrent de partir. Pour finir, Arthur ouvrit les yeux et émit un petit gémissement.

— Infirmière ! appela Nelly.

Aussitôt, un médecin et une soignante accoururent et prièrent Nelly de sortir, tandis qu'ils disparaissaient derrière les rideaux qui masquaient le lit. Quand le docteur parut à nouveau, un sourire aux lèvres, un immense soulagement s'empara de Nelly, qui sentit ses jambes se dérober à nouveau sous elle. Une main secourable la mena jusqu'au bureau de l'infirmière-chef. Elsie et Bert entrèrent à leur tour, mais les oreilles de Nelly sifflaient si fort qu'elle n'arrivait pas à suivre la conversation. Quand les questions de Bert pénétrèrent enfin son esprit embrumé, elle comprit qu'Arthur allait devoir être opéré de la jambe.

— La fracture doit être opérée en urgence. En principe, on n'opère pas aussi vite après un choc comme celui-là, mais nous n'avons pas le choix.

Le médecin les laissa et ils furent autorisés à entrer voir Arthur, qui parvint à leur adresser un sourire fatigué.

— À présent, je vous conseille de rentrer chez vous, leur dit l'infirmière. Il n'y a rien que vous puissiez faire et il va être bientôt transféré au bloc. Vous pourrez téléphoner pour avoir des nouvelles, et revenir demain.

— Je ne pourrais pas le voir après l'intervention ? demanda Nelly.

— Madame Jones, il sera très tard quand il sortira de la salle d'opération.

— Ça m'est égal… je veux rester.

— Très bien. Dans ce cas, vous serez autorisée à le voir, mais pas plus d'une minute ou deux.

Nelly se pencha pour embrasser Arthur, mais il ne sembla pas remarquer sa présence.

Elsie aussi déposa un baiser sur la joue de son fils.

— Ne t'inquiète pas, fiston, tout va bien se passer, dit-elle, la gorge nouée.

Tous trois furent à nouveau priés de sortir pendant qu'on préparait Arthur pour l'opération. Ne sachant que faire, ils se rendirent à la cafétéria.

— Nelly, tu veux un sandwich, ou quelque chose d'autre à grignoter ? proposa Elsie.

— Non, merci, je n'ai pas faim.

— Nous risquons de devoir patienter pendant des heures, il faut prendre des forces.

— Plus tard… peut-être.

— Je n'arrive pas à croire que je n'aie rien vu de tout ceci dans les tarots! explosa soudain Elsie, le front creusé d'une ride profonde.

Nelly lui prit la main.

— Je sentais depuis un certain temps déjà que quelque chose de terrible allait arriver. Mais je croyais que cela concernait ma grand-mère, pas Arthur.

— Allons, allons, tempéra Bert, vous avez entendu le docteur. Arthur va s'en sortir.

Cette remarque fut suivie d'un long bâillement.

— Pourquoi ne rentrez-vous pas chez vous? suggéra Nelly. Je vous passerai un coup de fil dès que j'aurai des nouvelles.

— Et te laisser seule ici! Ah, ça non, alors! Tant pis si Bert ne fait pas sa sieste du dimanche.

— Il faut que j'appelle ma mère. J'avais complètement oublié, dit Nelly. Angela était dans tous ses états quand je suis partie, et je ne serai sûrement pas rentrée avant qu'elle aille au lit. Comme ça, au moins, je vais pouvoir lui dire bonsoir.

— Tu as de la monnaie pour le téléphone? demanda Bert.

— J'ai oublié mon sac à main…

— Tiens, prends ça. Il y a une cabine publique là-bas.

Nelly parla avec Angela, lui assurant que son papa allait bien. Puis sa mère prit la ligne.

— Quand comptes-tu rentrer? demanda-t-elle.

— Je ne sais pas vraiment… lorsque Arthur sera ressorti du bloc, j'imagine.

— Bon, je vais appeler mon patron pour le prévenir que je ne viendrai pas travailler demain.

— Pourquoi cela?

— Mais enfin, Nelly, réfléchis. Si tu dois retourner à l'hôpital demain matin, tu ne pourras pas t'occuper de ta grand-mère. Et moi, je vais perdre une journée entière de salaire.

Son salaire, une misérable poignée de billets, songea Nelly. *C'est tout ce qui la préoccupe après tout ce qui s'est passé !* Elle se fit violence pour ne pas laisser échapper le gloussement hystérique qu'elle sentait monter en elle, mais, incapable de se retenir, elle éclata d'un rire strident.

— Allons, allons, murmura Elsie, en l'entraînant vers une chaise, tandis que Bert s'emparait du téléphone qui pendait au bout de son cordon.

— Et maintenant, Nelly, explique-moi ce qui t'a pris ?

— Ma... mère..., dit-elle entre deux hoquets. Arthur est au bloc, mais tout ce qui inquiète ma mère, c'est le manque à gagner.

— N'y pense plus. Je suis sûre qu'elle est tout aussi inquiète que toi et moi.

— Oh, Elsie, tu ne vois que le bon côté des gens, mais ma mère peut être un monstre d'égoïsme par moments. Et moi qui éclate de rire alors qu'Arthur est sur le billard !

— Nous réagissons tous différemment face au stress, et ce n'est qu'un rire nerveux. Quant à ta mère, elle a passé des années à compter chaque sou après que ton père l'a laissée, et certaines habitudes ont la dent dure.

— Ken Marchant n'est pas mon père.

Bert revint s'asseoir avec elles, et prit la main de Nelly dans la sienne par-dessus la table.

— J'ai dit à ta mère que tu allais bien. C'est vrai, au moins ?

— Oui… merci, Bert. Combien de temps encore allons-nous devoir attendre avant de savoir comment va Arthur ?

— Ça fait à peine une heure qu'ils l'ont emmené au bloc, mais je peux aller faire un tour dans le service pour voir si tout va bien.

— On va y aller tous ensemble, déclara Elsie d'une voix ferme.

L'infirmière-chef n'avait pas de nouvelles, mais elle les autorisa à s'asseoir dans une petite pièce retirée où ils purent se recueillir et prier tranquillement.

Une autre heure passa, puis une autre, jusqu'à ce qu'une infirmière passe enfin la tête par l'embrasure.

— M. Jones est sorti de la salle d'opération et vous êtes autorisés à le voir. Mais pas plus d'une minute ou deux.

Tous se levèrent comme un seul homme.

— Une seule personne à la fois, désolée.

Nelly entra la première et ses traits se défirent quand elle vit Arthur. Il était si pâle ! Elle lui prit la main et il ouvrit brièvement les yeux, même s'il était évident qu'il n'était pas conscient de sa présence. Sa jambe était enchâssée dans un plâtre, mais il n'avait pas l'air de s'en rendre compte, et bientôt ses paupières se refermèrent. Elle se pencha pour l'embrasser, puis murmura :

— Je t'aime, mon trésor.

Quand tous eurent vu Arthur, l'infirmière-chef sortit de son bureau et leur dit gentiment :

— L'opération s'est bien passée. Il aura meilleure mine demain.

— Merci, dit Nelly, épuisée, mais soulagée.

— Tu peux te détendre, à présent, le pire est passé, lui dit Elsie.

Et tandis qu'ils prenaient le chemin du retour, Nelly songea que Dieu avait entendu ses prières.

Quand ils regagnèrent Candle Lane, elle ne fut nullement étonnée de trouver sa tante Mary à la cuisine. Comme dans la plupart des familles, on tirait un trait sur les vieilles querelles quand un coup dur survenait. Nelly demanda:

– Comment as-tu su pour l'accident, tatie?

– Ta mère m'a appelée. Mais dis-moi, comment va Arthur?

Nelly balbutia qu'il était tiré d'affaire, mais à sa surprise, les murs de la pièce se mirent à tournoyer. Elle vacilla sur ses jambes et Bert s'élança pour la rattraper et la faire asseoir sur le canapé.

– Elle est blanche comme un linge. C'est sûrement le contrecoup. Il faudrait la mettre au lit, suggéra Elsie.

– Oui, et une goutte de cognac ne lui ferait pas de mal, ajouta Bert.

La pièce cessa de tanguer, l'étourdissement était passé. Une tasse de thé bien fort arrosé de brandy acheva de la requinquer.

– Je crois qu'elle devrait manger quelque chose, dit Elsie. Elle a l'estomac vide, pas étonnant qu'elle se sente faible.

– Je vais te préparer un sandwich, dit Ruth en se dirigeant aussitôt vers le garde-manger.

Ce fut Bert qui répondit à leurs questions concernant l'accident et l'état d'Arthur. Puis, s'adressant à Nelly, il déclara:

– Il faut que je passe au dépôt pour former les équipes et organiser les transports. Après quoi, je reviendrai te chercher pour t'emmener à l'hôpital.

— Et je viendrai moi aussi, dit Elsie.

— Nelly était en train de manger son sandwich quand elle comprit que sa tante Mary lui parlait.
— J'ai cru pendant un moment que mes plans allaient se trouver chamboulés, mais puisque Arthur va bien, je ne vais rien changer.
— Comment cela ? demanda Sadie.
— Je vais partir quelque temps… en croisière.
— Quoi ! s'écria Sadie. Tu as gagné au Loto ?
— Non, mais j'ai des économies. J'ai toujours voulu voyager, et comme je ne rajeunis pas et que j'ai renoncé à me marier, j'ai pensé que c'était le moment ou jamais.
— Quand est-ce que tu t'en vas ? demanda Ruth.
— Dans un peu plus d'une semaine. J'ai réussi à avoir un billet de dernière minute.
— Si tôt ! Et ton travail ?
— On m'a accordé un congé prolongé.
— Sacrée veinarde ! s'exclama Ruth avec une pointe de jalousie.
— Je suis sûre que tu vas passer des vacances de rêve, dit Nelly, qui se réjouissait pour sa tante. Et n'oublie pas d'envoyer une carte postale à chaque escale.
— Promis, dit Mary, radieuse.
Sentant le sommeil la gagner à nouveau, Nelly ne put réprimer un bâillement.
— Tu devrais monter te coucher, suggéra Ruth.
Sans Arthur à ses côtés, le lit lui sembla vide, et Nelly serra un oreiller contre sa poitrine. Malgré son extrême fatigue, elle fut incapable de trouver le sommeil et pendant une heure elle ne fit que se tourner et se retourner dans le lit. Comment n'avait-elle pas

deviné qu'Arthur allait avoir un accident ? Son intuition l'avait-elle abandonnée ? Mais, alors que cette pensée lui traversait l'esprit, elle fut parcourue d'un frisson, et son cœur se serra d'appréhension.

C'est à ce moment qu'une lueur magnifique, diaphane, comme elle n'en avait pas vu depuis la naissance d'Angela, se répandit dans la chambre. La merveilleuse présence était de retour. Un sourire étira ses lèvres.

Lentement, la présence s'approcha en flottant de Nelly et l'enveloppa comme un cocon, dissipant peu à peu ses pensées tourmentées. Nelly ferma les yeux, puis finit par glisser dans le sommeil.

12

Le lendemain matin, Nelly se réveilla en souriant. Elle avait rêvé qu'elle volait, libre comme un oiseau, et qu'elle rasait la crête des toits. Le rêve était tellement réaliste que l'euphorie qu'il lui avait procurée continuait de courir dans ses veines.

Elle se retourna avec volupté dans le lit bien chaud. Mais peu à peu, l'angoisse recommença à l'étreindre. La veille, la présence spirituelle qui lui rendait visite pour la réconforter quand elle était enfant lui était apparue. Depuis son mariage avec Arthur, elle avait cessé de la voir, sentant sans doute qu'elle n'avait plus besoin d'elle.

Mais alors, pourquoi était-elle revenue ? À nouveau en proie à la panique, Nelly rejeta les couvertures. L'état d'Arthur s'était-il soudain aggravé ? Sans prendre la peine d'enfiler un peignoir, elle courut au rez-de-chaussée et composa le numéro de l'hôpital. Une fois mise en relation avec le service de chirurgie, elle pressa le combiné contre son oreille pour entendre ce que l'infirmière lui disait.

Quand elle raccrocha le téléphone, ses épaules se détendirent d'un seul coup.

Arthur allait bien !

Elle monta s'habiller dans sa chambre, et quand elle redescendit à la cuisine, quelques instants plus tard, elle demanda à Sadie :

— Tout va bien, mamie ?

— Mais oui. Tu ne vois donc pas mon aura ?

Nelly plissa les paupières pour étudier le halo lumineux autour de sa grand-mère. Elle discerna quelques taches sombres, mais rien de bien méchant.

— Je crois qu'une petite séance de magnétisme te ferait du bien, grand-maman. Ton arthrose te taquine à nouveau.

Comme elle disait cela, Angela se rua dans la cuisine, l'air affolée.

— Où est mon papa ?

— Il est à l'hôpital, mais il va bien, ne t'inquiète pas.

— Je veux le voir.

— Pas aujourd'hui. Mais bientôt, promis.

— Je veux le voir maintenant ! insista la petite. Mamie, dis-lui, toi ! s'écria-t-elle quand Ruth parut à son tour.

— Quoi donc ?

— Que je veux voir papa !

— Viens ici, ma poulette.

Angela s'élança vers sa grand-mère, qui la prit dans ses bras et lui caressa la joue.

— Ton papa est un peu fatigué et il a besoin de se reposer. Mais quand il ira mieux, tu pourras aller le voir, et quand il rentrera à la maison, tu pourras t'occuper de lui. On va t'acheter une panoplie d'infirmière. Qu'est-ce que tu en dis ?

— Oh, oui, mamie, et je pourrais lui donner ses médicaments ?

— Bien sûr.

La paix était revenue. Peu après, Ruth emmena la petite à l'école, et Bert et Elsie arrivèrent.

— Je ne vous attendais pas si tôt, leur dit Nelly.

— Elsie a insisté pour que nous partions de bonne heure. Tu es prête ?

— Je n'aime pas laisser grand-mère toute seule. Ça vous ennuie, si on attend que maman revienne ? Elle est allée accompagner Angela à l'école. Elle n'en a pas pour longtemps.

— Non, non, bien sûr. On va en profiter pour faire un petit coucou à Sadie.

Tandis qu'elle remontait Candle Lane, Angela agrippée à son bras, Ruth pensait à sa sœur. Quelle chance elle avait de partir en croisière ! Soudain, Tommy Walters surgit de nulle part, un sourire espiègle aux lèvres, et il se mit à marcher à leurs côtés.

— Eh, Angela. Elle est où ta mère ?

— Mon papa est à l'hôpital et elle est allée le voir.

— À l'hosto ! Non, sérieux ?

— Il s'est fait écraser par une voiture.

— Non, mon ange, rectifia Ruth. Ton papa a eu un accident de la route, mais Dieu merci, il va bien.

— Il a des os cassés ? voulut savoir Tommy.

— Des tas, répondit Angela, en prenant l'air important.

— Ce n'est pas vrai ! corrigea Ruth. Il a juste une jambe cassée.

Tommy décocha à la fillette un regard de reproche.

— T'es qu'une fichue menteuse !

— Ça suffit, vous deux ! s'emporta Ruth, qui n'appréciait pas ce genre de langage.

Elle s'empressa de changer de sujet.

— Tu vas à la cantine, Tommy ?

— Nan.

— Tu emportes ton déjeuner, alors ?

Le gosse secoua la tête, mais avant qu'elle ait pu le questionner davantage, il s'écria :

— Angela, le premier arrivé au bout de la rue !

Les deux enfants se mirent à détaler comme deux lapins, ne s'arrêtant que lorsque Ruth les rappela, furieuse :

— Revenez ici tout de suite !

Elle se hâta de les rattraper, puis, saisissant Tommy par la main, lui demanda :

— Si tu ne vas pas à la cantine et que tu n'emportes pas ton déjeuner, qu'est-ce que tu manges le midi ?

— Je me débrouille, dit-il en baissant les yeux.

— Je lui donne un peu de mon déjeuner, mamie.

— Vraiment ? Et comment fais-tu pour sortir de la nourriture de la cantine sans être vue ?

— Je la mets dans ma poche.

— Mais si tu taches ton manteau, ta mère va être furieuse ! protesta Ruth en inspectant rapidement les poches d'Angela.

— Mais non, mamie, je lui apporte que des choses qui coulent pas.

— Vendredi, elle m'a donné son petit pain à la confiture, et même sans confiture, c'était… rudement bon.

Ruth soupira.

— Tiens, dit-elle en sortant un peu d'argent de son sac. Cette semaine, tu vas manger à la cantine.

Les yeux du garçon s'arrondirent.

— Oh, merci, m'dame. J'aimerais bien avoir une grand-mère comme vous.

Ils se remirent en route, et quand Tommy leva les yeux vers Ruth, elle sentit son cœur se serrer. Si sale et mal attifé qu'il fût, ce gamin l'émouvait.

Quand ils furent arrivés devant la grille de l'école, Ruth se baissa pour embrasser Angela.

— Sois sage, lui dit-elle.

Bombant le torse, Tommy déclara crânement :

— Z'inquiétez pas, m'dame. Je veille sur elle.

Incapable de résister, Ruth le serra à son tour dans ses bras.

— Tu es un brave petit.

Tommy rosit de plaisir puis, donnant une petite tape dans le dos à Angela, lui dit :

— Magne-toi, la cloche a sonné.

Ruth les regarda traverser la cour en courant, puis tourna les talons. Elle aurait tant aimé pouvoir aider Tommy davantage !

Dès qu'ils entrèrent dans l'hôpital, Nelly comprit que l'infirmière n'était pas à prendre avec des pincettes.

— L'heure des visites n'a pas encore commencé, leur dit-elle, l'air renfrogné. Le médecin va bientôt faire sa tournée. Le règlement est formel.

Bert se campa devant la soignante, la dominant de son mètre quatre-vingt-dix, et déclara :

— Nous voulons voir mon fils pendant quelques instants seulement.

La femme sembla sur le point de refuser, puis finit par acquiescer.

— Entendu, mais pas plus de cinq minutes. Les visites ne sont autorisées qu'entre quatorze et quinze heures l'après-midi, et dix-neuf et vingt heures le soir. Si la vie de M. Jones était en danger, nous ferions une exception. Mais l'opération s'est bien passée, et il n'y a aucune raison pour que vous ne respectiez pas les horaires de visite.

— Coucou, leur dit Arthur d'une petite voix quand ils s'approchèrent de son lit.

Nelly s'obligea à sourire, car elle ne lui trouvait pas meilleure mine que la veille.

— Bonjour, mon chéri.

— Comment te sens-tu, fiston ? demanda Elsie.

— Ça va bien, maman.

Nelly décentra légèrement son regard pour étudier l'aura d'Arthur. Autour de sa tête, on devinait toujours des zones sombres, mais globalement il allait mieux. Ses yeux se portèrent ensuite sur sa jambe, et ce qu'elle vit l'alarma.

Arthur tenta de se redresser dans le lit et émit un petit grognement de douleur.

— Ça t'apprendra à foncer sur un dix tonnes, plaisanta Nelly.

— Oui. Tu as eu de la chance de t'en tirer aussi bien, dit Bert. Mais comment est-ce arrivé ? Le chauffeur du camion affirme que tu as grillé le feu. C'est vrai ?

— Pour être honnête, papa, je n'en ai aucun souvenir. Je descendais West Hill, c'est tout ce dont je me souviens. Mais le chauffeur du camion, il va bien ? Et ma voiture ?

— Il va bien, mais ta voiture est bonne pour la casse.

L'infirmière s'approcha, droite comme un i dans son uniforme empesé.

– Il faut vous en aller maintenant. Le Dr Hardcastle va bientôt commencer sa tournée.

– Le Dr Hardcastle ? s'enquit Bert.

– Le chirurgien qui a opéré votre fils.

– J'aimerais lui parler.

– Je crains que ce ne soit pas possible.

– Hum, c'est ce qu'on va voir, dit Bert, en s'approchant du médecin d'un pas décidé.

Nelly se tourna vers Arthur et prit sa main dans la sienne. Il lui sourit, mais ses paupières commençaient à se fermer. Leur visite l'avait visiblement épuisé.

– Il faut que vous partiez, insista l'infirmière quelques minutes plus tard. Votre époux a besoin de se reposer.

Nelly se pencha pour embrasser Arthur et trouva ses lèvres anormalement sèches.

– Qu'a dit le chirurgien ? demanda Elsie quand Bert revint et qu'ils se dirigèrent vers la sortie.

– Qu'il va falloir du temps avant qu'Arthur puisse se servir de sa jambe.

– Du temps ! Qu'est-ce que ça veut dire ? Des semaines ? Des mois ?

– Il n'a pas su me le dire précisément. Tout dépend de la cicatrisation, apparemment.

– Oh, mon Dieu ! haleta Nelly.

– Allons, allons, la tranquillisa Bert. Hier soir, nous pensions qu'Arthur avait une commotion cérébrale. Il faut voir les choses du bon côté. Il a une jambe cassée, mais il va s'en remettre.

– Oui, tu as raison, mon cœur, dit Elsie.

– C’est vrai que j’étais inquiète, hier soir, concéda Nelly. Il a été percuté par un poids lourd qui l’a traîné sur plusieurs mètres sur la chaussée, sa voiture est en miettes, mais lui n’a que quelques fractures.

– Quelqu’un là-haut doit veiller sur lui, déclara Elsie.

Nelly manqua trébucher quand elle repensa à la présence spirituelle qui lui avait rendu visite. Était-ce pour la réconforter ? Quoi qu’il en soit, Bert avait raison. Ce qui comptait c’est qu’Arthur soit tiré d’affaire.

13

Dommage que l'hôpital soit si loin, soupira Nelly. Une semaine s'était écoulée depuis l'accident. Tante Mary était partie en croisière, et ne pouvant laisser sa grand-mère seule, Nelly n'avait d'autre choix que de rendre visite à son mari en soirée. Quelques voisines, dont Mme Cox, s'étaient proposées pour garder Sadie, mais cette dernière s'était rebiffée, déclarant qu'elle n'avait pas besoin de garde-malade.

Quand Nelly était allée prévenir les autres guérisseuses de la maison communale qu'elle ne pourrait pas assurer son service, celles-ci lui avaient gentiment proposé de faire des séances de magnétisme à distance pour Arthur. Mais elle les avait remerciées, déclarant qu'Arthur ne courait aucun danger, qu'il était en voie de guérison et qu'elle reprendrait dès que possible ses consultations.

Il était presque l'heure de partir. Le trajet était une corvée, car les autobus n'étaient pas fréquents. Alors qu'elle enfilait ses chaussures, elle entendit frapper à la porte. Quand elle descendit, Ruth avait ouvert la porte et un homme se tenait sur le seuil.

— Ce monsieur est un ami d'Arthur, lui dit Ruth.

— Bonjour, dit Nelly, hésitante, tout en s'efforçant de distinguer les traits de l'homme malgré l'absence d'éclairage.

— Mon nom est Joe Somerton. Pourrais-je dire deux mots à votre mari ?

— Joe ! Le Joe qu'Arthur a rencontré en Australie ?

— C'est cela même.

— Entrez, entrez donc, l'invita Nelly.

À la lumière du vestibule, elle put voir que c'était un bel homme blond aux traits finement ciselés.

— Malheureusement, Arthur a eu un accident de voiture et il est à l'hôpital, expliqua-t-elle.

— Non ?! Je trouvais bizarre qu'il ne donne pas de nouvelles, mais je ne m'attendais pas à ça. Comment va-t-il ?

— Il a une grosse fracture de la jambe, mais il est en voie de guérison.

— Est-ce que je pourrais passer le voir ?

— Bien sûr. D'ailleurs, je m'apprêtais justement à y aller.

— Je peux vous accompagner ?

— Euh… oui. Je prends le bus au bout de la rue, après quoi je change à Clapham Junction.

— J'ai une voiture.

— Oh, dans ce cas, ce sera beaucoup plus rapide.

Angela arriva en courant.

— Maman, est-ce que je peux aller voir papa, moi aussi ?

— Non, ma chérie, pas ce soir. Mais je t'emmènerai dimanche.

— Mais je veux voir papa !

— Allons, viens ici, mon ange, lui dit Ruth. Je crois qu'il y a des bonbons dans mon sac.

« Merci, maman », articula silencieusement Nelly tout en suivant Joe jusqu'à sa voiture.

— C'est une beauté, dit ce dernier, tandis qu'il la faisait monter à bord de sa Jaguar.

Nelly admira les sièges en cuir et le tableau de bord en loupe de noyer.

— En effet, c'est une très belle voiture.

Il laissa échapper un rire grave et chaleureux.

— Je voulais parler de votre fille.

Ils firent la route jusqu'à Putney, la conversation tournant principalement autour d'Arthur, et quand ils pénétrèrent dans l'hôpital, il s'efforça d'arborer un grand sourire.

— Joe ! Je suis content de te voir. Tu devais te demander où j'étais passé. J'allais justement demander à Nelly de te donner un coup de fil.

— Je t'ai coiffé au poteau. Comment va notre jambe ?

— Pas trop mal.

— Comment est-ce arrivé ?

— J'étais allé annoncer à mon père que j'allais monter ma propre boîte avec toi. Et manque de chance, sur le chemin du retour, un camion m'a percuté. La vérité c'est que je n'ai aucun souvenir de l'accident. Et comme il n'y avait pas de témoins, la compagnie d'assurances va devoir faire une expertise.

— L'important, c'est que tu sois en vie. Et je suis ravi d'apprendre que tu vas t'associer avec moi.

Arthur fit la grimace quand il annonça :

— La convalescence risque de prendre un certain temps, Joe. Tu ferais peut-être bien de te chercher un autre associé.

— Je peux tout à fait me débrouiller sans toi dans un premier temps, et quand tu seras remis, tu pourras t'investir à fond. D'ailleurs, j'ai une bonne nouvelle !

— Tu as trouvé des terrains ? demanda Arthur, soudain enthousiaste.

— Ouaip ! Et pas trop chers. Juste à l'extérieur de Reading, dans le Berkshire. Parfaitement desservis pour qui travaille à Londres. Dès que le marché sera conclu, on pourra se mettre au boulot.

— Et le permis de construire ?

— J'ai un accord de principe, mais tout va dépendre des plans de l'architecte. J'ai rendez-vous demain avec l'agent de planification.

— Je croise les doigts, mon vieux.

Se sentant de trop, Nelly alla s'asseoir au chevet d'Arthur sans dire un mot, jusqu'à ce que Joe déclare soudain :

— Désolé, Nelly, je suis en train d'accaparer le temps de visite. Je repasserai un autre jour, Arthur. En attendant, je vais vous attendre dehors, Nelly, pour vous raccompagner.

— Ce n'est pas grave, répondit-elle, faisant contre mauvaise fortune bon cœur.

— Si, si. Je repasserai dès que j'aurai des nouvelles, Arthur. Je vais vous attendre dehors, Nelly, pour vous raccompagner.

Quand Joe fut sorti, Arthur demanda :

— Eh bien, tu en penses quoi ?

— Il m'a fait bonne impression.

– C'est un chic type, et je suis content qu'il ait accepté de me garder comme associé. J'espère pouvoir sortir d'ici très vite.

Peu après, la sonnerie annonçant la fin des visites retentit. À contrecœur, Nelly se leva.

– On se voit demain, mon chéri ? Il y a quelque chose qui te ferait envie ?

– Un baiser ?

Quand elle se pencha pour embrasser Arthur, des sifflets et des lazzis retentirent dans le dortoir.

– Il faut bien rigoler de temps en temps, dit Arthur. Les gars qui sont ici n'ont pas de maladies graves, ils souffrent essentiellement de fractures.

Puis, se tournant vers ses camarades de chambrée, il cria :

– La ferme ! Vous êtes jaloux, ou quoi ?

Les joues en feu, Nelly sortit précipitamment du dortoir, accompagnée par une autre salve de sifflets. Combien de temps encore allait-on le garder ? Elle avait hâte qu'il rentre à la maison.

14

On n'était plus qu'à quelques semaines de Noël. Le samedi suivant, profitant de ce que sa mère était à la maison, Nelly sortit faire quelques courses. Mais quand elle regagna Candle Lane, elle entendit des vociférations, et vit qu'un cercle de femmes s'était formé sur la chaussée. Au centre du cercle, sa mère et Laura Walters étaient en train de se crêper le chignon !

Essayant de se frayer un chemin dans la foule, elle s'écria :

– Maman ! Arrêtez ! Que se passe-t-il, bon sang ?

Lâchant subitement les cheveux de Ruth, Laura leva le poing et la frappa en plein visage en rugissant comme une bête fauve.

Ruth poussa un cri de douleur puis, se jetant sur Laura, lui décocha un méchant coup de pied dans le tibia.

– Bien fait ! cria Mme Cox. Laura l'a pas volé. Tommy était dans un sale état quand il est allé trouver Ruth. Il a un œil au beurre noir et des bleus partout.

Nelly jeta des regards affolés autour d'elle jusqu'à ce qu'elle aperçoive sa fille à la fenêtre, en train de contempler le spectacle en compagnie de Sadie.

– Ça suffit, maintenant ! cria-t-elle.

Mais ses protestations furent vaines. Laura Walters s'apprêtait à frapper à nouveau.

Les deux femmes se jetèrent l'une sur l'autre, haletantes et déchaînées. Mais d'un crochet puissant, Ruth envoya Laura Walters au tapis, le souffle coupé.

Quand elle releva la tête, Ruth éructa :

– Tu lèves encore une fois la main sur ce gamin, et tu auras affaire à moi, espèce de sac à vin !

Mais Laura riposta du tac au tac.

– C'est mon fils, pas le tien. Mêle-toi de tes oignons !

– Tu devrais avoir honte, Laura Walters. Estime-toi heureuse que je ne t'aie pas dénoncée aux services sociaux. Mais note bien que je pourrais le faire.

– Je n'ai pas peur de tes prétendus services sociaux. Le gamin avait besoin d'une bonne correction, et je la lui ai donnée, c'est tout.

Elle se remit sur ses pieds, le souffle court, et posant une main sur sa poitrine, se dirigea vers sa maison, indifférente aux moqueries des voisines.

Les femmes commencèrent à se disperser en gratifiant Ruth de tapes amicales.

– Bien fait pour elle, dit l'une d'elles.

– Elle n'a eu que ce qu'elle méritait, dit une autre.

Nelly se détourna de la scène, laissant sa mère et ses admiratrices.

– Mamie s'est battue, lui lança Angela quand elle entra dans la maison.

– Je sais.

– Et maintenant, ta mère va vouloir prendre le gamin ici, avec elle. Va savoir pourquoi, elle s'est prise d'affection pour ce chenapan. Quand tu vas à l'hôpital, elle le fait entrer et lui donne à manger, dit Sadie.

— Décidément, on en apprend tous les jours.

— Oups, j'aurais mieux fait de me taire. Tu as déjà bien assez de soucis comme ça.

Ruth entra sur ces entrefaites, Tommy à sa suite.

— Je pense qu'il vaut mieux que tu ne rentres pas tout de suite chez toi, lui dit-elle. Tu vas rester ici un petit moment.

— Viens, mon ange, dit Nelly à sa fille. Allons nous préparer pour aller à l'hôpital. Papa va être content de te voir.

Nelly lâcha la main d'Angela dès qu'elles entrèrent dans le dortoir, et la petite s'élança en courant vers le lit d'Arthur.

— Papa est malade, dit Angela.

— C'est vrai que tu n'as pas l'air en forme, dit Nelly.

— Non. J'ai de la température.

Nelly se concentra sur l'aura d'Arthur, et ce qu'elle vit l'inquiéta. Il y avait un énorme halo noir autour de sa jambe, et quand son regard se posa sur son pied, qui émergeait du plâtre, elle remarqua d'étranges boursouflures presque noires et comme gorgées de sang sur ses orteils.

— Arthur, quelqu'un a examiné ton pied ?

— Non, mais j'ai mal à la jambe depuis hier.

— Angela, attends-moi ici. Je vais parler à l'infirmière.

Cette dernière eut l'air contrariée quand Nelly se rua dans son bureau sans frapper. Mais lorsqu'elle lui eut expliqué la raison de sa visite, la soignante se leva d'un bond.

— Des boursouflures noires, dites-vous ?

La femme courut chercher le médecin.

— Votre époux a développé une infection, expliqua le Dr Willis à Nelly quelques instants plus tard, avant d'ordonner à l'infirmière d'administrer une injection de pénicilline à Arthur. Nous allons lui ôter son plâtre et le placer en isolement.

— En isolement ! Mais...

— Si vous voulez bien patienter dans le couloir, nous vous expliquerons tout en détail dès que possible, dit le médecin sur un ton sans appel, tandis qu'une infirmière faisait sortir Nelly et Angela.

Elles s'assirent sur un banc de bois, Angela visiblement inquiète et Nelly s'efforçant de la tranquilliser. Elsie venait juste de les rejoindre quand Arthur passa devant elles sur un lit à roulettes poussé par deux brancardiers. Décelant une lueur de panique dans les yeux de son mari, Nelly demanda à la soignante :

— Où l'emmenez-vous ?

— Nous allons simplement lui ôter son plâtre. L'infirmière-chef va venir vous voir.

Nelly ne savait que penser. Devait-elle suivre Arthur ? Devaient-elles attendre l'infirmière-chef ? Enfin, celle-ci parut et lui fit signe de la suivre dans son bureau.

— Madame Jones, ainsi que le docteur vous l'a dit, votre mari a développé une infection sévère.

— Quelle sorte d'infection ?

— Cela s'appelle une gangrène gazeuse.

— Oh, mon Dieu !

— Votre époux va être placé dans une chambre à part où il sera traité par antibiotiques.

— Mais est-ce qu'il… ?

— Nous avons pris l'infection à temps. Le pronostic est donc encourageant. Mais dans l'immédiat, je vous conseille de rentrer chez vous.

— Chez moi ! Mais je veux le voir.

— Entendu, mais vous allez devoir porter un masque chirurgical, dans ce cas. Et vous serez la seule à pouvoir lui rendre visite pour l'instant.

— Mais sa mère est là… et ma fille veut voir son père.

— C'est impossible, malheureusement.

Prenant subitement conscience de la gravité de la situation, Nelly fut prise de nausées et se précipita vers les toilettes.

Tout était arrivé si vite que le cerveau d'Arthur refusait de fonctionner. Un instant, il était dans le dortoir avec Angela et Nelly, et l'instant d'après il était ici.

Il releva la tête quand ils lui ôtèrent son plâtre, et eut un haut-le-cœur. Bon sang, quelle puanteur ! L'entaille à sa cheville avait fait place à une plaie béante dans laquelle il aurait pu mettre son poing.

— Docteur, de quelle sorte d'infection s'agit-il au juste ?

— Ne vous inquiétez pas, monsieur Jones, nous allons vous soigner, fut la réponse du médecin.

On lui fit une anesthésie locale pour pouvoir nettoyer la plaie, ce qui prit un temps infini, puis le docteur expliqua :

— Nous allons vous remettre un plâtre, mais cette fois avec une fenêtre pour pouvoir observer la cicatrisation.

Après cela, on l'installa dans une chambre seul. Quand le médecin revint avec une infirmière, tous deux portaient des masques.

— Monsieur Jones, voici Mme Trimble, qui va s'occuper de vous.

— Pourquoi portez-vous des masques ?

— Vous avez la gangrène, monsieur Jones. Nous l'avons prise à temps et le traitement devrait faire effet. Mais jusqu'à ce que vous soyez guéri, nous devons vous maintenir en milieu stérile. Votre femme attend dehors, mais pour l'instant elle est la seule à pouvoir vous rendre visite.

Arthur aurait voulu poser d'autres questions, mais l'infirmière ne lui en laissa pas le temps. Elle ouvrit la porte et fit entrer Nelly.

Bien qu'elle portât un masque elle aussi, l'anxiété se lisait dans ses yeux, quand elle s'approcha du lit et demanda :

— Comment te sens-tu, mon chéri ?

Au prix d'un gros effort, il répondit :

— Ça va, mais ôte ce masque pour que je puisse t'embrasser.

— Monsieur Jones, je crains que ce ne soit pas possible, intervint Mme Trimble. Aucun contact n'est autorisé.

Quand l'infirmière fut sortie, Arthur demanda :

— Où est Angela ?

— Dehors avec ta mère, et en train de faire sa tête de cochon parce qu'elle n'a pas le droit de te voir. Ta mère t'embrasse.

Peu après, l'infirmière revint et dit :

— Je vais vous demander de sortir, à présent, madame Jones. Jusqu'à nouvel ordre, vous n'avez droit qu'à une seule visite par jour et pas plus d'une demi-heure. Je vous laisse vous faire vos adieux.

— Nelly, ne t'inquiète pas. Tout va s'arranger, dit Arthur, l'air faussement enjoué.

Nelly étendit le bras pour le toucher puis, se rappelant les consignes, ôta sa main.

— Oh, Arthur.

— Je sais, mon amour, dit-il. Tout ce que je te demande, c'est de nous trouver un appartement pour quand je sortirai d'ici.

Avec un clin d'œil coquin, il ajouta :

— On a du temps à rattraper, toi et moi.

— Je sais, j'ai déjà commencé à chercher.

— Au revoir, Nelly, à demain, dit Arthur soudain à bout de forces.

— Au revoir, mon cœur.

Heureusement, Elsie avait proposé de les raccompagner en voiture, car Nelly était dans tous ses états en quittant l'hôpital. Le terrible mot de « gangrène » n'arrêtait pas de tourner dans sa tête, et pour ne rien arranger, Angela ne tenait pas en place.

— S'il te plaît, ma chérie, arrête de remuer. Tu ne pourras pas le voir pendant un certain temps, mais nous n'avons pas le choix.

— Nelly, je me mets à sa place, intervint Elsie. Même moi, qui suis la mère d'Arthur, je n'ai pas le droit de le voir.

— Je suis désolée, je n'aurais pas dû m'énerver. Mais je me fais un tel mouron.

— Pourquoi, maman ?

Nelly tenta de trouver les mots justes :

— Il a très mal à la tête, ma chérie, et il a besoin de se reposer.

Angela se calma enfin, bercée par le mouvement de la voiture, et finit par s'endormir. Nelly la prit doucement dans ses bras et la porta à l'intérieur de la maison, puis, avec l'aide d'Elsie, la déposa sur le lit de Sadie, au rez-de-chaussée. Quand elles entrèrent dans la cuisine, leur inquiétude devait être visible, car Ruth s'écria :

— Que se passe-t-il ? Vous êtes livides, toutes les deux !

Toutes les craintes et les angoisses de Nelly remontèrent d'un seul coup, et elle fondit en larmes.

— Oh, maman, Arthur a la gangrène.

Ruth eut un haut-le-corps.

— Mince alors ! dit Sadie. Ils vont devoir l'amputer.

— Ne dites pas ça, pour l'amour du Ciel ! s'écria Elsie.

— C'est pourtant la vérité. Songe à tous les garçons qui se sont fait amputer pendant la guerre à cause de la gangrène. C'est inévitable.

— Non, protesta Nelly. L'infirmière a dit que le traitement devrait faire effet.

— Hum. De qui se moque-t-elle ?

— Elle a peut-être raison, intervint Ruth.

— Balivernes ! Une fois que la gangrène est là, il faut amputer. C'est la seule façon d'empêcher qu'elle se propage.

Nelly n'y tenait plus.

— Ça suffit, maintenant, grand-maman ! Arrête de dire qu'il n'y a pas d'autre solution. Le médecin n'a pas parlé d'amputation. La médecine a fait beaucoup de progrès depuis la guerre, et Arthur va guérir. J'en suis sûre.

— Bon, bon, je te demande pardon, ma chérie. Ruth, prépare donc du thé. Elsie a besoin d'être requinquée.

Nelly partit d'un rire hystérique.

— Du thé ! Le remède à tous les maux selon maman et grand-mère. Si seulement c'était aussi simple !

15

Le lundi suivant, Ruth alla trouver son patron, et à son grand soulagement, ce dernier accepta d'embaucher une extra le samedi pour la remplacer. Elle allait perdre une journée de salaire, mais il fallait que Nelly puisse passer un peu de temps avec Arthur les fins de semaine.

Elle ne fut nullement surprise de trouver Tommy en train de l'attendre sur le pas de la porte quand elle rentra. Il s'était un peu remplumé, et même si sa mère trouvait à y redire, elle continuerait de le nourrir. Comme d'habitude, il était trop peu couvert, mais pendant sa pause déjeuner elle était allée faire quelques courses.

— Bonjour, m'dame ! lui lança-t-il, son museau bleui par le froid.

Comme toujours, Ruth sentit son cœur se serrer.

— Bonjour, petiot. J'ai quelque chose pour toi, annonça-t-elle en sortant un duffel-coat gris de son cabas. Ça devrait te tenir chaud.

— C'est pour moi ?

— Oui, mon cœur. Il est quasiment neuf.

— Ouah, merci ! s'écria-t-il en se dépêchant d'enfiler le manteau, puis en jetant ses bras autour du cou de Ruth.

Elle le tint un instant contre elle, émue aux larmes. Ce n'était qu'un manteau acheté pour trois fois rien chez le fripier, mais Tommy n'aurait pas réagi autrement si elle lui avait donné une pièce d'or. Quelle différence entre Tommy et Angela ! Cette dernière prenait tout ce qu'on lui donnait comme allant de soi, alors que lui était négligé par ses parents et obligé de se débrouiller tout seul. Non pas que Ruth en voulût à Angela d'être habituée au confort, car bien que pourrie gâtée, sa petite-fille avait bon cœur. Doucement, elle repoussa Tommy.

— Désolé, mon grand, il faut que je rentre chez moi. Mais reviens vers sept heures et je te donnerai un morceau à manger.

Il se mit à détaler en criant :

— Je vais montrer mon nouveau manteau à mes potes !

Sitôt à l'intérieur, Ruth n'y alla pas par quatre chemins.

— J'ai parlé avec mon patron, Nelly, annonça-t-elle, et à partir de maintenant, je resterai à la maison le samedi. Comme ça tu pourras passer plus de temps avec Arthur.

— Mais, je n'ai pas le droit de le voir plus d'une demi-heure...

— Tu ne me l'avais pas dit.

— Ah, non ? Je suis désolée, je croyais...

— Ce n'est pas grave, ma chérie. Ça ne me fera pas de mal de ne pas aller travailler le week-end.

— Mamie, tu m'as rapporté des bonbons ? dit Angela en s'élançant vers Ruth.

— Pas ce soir, ma poulette.

Voyant la moue déçue d'Angela, Ruth lui dit :

— Mais tu en auras demain.

Le téléphone sonna et Nelly alla répondre pendant que Ruth se débarrassait de ses chaussures et se massait les orteils. Elle avait hâte de prendre une bonne tasse de thé. Nelly avait déjà mis le dîner en route, à en juger par le délicieux fumet de ragoût d'agneau qui s'échappait de la cuisine.

— Ça sent bigrement bon, dit Ruth, l'eau à la bouche.

— Oui, elle est en train d'apprendre à préparer des plats nourrissants et bon marché. Je lui ai dit de rajouter de l'orge perlé dans la soupe.

Nelly s'en revint peu après.

— C'était Joe Somerton. Il voulait aller rendre visite à Arthur, et quand je lui ai dit que ce n'était pas possible, il a eu l'air déçu. Apparemment, il a de bonnes nouvelles. Ils ont obtenu le permis de construire.

— Je crains qu'Arthur ne puisse pas reprendre le travail avant longtemps, fit remarquer Ruth. Et s'il perd sa…

— Maman, la coupa Nelly en désignant Angela d'un signe de tête.

— Va donc chercher les cartes, mon petit ange, balbutia Ruth. Après dîner, on va jouer à la bataille.

Angela fila, et au même instant, quelqu'un frappa à la porte. Ruth alla ouvrir. C'était Mme Cox :

— Je pourrais parler à Nelly ? demanda-t-elle.

Se dirigeant aussitôt vers la cuisine, elle interrogea Nelly :

— Tu cherches toujours un appartement ?

— Oui, mais, avec ce qui est arrivé à Arthur, je n'ai pas vraiment la tête à ça.

— Écoute, il y en a un de libre à Maple Terrace. Ted Johnson, le buraliste, a acheté une maison là-bas, qu'il a refaite à neuf et divisée en appartements.

Si cet appartement leur convient, ils partiront, songea Ruth contrariée.

– Il faut te décider vite, poursuivit Nelly Cox. Tu devrais aller trouver M. Johnson. Il ne ferme jamais avant sept heures.

– J'y vais tout de suite, lança Nelly en décrochant son manteau.

Quand la porte se referma, Sadie dit à Mme Cox :

– Tu aurais dû lui dire de ne surtout pas prendre l'appartement du haut.

– Pourquoi cela ?

– Je ne peux pas parler devant *qui tu sais*, chuchota-t-elle en coulant un regard vers Angela. Mais à supposer qu'une certaine personne ne puisse pas monter les escaliers ?

Mme Cox écarquilla les yeux, comme si elle n'avait pas saisi l'allusion. Mais Ruth, qui savait à quoi sa mère se référait, pria intérieurement pour que cela n'arrive pas.

En un clin d'œil, Nelly atteignit le bureau de tabac de Long Street.

– Eh bien, que se passe-t-il ? demanda Ted Johnson quand elle entra dans la boutique, hors d'haleine.

– C'est Mme Cox qui m'envoie. Il paraît que vous avez des appartements à louer ?

– C'est exact, mais il ne reste plus que celui du rez-de-chaussée. Ça vous intéresse ?

– Il y a deux chambres ?

– Oui, et même un petit bout de jardin sur l'arrière.

– Et combien en demandez-vous ?

– Huit livres par semaine.

— Huit livres ! s'étrangla Nelly.

— Je vous assure qu'il les vaut. Et ce ne sont pas les amateurs qui manquent, croyez-moi. J'exige un loyer d'avance et un mois de caution.

Pouvaient-ils se permettre de payer autant ? se demanda Nelly. Elle n'avait pas la moindre idée des salaires qu'Arthur et Joe avaient prévu de se verser.

— Il y a un autre couple que cela intéresse, la prévint M. Johnson.

Nelly jeta un coup d'œil à la pendule accrochée au mur, derrière le comptoir. Il était six heures et quart. Elle avait encore le temps d'aller à l'hôpital, même si elle devait se passer de dîner.

— Est-ce qu'il serait possible de le voir ?

— Oui, mais je ne peux pas laisser la boutique. Vous devrez y aller seule. Sortant un trousseau de clés de sa poche, il le lui tendit. C'est le numéro dix-sept. Quand vous l'aurez vu, vous n'aurez qu'à me rapporter les clés.

Une fois de plus, Nelly se remit à courir et une fois de plus elle était hors d'haleine quand elle arriva à Maple Terrace. C'était non seulement une rue bordée d'arbres, mais chaque maison avait un jardinet sur le devant et la plupart étaient bien entretenus. Au numéro dix-sept, les fenêtres et les portes avaient été fraîchement repeintes. Toutes deux étaient bleu marine et pourvues d'un clapet en laiton pour le courrier.

Le cœur battant, elle remonta la petite allée. Pourvu que l'appartement soit aussi joli que la façade ! La porte résista légèrement, mais quand Nelly parvint à l'ouvrir, ce fut le coup de cœur immédiat.

Le salon était pourvu d'une bay-window et Ted Johnson avait choisi un papier peint bleu pâle à rayures qui s'accorderait parfaitement avec les meubles anciens qu'Arthur et elle aimaient tant et qu'ils avaient remisés au garde-meubles.

La cuisine, dernier cri, était équipée de placards aux portes en verre dépoli. La fenêtre, au-dessus de l'évier, donnait sur un petit jardin sur l'arrière de la maison, parfait pour Angela. Le temps pressait, et Nelly avait hâte de rentrer, mais elle prit le temps d'inspecter rapidement les deux chambres à coucher. La salle de bains, flambant neuve, était carrelée jusqu'à mi-hauteur, et pourvue d'une grande baignoire sur pieds.

Après un dernier coup d'œil, Nelly referma l'appartement et courut chez M. Johnson.

— Je le prends, dit-elle.

— Je le savais, dit-il avec un sourire suffisant. Et donc, comme convenu, j'exige un mois de loyer comme dépôt de garantie et la première semaine d'avance.

Nelly était tellement contente qu'elle sortit aussitôt son chéquier, qu'elle utilisait rarement, car Arthur lui donnait le plus souvent l'argent du ménage en espèces. Elle remplit le chèque et le tendit à M. Johnson.

— Je vois que vous m'avez versé la garantie et un mois entier de loyer, dit-il. Quand emménagez-vous ?

— Je ne sais pas précisément. Mais vous serez payé rubis sur l'ongle.

— Tant mieux, sans quoi, je serai obligé de vous expulser, précisa le buraliste. En principe, j'exige des références, mais étant donné que je vous connais, vous et votre mari, depuis des années… J'ai entendu dire qu'il était à l'hôpital. J'imagine que c'est pour cela que vous n'emménagez pas tout de suite. J'espère qu'il se remet.

— Oui, dit Nelly comme si cela allait de soi. Puis-je garder les clés ?

— Bien sûr, et si vous avez le moindre souci avec l'appartement, dites-le-moi et je ferai le nécessaire.

M. Johnson avait l'air d'un brave homme. Il fallait espérer qu'il serait un bon propriétaire.

Une fois de plus, Nelly se remit à courir, en direction de la maison cette fois. Dès qu'elle poussa la porte, sa mère lui demanda :

— Alors, comment ça s'est passé ?

— L'appartement est super ! s'enthousiasma Nelly en se débarrassant de son manteau.

— Et le loyer ?

— Huit livres.

— Huit livres ! s'écria Sadie. J'avais cru comprendre que c'était Maple Terrace, pas Buckingham Palace.

— C'est vrai que ce n'est pas donné, fit remarquer Ruth. Mais tu vas nous raconter tout ça pendant que nous mangeons.

— Je n'ai pas le temps, maman, je dois filer à l'hôpital. L'appartement vaut largement huit livres par semaine, j'ai hâte d'annoncer la nouvelle à Arthur. Ça devrait lui remonter le moral. À plus tard !

*

Si elle s'était retournée, Nelly aurait vu Ruth faire entrer Tommy en catimini, mais toutes ses pensées étaient occupées par Arthur. Elle avait hâte de lui parler de l'appartement. Nul doute qu'il allait être aux anges.

16

Bien qu'une semaine se fût écoulée, le traitement d'Arthur ne semblait pas agir. Mais Nelly tenait néanmoins à ce que l'appartement soit prêt à l'accueillir quand il sortirait de l'hôpital. Elle avait fait venir les meubles qui se trouvaient au dépôt, et inspectait à présent le salon, faisant courir ses doigts sur le buffet en chêne massif qu'Arthur et elle avaient chiné.

C'était une aubaine, car le dépôt-vente de Northcote Road ne proposait le plus souvent que des vieilleries sans intérêt. Mais ce jour-là, ils l'avaient repéré tout au fond du magasin. Sous la couche de crasse, on devinait des portes en bois sculpté de toute beauté. Ils l'avaient habilement négocié et obtenu un bon prix, et, forts de leur succès, ils avaient recommencé à faire les brocantes. C'est ainsi qu'ils avaient déniché leur ensemble canapé et fauteuils en cuir, qui avait un chic fou malgré son revêtement craquelé par endroits.

Quelqu'un frappa à la porte. Nelly alla ouvrir et se retrouva nez à nez avec une jeune femme mince et blonde, dont les cheveux coupés au carré encadraient un ravissant minois de lutin. Ses yeux très maquillés étaient ourlés de cils interminables, et elle arborait un sourire enfantin. *Mon Dieu*, songea Nelly, *on dirait une poupée de porcelaine*.

— Bonjour, lança la jeune fille. J'ai vu vos meubles arriver ce matin, et je me suis dit que je devrais venir me présenter. Je suis Patsy Laurington, la voisine du premier.

— Oh, enchantée, dit Nelly, ravie. Moi, c'est Nelly Jones. Mais entrez donc. Je n'ai pas beaucoup de temps, malheureusement, car je dois aller voir mon mari à l'hôpital.

— Oh, mince ! Qu'est-ce qui lui est arrivé ?

— Un accident de voiture. Il a une fracture de la jambe et quelques complications. Et vous ? Vous êtes mariée ?

Les grands yeux bleus se voilèrent.

— Je l'étais, dit Patsy, tristement. Mais plus maintenant.

Nelly ravala les questions qui lui venaient à l'esprit. Que voulait-elle dire par « plus maintenant » ? Était-elle veuve ? À moins que son mari ne l'ait abandonnée ? Elle demanda, simplement :

— Et comment trouvez-vous le voisinage ?

— Je n'ai pas encore rencontré grand monde, mais j'ai vu un jeune couple dans la maison d'à côté. Et en face, il me semble qu'il y a un jeune homme à l'étage et un vieux couple au rez-de-chaussée.

— Vous travaillez ? s'enquit Nelly, regrettant aussitôt sa question.

Elle n'avait pas envie de passer pour une colporteuse de ragots.

— Je suis à mon compte. Et vous ?

— Moi, j'ai une fille de cinq ans, et je m'occupe de ma grand-mère, dit Nelly, tentée de demander à la jeune femme dans quelle branche elle exerçait.

— Et votre mari, il fait quoi ? demanda Patsy sans lui laisser le temps de poser sa question.

— Jusqu'à récemment, il travaillait dans l'entreprise de déménagement de son père. Mais depuis peu, il s'est lancé dans la promotion immobilière.

— Ouah, ça a l'air super !

— Pas tant que ça, dit Nelly en consultant sa montre. Désolée, mais il faut que j'aille faire des courses avant de filer à l'hôpital. J'espère qu'on pourra faire plus ample connaissance quand je serai installée.

— Oui, très volontiers. N'hésitez pas à passer, je vous montrerai mon appartement.

— Merci. Je passerai sans faute, dit Nelly en songeant qu'elle aurait aimé apprendre à la connaître. Elles deviendraient peut-être amies, qui sait ?

Après avoir fait ses courses, Nelly rentra à Candle Lane. Il lui restait un peu de temps avant d'aller voir Arthur.

Angela vint aussitôt à sa rencontre, un dessin à la main.

— Tu vas voir papa aujourd'hui ?

— Oui, ma chérie.

— Je peux venir avec toi ? Je veux lui donner ça.

— Je suis désolée, mon cœur, mais c'est impossible. Je le lui donnerai pour toi. Je suis sûr qu'il va l'aimer.

— Non, je veux venir avec toi !

— Écoute, mon petit ange, dit-elle, s'efforçant de l'amadouer, quand papa rentrera de l'hôpital, on va aller s'installer dans un nouvel appartement où tu auras ta propre chambre à coucher et un jardin pour jouer dehors.

Angela fronça les sourcils.

— Et mamie, elle viendra aussi ?

— Non, elle va rester avec grand-maman. Mais ne t'inquiète pas, l'appartement est tout près, et vous pourrez continuer de vous voir chaque jour.

— Je veux rester ici !

— Je doute que vous déménagiez avant Noël, lança Ruth.

— Je sais, soupira Nelly.

— Allons, Angela, on va bientôt nous livrer un sapin de Noël et tu vas m'aider à le décorer, dit Ruth.

— C'est un sapin tombé du camion, comme celui de l'année dernière ? demanda Sadie.

— Ça ne regarde que moi, dit Ruth avec un clin d'œil malicieux.

Noël, songea Nelly. Encore une semaine et on entrerait dans une nouvelle année. Mais serait-ce une bonne année ? Oui, bien sûr. Sadie allait de mieux en mieux, et bientôt, elle et Arthur pourraient s'installer chez eux.

Une heure plus tard, Nelly se préparait à ressortir pour se rendre à l'hôpital, quand on frappa à la porte. Elle s'attendait à ce que ce soit l'homme au sapin de Noël, mais à la place elle trouva Laura Walters, qui la poussa violemment et entra sans façon.

— Où est-ce qu'il est ? brailla-t-elle, une lueur de folie dans les yeux.

— Qui cela ?

— Fais pas l'innocente, ça prend pas avec moi. Où est mon fils ?

— Je ne sais pas.

— Arrête ta comédie. Ce sale gosse est tout le temps fourré ici.

— Je ne crois pas, protesta Nelly. En tout cas il n'est pas là.

L'ignorant, Laura se dirigea vers la cuisine et un sourire mauvais retroussa ses lèvres quand elle vit Ruth.

— Eh, toi ! Où est mon garçon ?

— Sors d'ici tout de suite, explosa Ruth.

— Pas tant que tu m'auras pas rendu mon fils !

— Il n'est pas ici.

— Tu mens ! Où est-il ? hurla-t-elle en jetant des regards autour d'elle.

— Tu as entendu ma fille, intervint Sadie, se joignant à la meute. Elle t'a dit de sortir d'ici !

— Toi, la vieille bique, la ferme ! éructa Laura.

Voyant qu'Angela avait peur, Nelly saisit Laura par le bras.

— Je ne vous permettrai pas de terroriser ma fille ou ma grand-mère. Si vous ne sortez pas immédiatement, j'appelle la police.

— Oh, ça va, Madame-les-grands-airs. Je m'en vais. Quant à ta mère, elle va s'en mordre les doigts. Si mon gamin remet une seule fois les pieds ici, je l'écorche vif.

Sur ces mots, Laura ressortit en criant :

— Tommy ! Où es-tu, petite crapule !

Nelly referma précipitamment la porte puis alla trouver sa mère à la cuisine.

— Maman, je ne veux pas qu'Angela fréquente ce garçon. J'espère que cette scène t'a servi de leçon.

— J'en ai assez de t'entendre dire ça. Même s'il ne venait pas ici, ta fille le verrait à l'école.

— Oui, mais ils ne sont pas dans la même classe.

— Il est gentil, Tommy, protesta Angela, même qu'il m'a… défendue.

— Vraiment ? dit Ruth en attirant Angela dans ses bras. Quand cela ?

— La semaine dernière, dans la cour de récréation. Des garçons me tiraient les cheveux en m'appelant « la rouquine », mais Tommy les a repoussés, et même que sa poche de manteau s'est déchirée.

Le cœur de Nelly se serra. Elle aussi avait subi les moqueries de ses camarades à l'école, et en avait beaucoup souffert.

— Pourquoi est-ce que tu ne me l'as pas dit, ma chérie ?

— Parce que c'est Tommy qui m'a défendue, dit Angela avec un haussement d'épaules.

Nelly regretta d'avoir jugé trop hâtivement le garçon. Qui était-elle pour décider que Tommy n'était pas assez bien élevé pour jouer avec sa fille ?

— Oh, maman, je suis désolée, dit-elle à Ruth. Je n'aurais pas dû le traiter comme je l'ai fait.

— Quand je te disais que c'est un brave petit. Ce n'est pas de sa faute s'il parle mal. Et si on se donne la peine d'apprendre à le connaître, c'est vraiment un gentil petit gars.

— Oui, apparemment. Si Angela veut jouer avec lui, je n'y verrai pas d'objection.

— Tant mieux. Tu sais, j'essaie de lui apprendre à châtier son langage.

— Eh bien, moi, je ne veux pas voir ce salopiaud traîner ici. Tu as entendu Laura Walters ? Il faut que ça s'arrête, dit Sadie, puis voyant que Nelly et Ruth piquaient un fou rire, elle demanda : Qu'est-ce qu'il y a de si drôle ?

— Maman, tu es pire que lui, dit Ruth dans un hoquet.

— Va te faire fiche !

— Toi-même, rétorqua Angela en posant ses mains sur ses hanches.

Pliée en deux de rire, Nelly se sentit soudain le cœur plus léger. Arthur ne serait peut-être pas rentré pour Noël, songea-t-elle, mais la nouvelle année s'annonçait pleine de promesses et elle avait hâte d'être en 1967.

17

Noël sans Arthur n'était pas vraiment Noël, mais Nelly fit en sorte qu'Angela passe de belles fêtes. La petite réclamait toujours son père, mais c'était bien pire encore pour Arthur, qui était à l'isolement et ne pouvait recevoir de visite qu'une demi-heure par jour.

On était courant janvier quand Nelly reçut une visite surprise.

– Ann ! s'écria-t-elle quand la sœur de son mari se présenta à Candle Lane. Ça fait rudement plaisir de te voir !

– Je suis venue passer le week-end chez ma mère, et elle a proposé de garder les enfants pour que je puisse venir te voir. J'aimerais rendre visite à Arthur, mais maman dit que c'est impossible.

– C'est exact.

– Il n'y a toujours pas de signes d'amélioration ?

– Non, mais avec un peu de chance, ça finira par s'arranger.

Elles entrèrent dans la cuisine, et Ann lança :

– Bonjour, Angela. Tu viens faire un bisou à ta tatie ?

Angela hésita un moment avant de s'élancer dans les bras de Ann.

— Ils sont pas là, les garçons ?

— Si tu veux parler de tes cousins, Darren et Jason, non, ils sont chez mamie Elsie.

— Je veux les voir !

— Tu les verras, ma chérie. Papy va passer me chercher à deux heures, et tu vas venir dîner avec nous à Wimbledon.

— C'est vrai ? Oh, chic alors !

— Ça ne t'ennuie pas, Nelly ?

— Non, non, pas du tout.

— Je crois que maman aimerait bien qu'elle passe la nuit à la maison. Qu'en dis-tu ?

— Pas de problème, répondit Nelly en songeant tristement que, la dernière fois qu'Angela était allée dormir chez ses grands-parents, Arthur et elle avaient fait l'amour toute la nuit.

Cela lui paraissait si lointain.

— Contente de te voir, dit Ruth à Ann. Qu'est-ce que vous diriez d'aller faire un tour ensemble, les filles ? Tu pourrais emmener Ann voir votre appartement, suggéra-t-elle à Nelly.

— Je veux le voir, moi aussi, dit Angela.

— Mais je vais faire des gâteaux et tu m'as promis de me donner un coup de main…

Angela se perdit un instant en conjectures, puis dit :

— On pourra mettre du glaçage dessus ?

— Pourquoi pas ?

— Alors je veux bien rester avec toi, mamie.

— Tant mieux, parce que je ne sais pas comment je me serais débrouillée sans toi, dit Ruth en décochant un clin d'œil complice à Nelly.

C'était le moment de s'esquiver. Nelly et Ann se dépêchèrent de sortir.

– Quand je viens ici, dit Ann, ça me rappelle l'époque où on était ado.

– L'époque où on était jeunes et libres.

– Je ne regrette pas d'avoir eu des enfants, mais je suis tellement fatiguée par moments que j'ai l'impression de prendre dix ans d'un coup.

– Tu as de la chance d'en avoir trois. J'aimerais tellement en avoir un autre.

– Ça arrivera un jour, tu vas voir, l'encouragea Ann. Mais tu risques de déchanter si tu as des jumeaux, comme moi.

Peu après, elles tournèrent dans Maple Terrace, et elle dit :

– J'avais oublié comme cette rue est charmante.

– C'est bien la seule du quartier. En tout cas, elle n'est pas vouée à être rasée, dit Nelly en poussant le portail.

– Oh, mais c'est magnifique ! s'enthousiasma Ann.

– Je vais allumer la chaudière. Ah, mince, je n'ai pas d'allumettes. Attends-moi une seconde, je vais en demander à Patsy, la voisine du dessus.

Patsy était tout sourire quand elle ouvrit la porte.

– Eh, bonjour. Mais entre donc !

– Désolée, je ne peux pas rester. Je suis venue montrer mon appartement à ma belle-sœur, mais je n'ai rien pour allumer la chaudière. Tu n'aurais pas des allumettes ?

– Si, mais le chauffage va mettre du temps à se mettre en route. Pourquoi est-ce que vous ne venez pas ici, toutes les deux ? Je vous montrerai comment j'ai arrangé mon appartement.

— Euh... entendu, mais on ne va pas pouvoir rester très longtemps, dit Nelly en espérant qu'Ann serait d'accord.

Après avoir jeté un rapide coup d'œil à l'appartement de Nelly, elles montèrent au premier. Chez Patsy, le mobilier ultramoderne et les couleurs criardes tranchaient radicalement avec la décoration de Nelly. Sur le canapé en vinyle noir s'étalaient des coussins orange à poils longs assortis au papier peint. Nelly en avait le tournis, mais Ann était conquise.

— Oh, j'adore ! dit-elle.

— Mais asseyez-vous donc, proposa Patsy en désignant la cheminée où rougeoyait un foyer électrique répandant une douce chaleur.

Patsy prépara du café qu'elle servit dans des tasses en verre, et peu à peu la glace se brisa, en particulier quand Ann expliqua qu'elle était coiffeuse à domicile.

— Avant de me marier, j'étais coiffeuse, dit Ann, et quand mes enfants seront assez grands, je recommencerai à travailler, même si j'ai un peu perdu la main.

— Mes clientes à moi sont des vieilles dames qui ne sortent pas de chez elles. Je me vois mal leur proposant des coupes à la Vidal Sassoon, dit Patsy en riant.

— J'adore ses coupes asymétriques, approuva Ann.

Tandis qu'elles parlaient, Nelly prit le temps de détailler la tenue de Patsy : un pull à col roulé noir sous une minirobe-tablier à carreaux noirs et blancs. Elle avait beaucoup d'allure.

Voyant que Nelly l'observait, Patsy baissa les yeux sur ses jambes et s'écria :

– Oh, zut, j'ai filé mon collant.

– C'est confortable, les collants ? demanda Nelly.

– Très, et puis quand tu portes une minijupe, on ne voit pas ta culotte quand tu t'assieds, dit Patsy avant de changer brusquement de sujet : Au fait, comment va ton mari, Nelly ? Toujours à l'hôpital ?

– Il a une infection, mais j'espère qu'il ira bientôt mieux.

– Je l'espère moi aussi. J'ai hâte que vous veniez vous installer ici.

– Tu ne diras pas ça quand mon frère va se mettre à écouter ses disques à plein volume, dit Ann. Lui, ce qu'il aime, c'est Sinatra.

– Oh, mais ça ne me gêne pas. Mais, dis-moi, Ann, tu vis dans le coin ?

– Plus maintenant. Quand je me suis mariée, je suis partie vivre en banlieue. Mais pour en revenir à la coiffure, comment tu as fait pour te constituer une clientèle ?

– C'est très facile, en fait. J'ai mis une annonce dans le journal local et des affichettes chez les marchands de journaux.

Balayant la pièce du regard, Nelly aperçut une photo d'enfant posée sur le buffet bas.

– J'ai hâte de voir ta petite fille, dit Patsy, tirant Nelly de ses pensées.

– Tu risques de changer d'avis quand tu la connaîtras. Angela est un vrai petit démon.

– Taratata, protesta Ann. Sa fille est adorable.

– Angela. Quel joli nom !

Prenant son courage à deux mains, Nelly demanda :

— Je vois que tu as la photo d'une petite fille sur ton buffet.

— En effet, dit-elle sans rien ajouter d'autre.

— Tu es mariée ? interrogea Ann.

— Je l'ai été, mais plus maintenant.

— Je suis désolée. C'est dur d'être veuve quand on est aussi jeune.

— Je ne suis pas veuve. Nous avons divorcé.

Afin de couper court à l'avalanche de questions qu'Ann n'allait pas manquer de poser, Nelly dit :

— Merci pour le café, Patsy. J'adore tes tasses.

Mais ce fut peine perdue. Ann s'était approchée de la photo.

— C'est fou ce qu'elle te ressemble, Patsy. C'est ta fille ?

— Oui.

— Elle est adorable. Mais où est-elle ?

— Je n'ai pas envie d'en parler, mais si tu tiens absolument à le savoir, elle vit avec son père.

— Oh, non ! Ce n'est pas trop dur pour toi ?

Il y eut un court silence, puis Patsy déclara :

— C'est le juge qui l'a décidé.

— Il a confié la garde de votre fille à son père ! Mais pourquoi ?

— Ann ! s'interposa Nelly. Cela ne nous regarde pas.

— C'est sans importance, dit Patsy. Autant que vous connaissiez toute l'histoire. J'étais très jeune quand je me suis mariée. Je suis presque aussitôt tombée enceinte, mais très vite j'ai compris que c'était une erreur. J'ai rencontré un autre homme dont je suis tombée amoureuse, mais il n'a pas voulu que je prenne ma fille avec moi. Je sais, c'est choquant, mais j'ai été punie pour ma faute. Deux ans plus tard, mon nouvel ami m'a plaquée, et mon mari n'a pas voulu me reprendre. Et comme c'est moi qui avais quitté le foyer, c'est lui qui a obtenu la garde.

Nelly et Ann restèrent sans voix. Patsy ajouta :

— Vous comprenez mieux à présent pourquoi je n'aime pas en parler. Je sais ce que vous pensez, vous vous dites que je ne suis pas une bonne mère.

— Oh, mais pas du tout, protesta Nelly, mais cela n'aida pas à détendre l'atmosphère.

— Je suis désolée d'avoir été aussi insistante, s'excusa Ann.

— Le sujet est clos, dit Patsy. Mais plutôt que de te lancer dans la coiffure, tu devrais essayer d'entrer dans la police. Tu es très forte pour extorquer des confessions.

Ann sourit gauchement, puis voyant que Patsy éclatait de rire, Nelly et elle l'imitèrent. La tension se dissipa, et elles recommencèrent à bavarder gaiement jusqu'à ce que Nelly dise :

— Désolée, mais il faut qu'on rentre à Candle Lane. Il faut que je prépare Angela, si elle va dormir chez ta mère, et que j'aille ensuite voir Arthur à l'hôpital.

Sur le chemin du retour, Ann resta étrangement silencieuse.

— Qu'est-ce qui ne va pas ?

— Je ne sais pas. Au début, Patsy m'a paru sympathique, mais quand elle nous a dit qu'elle avait abandonné sa fille…

— Moi aussi, ça m'a choquée, mais nous ne sommes pas à sa place. Elle devait être très malheureuse avec son mari pour s'être enfuie comme ça.

— C'est possible, mais tu te vois, toi, abandonnant Angela ?

— Non, mais Patsy avait peut-être de bonnes raisons.

— Peut-être, dit Ann, perplexe.

— Et maintenant, assez parlé de Patsy. As-tu une idée de ce qu'on pourrait offrir à ton père pour son anniversaire, la semaine prochaine ?

— Ouh, là, tu m'en demandes trop. Déjà que j'ai eu du mal à lui trouver un cadeau de Noël.

— Des boutons de manchettes peut-être ?

— Parfait, mais c'est dommage que maman ait annulé sa fête d'anniversaire. Avec Arthur toujours à l'hôpital, le cœur n'y est pas.

— C'est vrai, je ressens la même chose.

De retour à la maison, elles trouvèrent Angela couverte de farine. On aurait dit qu'elle portait un masque blanc et cela faisait ressortir ses cheveux roux. Elle désigna les *cupcakes* en s'écriant, tout excitée :

— Regarde, maman, c'est moi qui les ai faits ! Et mamie a dit que je pourrai en apporter à Darren et Jason.

Nelly la souleva de sa chaise.

— Je suis sûre qu'ils vont les adorer, mais viens, on va te changer avant que papy arrive.

18

Vers la fin du mois, la prédiction de Sadie se réalisa. Arthur fut le premier averti. Le chirurgien vint le trouver et lui expliqua que, malgré le traitement intensif qu'il avait reçu, il avait développé une autre infection appelée « ostéomyélite ».

– C'est quoi au juste ?

– C'est une maladie de la moelle osseuse qui empêche la fracture de guérir. Je suis désolé, jeune homme, mais nous n'avons que deux possibilités, la première étant une séquestrectomie.

– Une quoi ?

– C'est l'ablation du segment d'os atteint en espérant que la plaie va guérir, mais étant donné que la gangrène n'a pas pu être éradiquée, le succès n'est pas garanti. Si ça ne marche pas, il faudra envisager une autre opération, mais ensuite vous aurez une jambe beaucoup plus courte que l'autre. Ce qui vous obligera à porter une chaussure orthopédique jusqu'à la fin de votre vie.

– Et la deuxième option ?

– Si nous ne voulons pas prendre le risque que l'infection se propage au-dessus du genou, le mieux serait d'amputer pendant que l'infection est toujours localisée au-dessous de l'articulation.

L'estomac d'Arthur se serra et il se sentit soudain pris de nausée, mais il réussit malgré tout à articuler :

— Ça ne m'enchante pas.

Le chirurgien ignora sa remarque.

— Il est plus facile de vivre avec une amputation sous le genou. Une fois équipé d'une prothèse, vous réapprendrez à marcher rapidement.

— Mais je n'ai pas envie de perdre ma jambe, protesta Arthur, tout en songeant par-devers lui : *pourquoi faut-il que cela m'arrive à moi ?*

— Je vous laisse réfléchir à tout ceci, dit le médecin en sortant de la chambre.

Pour la première fois depuis des années, Arthur fondit en larmes.

Nelly arriva à l'hôpital plus tôt que prévu, mais alors qu'elle se dirigeait vers la chambre d'Arthur, elle fut assaillie par une terrible angoisse. Quelque chose n'allait pas.

Arthur avait les yeux rouges, et son sourire forcé ne trompa pas Nelly.

— Que se passe-t-il ?

— J'ai… je viens de donner mon accord pour me faire amputer.

— Oh, Arthur, dit-elle en lui prenant la main, au défi des règles sanitaires.

Le masque d'Arthur tomba, et il dit d'une voix brisée :

— Avec une jambe en moins, je vais être un fardeau, je ne suis plus vraiment un homme.

— Allons, ne dis pas de sottises. Songe à l'aviateur Douglas Bader, qui a perdu ses deux jambes pendant la guerre. Ça ne l'empêche pas de continuer à piloter.

Arthur se mura dans le silence, le visage morose. Nelly ne savait plus quoi dire pour le réconforter.

– Mon amour, je suis… je suis désolée. Mais on va se serrer les coudes et on va s'en sortir.

– On ? Et moi, dans tout ça ? C'est moi qui vais être infirme, s'écria-t-il, furieux.

Mais soudain, son expression changea et il s'excusa :

– Je te demande pardon, ma chérie, tu n'y es pour rien, mais on va m'opérer demain matin et j'ai les nerfs à vif.

– Demain ? Déjà ?

– Le médecin dit qu'il faut amputer avant que l'infection ne gagne toute la jambe.

Nelly battit des paupières. C'est de son soutien qu'Arthur avait besoin, pas de ses larmes. Elle s'efforça au mieux de le réconforter, mais quand ce fut l'heure de partir, elle vit de la peur dans ses yeux.

– Je reviendrai demain matin, dit-elle. Et tes parents viendront aussi, certainement quand je les aurai mis au courant.

Nelly était au bord des larmes quand elle quitta l'hôpital. Plutôt que de prendre le bus, elle héla un taxi.

– Maman, Arthur va se faire amputer demain ! lança-t-elle en entrant dans le salon, où sa mère et sa grand-mère étaient en train de regarder la télévision.

– Quoi ! Mais c'est terrible !

– C'est vraiment pas de chance, remarqua Sadie. Mais je vous l'avais dit.

– J'ai peur, grand-maman, il est dans tous ses états et je ne sais pas comment il va tenir le choc.

– Écoute, ma grande, Arthur est un homme courageux, comme son père, et quand il aura fini par accepter sa condition, tout rentrera dans l'ordre.

Nelly ne demandait qu'à croire sa grand-mère. Séchant ses larmes, elle alla appeler Elsie.

Ce fut très dur de lui annoncer la nouvelle. Elsie éclata en sanglots, puis Bert prit le téléphone et, d'une voix tremblante, l'informa qu'ils la retrouveraient à l'hôpital le lendemain matin.

Incapable de penser à autre chose qu'à Arthur, et en proie à la migraine, Nelly monta se coucher. *Où es-tu?* murmura-t-elle en fouillant la pièce du regard. Si seulement son ange gardien avait pu se manifester.

Va le voir, je t'en supplie, implora-t-elle, et comme elle prononçait ces mots, son angoisse s'évanouit d'un coup.

*

Étendu dans son lit, Arthur broyait du noir. Il essayait de s'imaginer ce que serait sa vie avec une jambe en moins. Il avait le sentiment qu'on l'avait persuadé malgré lui de se faire amputer. Peut-être aurait-il dû opter pour cette requête… ou Dieu seul savait comment cela s'appelait.

— Vous n'arrivez pas à dormir ? lui demanda l'infirmière en entrant dans la chambre.

— Je n'arrête pas de penser à ma jambe.

— Le médecin estime que c'est la meilleure solution, et c'est un des meilleurs chirurgiens du pays. Tenez, prenez ça, ça vous aidera à dormir.

Arthur avala les cachets qu'elle lui tendait.

Soudain, une sensation étrange s'empara de lui, comme si quelqu'un le prenait dans ses bras et le berçait doucement. *Ce doit être les médicaments*, songea-t-il, apaisé. Puis il ferma les yeux et glissa dans le sommeil.

19

L'opération s'était déroulée avec succès. Les mesures d'isolement furent levées et Arthur put à nouveau recevoir des visites. Mais quand Nelly vint le voir avec Angela, elle eut le sentiment qu'il se forçait à sourire. Elle avait appelé Joe Somerton et ce dernier lui avait promis de passer voir Arthur prochainement.

Un matin, après avoir accompagné Angela à l'école, Nelly fut prise d'un doute quand elle passa devant chez Tommy. Elle sentait que quelque chose n'allait pas et voulait en avoir le cœur net. Elle alla frapper à la porte. Celle-ci s'entrebâilla d'un cheveu et une petite voix demanda :

– C'est pourquoi ?

– Tommy, c'est toi ?

– Oui.

– Tu n'es pas allé à l'école ?

– Maman est pas bien.

– Qu'est-ce qu'elle a ?

– Je sais pas, mais je suis resté pour m'occuper d'elle.

– Et ton père, où est-il ?

– Je sais pas.

— Je peux peut-être faire quelque chose. Tu permets que j'entre.

— Oh, non, elle va me tuer si je laisse entrer quelqu'un.

— Tommy, si ta mère est malade, il faut qu'elle voie un docteur.

Il y eut une pause, puis la porte s'entrouvrit de quelques centimètres.

— Bon, d'accord.

Nelly fut prise d'un haut-le-cœur en entrant dans la maison, et eut envie d'en ressortir en courant, mais Tommy la conduisit à l'étage. Dans la chambre, elle vit ce qui ressemblait à un monceau de chiffons sur le lit, avec Laura Walters au milieu. Ses paupières étaient closes et elle avait les lèvres bleues.

— Ça fait longtemps qu'elle est comme ça, Tommy ?

— Elle allait bien hier soir, mais ce matin, elle s'est pas levée.

— Laura… Madame Walters ? dit Nelly à voix haute.

Pas de réponse. Bien que prise de panique, Nelly s'exhorta à rester calme.

— Écoute, Tommy. Je vais aller appeler le médecin. Je ne peux pas laisser Sadie seule trop longtemps, alors je vais chercher quelqu'un qui puisse s'occuper d'elle pendant que je reste au chevet de ta mère.

Voyant l'affolement dans les yeux de Tommy, elle le rassura.

— Ne t'inquiète pas. Tout ira bien. Attends-moi ici pendant que je vais chercher Mme Cox.

Elle fila appeler le médecin, puis courut chercher Nelly Cox.

Heureusement, la vieille dame comprit la gravité de la situation, et toutes deux s'en revinrent aussitôt au chevet de Laura.

– Mon Dieu, c'est vrai qu'elle n'a pas l'air bien, dit Mme Cox en la voyant.

– J'ai dit à la secrétaire du médecin qu'il s'agissait d'une urgence, il ne devrait pas tarder à arriver.

– Le plus vite sera le mieux, dit Nelly Cox tout en s'efforçant de mettre un peu d'ordre dans le lit défait. Et le garçon ?

– Je vais le prendre avec moi à la maison.

– Non, je veux rester avec maman, protesta le garçon.

– C'est bon, mon petit, calme-toi, dit Mme Cox. Tu peux attendre avec moi, si tu veux. Et, toi, Nelly, va t'occuper de Sadie. Je viendrai te voir quand le médecin sera passé.

– Laura Walters n'est pas bien, annonça Nelly en entrant dans le salon.

– C'est pas juste la gueule de bois ? dit Sadie.

– Non, je ne crois pas.

– Tu as étudié son aura ?

– Brièvement, et je crois que c'est son cœur qui ne va pas. Ah, voilà le médecin !

Peu après, on frappa à la porte et le docteur demanda s'il pouvait se servir du téléphone.

– Bien sûr, dit Nelly.

Le docteur appela une ambulance, puis expliqua :

– Il faut que je parle au mari de Mme Walters. Tu sais où il travaille, Nelly ?

– Non. À vrai dire, je ne suis même pas sûre qu'il travaille.

— Il faut absolument qu'on le retrouve. Le garçon ne peut pas rester seul, et il est trop jeune pour accompagner sa mère à l'hôpital.

— Dans ce cas, je vais m'occuper de lui jusqu'à ce que son père rentre.

Après cela, tout alla très vite. Les brancardiers sortirent Laura Walters sur une civière, tandis que Tommy poussait des cris et se débattait pour essayer de monter avec elle dans l'ambulance.

Pour finir, Mme Cox et Nelly parvinrent à le convaincre de les suivre au numéro cinq. Quand il s'arrêta enfin de pleurer, il ferma les yeux et sombra dans le sommeil, épuisé.

— Bon sang, après tout ce que sa mère lui a fait endurer, je n'aurais jamais imaginé le voir pleurer comme ça, dit Mme Cox doucement.

— Moi, ça ne m'étonne pas. Les liens filiaux sont forts. Même les enfants maltraités tiennent à leurs mères.

— N'ayant jamais eu d'enfants moi-même, je ne me rends pas compte.

— C'est la seule vie que Tommy ait connue, alors il s'y accroche.

— Le pauvre gosse. J'espère pour lui que Laura va s'en tirer.

— Je pense qu'elle va guérir, murmura Nelly.

— Vraiment ? dit Sadie. Tant mieux. Et maintenant, je sais pas vous, mais j'ai la gorge comme du papier de verre.

— Je vais faire du thé, dit Mme Cox. Tu as déjà bien assez à faire comme ça, ma grande.

Nelly la remercia d'un sourire. Quelque chose lui disait que Laura Walters allait s'en sortir cette fois-ci, mais que ça ne durerait pas si elle recommençait à boire.

Le père de Tommy n'était toujours pas rentré quand Nelly alla rendre visite à Arthur. Elle le trouva assis dans un fauteuil à côté du lit, une couverture sur ses jambes et la mine morose. Elle essaya de le dérider, en vain, puis Joe Somerton entra.

— Eh bien, mon vieux, comment ça va ? demanda-t-il à Arthur.

— Pas trop mal, mais j'imagine que tu as décidé de prendre un nouvel associé.

— Pourquoi donc ?

— Je ne suis plus bon à rien, avec une jambe en moins.

— Allons donc. Si tu me disais qu'il ne te reste qu'une demi-cervelle, je pourrais comprendre, mais avec une prothèse tu seras bientôt à nouveau sur pied. Et que tu le veilles ou pas, tu vas travailler avec moi, mon vieux.

— Mais, si je ne peux pas conduire ?

— On va trouver une solution, et arrête de te mettre des obstacles avant même de commencer la course. Un pas à la fois, mon vieux. À moins que tu préfères sautiller ?

Nelly se raidit, mais à sa surprise, Arthur éclata de rire.

— Ouais, comme Skippy !

Sur ce, les deux hommes entonnèrent la chanson de « Skippy le kangourou ».

— Haut les cœurs ! s'esclaffa Joe. Tu es jeune et fort, Arthur, je suis sûr que tu vas t'habituer sans problème à porter une prothèse. Et puis les maisons que nous vendons, c'est pas nous qui les construisons. À ce sujet, la maison pilote est en train de prendre forme et on va bientôt pouvoir lancer la campagne de commercialisation.

— Merci, Joe. Mais sache que je ne t'en voudrai pas si tu décides de prendre un autre associé.

— Non, mon vieux, c'est nous deux ou rien. La seule chose qui importe c'est que tu te remettes sur pied, si j'ose dire.

Arthur rit à nouveau, au grand soulagement de Nelly, qui avait remarqué que son regard pétillait tandis que lui et Joe plaisantaient ensemble.

— Je ne te cache pas que j'ai hâte de sortir d'ici, dit Arthur.

— Je te comprends, mais si tu as besoin de te tenir occupé, tu pourrais concevoir la brochure de présentation des maisons. Qu'en dis-tu ?

— Pourquoi pas ?

— Je vais faire installer un panneau sur le site et il me faut un nom pour le lotissement. Des idées ?

Arthur se concentra, puis dit :

— C'est un coin plutôt verdoyant, non ? Qu'est-ce que tu dirais de « La Prairie » ?

— Oui, ça me plaît bien, sourit Joe. Je savais que tu avais un cerveau caché quelque part. Heureusement qu'il n'était pas dans ton pied.

— Non, mais ! fit Arthur en prenant l'air offusqué.

Sa bonne humeur faisait plaisir à voir. Mais le temps de visite s'achevait déjà et Joe se leva pour partir.

— Je vous laisse vous dire au revoir tous les deux, dit-il, avant de demander à Nelly : Tu veux que je te dépose chez toi ?

— Volontiers.

— Très bien, dans ce cas, je t'attends dans le parking. Salut, vieille branche, et je compte sur toi pour plancher sur la brochure, hein ?

Quand Joe fut parti, Arthur dit :

— C'est un type en or. S'il s'était cherché un autre associé, je me serais retrouvé dans le pétrin. Je ne peux plus travailler pour mon père, je ne peux plus ni conduire ni porter des meubles.

— Ton père t'aurait sûrement trouvé un travail de bureau.

— Je n'aurais pas accepté. Je n'ai pas envie d'être un boulet qu'on paie à ne rien faire.

— En tout cas, Joe est parfaitement satisfait de t'avoir comme associé, et tout ce qui compte, c'est que tu te remettes sur pied...

Arthur sourit.

— ... comme dirait Joe. Lui au moins, sait prendre les choses du bon côté. J'ai remarqué que les autres patients du service évitaient de me parler. Je suppose que c'est de ma faute, parce que je faisais la tête. Mais je vais balancer une plaisanterie sur ma jambe et ça va les laisser baba.

— C'est bien.

— Nelly, je voulais te dire... Je ne sais pas trop, parfois j'ai l'impression que c'est mon imagination qui me joue des tours.

— Dis-le tout de même.

— Eh bien, la veille de l'opération, comment dire... Je ne me suis jamais trop posé de questions sur le fait que maman et toi vous étiez des médiums. Mais ce soir-là... eh bien, j'ai ressenti une présence.

— Tu pourrais la décrire ?

— Au début, j'ai eu l'impression d'être enveloppé dans du coton. C'était une sensation tellement réconfortante que, d'un seul coup, je n'ai plus eu aucune appréhension. Je l'ai sentie à nouveau le lendemain matin quand on m'a emmené au bloc. Ils m'ont fait une anesthésie et l'instant d'après je me suis réveillé dans le dortoir. Bon, c'est pas tout ça, mais le temps des visites est dépassé et tu vas t'attirer des ennuis si tu ne déguerpis pas en vitesse.

Nelly tourna la tête et aperçut l'infirmière. Elle se pencha au-dessus d'Arthur et l'embrassa.

— Au revoir, mon chéri. À demain.

Quand Nelly fila rejoindre Joe dans le parking, elle était d'humeur beaucoup plus joviale que lorsqu'elle était arrivée.

— Merci, Joe.

— Mais c'est tout naturel. Et puis ce n'est vraiment pas loin en voiture.

— Je voulais dire, merci d'avoir remonté le moral d'Arthur.

— Arthur est un battant, et il s'en sortira tout seul.

— Je sais, mais ça fait du bien de le voir rire. Il en avait besoin, je crois.

— Perdre une jambe, ça n'est pas la fin du monde. Je pense qu'il le sait, au fond.

Nelly songea que Joe était vraiment un chic type, un véritable ami pour Arthur. Elle se cala sur son siège en songeant que les nuages commençaient enfin à se dissiper, et l'avenir lui apparut soudain moins sombre.

Quand Nelly rentra, Tommy était toujours là. Il était onze heures quand ils entendirent du bruit dans la maison d'à côté. M. Walters était enfin revenu, mais Ruth avait déjà mis Tommy au lit.

— Je ne vais pas le réveiller à cette heure-ci, grommela-t-elle.

— Non, mais il faut mettre son père au courant de la situation. Je vais aller lui parler, proposa Nelly.

— Je viens avec toi, décida Ruth.

Lorsque Denis Walters ouvrit la porte, il était complètement ivre et incapable de comprendre ce qu'elles essayaient de lui expliquer.

— Vous voulez voir ma femme ? Pourquoi ?

Ruth soupira, exaspérée :

— Nous ne sommes pas venues pour la voir. Elle est à l'hôpital.

Il vacilla, s'agrippa au chambranle.

— À l'hôpital ? Qu'est-ce que vous racontez ?

— On n'arrivera à rien. Laissons-le cuver sa bière. On repassera demain matin.

Comme si elle s'adressait à un enfant, Nelly dit, en articulant chaque mot :

— Tommy est chez nous, monsieur Walters.

— Qu... quoi ?

— On perd notre temps, Nelly. Allons-nous-en, dit Ruth.

— Ach... Achendez une minute, bredouilla Denis Walters d'une voix traînante. Ch'est quoi c'hichtoire d'hôpichal ?

— Pour l'amour du Ciel, allez vous coucher ! s'emporta Ruth.

Quand elles furent de retour chez elles, Nelly demanda :

— Qu'est-ce que tu comptes faire, maman ? Denis Walters n'est pas en état de s'occuper de son fils et nous ne savons pas combien de temps Laura va rester à l'hôpital.

— Ils ont peut-être de la famille, à qui nous pourrions confier le petit. Sinon, il devra rester avec nous.

Comme cette nouvelle ne semblait guère réjouir Nelly, Ruth tempéra :

— Ce n'est pas un drame. Il sera à l'école une bonne partie de la journée.

— Oui, et le reste du temps il traînera dans les rues ? Je ne suis pas sûre de pouvoir le contrôler.

— Bien sûr que si. Il n'est pas méchant. Il a juste besoin qu'on l'aime et qu'on s'occupe de lui. Je vais lui parler. Tu verras, il se tiendra bien.

— Espérons que M. Walters aura recouvré ses esprits demain matin.

Nelly embrassa sa mère et monta à l'étage. Elle fit sa toilette en vitesse dans la salle de bains glaciale, puis fila se mettre au lit. Arthur lui manquait. Elle aurait tant aimé sentir la chaleur de son corps à côté d'elle. Vivement qu'ils puissent emménager dans leur nouvel appartement.

20

Le lendemain matin, à huit heures tapantes, Ruth alla frapper à la porte de Denis Walters, Tommy trottant derrière elle.

– Qu'est-ce que c'est ? demanda Denis, l'air renfrogné et l'œil chassieux.

– M'man est à l'hôpital, dit Tommy en s'élançant vers son père.

Denis Walters secoua la tête d'un air ahuri.

– Qu'est-ce que tu racontes ?

– M'man est malade, on l'a emmenée en *bulance*.

– En *ambulance*, corrigea Ruth. J'ai essayé de vous le dire, hier soir, monsieur Walters, mais vous ne vous souvenez de rien, apparemment.

– Allons bon. Vous feriez mieux d'entrer un moment.

Ruth suivit l'homme à l'intérieur, et bien que Nelly l'eût avertie, elle eut un choc en découvrant l'état de saleté de la maison. L'évier était rempli d'assiettes sales, et sur la table traînaient pêle-mêle de vieux journaux, un pot de confiture, des paquets de cigarettes vides, un cendrier plein à ras bord. La grille de l'âtre disparaissait sous une épaisse couche de cendres constellée de vieux mégots.

— Pourquoi est-ce qu'ils ont emmené ma femme à l'hôpital ? demanda Denis, qui semblait avoir un peu dessaoulé.

— Elle a fait une crise cardiaque.

— Non !? Où est-ce qu'ils l'ont emmenée ?

— Je ne sais pas. Il faut poser la question au docteur. C'est au sujet de Tommy que je suis venue vous voir. Vous connaissez quelqu'un qui pourrait s'occuper de lui ?

— À part le frère de ma femme, personne. Mais il vit dans le Nord, et je l'ai pas vu depuis des lustres. Cela dit, je pourrais peut-être lui envoyer Tommy.

— Non, papa, s'il te plaît, plaida le garçon.

Denis se laissa tomber dans un fauteuil, la tête dans les mains, et grogna :

— Je n'arrive pas à penser.

— Est-ce que ça vaut la peine d'envoyer le garçon aussi loin alors que vous ne savez pas combien de temps Laura va rester à l'hôpital ? Pour l'instant, je propose de le garder chez moi. De votre côté, tâchez de savoir où est votre femme, et en attendant, c'est ma fille qui emmènera Tommy à l'école.

— Oui… oui, c'est une bonne idée.

Si ses traits n'avaient pas été ravagés par l'alcool, songea Ruth, Denis aurait été bel homme. Mais ses mains tremblaient, signe qu'il buvait beaucoup.

— Dis au revoir à ton papa, Tommy. Il viendra te voir plus tard pour te donner des nouvelles de ta maman, dit Ruth. N'est-ce pas, monsieur Walters ?

— Oui, oui, bien sûr. Et merci.

— Papa, je peux venir avec toi quand tu iras voir maman ?

— Non… toi, tu vas à l'école.

— Mais…

— Tu la verras bientôt, le rassura Ruth en le prenant par la main. Peut-être ce soir, si tu es bien sage.

— C'est vrai ? C'est vrai, papa ?

— Je sais pas. On verra.

Sans laisser à Tommy le temps de protester, Ruth enchaîna :

— On y va. S'il y a quelque chose que je peux faire, dites-le-moi, monsieur Walters.

— Oui, merci, et toi, tu as intérêt à bien te tenir, Tommy, sans quoi…

Tommy hocha la tête et quand Ruth et lui furent hors de portée de voix, il lui glissa :

— Il m'emmènera pas la voir. Il est trop bourré.

— Tommy, il faut absolument que tu surveilles ton langage !

— Mais c'est la vérité ! gémit l'enfant dont les yeux s'étaient remplis de larmes.

— Écoute, mon cœur, je sais que tu te fais du souci pour ta maman. Si ton père ne t'emmène pas la voir, moi je t'emmènerai. Et maintenant, sèche tes yeux. Tu ne veux pas qu'Angela te voie pleurer, n'est-ce pas ?

Le garçon s'essuya les yeux avec sa manche en reniflant bruyamment.

— Alors, qu'est-ce qu'il a dit ? voulut savoir Nelly dès qu'ils franchirent le seuil.

— Les Walters n'ont qu'un parent quelque part dans le Nord et il est d'accord pour que Tommy reste avec nous.

— Et donc, on va l'avoir sur les bras, soupira Sadie.

— Oui, maman, et essaie d'être gentille avec lui. Il va être sage comme une image.

— Hum !

Ruth ne chercha pas à insister. Elle se pencha vers Tommy et l'attira dans ses bras.

— Nelly va t'emmener à l'école et te ramener le soir. Maintenant, il faut que j'y aille.

— Je veux pas que tu t'en ailles, sanglota le garçon en s'accrochant à son cou.

— Mais c'est Nelly qui va s'occuper de toi. Tout va bien se passer.

— Je veux… je veux ma maman.

— Je sais, mon cœur, et je suis sûre qu'elle va bientôt rentrer à la maison.

— Moi aussi, mamie, fais-moi un bisou ! réclama Angela.

— Viens là, mon petit ange.

— Angela se précipita vers Ruth, qui l'attira contre elle.

— On se voit ce soir, mon poussin.

— Tu es ma mamie, pas la sienne ! protesta Angela.

— Mais oui, ma chérie.

— Tu vois, dit Angela en foudroyant Tommy du regard. C'est ma mamie à *moi* !

La réaction de la petite surprit Ruth. C'était la première fois qu'elle manifestait de la jalousie envers Tommy.

— Tout ira bien, ne t'inquiète pas, dit Ruth à Nelly, qui semblait contrariée.

— Si tu le dis, soupira celle-ci.

— Au fait, Denis Walters va peut-être passer plus tard, lorsqu'il aura vu sa femme. Si c'est le cas, dis-lui d'emmener Tommy avec lui quand il retournera voir Laura ce soir.

— Entendu, maman.

Si le père de Tommy ne l'emmenait pas à l'hôpital, il faudrait qu'elle s'en charge elle-même, songea soudain Ruth. Mais comment le pourrait-elle alors que Nelly devait partir voir Arthur de son côté ?

Sa mère partie, Nelly commença à faire la vaisselle tout en gardant un œil sur les enfants. Angela était tellement habituée à être au centre de l'attention qu'elle traitait désormais Tommy comme un usurpateur. Nelly songea qu'elle avait intérêt à garder ses distances avec le garçon si elle ne voulait pas aggraver les choses.

— Bien, vous deux, c'est l'heure d'aller à l'école, annonça-t-elle d'une voix décidée.

— Je veux pas qu'il vienne avec nous ! ronchonna Angela.

— Allons, allons, pas de caprices. Tu as oublié qui t'a défendue à la récréation ?

Angela baissa soudain la tête puis, coulant un regard à Tommy par-dessous ses cils, murmura :

— Pardon, Tommy. On peut partager ma mamie si tu veux.

Nelly boutonna le manteau de sa fille.

— Et maintenant, va dire au revoir à grand-maman, lui dit-elle gentiment.

Angela alla embrasser Sadie, puis proposa à Tommy :

— Tu peux lui faire un câlin, toi aussi.

Le garçon eut l'air paniqué, puis bégaya :

— Non… non, je crois pas.

— Et pourquoi cela ? voulut savoir Sadie.

— Euh… euh…

Sadie ouvrit les bras.

— Allons, viens, je mords pas.

— Vas-y, Tommy, l'encouragea Angela.

Visiblement mal à l'aise, il s'approcha de Sadie, et son petit corps se raidit quand celle-ci le prit brièvement dans ses bras.

— Tu vois ? Je ne mords pas. Tiens, prends donc une pastille à la menthe, proposa-t-elle en sortant un bonbon de sa poche de tablier. Et toi aussi, Angela.

— Merci, m'dame, dit Tommy, qui n'en revenait pas.

Angela était habituée aux changements d'humeur de son arrière-grand-mère, mais pas lui.

Le reste de la matinée, Nelly l'occupa à faire du ménage, et il était deux heures et demie quand Denis Walters vint frapper à la porte, un sourire niais aux lèvres et visiblement éméché.

— Je suis allé voir ma femme. Elle est à Bolingbroke.

— Vous allez emmener Tommy avec vous, ce soir, quand vous y retournerez ?

— Nan, pas besoin.

— Il est très triste et ça lui ferait sûrement du bien de voir sa maman.

— J'y retourne pas ce soir. Je dois aller retrouver un pote au pub.

Il était inutile d'essayer de lui faire entendre raison, songea Nelly. Il était tellement ivre qu'il tenait à peine sur ses jambes. Excédée, elle laissa libre cours à sa colère :

– C'est ça, allez donc au pub pendant que nous nous occupons de votre fils !

En rentrant du travail, quand Ruth apprit que le père de Tommy n'allait pas emmener son fils voir Laura Walters, elle demanda à Nelly de ne pas rendre visite à Arthur pour une fois. Dieu merci, Nelly avait pris les devants et appelé Elsie pour lui demander d'y aller à sa place.

– Tu es sûre ? s'enquit Ruth.

– Oui, Arthur va beaucoup mieux, et je suis sûre qu'il ne m'en voudra pas d'avoir manqué une visite.

– Dans ce cas, allons-y, Tommy ! dit Ruth, et le visage du garçon s'illumina.

Après cela, il ne desserra pour ainsi dire pas les dents de tout le trajet, et quand ils descendirent du bus, Ruth prit sa main dans la sienne et ils se dirigèrent vers le porche du vieil hôpital qui datait de l'ère victorienne.

Quand ils entrèrent dans le dortoir où se trouvait Laura, Tommy lâcha la main de Ruth et courut vers sa mère.

– Bonjour, mon chou ! Si je m'attendais à te voir !

– Comment ça va, m'man ?

– Ça va bien, dit-elle, avant d'ajouter, l'air penaud, à l'adresse de Ruth : Après la façon dont je me suis comportée, c'est gentil à toi de m'avoir amené mon gamin. Je te dois des excuses.

Ruth n'en crut pas ses oreilles. Sevrée d'alcool, Laura Walters était une autre femme.

– Oui, enfin, c'est du passé tout ça. N'en parlons plus.

– Denis m'a dit que tu t'occupais de Tommy. C'est vraiment chic de ta part.

— Oh, mais c'est bien naturel. C'est un gentil garçon.

— Quand est-ce que tu rentres à la maison, m'man ?

— Bientôt, mon chou. Mais en attendant, il faut me promettre d'être bien sage.

Ruth prit une chaise à côté du lit.

— Il y a quelque chose dont tu as besoin ?

— Je n'ai besoin de rien, mais merci tout de même.

— Tu sais quoi, m'man ? lança Tommy, réclamant son attention. Le papa d'Angela s'est fait couper la jambe.

— C'est vrai ?

— Oui, malheureusement, confirma Ruth.

— Oh, mon Dieu. Il a eu un accident ?

À l'évidence, Laura Walters n'était pas au fait des derniers événements survenus à Candle Lane. Ruth lui raconta l'accident de voiture. Tommy grimpa sur le lit et Laura le serra dans ses bras jusqu'à ce que l'infirmière lui ordonne sèchement de descendre.

Il se renfrogna, mais sa mère prit sa main dans la sienne et l'y garda jusqu'à la fin de la visite. Juste au moment où ils se levaient pour partir, Laura retint Ruth et, l'obligeant à se pencher jusqu'à ce que ses lèvres touchent presque son oreille, lui glissa à voix basse :

— Je me suis reprise, depuis ma crise cardiaque. Je ne toucherai plus jamais une goutte d'alcool.

— Pour le bien de Tommy et le tien, j'espère que tu le penses vraiment.

— Oh, mais oui. Je n'ai pas toujours été comme ça, tu sais. C'est quand ma petite est morte de la polio que je me suis mise à boire, pour noyer mon chagrin.

La détresse dans les yeux de la femme en disait long sur ce qu'elle avait dû endurer. Ruth songea que ce devait être horrible de perdre un enfant.

– Oh, je ne savais pas, Laura, je suis désolée. Quand est-ce arrivé ?

– C'était il y a un an, avant qu'on emménage à Battersea. Bessie, ma cadette, c'était une belle petite. Quand… on l'a perdue, le monde s'est effondré. Et le pauvre Tommy en a bavé depuis, ajouta-t-elle avec un sourire contrit. Quand j'y pense…

Lâchant le bras de Ruth, elle se tourna vers son fils :

– Viens ici, fiston, que je te fasse un câlin.

Tommy eut l'air brièvement paniqué, puis voyant que l'infirmière n'était pas là, il se dépêcha de grimper sur le lit pour enlacer sa mère. Elle enfouit sa tête dans ses cheveux et dit :

– Je n'ai pas été gentille avec toi ces derniers temps. Mais ça va changer, je te le promets.

Il y avait de l'amour dans la voix de Laura, songea Ruth, en espérant qu'un nouveau chapitre venait de s'ouvrir pour la mère et le fils.

Quand ils reprirent le chemin du retour, Ruth murmura gentiment :

– Tu ne m'avais jamais dit que tu avais eu une petite sœur, Tommy.

– M'man aime pas qu'on en parle, alors j'en parle jamais. Elle était mignonne, comme Angela.

Voilà donc pourquoi Tommy veillait comme un grand frère sur Angela. Ruth passa un bras autour du garçon et le serra affectueusement contre elle.

21

Le temps passait et Denis Walters n'était venu rendre visite qu'une seule fois à son fils. Un soir, il se présenta à la porte à onze heures. De sa voix traînante d'ivrogne, il parvint à dire à Ruth que sa femme serait de retour à la maison le lendemain. « Déjà ? », s'étonna Ruth, mais Denis lui expliqua qu'elle avait insisté pour rentrer.

Quand Ruth monta se coucher, son estomac se noua à l'idée que Tommy allait retourner vivre dans cette porcherie. Et c'était encore pire pour une femme malade. Après avoir longuement pesé le pour et le contre, elle décida de prendre les choses en main.

Le lendemain matin, elle informa son patron qu'elle ne se sentait pas bien et qu'elle ne viendrait pas travailler. Il n'eut pas l'air ravi, mais tant pis. Elle avait d'autres priorités. Quand Nelly rentra après avoir accompagné les enfants à l'école, elle lui annonça la nouvelle.

– Pourquoi est-ce que tu ne me l'as pas dit plus tôt ? s'étonna Nelly.

– Si Tommy avait su que sa mère allait rentrer aujourd'hui, tu n'aurais pas pu le faire aller en classe.

Et avec tout le travail qui nous attend, il vaut mieux ne pas l'avoir dans les pattes.

– Et grand-maman ?

– Nous serons juste à côté. Nous n'aurons qu'à passer chaque demi-heure pour nous assurer que tout va bien.

– Mais enfin, pour quoi faire ? s'insurgea Sadie.

Ruth n'en démordit pas. Elles viendraient chaque demi-heure, un point c'est tout… Après quoi, armées de balais, serpillières, eau de Javel, désinfectant, et autres produits d'entretien, elles allèrent frapper chez Denis Walters. Dieu merci, il leur ouvrit, et quand Ruth lui expliqua pourquoi elles étaient venues, il ne souleva pas d'objection, mais se dépêcha de prendre la poudre d'escampette en déclarant qu'il allait travailler.

Nelly jeta un coup d'œil consterné vers la cuisine.

– C'est un vrai désastre !

– Je sais, mais nous ne pouvons pas laisser Tommy ou Laura vivre dans ce capharnaüm.

Elles s'attaquèrent donc à la cuisine en premier. Tandis qu'elles s'attelaient à la tâche, Ruth s'interrogea :

– Je me demande bien où Denis travaille ? J'ai essayé de tirer les vers du nez à Tommy, mais il n'a pas l'air de le savoir.

Nelly se couvrit soudain la bouche avec la main, prise d'un haut-le-cœur.

– Maman, non, mais regarde-moi ça !

Ruth se retourna et vit un reste de pain couvert d'une épaisse couche de moisissure, à côté d'un reste de jus de viande lui aussi verdâtre. Elle aperçut ce qui ressemblait à une croûte de fromage toute sèche et fendillée, et quand Nelly souleva le couvercle d'un faitout, elle eut un geste de recul et s'écria, horrifiée :

— Ça, je ne sais pas ce que c'est, mais ça grouille d'asticots.

— Jette-moi tout ça à la poubelle, casseroles et tout. Je dois en avoir de rechange quelque part à la maison.

Nelly vida les placards et, à l'aide d'un seau d'eau savonneuse additionnée de Javel, entreprit de les récurer à fond. Elle alla ensuite s'assurer que sa grand-mère allait bien. Au même moment, elle croisa Mme Cox. Lorsqu'elle lui expliqua ce qu'elles étaient en train de faire, celle-ci se proposa pour aller tenir compagnie à Sadie.

Il leur fallut encore une heure pour finir de nettoyer la cuisine. Puis elles passèrent au salon. À leur grand soulagement, celui-ci était pour ainsi dire intact. Un bon coup de balai et de plumeau suffirait. Après quoi, les deux femmes montèrent à l'étage.

La chambre de Tommy offrait un spectacle désolant. Le linge de lit se résumait à une mince couverture et deux vieux manteaux. La chambre de Laura n'était guère mieux pourvue. Ruth soupira :

— C'est une chance que je ne jette jamais rien. Nelly, débarrasse-toi de tous ces vieux chiffons, je file chercher ce qu'il faut à la maison.

Ruth entreprit de rassembler des draps et des couvertures, ainsi que quelques bols, des assiettes et une jolie nappe.

— Qu'est-ce que tu fiches ? lui demanda Sadie.

— Je suis en train de prendre deux ou trois bricoles, pour les Walters.

— M'enfin, on n'est pas l'Armée du Salut !

— Maman, ce sont mes affaires et j'en fais ce que je veux, dit Ruth en mettant du thé, du lait et du sucre, ainsi qu'un carton de lait stérilisé dans un cabas.

À cela, elle ajouta une miche de pain frais, de la margarine et un pot de confiture, puis dit à Mme Cox :

— On n'en a plus pour très longtemps, mais s'il y a un problème, cognez un bon coup sur la cloison.

— Hep là ! C'est toi qui as dit à Nelly Cox de venir s'occuper de moi ?

Ce fut Mme Cox qui répondit :

— Non, il se trouve que je venais te rendre visite.

— Ah, bon, j'aime mieux ça, dit Sadie.

Ruth gratifia Mme Cox d'un grand sourire, puis se hâta de retourner à côté. Elle trouva Nelly le front luisant de sueur. Elle avait défait les lits et était en train de passer le chiffon à poussière.

— Je n'ose pas toucher aux rideaux, dit-elle. Ils sont tellement mités qu'ils vont tomber en miettes.

— J'en ai de rechange, mais on ne va pas pouvoir tout faire aujourd'hui. Du moment que les lits sont faits et que la maison est propre et bien rangée, c'est déjà ça.

— La salle de bains aussi aurait besoin d'un bon coup.

— Oui, mais on ne peut pas tout faire tout de suite. On va mettre de la Javel dans les toilettes en attendant.

Elles achevèrent de tout mettre en ordre, et quand elles redescendirent au rez-de-chaussée, Ruth ajouta la touche finale : une jolie nappe sur la table de la cuisine.

— Et voilà ! Ce n'est pas parfait, mais c'est présentable au moins. Espérons que Denis ne va pas revenir plein comme une outre sans quoi il risque de tout salir à nouveau.

Quand l'ambulance ramena Laura, une heure plus tard, Ruth sortit pour l'accueillir.

— Bienvenue chez toi, Laura !

Cette dernière, les traits tirés, murmura :

— Merci.

— Quand Tommy rentrera de l'école, il sera impatient de te voir.

— J'ai hâte de le voir, moi aussi. Je ne sais comment te remercier de t'être occupée de lui. Je t'inviterais bien à entrer, mais je n'ose pas imaginer dans quel état est la maison.

— Ne t'en fais pas pour ça. Je crois que tu auras une bonne surprise, lui dit Ruth.

Voyant Laura tituber, l'ambulancier lui demanda :

— Ça va aller, madame ?

— Oui, oui, merci.

Mais Ruth avait des doutes.

— Je vais t'accompagner, dit-elle. Je ne suis pas certaine que Denis soit rentré. Tu as la clé ?

— Oui, dit Laura en sortant la clé de sa poche.

Mais elle semblait si faible que Ruth la lui prit des mains.

Sans chercher à protester, Laura s'accrocha au bras de Ruth et se laissa guider.

— Oh, mon Dieu ! s'exclama-t-elle. Ne me dis pas que c'est Denis qui a fait tout ça.

— Non, Nelly et moi avons fait un brin de ménage.

Ruth vit les larmes monter aux yeux de Laura.

— C'est vraiment chic de ta part, murmura-t-elle.

— Entre voisines, c'est normal. Et maintenant, qu'est-ce que tu dirais d'une bonne tasse de thé ?

— Je ne crois pas qu'il y en ait, mais merci tout de même.

Ruth s'empara de la bouilloire, alla la remplir au robinet, puis sortit des tasses et des soucoupes.

— Mais, d'où est-ce qu'elles sortent ? s'étonna Laura. Ne me dis pas que c'est toi qui les as apportées ?

— Si, mais c'est sans importance. J'en avais en trop. Nelly n'arrête pas de rouspéter parce que je garde tout. Celles-là, ça fait des années qu'elles n'ont pas été utilisées. Ça tombe bien, tout compte fait, parce que je n'avais plus de place dans mes placards.

À présent, Laura pleurait à chaudes larmes. Mais Ruth fit comme si elle n'avait rien remarqué. Elle finit de préparer le thé, puis en offrit une tasse à Laura. Entre-temps, celle-ci s'était reprise, même si la pâleur de son visage ne laissait pas d'inquiéter Ruth.

— Tu as l'air épuisée. Quand tu auras bu ton thé, tu devrais monter t'allonger.

Quand Laura vit sa chambre à coucher, ses yeux se remplirent à nouveau de larmes.

— Je ne sais vraiment pas comment te remercier, dit-elle entre deux sanglots.

— C'est inutile. Maintenant, repose-toi jusqu'à ce que Tommy rentre de l'école, dit Ruth. Tu penses pouvoir te débrouiller, ou tu préfères que nous le gardions avec nous pendant une nuit ou deux ?

— Non, non, tout ira bien, dit Laura en s'étendant sur le lit tout habillée. J'ai hâte de le voir et de lui montrer que plus rien ne sera jamais comme avant. J'ai eu de la chance que mon cœur n'ait pas lâché. Quand je me serai un peu reposée, je pourrai m'occuper de Tommy.

Ruth n'était pas convaincue. Si le cœur de Laura était aussi solide qu'elle le prétendait, pourquoi avait-elle cette mine de papier mâché ? Hésitant à la laisser seule, elle demanda :

— Tu sais à quelle heure ton mari rentre du travail ?

— Il est journalier et ne travaille que quand ça lui chante, ou quand il n'a pas la gueule de bois. S'il est allé travailler aujourd'hui, il sera de retour vers six heures. Sinon, je n'en ai pas la moindre idée.

Elle ferma les yeux.

— Mais il sait que tu devais rentrer aujourd'hui, s'indigna Ruth.

Elle n'obtint pas de réponse. Laura s'était endormie.

Plus tard, ce jour-là, Nelly alla chercher les enfants à l'école. Comme prévu, Tommy sauta de joie en apprenant que sa mère était rentrée de l'hôpital, et Nelly n'eut d'autre choix que de le laisser détaler. Quand elle atteignit Candle Lane, le garçon était déjà hors de vue.

Sa mère lui avait dit que Laura était épuisée, aussi, pour s'assurer que tout allait bien, elle alla frapper chez elle.

— Nelly et Angela, entrez donc.

Angela n'eut pas besoin de se faire prier, et Nelly la suivit à l'intérieur. Tout était parfaitement ordonné et Tommy était visiblement fou de joie.

— Ma mère a tout bien rangé, annonça-t-il.

Laura allait protester, mais Nelly lui brûla la politesse :

– C’est vrai.

– Merci pour tout, Nelly, et remercie aussi ta maman.

– C’est bien naturel, répondit Nelly.

En voyant l’aura de Mme Walters, elle plissa le front. Ruth avait raison, la femme n’avait pas l’air bien du tout. Elle demanda :

– Votre mari va bientôt rentrer ?

– Je n’en ai pas la moindre idée.

Nelly eut soudain l’intuition que Denis n’allait pas rentrer, ni aujourd’hui ni demain. Quelque chose lui disait qu’on n’allait pas le revoir de sitôt.

22

Une semaine était passée et Denis n'était toujours pas rentré. Heureusement, Laura touchait à présent une indemnité de la Sécurité sociale.

Bien que sans nouvelles de son mari, elle tenait bon et n'avait pas touché une goutte d'alcool, mais Ruth continuait malgré tout de veiller de loin sur Tommy, qui, loin d'être affecté par l'absence de son père, semblait au contraire gai comme un pinson.

Maintenant que le garçon n'avait plus besoin d'elle, Ruth se sentait inutile.

Voyant son air mélancolique, Sadie lui demanda :

— Qu'est-ce qui te tracasse ? Tu soupires comme si tu portais le poids du monde sur tes épaules.

— Je pensais à Tommy. Je ne le vois plus guère, ces temps-ci.

— Il est avec sa mère et c'est très bien comme ça.

— Oui, je suppose que tu as raison, murmura Ruth en prenant la lettre de Mary posée sur le rebord de la cheminée.

Elle l'avait déjà lue ce matin, mais elle avait besoin de la relire pour se convaincre qu'elle ne rêvait pas. Sa sœur avait visité tant d'endroits ! Et voilà que sur le chemin du retour, elle s'était vu offrir un travail dans un hôtel en Espagne. Tout cela semblait si exaltant ! Ruth ne pouvait s'empêcher de l'envier.

— Arrête avec cette lettre ! lança Sadie. Il faut te faire une raison, elle ne va pas rentrer de sitôt.

Ruth rangea la lettre dans l'enveloppe et se rassit devant la télévision au moment où commençait *Chapeau melon et bottes de cuir.*

— J'aime pas cette émission, bougonna Sadie.

— Moi, j'adore.

— Je ne vois pas l'intérêt de voir une femme en combinaison de cuir noir cabrioler et se battre comme un homme.

— Diana Rigg est superbe, et d'ailleurs pourquoi est-ce qu'une femme ne pourrait pas faire tout ce que fait un homme ?

— Bon, tais-toi, maintenant, sinon je vais louper l'épisode.

Ruth soupira. Si sa mère n'aimait pas cette série, pourquoi insistait-elle pour la regarder ?

— Bonjour, mon chéri, comment vas-tu ? demanda Nelly en s'approchant d'Arthur.

— Ça va.

Elle se pencha vers lui et leurs lèvres se touchèrent tandis que les sifflets se mettaient à fuser autour d'eux. À chaque fois, la réaction d'Arthur était la même.

— La ferme, bande de jaloux ! lança-t-il en riant à ses camarades de chambrée.

— On peut avoir un bisou, nous aussi ?

— Tu peux toujours rêver !

Nelly sourit, heureuse.

— Alors, demanda-t-elle, qu'est-ce que tu as fait de beau aujourd'hui ?

— Je me suis exercé à marcher avec des béquilles.
— Et ?
— Un jeu d'enfant.
— Des nouvelles de ta sortie ?
— Je te manque ?
— Bien sûr que tu me manques.
— Eh bien, si tu veux tout savoir, je vais pouvoir sortir lundi.
— Oh ! C'est formidable ! s'écria Nelly.
— J'ai hâte de voir notre nouvel appartement.
— Mais on ne pourra pas y habiter tant que tu n'auras pas repris le travail, le mit en garde Nelly.
— Ah, non ? Et pourquoi ça ?
— Arthur. Je dois toujours m'occuper de ma grand-mère pendant que maman est au travail, mais je ne peux pas te laisser seul non plus. Je ne peux pas être au four et au moulin.
— Je ne retournerai pas à Candle Lane ! Je peux très bien me débrouiller seul quand tu garderas Sadie, et lorsque j'aurai ma prothèse je pourrai reprendre le boulot.
— Tu dis ça comme si cela allait de soi, mais ce n'est pas si simple. Tu as songé à tes repas ?
— Pour l'amour du Ciel, arrête de te monter le bourrichon pour rien. Je prendrai mon petit-déjeuner avec toi le matin, et ensuite tu n'auras qu'à me laisser un sandwich pour le déjeuner. Arrête de me traiter comme un invalide.
— Désolée, je ne voulais pas… Si tu es sûr que tu peux te débrouiller tout seul…
— Le problème est réglé, donc. Tu as fait installer le téléphone ?

— Oui, et la télé fonctionne, le rassura Nelly, avant d'ajouter, songeuse : Mais j'aimerais persuader maman de prendre son lundi.

— Pourquoi cela ?

— Parce que je veux être chez nous quand tu rentreras.

— Chez nous, Nelly ! Enfin !

Nelly était soulagée quand elle rentra à Candle Lane. Arthur était certain de pouvoir se débrouiller sans elle dans la journée, sans compter qu'Elsie viendrait certainement lui rendre visite régulièrement. Arthur allait rentrer ! Elle osait à peine y croire.

— Bonsoir, ma chérie. Tu as l'air toute guillerette. Tu as de bonnes nouvelles ? demanda Ruth.

— Arthur sort de l'hôpital lundi. Nous allons pouvoir enfin nous installer dans notre appartement ! Je sais que c'est beaucoup te demander, mais est-ce que tu pourrais prendre ta journée ?

— Pourquoi ?

— Je voudrais être à l'appartement quand Arthur rentrera.

— Bon sang, Nelly, je n'arrête pas de poser des jours de congé. Mon patron va finir par craquer. Bon, bon, ça va, ne me regarde pas avec ces yeux de chien battu. Je prendrai ma journée. Mais si je me fais virer ce sera de ta faute.

— Merci, maman.

— Angela risque de ne pas avoir envie de déménager, par contre.

— Mais si. Elle sera contente de revoir son papa.

— Je l'espère.

– Elle s'y fera, d'autant plus que nous allons venir ici chaque jour et que nous ne partirons pas avant que tu sois rentrée.

– Oui, mais ça veut dire que je ne la verrai qu'en coup de vent.

– Ruth, s'agaça Sadie. Il faut qu'ils partent vivre de leur côté, mais toi, tout ce qui t'inquiète c'est que tu ne pourras plus voir autant Angela !

– Tout se passera bien, maman, tu verras, la rassura Nelly en priant le Ciel pour que ce soit vrai.

23

Ce week-end-là, Nelly entreprit d'aérer l'appartement et de tout préparer pour la venue d'Arthur. Elle avait insisté pour qu'Angela ne sache pas que son père rentrait. *Primo*, il y avait toujours la possibilité que l'hôpital décide de repousser la sortie d'Arthur, et *secundo*, si elle emmenait Angela directement à l'appartement après l'école, la petite ne voudrait pas quitter son papa quand elle le verrait, et la transition s'en trouverait simplifiée.

Enfin, le dernier lundi du mois de février arriva. Nelly ne tenait plus en place. Le printemps serait bientôt là, annonciateur d'un nouveau départ.

Il y eut un coup de klaxon. Nelly courut à la fenêtre et aperçut la voiture de Bert. Folle de joie, elle se précipita pour aller ouvrir, puis se rappelant qu'Arthur ne voulait pas être traité comme un invalide, elle se tint sans bouger sur le seuil et le regarda s'extraire lentement du siège avant, et caler ses béquilles sous ses bras. Il la regardait comme s'il cherchait à la jauger, et Nelly, voyant sa jambe de pantalon repliée au niveau du genou, dut se faire violence pour ne pas fondre en larmes.

Serrant les poings avec détermination, elle s'obligea à regarder ailleurs et lança d'un ton dégagé :

— Eh bien, tu te décides à entrer, ou tu préfères rester planté là ?

— J'entre, bien sûr, dit Arthur en avançant prudemment.

— J'espère que tu as mis la bouilloire en route, lança Bert gaiement. Je boirais bien une tasse de café avant de retourner au bureau.

— Oh, mais c'est charmant ! dit Elsie en entrant dans le salon. Tu en penses quoi, fiston ?

— Jusqu'ici, j'aime beaucoup, dit-il, puis pivotant tant bien que mal sur ses béquilles, il ajouta : Mais je veux d'abord voir le reste de l'appartement avant de me prononcer.

— On ne va pas s'éterniser, dit Elsie. Vous avez sûrement envie d'être seuls, tous les deux.

Bien qu'approuvant intérieurement Elsie, Nelly secoua la tête :

— Oh, mais nous avons tout notre temps.

— Bert doit retourner travailler, mais moi, je reviendrai voir Arthur demain. Dis-moi s'il y a quelque chose que je peux faire pendant que tu seras avec Sadie.

— Assure-toi qu'il mange bien.

— C'est un grand garçon qui a besoin de se sentir capable de se débrouiller seul, tu sais.

— Vous parlez de moi ? dit Arthur en entrant à nouveau dans le salon. L'appartement est super, Nelly.

— Contente qu'il te plaise. Et maintenant, je vais préparer le café.

Bert et Elsie restèrent une demi-heure, puis prirent congé.

— Ne te lève pas, fiston. On sait où est la sortie, dit Bert.

— Merci, papa. Pour ne rien te cacher, je suis un peu vanné.

— C'est normal. Mais petit à petit tu vas prendre des forces.

Nelly accompagna ses beaux-parents jusqu'à la porte, et quand elle s'en revint, elle trouva Arthur affalé dans un fauteuil, les yeux fermés.

— Tu te sens bien ? demanda-t-elle, inquiète.

Il ouvrit les yeux, et l'espace d'un instant, elle y vit de la colère.

— Je vais parfaitement bien, et, s'il te plaît, ne me materne pas. Garde ça pour Angela.

— Oui, oui, pardon.

— Non, mon amour, c'est moi qui devrais te demander pardon. Je suis trop susceptible. Après tout ce temps passé à l'hôpital, je suis un brin désorienté, mais je suis très heureux d'être ici avec toi. Approche, que je te fasse un câlin.

Nelly s'élança vers lui, puis, s'agenouillant à côté de lui, elle l'enlaça de ses bras et lui donna un baiser passionné. C'est vrai qu'il était un peu cassant, mais comment lui en vouloir ? Elle allait faire en sorte de ne pas le materner, même si elle en éprouvait le besoin.

Plus tard, cet après-midi-là, elle alla chercher Angela à la sortie de l'école.

— J'ai une surprise pour toi, lui dit-elle quand la fillette franchit la grille en courant.

Voyant qu'elles prenaient la direction opposée à Candle Lane, la petite demanda :

— Où est-ce qu'on va ?

— Tu verras, dit Nelly en serrant doucement la main de sa fille dans la sienne.

Quand elles tournèrent dans Maple Terrace, Angela eut l'air surprise.

— Je ne veux pas retourner dans cet appartement, je veux rentrer à la maison.

— Quelque chose me dit que tu vas changer d'avis, annonça Nelly en ouvrant la porte du hall. Entre et tu verras qui est là.

— Papa ! s'écria la petite en se ruant dans les bras de son père.

— Ma princesse ! répondit Arthur en l'étreignant.

Il la souleva de terre et la posa sur ses genoux. Nelly retint son souffle. La fillette fixa un instant du regard le moignon de son père, puis demanda :

— Elle va repousser, ta jambe, papa ?

Avec un gloussement, Arthur répondit :

— Non, ma chérie, mais je vais en avoir une toute neuve, faite exprès pour moi. En attendant, je vais me servir de ces deux drôles de choses.

Angela considéra la paire de béquilles, intriguée.

— Je peux les essayer ?

— Elles sont trop grandes pour toi. Mais raconte-moi. Comment s'est passée ta journée à l'école ?

— Bien, mais Tommy, il veut plus jouer avec moi.

— Quand j'étais petit, je n'aimais pas jouer avec les petites filles. Je suppose que c'est la même chose pour Tommy. Mais tu as d'autres camarades, non ?

— Oui, et Rita est ma meilleure amie. On peut rentrer à la maison, maintenant, papa ?

— On va habiter ici désormais, toi, maman et moi.

— Mais je veux retourner chez mamie.

— Et me laisser ici tout seul ?

— Tu peux venir, si tu veux.

— Non, Angela. Notre nouvelle maison est ici. Et puis j'ai besoin de ma petite princesse pour s'occuper de moi. Tu ne veux pas être mon infirmière ?

— Mais…

— Tu verras mamie et grand-maman chaque jour.

Angela resta un instant silencieuse, la tête penchée de côté, et Nelly crut que sa fille allait se mettre à pleurer. Mais la petite posa une main sur la joue d'Arthur et, prenant un ton supérieur, lui demanda :

— Tu as pris ton médicament, aujourd'hui ?

— Non, mademoiselle. Vous voulez bien me l'apporter ?

— Maman, où est le médicament de papa ?

— À la cuisine, je te l'apporte.

Nelly s'empressa d'aller vider un reste de sirop pour la toux dans l'évier, puis rinça le flacon et y versa du thé froid.

— Voilà, dit-elle en revenant dans le salon. Donne-lui une cuillerée à soupe de sirop.

— Il faut d'abord que je mette mon uniforme, dit la petite d'un ton solennel, puis elle fronça les sourcils. Oh, non ! Je l'ai oublié chez mamie.

— Mais non, ma chérie. Il est dans ta chambre.

— Attends-moi ici, papa !

Elle dégringola des genoux de son père et se rua hors du séjour, Nelly sur ses talons.

Le déguisement d'infirmière était un cadeau de Noël qu'Angela avait refusé de porter tant que son père ne serait pas rentré. Avec l'aide de sa mère, elle l'enfila, puis mit la coiffe. Il y avait une petite mallette contenant des instruments en plastique, tels une paire de ciseaux, un thermomètre, un stéthoscope et des pincettes. Quelques bandages complétaient le tout. Angela s'en saisit et retourna dans le salon.

— Bonjour, mademoiselle, dit Arthur.

Angela prit le flacon, et Nelly s'obligea à ne pas intervenir lorsqu'elle versa le liquide dans la cuillère, en en renversant un peu à terre.

— Ouvrez grand la bouche, ordonna-t-elle.

Arthur avala le thé froid et fit la grimace, l'air dégoûté.

— Berk. C'est infect !

— Je sais, mais c'est bon pour vous.

Saisissant ensuite le thermomètre, Angela l'inséra dans la bouche d'Arthur. Ce n'était pas une infirmière commode. Quelques secondes plus tard, elle le retira et sa petite frimousse se tordit quand elle le lut.

— Vous avez de la *pérature*, annonça-t-elle, en prenant le stéthoscope qu'elle portait autour du cou.

Arthur réprima un sourire, s'abstenant de reprendre sa fille sur sa prononciation de *température.*

Posant le stéthoscope sur sa poitrine, elle écouta le cœur de son papa, puis déclara, d'un ton compassé :

— J'entends rien. Je crois que vous devriez vous allonger et vous reposer.

Cette fois, n'y tenant plus, Arthur éclata d'un rire contagieux auquel se joignit Nelly, gagnée elle aussi par la bonne humeur. Arthur était enfin de retour, ils étaient dans leur nouvelle maison ! Quand leurs regards se croisèrent, il murmura :

— Je t'aime.

— Moi aussi, je t'aime, dit-elle.

— Et moi alors ? voulut savoir Angela.

— Nous t'aimons *fort fort fort* tous les deux, déclara Arthur en l'attirant de nouveau sur ses genoux.

Nelly était soulagée. La transition à Maple Terrace s'était plutôt bien passée. Ce n'était que le premier jour, mais c'était bien parti.

Ce soir-là, Nelly dit à Angela :

— C'est l'heure de ton bain.

— Non, c'est papa qui me donne le bain, exigea la petite.

— D'accord, dit Arthur en se mettant maladroitement debout, ses béquilles calées sous les bras.

Inquiète, Nelly demanda :

— Tu es sûr que ça va aller ?

— Mais bien sûr. Arrête de me traiter comme un invalide.

— Désolée, s'excusa Nelly en les regardant s'éloigner.

Leur fille pouvait être remuante, et si le carrelage de la salle de bains était mouillé, il risquait de glisser. Toutefois, elle s'obligea à ne pas intervenir. Mais dix minutes plus tard, un cri retentit :

— Angela !

Le cœur battant, Nelly se précipita dans la salle de bains.

— Que se passe-t-il ?

Arthur était assis sur le rebord de la baignoire, son pantalon et sa chemise trempés.

— Pas de panique, tout va bien, si ce n'est que ce petit démon m'a aspergée des pieds à la tête.

Une petite couronne de mousse blanche coiffait la chevelure rousse d'Angela. Elle se mit debout et exigea d'un ton impérieux :

— Sors-moi de la baignoire.

— Je m'en occupe, dit Nelly.

— Très bien, grogna Arthur en s'emparant de ses béquilles. Puisque je suis un incapable à tes yeux, je te laisse t'occuper d'elle.

Il sortit clopin-clopant, tandis que Nelly enveloppait sa fille dans une serviette-éponge.

— Papa est fâché ? dit Angela tout en l'entraînant vers sa chambre.

— Il est juste un peu fatigué.

— Mais je suis l'infirmière de papa.

— Oui, mais les infirmières aussi ont besoin de dormir. Allons, viens, sois gentille.

Angela se laissa mettre en pyjama sans broncher, mais quand Nelly choisit un livre pour lui lire une histoire, elle se rebiffa.

— Non, je veux que ce soit papa.

— Je te l'ai dit, ma chérie. Il est fatigué.

— C'est pas vrai.

— Très bien, je vais le chercher, dit Nelly en mettant sa fille au lit.

Quand elle entra dans le salon, Arthur était affalé dans un fauteuil.

— Angela veut que tu lui lises une histoire.

— Tu es sûre que j'en suis capable ? rétorqua-t-il d'un ton sarcastique.

Quand Arthur était arrivé ce matin, tout semblait aller bien, mais à présent, Nelly sentait monter la tension.

— Je te demande pardon, mon amour. Je me comporte en mère poule. Mais c'est ton premier jour à la maison, et je n'ai pas envie que tu t'épuises.

— Je n'ai pas besoin qu'on me materne. Je te le dirai, s'il y a quelque chose que je ne peux pas faire.

— Très bien, dit-elle.

Mais quand Arthur se leva, elle le vit faire la grimace. Est-ce qu'il souffrait ? Regardant légèrement dans le vague, elle se concentra sur son aura, mais avant qu'elle ait pu se concentrer, Angela déboula dans la pièce.

– Papa, viens.

– D'accord, mais pas plus d'une histoire.

Il avait l'air à bout de forces, songea Nelly, ce qui expliquait sans doute sa mauvaise humeur. Quand il aurait fini de border Angela, elle l'encouragerait à se détendre et lui proposerait une séance de magnétisme.

Enfin, la petite était couchée et ils étaient tous les deux seuls. Renversé dans son fauteuil au coin du feu, Arthur avait fermé les yeux. Elle se concentra sur son moignon, mais ne vit qu'une petite zone d'ombre qui n'avait rien d'inquiétant.

Il ouvrit les paupières, et remarquant qu'elle observait sa jambe, il pinça les lèvres.

– J'imagine que tu trouves ça répugnant ?

– Pas du tout, protesta Nelly.

– Bien, n'en parlons plus. Allume plutôt la télé. Il y a une émission que j'aimerais voir.

Nelly fit ce qu'il lui demandait. Il se concentra sur le téléviseur et ne décrocha pas un mot de toute la soirée, si ce n'est un vague « merci » lorsqu'elle lui apporta une tasse de chocolat chaud.

– Arthur, lui dit-elle, dans l'espoir de l'amener à se confier, mais il se leva abruptement et déclara qu'il allait se coucher.

– Tu viens ? demanda-t-il sans attendre de réponse.

Elle le suivit, mais en entrant dans la chambre, une de ses béquilles se prit dans le tapis et il trébucha. Elle se précipita vers lui.

– Ça va ?

– Oui, ça va ! grogna-t-il en reprenant son équilibre.

Il alla se poster à côté du lit, et pensant qu'il ne voulait peut-être pas qu'elle le voie se déshabiller, Nelly alla de son côté du lit et se mit de dos pour se dévêtir. Elle enfila ensuite son peignoir et se dirigea vers la salle de bains où, voulant laisser du temps à Arthur, elle fit sa toilette sans se presser puis se lava les dents.

Arthur était couché, les paupières closes, quand elle revint dans la chambre. Il avait toujours dormi de ce côté-ci du lit, et n'avait pas dérogé à ses habitudes, ce qui voulait dire que son moignon serait de son côté à elle. Elle avait envie de se pelotonner contre lui, mais craignait de le heurter par inadvertance et de lui faire mal.

Elle grimpa précautionneusement dans le lit en laissant une petite distance entre eux, puis étira le bras vers lui. C'est alors qu'elle perçut un petit ronflement.

Bah, songea-t-elle, *il ira mieux demain*, et comme ils avaient été séparés longtemps, ils referaient bientôt l'amour. Maintenant qu'Angela avait sa propre chambre, plus rien ne pouvait les en empêcher. Nelly sourit, puis ferma les yeux et se laissa glisser à son tour dans le sommeil.

24

Le lendemain matin, il faisait encore nuit quand Nelly se réveilla. Comme Arthur ne remuait pas, elle supposa qu'il dormait toujours. Sans bruit, elle se leva et alla faire sa toilette et s'habiller.

Le soleil commençait à peine à se lever quand elle s'attabla pour prendre une tasse de thé. Elle savourait chaque instant passé dans sa nouvelle maison, mais elle allait bientôt devoir s'en aller pour se rendre à Candle Lane.

Elle but une autre tasse de thé, puis alla réveiller sa fille.

— Allons, ma chérie, lève-toi, lui dit-elle en la secouant doucement.

— Maman, je rêvais que j'étais en train de voler, dit Angela.

Nelly aussi rêvait qu'elle volait parfois, en rasant les toits des maisons dont les tuiles baignées de clair de lune brillaient d'un éclat argenté. Et voilà qu'Angela faisait les mêmes rêves ! Maintenant, elle en était certaine, sa fille avait hérité de ses dons de prescience.

— Et alors, c'était bien ?

— Oui, et je veux me rendormir, je ne veux pas que ça s'arrête.

— Désolée, mon cœur, mais tu dois te lever.

Plus tard, juste au moment où elle était en train de préparer le petit-déjeuner, Arthur apparut, appuyé sur ses béquilles et les cheveux en bataille, l'air délicieusement sexy.

— Coucou, mon amour, lui lança-t-elle.

— Papa ! s'écria Angela.

— Bonjour, ma princesse !

— Qu'est-ce qui te ferait plaisir pour le petit-déjeuner ?

— Qu'est-ce que tu prends, toi, mon petit ange ?

— Du porridge.

— Eh bien, je prendrai la même chose, dit Arthur en évitant le regard de Nelly.

— Ça va ? lui demanda-t-elle.

— Oui, ça va. Pourquoi est-ce que ça n'irait pas ?

Arthur était toujours de mauvais poil. Peut-être souffrait-il ?

— Ta jambe te fait mal ?

— Je vais te chercher ton médicament, papa, dit Angela sans lui laisser le temps de répondre.

Nelly voyait bien que l'atmosphère était tendue, même si elle ne comprenait pas pourquoi. Dieu merci, Angela ne se rendait compte de rien, emplissant le silence de ses babillages jusqu'à ce que sa mère déclare qu'il était l'heure de partir. Elle prit les bols vides, les rinça, puis lança :

— Va mettre ton manteau, ma chérie.

La petite obtempéra, puis courut embrasser son papa. Quand Nelly s'approcha pour faire de même, il détourna la tête. Ravalant son chagrin, elle dit :

— Je rentrerai le plus tôt possible. Ta mère doit passer plus tard pour voir si tu n'as besoin de rien.

— C'est inutile. Je suis tout à fait capable de me débrouiller seul. D'ailleurs, je vais appeler Joe pour lui dire que je suis prêt à reprendre le boulot.

Nelly voulut protester, lui dire qu'il ne pouvait pas travailler tant qu'il n'aurait pas sa prothèse, mais elle tint sa langue, se contentant de murmurer :

— Très bien, je te dis à ce soir dans ce cas.

Il eut un vague sourire, puis lança à Angela :

— Au revoir, mon petit ange. Sois bien sage à l'école.

— Au revoir, papa !

Quand Nelly et Angela arrivèrent à Candle Lane, Ruth était dans l'entrée, en train de ronger son frein.

— Ah, te voilà enfin ! Si je ne me dépêche pas, je vais être en retard au boulot.

— Mamie, tu as des bonbons pour moi ?

— Non, ma chérie, désolée, mais je t'en rapporterai. Et maintenant, viens me faire un bisou avant que je me sauve.

Angela se précipita dans les bras de sa grand-mère et s'y agrippa. Quand Ruth parvint enfin à se dégager de son étreinte, elle demanda :

— Au fait, comment va Arthur ?

— Ça va. À ce soir, maman.

Nelly se rendit ensuite à la cuisine, sa fille sur ses talons.

— Bonjour, grand-maman.

— Bonjour, ma chérie. Qu'est-ce que tu fais ici ?

— Tu le sais très bien, voyons. Je reste avec toi jusqu'à ce que maman rentre du travail.

— Comment ça ? Tu devrais être avec Arthur.

— Arthur se débrouille très bien tout seul.

Depuis que sa grand-mère avait fait son attaque, elle avait souvent des trous de mémoire, mais ces derniers temps elle donnait des signes d'amélioration. Nelly scruta discrètement l'aura de Sadie.

– Tu as bien dormi, cette nuit ?

– Non, pas vraiment, mes hanches me font souffrir.

– Je vais emmener Angela à l'école et ensuite je te ferai une séance de magnétisme.

– Merci, ma chérie. Ça me soulage bien à chaque fois. Et maintenant, avant de partir, tu me fais un bisou, Angela ?

La fillette s'approcha de Sadie en souriant.

– C'est moi l'infirmière de papa, maintenant !

– Ah, ah ! Et tu mets ton uniforme ?

– Oui, dit Angela en bombant le torse. Et je lui prends sa *pérature*.

– *Température*, corrigea Sadie.

– Allez, petit ange, on y va, dit Nelly.

Restée seule, Sadie songea qu'elle n'avait pas besoin de garde-malade, et quand bien même ce serait le cas, ce n'était pas le rôle de Nelly.

Quant à Ruth, elle avait son travail. Devoir faire appel à l'aide sociale ne lui plaisait guère, mais mieux valait ça que de peser de tout son poids sur les épaules de Nelly.

Sa fille aînée, il ne fallait pas compter sur elle. Elle était partie en croisière et avait décidé de ne pas rentrer avant un bout de temps. Ses deux filles avaient beau être toutes les deux châtaines avec des yeux bleus, la ressemblance s'arrêtait là, car elles n'avaient pas du tout le même caractère. Enfant, Ruth était celle qui réclamait le plus d'attention, alors que

Mary était très autonome, une tendance qui s'était confirmée plus tard, quand la petite madame était devenue une pimbêche autoritaire.

Sadie ne comprenait pas d'où elle tenait ce penchant. Elle rit, car pour être tout à fait honnête, Mary était celle qui lui ressemblait le plus. Elle donnait l'impression d'être inflexible, mais au fond elle était tendre et vulnérable.

Sadie s'installa confortablement sur son fauteuil pour faire un somme en attendant le retour de Nelly.

Quand elle entra et trouva sa grand-mère assoupie, Nelly n'en crut pas ses yeux. Mais très vite, Sadie se réveilla, et le reste de la journée se passa sans incident. Quand Ruth rentra du travail et qu'il fut l'heure de partir, Angela implora :

– Est-ce que je peux rester dormir ?

– Tu ne veux pas voir ton papa ? Ça va bientôt être l'heure de lui donner son médicament.

Il n'en fallut pas plus pour la convaincre. S'élançant vers Ruth, la fillette dit :

– Désolée, mamie, il faut que j'y aille.

– Je sais, ma poulette. Fais-moi un bisou et dis-moi à demain.

Angela embrassa sa grand-mère, puis courut faire de même avec Sadie.

Nelly s'impatientait. Elle avait hâte de voir Arthur. Quand elles rentrèrent enfin, Arthur sourit de toutes ses dents en s'écriant :

– Ah, voilà ma petite fille chérie !

Nelly n'eut pas droit à autant d'égards, mais quand leurs regards se croisèrent, il lui adressa un petit sourire pincé.

— J'ai appelé Joe et je l'ai invité à passer. Il ne devrait pas tarder.

— S'il vient directement du bureau, il aura peut-être faim. Tu penses qu'on devrait lui proposer de rester à dîner ?

— Oui, bonne idée.

À l'évidence, Angela se sentit délaissée, car elle grimpa sur les genoux de son père et lui dit :

— J'ai eu un bon point pour mon dessin, aujourd'hui, papa.

— C'est bien, ma chérie.

— Avant que j'aille m'attaquer à l'épluchage, il y a quelque chose dont tu aies besoin ? demanda Nelly.

— Non, merci, dit Arthur sans relever la tête. Et maintenant, mon ange, raconte-moi ce que tu as fait d'autre à l'école.

C'était idiot, elle le savait, mais Nelly se sentait rejetée. Elle alla à la cuisine et commença à préparer le repas. Heureusement, elle avait une côte de porc en plus. Le dîner était presque prêt quand la sonnette retentit.

— Bonsoir, dit Joe, quand elle lui ouvrit la porte. J'espère que je ne vous dérange pas.

— Oh, mais pas du tout. Et d'ailleurs, j'ai préparé à dîner exprès.

Elle espérait que la visite de Joe allait détendre un peu l'atmosphère.

Ce fut le cas. Arthur accueillit son ami avec un grand sourire et le salua d'un :

— Salut, vieille branche !

— Je te sers quelque chose à boire, Joe ? proposa Nelly.

— Un café serait parfait.

— Et toi, Arthur ?
— Oui, pour moi aussi, s'il te plaît.
Nelly retourna à la cuisine, soulagée qu'Arthur lui ait parlé gentiment. Était-ce parce que Joe était là, ou allait-il continuer ensuite ?

Joe salua Angela avec effusion, et la petite parut un peu intimidée. Cela ne durerait pas, songea Arthur, mais pour l'heure elle était étonnamment silencieuse. Quand Nelly revint avec le café, Arthur demanda :
— Comment ça se passe au boulot, Joe ?
— Ça avance. Les fondations de la première rangée de maisons ont été coulées, et pour l'instant on est dans les temps.
— Tant mieux. J'ai hâte de recommencer à travailler. Il est temps que je reprenne le collier moi aussi.
— Rien ne presse. Tu sais que tu as fait du bon boulot quand tu étais à l'hosto ? La brochure que tu as conçue est géniale, tout comme le nom du lotissement. « La Prairie », ça sonne bien, je trouve.
— Tu as fait imprimer les brochures ?
— J'ai fait faire une maquette par un designer. Tiens, jettes-y un coup d'œil.
Joe sortit un catalogue de son attaché-case.
Arthur approuva les illustrations. On voyait les maisons regroupées autour d'un grand espace vert.
— Ça a l'air chouette, mais j'aimerais mieux le voir en vrai.
— Si tu t'en sens la force, je peux t'y emmener demain. Si Nelly est d'accord, bien sûr.
— Pas besoin de sa permission. C'est moi qui décide.

— Dans ce cas, je passerai te prendre vers sept heures.

— Je ferais mieux de retourner à la cuisine, dit Nelly. Le dîner est presque prêt.

Arthur prit une gorgée de café, puis se tourna vers Joe pour qu'il lui explique deux ou trois choses concernant le lotissement. N'ayant aucune expérience dans le domaine du bâtiment, il eut du mal à suivre toutes ses explications. Il y avait tant de choses à apprendre ! En serait-il capable ?

— Ça t'ennuie si je fais un brin de toilette, Arthur ?

— Non, bien sûr. La salle de bains se trouve juste de l'autre côté du couloir.

Dès que Joe fut parti, Angela lança :

— Papa, il faut prendre ton médicament.

— Va vite le chercher, ma chérie.

Deux secondes plus tard, Arthur prenait docilement sa potion, après quoi, Nelly mit la table, puis tous s'assirent pour dîner. Arthur comprit que la conversation animée de Joe l'aidait à se détendre. Tout compte fait, Nelly n'avait pas l'air rebutée par son moignon. Il s'était fait des idées. Il était trop susceptible. Plus tard, quand ils iraient se coucher, tout rentrerait dans l'ordre.

À sept heures et demie, Nelly allait s'attaquer à la vaisselle quand il y eut un coup de sonnette. C'était Patsy.

— Bonsoir !

— Je voulais juste te faire un petit coucou. Je ne te dérange pas au moins ?

— Pas du tout. Entre, l'invita Nelly tout en détaillant la tenue de sa voisine.

Patsy portait une minirobe bleue et blanche à rayures avec des cuissardes blanches. Ses cheveux blonds encadraient agréablement son ravissant minois maquillé à la perfection.

– J'adore ta robe, Patsy.

– Je l'ai achetée chez Biba, à Kensington. Je n'ai pas pu résister.

À côté de Patsy, Nelly se sentait débraillée, lorsqu'elles entrèrent dans le salon.

– Arthur, Joe, je vous présente Patsy Laurington. Elle vit au premier.

Joe bondit sur ses pieds, la main tendue.

– Enchanté.

– Également, dit Patsy en plongeant ses yeux dans les siens, sans relâcher son étreinte.

Nelly vit le rose monter aux joues de Patsy, ce qui n'avait rien d'étonnant. Joe était bel homme et il était évident que l'attirance était réciproque.

– Lâche-la, Joe, plaisanta Arthur.

Leurs mains se séparèrent et Nelly poursuivit les présentations.

– Voici Arthur, mon mari.

– Salut, dit Patsy. Vous devez être content d'être rentré après tout ce temps passé à l'hôpital.

– Très content.

– Mais assieds-toi, Patsy, proposa Nelly. Je te sers quelque chose à boire ?

– Un café ne serait pas de refus.

– Moi aussi, dit Arthur. Et toi, Joe ?

– Oui, bonne idée.

– Je vais te donner un coup de main, offrit Patsy en suivant Nelly à la cuisine. Joe a l'air d'un type bien.

– Il l'est.

— Il est marié ?

— Non, il est célibataire et je ne lui connais pas de petite amie.

— Et il fait quoi dans la vie ?

— Je t'ai dit, je crois, que mon mari s'était lancé dans la promotion immobilière. Joe et lui sont associés.

— Vraiment ? C'est intéressant.

L'espace d'un instant, Nelly crut déceler un regard calculateur dans les yeux de Patsy, mais celle-ci lui décocha aussitôt un sourire plein d'innocence et déclara :

— Eh bien, je leur souhaite de réussir.

Le reste de la soirée se passa dans la bonne humeur, et quand Joe demanda à Patsy ce qu'elle faisait, elle lui dit qu'elle était coiffeuse à domicile.

— Coiffeuse pour hommes aussi ?

— Euh, oui, mais je n'ai pas d'hommes dans ma clientèle.

— Tu as entendu ça, Arthur ? Patsy pourrait te couper les cheveux.

— Quoi ? Qu'est-ce qu'ils ont mes cheveux ?

— Ils sont un peu longs, mon vieux.

— Possible, mais, sans vouloir te froisser, Patsy, je préfère une coupe chez le coiffeur, dit Arthur en bâillant.

Joe jeta un coup d'œil à sa montre et se leva.

— Il est presque onze heures, et on doit se lever de bonne heure demain matin. Je ferais mieux de rentrer.

— Oui, moi aussi, dit Patsy.

Nelly les raccompagna à la porte, et quand elle revint dans le salon, Arthur était debout, ses béquilles calées sous ses aisselles.

— Je vais au lit, l'informa-t-il. Tu viens ?

— Je préfère faire la vaisselle maintenant plutôt que de m'y mettre demain matin, répondit Nelly.

— Comme tu voudras, dit-il avec humeur.

Nelly mit son attitude sur le compte de la fatigue, et commença à frotter énergiquement les assiettes où subsistaient des restes de sauce figée. Quand elle alla dans la chambre à coucher, Arthur était déjà endormi. S'il se levait tôt demain matin pour se rendre sur le site avec Joe, il valait mieux qu'elle ne le réveille pas. Elle se glissa tout doucement dans le lit en résistant à l'envie de se pelotonner contre lui.

Encore une nuit où elle ne sentirait pas la chaleur des bras d'Arthur autour d'elle, songea-t-elle avec un pincement. Puis elle se sermonna. Arthur était à peine sorti de l'hôpital, il avait donc besoin de récupérer et elle devait se montrer patiente.

25

Malgré l'heure avancée, Joe accepta l'invitation de Patsy de monter boire un café.

— Je n'ai rien d'autre à t'offrir, lui dit-elle en apportant deux tasses dans le salon.

— Pas de problème.

Lorsqu'elle s'assit à côté de lui, sa jupe remonta sur ses cuisses et Joe ne put s'empêcher d'admirer ses jambes fuselées. S'obligeant à tourner la tête, il jeta un coup d'œil circulaire au salon, dont les couleurs criardes n'étaient pas vraiment à son goût. Son regard tomba sur la photo d'une petite fille posée sur le buffet.

— Elle est mignonne. C'est une parente ?

— Oui, répondit sèchement Patsy sans offrir plus d'explications.

Joe était en train de se dire qu'il avait manqué de tact, quand Patsy lança de but en blanc :

— Je suis divorcée.

— Vraiment ? dit-il, surpris.

Patsy semblait si jeune, trop jeune pour avoir été mariée et divorcée.

— Je n'avais que dix-sept ans quand je me suis mariée, et j'ai très vite compris que c'était une grosse erreur.

— Qu'est-ce qui s'est passé ?

— Je préférerais ne pas en parler.

Joe se sentit soudain mal à l'aise. Tout s'était très bien déroulé quand ils étaient chez Arthur et Nelly, mais à présent l'atmosphère s'était brusquement tendue. Patsy craignait-elle qu'il lui fasse des avances ? Il se recula sur le sofa afin de mettre un peu de distance entre eux.

Cette fois, ce fut Patsy qui eut l'air surprise. Elle posa sa tasse sur la table basse, puis se rapprocha de lui, un regard caressant dans les yeux et un petit sourire aux lèvres.

Joe haussa un sourcil. Était-ce une invitation ? Posant sa tasse à côté de la sienne, il l'attira dans ses bras.

Leur baiser fut passionné, devenant de plus en plus profond, et quand Patsy mordilla doucement la lèvre inférieure de Joe, ce dernier sentit monter le désir. Avec un petit grognement de plaisir, il laissa ses mains errer sur le corps de la jeune femme jusqu'à ses petits seins bien fermes.

Elle se raidit instantanément et le repoussa, déclarant d'une voix tranchante :

— Je dois te demander de partir.

— Je suis désolé, s'excusa Joe.

— Ce n'est pas parce que je suis divorcée que je suis une fille facile.

— Non, non, je ne l'ai jamais pensé. Mais, euh, tu es tellement jolie, que c'est difficile de résister.

Elle lui sourit, deux petites fossettes adorables se creusant aux coins de ses lèvres.

— D'accord, mais je préfère que tu t'en ailles.

Joe se leva.

— On pourra se revoir ?

— Oui, ça me ferait plaisir.

— Demain soir? Je t'emmène dîner? Ou au cinéma?

— Dîner, dit-elle en se haussant sur la pointe des pieds pour déposer un petit baiser furtif sur sa joue. Bonsoir, Joe.

— Je passe te prendre demain soir à huit heures.

— Super, dit-elle en refermant la porte.

Une fois dans sa voiture, une ride se creusa sur le front de Joe. Il trouvait Patsy attirante, et c'était indéniablement une beauté, mais il y avait chez elle quelque chose qui lui déplaisait sans qu'il sache dire précisément quoi, et il regrettait presque de l'avoir invitée à dîner.

*

Le lendemain matin, Arthur était d'une humeur de chien. La veille au soir, Nelly avait mis un temps infini à venir se coucher, ce qui confirmait ses soupçons.

Ce fut un soulagement, quand Joe arriva à sept heures pour l'emmener sur le chantier. Quand ils furent dans la voiture, Joe annonça:

— J'ai invité Patsy à dîner ce soir.

— Tu perds pas de temps, dis donc.

— C'est vrai, mais je ne suis pas sûr que ce soit mon genre de fille, dit Joe avant d'en revenir à des sujets plus sérieux.

Arthur commençait à se détendre. Du moins se sentait-il utile. Lorsqu'ils approchèrent de Reading, une petite pluie fine se mit à tomber et un fin voile de crachin obscurcissait la vue quand ils arrivèrent sur le chantier. Joe se gara et Arthur descendit de la voiture et observa ce qui ressemblait à un gros tas de boue. Des matériaux de construction étaient empilés sur un côté, et les fondations d'une première rangée de maisons commençaient à sortir de terre.

– Qu'est-ce que tu en penses ? voulut savoir Joe.

– Ça fait plaisir de voir pousser des maisons.

– Viens, dit Joe en désignant une baraque de chantier. C'est notre bureau. Je vais appeler le chef de chantier pour qu'il nous fasse un rapide compte rendu.

Arthur commença à longer prudemment les planches qui menaient à la porte, tout en s'efforçant de cacher sa déception. Le site n'était qu'un bourbier, impraticable quand on marchait avec des béquilles. Il remarqua que des ouvriers l'observaient de loin. Les hommes détournèrent rapidement la tête, mais pas assez vite pour qu'il n'ait pas remarqué l'expression de pitié dans leurs yeux.

Une fois dans la baraque, Arthur scruta les plans et les croquis accrochés au mur, constatant qu'il n'arrivait pas à les déchiffrer.

– Un sucre ou deux ? demanda Joe, qui avait mis de l'eau à chauffer.

– Deux, dit Arthur en prenant une chaise.

Joe lui tendit un gobelet de thé.

– Bienvenue à bord, vieille branche !

– Pour faire quoi ? s'enquit Arthur.

– À ton avis ? En tant que chefs de projet, on doit commander les matériaux, et s'assurer que tout soit livré dans les temps. Les maçons et les couvreurs savent ce qu'ils ont à faire, mais il va falloir coordonner tous les autres corps de métiers, plâtriers, plombiers, menuisiers et électriciens, qui vont intervenir à différents stades du chantier.

— Je croyais qu'on avait un chef de chantier ?

— On en a un, et Billy fait du bon travail, mais ce n'est pas lui qui se charge des commandes ou de la commercialisation.

— Écoute, Joe, tant que je n'aurai pas ma jambe artificielle, je ne pourrai pas me déplacer sur le site.

— Si tu ne veux pas commencer tout de suite, tu n'es pas obligé. Il y a plein de trucs à faire ici, au bureau, comme établir les fiches de paye, par exemple. Un coup de main ne serait pas de trop.

— Mais je ne sais pas par où commencer.

— Moi aussi, j'étais perdu, au début. Mais tu vas apprendre. C'est en forgeant qu'on devient forgeron. C'est vrai qu'on a eu quelques petits soucis ici et là, mais rien de grave, et on est dans les temps.

Soudain, l'énormité de l'entreprise sauta aux yeux d'Arthur, qui se demanda dans quoi ils s'étaient fourrés. Ils avaient mis toutes leurs économies dans ce projet, et si tout partait à vau-l'eau, ils se retrouveraient sans le sou et endettés jusqu'au cou.

Il prit une profonde inspiration pour se calmer. Joe avait raison. Il fallait qu'il apprenne le métier, et il allait tout faire pour que ce chantier soit un succès. Leur avenir à tous les deux en dépendait.

26

Nelly se faisait du souci pour Arthur, car elle avait l'impression que son nouveau travail l'épuisait. Le soir, sitôt la tête sur l'oreiller, il tombait comme une masse. Une bonne nuit de sommeil ne suffisait pas à le requinquer et, quand il se levait le matin, il était tendu et c'est à peine s'il lui disait deux mots.

Elle venait d'emmener Angela à l'école, quand Mme Cox vint frapper à la porte.

– Bonjour, Nelly. Comment va Sadie ?

– Mieux. Elle est moins sujette aux sautes d'humeur qu'avant.

– Dans ce cas, je vais entrer lui faire un petit coucou.

Nelly suivait de loin la conversation des deux vieilles femmes, quand le nom de Laura Walters surgit soudain, lui faisant dresser l'oreille.

– Qu'est-ce qui se passe, avec Laura ?

– Je disais à Sadie qu'elle a recommencé à boire.

– Non ?

– Jessie Stone l'a vue, hier, et d'après elle, elle se comportait bizarrement.

– Jessie n'est qu'une colporteuse de ragots, protesta Nelly. Ce n'est pas parce que Laura n'est pas en forme qu'elle a recommencé à boire. Peut-être qu'elle est souffrante.

— Je ne crois pas. Jessie dit qu'elle l'a vue rentrer chez elle, en cachant quelque chose sous son manteau. Elle lui a parlé, et quand Laura a répondu, elle avait la voix pâteuse.

Nelly fronça les sourcils.

— Allons bon.

— Moi, ça ne m'étonne pas. Son mari n'a toujours pas donné signe de vie, et ça doit être dur à encaisser, pour Laura.

— Ce n'est pas une raison, glapit Sadie.

— Peut-être, mais quand on est alcoolique, il suffit d'un verre pour vous faire replonger.

— Oh, parce que tu es experte en la matière, Nelly Cox ?

— Inutile de monter sur tes grands chevaux, Sadie. Je ne fais que répéter ce que j'ai entendu.

— Je ne monte pas sur mes grands chevaux et je dis ce que je veux dans ma propre maison. Si ça ne te plaît pas, tu sais ce qu'il te reste à faire.

Surprise par l'agressivité soudaine de sa grand-mère, Nelly essaya de changer de sujet de conversation.

— Une tasse de thé, madame Cox ?

— Non, merci. Je m'en vais.

Nelly la raccompagna jusqu'à la porte.

— Désolée, lui dit la vieille dame, mais Sadie est clairement d'humeur massacrante et je n'ai pas envie d'être son souffre-douleur.

— Ce n'est pas grave. Je comprends. Mais elle est de moins en moins soupe au lait ces derniers temps.

— Si tu le dis. Je repasserai peut-être demain pour prendre des nouvelles.

— Vous pensez que Jessie a raison, au sujet de Laura ?

— Je ne sais pas, ma grande, mais on ne devrait pas tarder à le savoir, dit Mme Cox en s'éloignant.

Après cela, Nelly eut l'impression que la journée ne finirait jamais, et quand sa mère rentra, Tommy Walters était avec elle.

— Je l'ai trouvé assis sur le perron, devant chez lui. Le pauvre gosse est affamé.

— Mme Cox est passée plus tôt, pour rapporter les derniers potins, jeta Sadie. Elle a dit que… euh… qui tu sais aurait peut-être repiqué au truc.

Le garçon n'était pas idiot, et avec un hochement de tête entendu, il confirma :

— Ouais, ma mère a encore pris une cuite.

Ruth ne chercha pas à le reprendre.

— Assieds-toi, lui dit-elle avec un sourire attendri. Je vais te donner un petit quelque chose à grignoter.

Sa mère semblait heureuse de s'occuper de Tommy, songea Nelly. On aurait dit qu'elle se réjouissait que Laura se soit remise à boire.

Arthur rentra après Nelly, et comme toujours Angela courut à sa rencontre.

— Papa, Tommy va dîner chez mamie !

— Vraiment ? C'est super !

— Sa maman a pris une cuite.

— Angela ! la reprit Nelly. C'est un gros mot !

— C'est Tommy qui l'a dit.

Arthur s'obligea à prendre un ton sévère.

— Les petites filles ne disent pas de gros mots. Il ne faut pas prendre modèle sur Tommy.

— Oui, papa.

— Ta journée s'est bien passée, mon chéri ? demanda Nelly.

En présence de la petite, Arthur s'efforçait d'être cordial.

– Oui, plutôt bien.

Jetant un coup d'œil à la pendule, Nelly s'écria :

– Joe et Patsy viennent dîner ce soir. Il faut vite que je me mette à la popote.

Arthur ne dit rien, et quand Angela entreprit de lui faire la conversation, il fit de son mieux pour lui répondre. Mais son esprit était ailleurs. Quand il était sorti de l'hôpital, Arthur s'était imaginé que tout irait à merveille, et d'ailleurs, au travail, si l'on exceptait les regards apitoyés de certains ouvriers, tout allait bien. Mais il ne pouvait pas en dire autant de sa relation avec Nelly. Tout était allé à vau-l'eau le jour où, après un seul baiser, elle s'était retirée. Plutôt que d'essuyer une rebuffade, il faisait semblant de dormir quand elle se mettait au lit en gardant ses distances. Chaque soir, c'était la même chose. Arthur savait pourquoi : Nelly trouvait son moignon repoussant et ne voulait pas s'en approcher. À sept heures et demie, après avoir couché Angela, Nelly commença à mettre la table. Arthur ne desserrait pour ainsi dire pas les dents, mais elle était déterminée à avoir une explication avec lui. Sauf que cela devrait attendre, car Joe et Patsy allaient arriver d'une minute à l'autre.

Comme toujours, Patsy était ravissante, cette fois en minijupe rouge et pull à col roulé blanc. Quand ils entrèrent dans le salon, Arthur s'anima soudain.

– Grand Dieu, notre Patsy est un régal pour les yeux ! s'exclama-t-il en la déshabillant du regard.

– Merci, cher monsieur, répondit-elle en s'asseyant, révélant encore un peu plus de ses jolies jambes.

Nelly ressentit un pincement de jalousie. Depuis quand Arthur ne l'avait-il pas regardée ainsi ? Elle s'obligea à sourire en proposant à ses hôtes de leur servir à boire.

Ce fut le début d'une soirée pleine de sous-entendus. L'attention d'Arthur se concentrant principalement sur Patsy, comme s'il avait cherché à rendre Nelly jalouse.

Mais pourquoi ?

Heureusement que Joe était là pour lui faire la conversation. Lui aussi semblait mal à l'aise devant les gloussements et les minauderies de Patsy.

Décidée à rendre la monnaie de sa pièce à Arthur, Nelly se mit à flirter gentiment avec Joe. Mais le cœur n'y était pas et de toute façon, Arthur ne semblait rien remarquer. Elle essaya une autre tactique.

– Comment vont les affaires, Patsy ? demanda-t-elle pour détourner son attention d'Arthur.

– Pas mal, mais ça irait mieux si j'avais une voiture. J'en ai assez de trimballer tout mon barda dans le bus.

– Mais je croyais que ta clientèle était dans le quartier ?

Patsy bredouilla, rouge comme une tomate :

– Euh, oui, mais j'ai de nouvelles clientes à Streatham.

– Tu veux dire que tu as fait de la pub là-bas ?

– Non, c'est le bouche-à-oreille.

– J'aimerais bien me faire une nouvelle coupe. Combien est-ce que tu prends ?

– Oublie ça, Nelly. Pour toi ce sera gratuit. Quel genre de coupe aimerais-tu ?

– Je ne sais pas trop. Une coupe comme la tienne, peut-être ? Qu'en penses-tu, Arthur ?

— Rien, glapit-il d'un ton sec.

Nelly se raidit, blessée. Elle ne s'expliquait pas son attitude. Joe consulta sa montre.

— Oh, je n'ai pas vu le temps passer. Allons, viens, Patsy, il est l'heure.

Ils dirent au revoir à Arthur, qui les salua froidement, et quand Nelly les raccompagna jusqu'à la porte, Joe lui dit tout bas :

— Est-ce qu'Arthur va bien ?

— Il n'est pas dans son assiette ces derniers temps, et il a l'air épuisé.

Joe fronça les sourcils.

— Je pourrais lui suggérer de prendre quelques jours. Au moins jusqu'à ce qu'il ait sa prothèse. Son premier essayage est prévu pour la semaine prochaine, c'est ça ?

— Oui.

— Tu viens, Joe ? s'impatienta Patsy.

— Oui, oui, j'arrive. Au revoir, Nelly, et ne t'inquiète pas, je vais parler avec Arthur.

Quand Nelly revint dans le séjour, elle le trouva vide.

Dans la chambre, Arthur ronflait doucement dans l'obscurité.

Pourvu qu'Arthur accepte de prendre un peu de repos, songea-t-elle. Ainsi il serait moins fatigué, et ils pourraient peut-être recommencer à faire l'amour.

27

Le lendemain matin, juste au moment où elle s'apprêtait à parler à Arthur, Angela entra dans la cuisine.

— J'ai fait un cauchemar, dit-elle en se frottant les yeux.

— Viens ici, mon petit chat, lui dit Arthur en l'attirant sur ses genoux. De quoi as-tu rêvé ?

— Je m'en souviens plus.

Il la serra contre lui, et Nelly envia sa fille. Si seulement il avait pu faire la même chose avec elle… Il y avait si longtemps qu'il ne l'avait pas prise dans ses bras.

— Désolé, mon petit cœur, mais ce doit être Joe, dit Arthur quand la sonnette retentit.

Nelly emmena Angela pour la préparer, et lorsqu'elles quittèrent l'appartement, une heure plus tard, elles croisèrent Patsy sur le perron.

— Bonjour, lança Nelly. Tu as un rendez-vous matinal ?

— Oui, une cliente qui veut une coupe et une mise en plis. Au fait, merci pour le dîner, hier soir. C'était très sympa.

Arrivées au bout de la rue, elles prirent des directions opposées.

Angela était particulièrement silencieuse, ce jour-là, et quand elles arrivèrent en vue de Candle Lane, elle dit brusquement :

– J'aime pas Patsy.

– Ah, non ? Pourquoi cela ?

– Je l'aime pas, c'est tout, dit Angela en lâchant la main de sa mère pour s'élancer vers le numéro cinq.

– Coucou, mes chéries ! les salua Ruth quand elles entrèrent dans la cuisine. Désolée, mais je dois filer.

Et elle fit claquer la porte derrière elle.

– Ma parole, elle a le diable aux trousses ! grommela Sadie.

– Pour de vrai, grand-ma ? demanda Angela.

– Non, ma chérie, c'est juste une façon de dire que quelqu'un est pressé.

Plus tard, quand Nelly revint d'emmener Angela à l'école, Sadie lui dit :

– Toi, tu n'as pas l'air dans ton assiette.

– Mais si, tout va bien.

– Je ne suis pas idiote. Je vois bien que ça ne va pas.

Nelly éprouva brusquement le besoin de se confier pour ôter le poids qu'elle avait sur le cœur.

– Depuis qu'Arthur est rentré de l'hôpital, il est épuisé. Mais surtout, il se comporte bizarrement. Il est distant, taciturne. Il ne m'adresse quasiment pas la parole.

– Ça n'a rien d'étonnant.

La réponse de sa grand-mère la surprit.

– Pourquoi dis-tu cela ?

– Après des mois passés à l'hôpital, il a pris l'habitude de vivre dans son petit monde à lui, sans avoir à se soucier des tracas du quotidien. Et maintenant, il faut qu'il se réadapte. Sans compter qu'il fait un travail où il doit tout apprendre et qu'il risque de tout perdre s'il n'est pas à la hauteur. C'est beaucoup de responsabilités, tu sais.

— Je n'y avais pas pensé, mais tu as sans doute raison, dit Nelly. Pauvre Arthur, il a besoin de tout mon soutien. Merci pour tes conseils, grand-maman. J'ai bien fait de t'en parler.

— Et maintenant, qu'est-ce que tu dirais de mettre la bouilloire en route ?

— Je ne suis bonne qu'à ça.

— Bah, c'est plus utile que de se pavaner comme toutes ces gamines en minijupe et en cuissardes, maquillées comme des camions volés.

— J'aimerais bien m'acheter une minijupe, mais je ne trouve jamais le temps de faire les magasins.

— N'y songe même pas. Tu es très bien comme tu es, et Arthur ne serait sûrement pas d'accord.

— Ça, c'est ce que tu crois. Ma voisine du dessus ne porte que ça, et à chaque fois qu'il la voit, Arthur la dévore des yeux.

— Oui, c'est typique des hommes. Ils veulent bien que les femmes aient l'air sexy, tant que ce ne sont pas les leurs.

Nelly gloussa.

— C'est pas faux.

Un sourire se peignit sur ses lèvres. Elle se sentait beaucoup mieux maintenant qu'elle avait parlé avec sa grand-mère.

Ce soir-là, quand elle rentra chez elle, Nelly était décidée à garder le sourire quoi qu'il arrive. Arthur avait besoin d'un environnement réconfortant, un havre de paix où il pourrait laisser tous ses soucis de côté.

Mais quand il rentra, une demi-heure plus tard, Arthur était d'une humeur de chien. Sans même saluer Angela, il éructa :

— Joe m'a juré ses grands dieux que tu n'y étais pour rien, mais c'est toi qui as suggéré que je prenne des congés !

— Je lui ai dit que tu avais l'air fatigué. Je... je me fais du souci pour toi.

— Je ne suis pas fatigué ! hurla-t-il. Je ne suis pas un gamin, nom d'un chien ! Et si je veux prendre des congés, c'est à moi d'en décider !

— Pourquoi tu cries, papa ? demanda Angela, apeurée.

Sa petite voix eut raison de la colère d'Arthur, qui se détendit d'un coup.

— Désolé, mon poussin, murmura-t-il en s'asseyant pour prendre la petite sur ses genoux.

Nelly alla se réfugier à la cuisine, où elle finit de préparer le repas en ravalant ses larmes. Elle avait encore fait une bourde et maintenant Arthur allait lui battre froid pendant toute la soirée.

Heureusement, il fit un effort devant Angela, et quand la petite fut couchée, les parents d'Arthur passèrent leur rendre visite.

— Comment ça va, fiston ?

— Ça va, maman.

— Nelly, on a pensé que vous pourriez tous venir déjeuner à la maison dimanche. Vous pourriez même rester à dîner.

— Qu'est-ce que tu en penses, Arthur ?

— Moi, ça me va.

— Parfait. Ton père passera vous prendre.

— Eh bien, fiston, comment ça se passe sur le chantier ? interrogea Bert, sans transition.

— Ça va.

Nelly leur proposa un café et lorsqu'elle alla à la cuisine, Elsie la suivit.

— J'avais espéré voir Angela avant qu'elle aille au lit, mais Bert n'est jamais pressé. Comment va-t-elle ?

— Très bien. Elle a de bonnes notes à l'école.

— Elle a reparlé du « temps d'avant » ?

— Non, pas récemment.

— Tu sais, certaines religions orientales croient en la réincarnation.

— C'est vrai qu'on aurait dit qu'elle se souvenait d'une vie antérieure. Mais c'est peut-être un peu tiré par les cheveux.

— Pas plus que le Ciel et l'enfer, les anges ou les démons.

— Non, tu as raison au fond.

— Comment savoir quelle religion dit vrai ? Tout ça, c'est une question de géographie.

Nelly haussa les sourcils.

— Que veux-tu dire ?

— Eh bien, si j'étais née au Tibet, mettons, j'aurais été élevée dans le bouddhisme. En Inde, dans l'hindouisme. Mais je suis née ici, de parents chrétiens, et c'est la doctrine qui m'a été enseignée. Ce qui compte, au fond, c'est que notre religion, quelle qu'elle soit, fasse de nous de meilleures personnes et nous aide à surmonter les épreuves.

Nelly approuva.

— Oui, et c'est dommage qu'il y ait autant d'intolérance.

— Oh, Nelly, tu n'as pas idée comme nos conversations me manquent. Bert pense que ce sont des lubies de bonnes femmes. J'ai renoncé à parler de spiritualité avec lui. J'aimerais tellement que tu puisses me rendre visite plus souvent, mais tu dois t'occuper de Sadie.

— Oui, je ne peux pas la laisser seule.

Elsie soupira.

— Au fait, pour parler d'autre chose. Je me suis tiré les cartes l'autre jour, et quelque chose d'étrange m'est apparu. Ton père était dans les cartes.

— Oh, non ! J'espère qu'il ne va pas revenir après toutes ces années.

— Je n'en sais rien, Nelly. Ce n'était pas très clair.

Nelly ne voulait pas que Ken Marchant ressurgisse du passé. Non seulement elle n'avait aucune envie de le revoir, mais elle n'osait imaginer quel effet désastreux cela aurait sur sa mère.

*

— Tommy, cours m'acheter une bouteille de cidre !

— Pour quoi faire, t'es déjà bourrée, dit-il en foudroyant sa mère du regard.

— Petit salopard ! marmonna-t-elle en se mettant tant bien que mal sur ses jambes.

Comme elle s'approchait de lui, prête à le frapper, Tommy recula. Pourquoi ? Pourquoi avait-elle recommencé à boire ? Il avait été sage, il n'avait pas fait de bêtises, et il s'était même occupé d'elle depuis que son père les avait quittés. Et pendant quelque temps, elle s'était montrée affectueuse et reconnaissante, quand il l'aidait à tenir la maison propre. Et voilà que tout était à nouveau en désordre et sale. Une vraie porcherie.

Sa mère l'avait presque rattrapé, mais Tommy tourna les talons et s'enfuit. Il fit claquer la porte derrière lui et dévala Candle Lane à toutes jambes. Il savait qu'il allait devoir rester hors de sa portée, et il se mit à errer sans but dans les rues. Il n'avait pas dîné et il avait l'estomac dans les talons, mais tous les commerces étaient fermés et il n'avait donc aucune chance de pouvoir chaparder quelque chose. Il marcha pendant un moment, puis revint dans Candle Lane. Il y avait toujours de la lumière chez lui, mais s'il rentrait maintenant, il était certain de recevoir une correction.

Sentant monter les larmes, il se mordit fort la lèvre inférieure. Un garçon ne devait pas pleurer. C'est ce que lui disait son père. Il se demanda où était son père et pourquoi il était parti. Il ravala un sanglot. Était-ce à cause de lui que sa mère avait recommencé à boire ?

Son regard se porta sur la porte de Ruth. Sa mère lui avait interdit d'aller la voir. Mais il glissa la main dans la fente à lettres, faisant tinter le clapet métallique.

La porte s'ouvrit sur un sourire chaleureux.

— Entre, mon chou. Ne me dis rien. Ta mère a encore bu ?

Tommy hocha la tête et se réfugia dans les bras de Ruth.

— Je parie que tu as faim.

Malgré tous ses efforts pour retenir ses larmes, elles jaillirent. Ruth n'était pas sa vraie grand-mère, mais il avait appris à l'aimer et à considérer sa maison comme son refuge.

28

Un samedi vers la fin mars, Joe alla sonner chez Patsy. Il était dans ses petits souliers, mais quelque chose chez elle ne lui plaisait pas et il voulait avoir une explication franche avec elle. La première fois qu'il l'avait vue, elle lui avait semblé innocente et charmante, mais il n'avait pas tardé à comprendre qu'elle jouait la comédie et qu'au fond elle était froide et calculatrice. Elle faisait tout pour pousser plus loin leur relation, et s'intéressait d'un peu trop près à sa situation financière.

– Joe ! Quelle bonne surprise ! Tu m'as laissée sans nouvelles depuis lundi et je commençais à me demander si tu ne cherchais pas à m'éviter.

L'amitié entre Patsy et Nelly risquait d'être mise à mal, mais tant pis, il était déterminé à mettre un terme à ces simagrées. Il hésita un court moment, puis alla droit au but.

– J'étais très occupé, et en toute franchise je n'ai pas envie de poursuivre notre relation.

Le regard de Patsy se durcit.

– Vraiment ? Alors pourquoi est-ce que tu m'as proposé de sortir avec toi ?

— Justement. Je ne cherchais pas à avoir une relation stable. Mais tu as commencé à te montrer insistante, et je ne suis pas prêt pour cela.

— Dans ce cas, je ne te retiens pas ! Il n'y a pas qu'un seul poisson dans l'océan, et j'en connais un qui ne demande qu'à se faire prendre.

Joe s'en alla sans demander son reste, soulagé d'en avoir fini. À en juger par sa réaction, Patsy n'avait pas le cœur brisé. Au contraire, même, elle semblait avoir des vues sur quelqu'un d'autre.

Ignorant ce qui venait de se passer à l'étage, Nelly faisait de son mieux pour avoir l'air enjouée, comme le lui avait conseillé Sadie. Mais cela n'avait rien changé. L'atmosphère était toujours aussi pesante, même si Arthur et elle s'efforçaient de garder les apparences en présence d'Angela. Quand Patsy sonna à la porte, Nelly vit d'emblée qu'elle était contrariée et s'empressa de l'inviter à entrer.

— Joe vient de passer. Il ne veut plus me voir, l'informa Patsy en se laissant tomber dans un fauteuil.

— Oh, je suis désolée, compatit Nelly. Je te sers quelque chose ?

— Je veux bien un café, dit Patsy en se tapotant les yeux avec un mouchoir.

Quand Nelly revint dans le séjour avec le café de Patsy, elle n'en crut pas ses yeux. Son amie, plus du tout abattue, était en train de rire et de plaisanter avec Arthur.

— Tu es tellement drôle ! s'esclaffa Patsy. Tu as vraiment le moral malgré ta jambe. Au fait, quand est-ce que tu vas avoir ta prothèse ?

— J'ai déjà fait deux essayages et lundi je vais la chercher à Roehampton.

— Un de mes clients aussi a une jambe artificielle, mais ça ne se voit pas. Il ne boite pour ainsi dire pas, mais comme il est âgé, il se sert d'une canne.

— Un de tes clients ? Je ne t'imagine pas en train de couper les cheveux d'un vieux monsieur.

Patsy rougit.

— Je coupe les cheveux de sa femme, et un jour il m'a demandé de le rafraîchir.

Arthur approuva et dit :

— En tout cas, il n'est pas question que je marche avec une canne.

— Tu es courageux, dit Patsy en décroisant les jambes pour prendre sa tasse.

À neuf heures et demie, elle n'était toujours pas partie. Elle continuait de plaisanter avec Arthur, dont les yeux ne cessaient d'errer sur ses cuisses à peine couvertes par sa jupe ultracourte.

Enfin, elle se leva pour partir.

— Bonsoir, Arthur, lui lança-t-elle avec un clin d'œil effronté.

Nelly avait envie de hurler, mais elle garda son calme tandis qu'elle la raccompagnait.

— Je suis désolée pour toi et Joe.

— Ne t'inquiète pas, va. Je m'en remettrai. Et pour tout dire, cette soirée m'a aidée à tourner la page.

Cette remarque laissa Nelly perplexe, mais elle ne chercha pas à épiloguer. Quand elle revint dans le séjour, Arthur était en train de se mettre debout. Il n'était pas encore dix heures, mais il allait se coucher. Sans réfléchir, elle lança de but en blanc :

— Arthur, s'il te plaît, je vois bien que quelque chose ne va pas. Pourquoi est-ce que tu ne restes pas un peu pour que nous parlions ?

— Je n'ai pas envie de parler, répondit-il sèchement.

Et pivotant sur lui-même, il sortit du salon en clopinant.

Le lendemain matin, Arthur n'était pas à côté d'elle dans le lit quand elle se réveilla. Pourtant on était dimanche et il n'était que huit heures et demie. Quand elle entra dans la cuisine, elle le trouva si profondément plongé dans ses pensées qu'il ne remarqua pas tout de suite sa présence.

— Arthur, dis-moi ce qui ne va pas.

— Tout va bien, répondit-il, les traits tendus.

— Je vois bien que quelque chose te tracasse. C'est à cause du chantier ?

— Non. C'est ici même que ça ne va pas. Contrairement à toi, Patsy n'a pas l'air de trouver que je suis un homme diminué.

— Qu'est-ce que tu veux dire par là ?

Le visage d'Arthur se crispa soudain, virant au pourpre tandis qu'il hurlait :

— Si tu ne le sais pas, ne compte pas sur moi pour te le dire !

— Papa, pourquoi tu cries ? demanda Angela.

Ni l'un ni l'autre ne l'avait vue entrer. Après un court silence embarrassé, Arthur lui tendit les bras.

— Ne t'inquiète pas, mon poussin. Papa a dû se lever du mauvais pied ce matin, la rassura-t-il. Viens me faire un bisou pour me consoler.

Elle grimpa sur les genoux de son père en disant :

— Tu es fâché contre maman ?

— Non, non, pas du tout. Au fait, on va voir mamie Elsie aujourd'hui et papy passe nous chercher dans une heure. Il faut qu'on se dépêche.

Tandis qu'elle commençait à préparer des tartines de pain grillé, Nelly ne cessait de penser à ce qu'avait dit Arthur concernant Patsy, qui ne le considérait pas comme un homme diminué. Qu'entendait-il par là ?

— Maman, est-ce que je peux mettre ma belle robe ?

— Oui, dit Nelly en entraînant sa fille vers la salle de bains, une fois le petit-déjeuner expédié.

Lorsqu'elles furent seules, Angela remarqua :

— Papa dit qu'il est pas en colère contre toi, mais il est pas gentil avec toi, en tout cas.

— Il est juste fatigué, mon ange.

— Mais il te crie après et… ça te fait de la peine.

Angela avait percé à jour leur petit manège. Les souvenirs d'enfance de Nelly refirent soudain surface, les cris, les pleurs. Elle ne voulait pas que sa fille vive la même chose. Heureusement, ils allaient passer la journée dans la joie et la bonne humeur chez Elsie. Ces derniers temps, Nelly aurait fait n'importe quoi pour ne pas se retrouver en tête à tête avec Arthur.

29

Le lundi matin, pendant qu'Arthur regardait par la fenêtre en attendant son père, il aperçut Patsy qui sortait de chez elle et la détailla avec intérêt. Elle, au moins, ne semblait pas rebutée par sa jambe. Il avait flirté avec elle dans l'espoir d'éveiller la jalousie de Nelly. Il n'aurait pas dû, naturellement, mais à sa grande surprise, Patsy avait répondu à ses avances. La jeune femme disparut à sa vue juste au moment où la voiture de son père se gara devant la maison. Il se dépêcha d'aller lui ouvrir la porte.

– Salut, fiston. Tu es prêt ?

– On y va !

Ils roulaient depuis un petit moment en direction de Roehampton, quand Bert lui demanda de but en blanc :

– Tu penses que tu vas pouvoir t'habituer à ta jambe artificielle ?

– Oh, mais oui. J'ai hâte de me débarrasser de ces béquilles.

– Ne t'attends pas à des miracles. Il va te falloir un temps d'adaptation.

– J'ai déjà fait des essais et avec une amputation sous le genou, ce n'est pas trop difficile, déclara Arthur.

Il songea soudain à Nelly, qui trouvait son moignon repoussant. Est-ce qu'une jambe artificielle allait y changer quoi que ce soit ?

*

— Quand on va rentrer à la maison, papa sera là et il aura sa jambe artificielle, dit Nelly à Angela.

Lorsqu'elles arrivèrent, elles trouvèrent effectivement Arthur debout à côté de la cheminée. Les yeux de Nelly se posèrent instantanément sur l'endroit où sa jambe de pantalon était habituellement repliée au niveau du genou. Mais à la place, elle vit deux souliers noirs qui dépassaient de dessous deux jambes de pantalon entières.

— Eh bien ? Qu'est-ce que vous en dites ? demanda-t-il d'une voix douce, pour une fois.

— C'est incroyable ! s'exclama Nelly.

— Papa… Papa, fais-moi voir ta jambe, cria Angela en s'élançant vers son père et en tirant sur sa jambe de pantalon.

— Arrête, ma chérie. Laisse-moi m'asseoir, dit Arthur en s'emparant d'une canne et en s'approchant en clopinant d'un fauteuil dans lequel il se laissa choir.

— Ça fait mal ? demanda Angela, intriguée.

— Un peu, mais c'est ma faute, je me suis entraîné à marcher sans canne toute la journée, dit-il en relevant sa jambe de pantalon pour montrer sa prothèse à sa fille.

— Elle est drôle, dit-elle.

Nelly se concentra sur l'aura d'Arthur et fronça les sourcils. C'était effectivement un peu tôt pour essayer de marcher sans l'aide de béquilles ou d'une canne.

— Toi, tu trouves ça drôle, mais pas ta mère, apparemment.

Nelly voulut protester, mais il ne la laissa pas parler.

— J'ai l'habitude, lâcha-t-il d'un ton amer, en rabattant sa jambe de pantalon.

— L'habitude de quoi ? s'étonna Nelly.

— N'y pense plus, dit-il en tournant son attention vers sa fille.

— Mais si, j'y pense.

— En ce qui me concerne, je n'ai rien à ajouter.

— Ça va pas ? voulut savoir Angela, inquiète.

— Si, si, ma chérie, répondit Nelly en allant à la cuisine. Je vais préparer à manger.

Après dîner, sitôt la petite couchée, Arthur s'enferma dans un silence hostile. Quand elle lui demanda si sa jambe le faisait souffrir, Nelly n'eut droit qu'à un grommellement en guise de réponse. Elle allait lui proposer de lui faire une séance de magnétisme quand Patsy sonna.

Dès qu'il la vit, Arthur retrouva son entrain.

— Salut, Patsy ! Tu es en beauté, dis donc.

— Merci, monseigneur. Je vois que tu as ta prothèse. Comment ça se passe ?

— Plutôt bien, même si elle me fait un peu mal. Je crois que je vais prendre encore un jour de congé demain.

— Bah, ce n'est que les premiers jours, ça devrait aller mieux bientôt, dit-elle en guise de consolation.

La remarque d'Arthur ne laissa pas d'inquiéter Nelly. S'il prenait encore un jour de congé, cela signifiait que son moignon le faisait beaucoup souffrir.

Elle allait y jeter un coup d'œil dès que Patsy serait partie.

— Ce serait possible d'avoir un café ? demanda Patsy en s'asseyant.

Nelly songea que Patsy avait l'intention de rester un moment, si bien qu'elle ne pourrait pas examiner la jambe d'Arthur. Mais elle répondit poliment :

— Bien sûr. Tu veux un café, toi aussi, mon chéri ?

— Non, dit-il sèchement.

Nelly sortit du séjour sans rien dire. Quand elle revint, Arthur et Patsy étaient en grande conversation, les yeux de son mari errant fréquemment sur les jambes interminables de leur voisine. Deux heures plus tard, folle de jalousie, Nelly ramassa les tasses vides puis retourna à la cuisine d'un pas martial. Patsy la regarda s'éloigner en songeant malicieusement : *Pauvre cloche*. Comme elle l'avait dit à Joe, il y avait plus d'un poisson dans l'océan, et celui-là était tout prêt à se laisser prendre dans ses filets. Arthur était beau gosse, grand et bâti comme un roc, sa jambe manquante ne la dérangeait pas pour deux sous. Tout ce qui l'intéressait c'était l'argent qu'il allait amasser en tant que promoteur et la belle vie qu'il pourrait lui offrir. Patsy croisa les jambes en voyant son regard concupiscent.

— Tu aimes ce que tu vois ? lui glissa-t-elle tout bas.

— Il faudrait être difficile…

— Comme Joe.

— Il est aveugle, ma parole.

— Qui ça ? demanda Nelly l'air crispé, en entrant dans le séjour.

— Joe.

— Je vois, dit Nelly en feignant un bâillement.

— Il faut que j'y aille, dit Patsy en souriant à Arthur. C'est l'heure de mon sommeil de beauté.

— Tu n'en as pas besoin, lui lança Arthur.

Quand Nelly la raccompagna à la porte, Patsy remarqua qu'elle avait l'air contrariée. Il ne fallait pas qu'elle se brouille avec elle, sans quoi elle ne pourrait pas mettre son plan à exécution.

— J'espère que tu ne te fais pas de fausses idées, lui dit-elle. Arthur m'a paru abattu et il n'y a rien de tel que de flirtouiller gentiment avec un homme pour lui remonter le moral. Je l'ai fait pour toi. Ça ne doit pas être drôle pour toi, quand il est de cette humeur.

— Oh, non, concéda Nelly. Excuse-moi, j'ai été idiote. En fait, j'étais verte de jalousie.

— Sérieusement ? C'est moi qui me sens idiote du coup.

— Non, non. Maintenant que nous nous sommes expliquées, je me sens mieux.

— Tant mieux. Parce que je n'ai pas envie de perdre ma nouvelle amie.

— Ça ne risque rien. Et merci d'être venue.

Quelle cruche, songea Patsy en regagnant son appartement. Prendre Arthur à Nelly ne serait pas bien compliqué.

— Je vais me coucher, dit Arthur dès que Nelly revint dans le salon.

Il saisit sa canne en grimaçant et se leva. Nelly s'apprêtait à lui emboîter le pas quand un horrible pressentiment s'empara d'elle. Mis à part que son moignon le faisait un peu souffrir, Arthur allait bien. Quelque chose allait arriver, quelque chose de terrible. Prise de panique, elle se rua vers le téléphone.

Ses doigts tremblaient quand elle composa le numéro de sa mère, et sa voix s'envola dans les aigus quand elle demanda :

— Maman, est-ce que Sadie va bien ?

— Oui, on allait se coucher. Pourquoi ? Tu as encore eu un de tes drôles de pressentiments ?

— Oui. Surtout, garde-la à l'œil, maman.

— Oui, bien sûr. À demain matin, ma grande.

Nelly raccrocha, mais la sourde angoisse était toujours là. Quand elle entra dans la chambre éteinte, elle murmura dans l'obscurité.

— Tu dors, Arthur ?

Il ne répondit pas. Craignant de cogner son moignon quand elle se coucha, elle garda au maximum ses distances. Puis elle ferma les yeux et récita une prière pour tous ceux qu'elle aimait.

Ruth était assise sur le sofa, Tommy à côté d'elle, dormant à poings fermés. Elle était furieuse. Non seulement Laura avait recommencé à boire, mais quand le garçon était venu frapper à sa porte parce qu'il était affamé, elle l'avait trouvé couvert d'ecchymoses. Tommy avait prétendu qu'il s'était battu avec une bande de garnements, mais elle n'était pas dupe.

Elle s'était beaucoup attachée à lui et voulait le protéger, mais si elle allait trouver les services sociaux, le garçon serait ôté à sa mère et placé dans une institution. De fil en aiguille, elle se mit à penser à ce que lui avait dit Nelly au téléphone. Neuf fois sur dix, les prémonitions de sa fille étaient fondées. Avant d'aller se coucher, elle alla s'assurer que Sadie allait bien. Elle s'approcha de sa porte et fit tourner la poignée tout doucement.

— Fiche-moi la paix. Je suis pas encore morte !

— Oh, maman.

— Je vais bien, et je voudrais qu'on me laisse dormir.

— Tommy est ici.

— Si Laura l'apprend, tu vas t'attirer des ennuis.

— Si elle lève encore une fois la main sur ce gamin, c'est elle qui va s'attirer des ennuis. Bonne nuit, maman.

30

Comme d'habitude, Arthur se montra peu loquace le lendemain matin, n'adressant la parole qu'à Angela. Remarquant qu'il n'avait pas enfilé sa prothèse, et craignant que son moignon ne le fasse souffrir, Nelly demanda :

— Tu as toujours mal ?

— Oui, répondit-il sèchement.

Une fois de plus Angela endossa son rôle d'infirmière, exigeant qu'il prenne son médicament, son gentil babil rendant l'atmosphère plus respirable.

Quand elles arrivèrent à Candle Lane, Tommy était là, à leur grande surprise. Ruth prit Nelly à part pour lui expliquer la situation.

— Tommy ! s'écria Angela en s'élançant vers son ami. Mon papa a une fausse jambe.

— Sans blague ? Une jambe en quoi ?

— Je sais pas.

— C'est sûrement du bois, dit Tommy. Le bois, on peut le sculpter et lui donner n'importe quelle forme.

— C'est vrai ça, j'y avais pas pensé.

Tommy bomba fièrement le torse. Au même instant, quelqu'un cogna énergiquement à la porte.

— C'est quoi, encore, ce raffut ? rouspéta Sadie.
— Tommy ! hurla une voix. Je sais que tu es là. Tu as cinq minutes pour rentrer à la maison, sinon…
— Il faut que j'y aille, murmura le garçon.
— Je viens avec toi, dit Ruth.
— C'est pas la peine. Elle tape pas quand elle a pas picolé.

Quand Ruth fut partie au travail, Nelly dit à Sadie :
— Maman avait l'air fatiguée.
— Forcément, elle a passé la nuit sur le sofa.
— C'est de ma faute. Je n'aurais pas dû l'appeler, mais je me faisais du souci pour toi.
— Nelly, il faut que tu arrêtes de te monter le bourrichon. Je me tue à te répéter que je vais bien, mais tu ne m'écoutes pas. Je n'ai plus besoin qu'on s'occupe de moi.
— C'est le docteur qui l'a dit ?
— Non, mais quelle importance ?
— C'est lui qui doit décider, grand-maman.
— Tu es aussi têtue que ta mère.
— Et qui d'autre ? plaisanta Nelly.
Il était midi et demi quand, à la surprise générale, Ruth rentra du travail.
— Que se passe-t-il ? demanda Nelly.
— Je suis un peu fatiguée, alors j'ai demandé à mon vieux grigou de patron de me laisser partir.
— Tu es pâle et tu as des cernes.
— C'est mon mascara, dit Ruth en humectant un mouchoir de salive pour frotter les cercles noirs sous ses yeux. Et quand je ne mets pas de rouge à lèvres, j'ai un teint de navet.
— Maman, arrête cette comédie, s'il te plaît !

— Oui, bon. Je ne voulais pas que tu t'inquiètes. Mais c'est vrai que je suis sur les rotules.

— C'est à cause de moi, maman, je suis désolée. Je n'aurais pas dû te téléphoner hier soir.

— Hum. Et comme tu le vois, ta grand-mère se porte comme un charme.

Nelly se mordilla nerveusement la lèvre. À présent, elle se faisait du souci pour Arthur, dont le moignon s'était peut-être infecté.

— Puisque tu es là, j'aimerais bien rentrer chez moi. Arthur n'est pas allé travailler aujourd'hui parce que sa jambe le faisait souffrir.

— Mais bien sûr, ma grande, rentre. Je m'occupe de Sadie.

Nelly ne se le fit pas dire deux fois. Elle sortit en trombe et regagna aussitôt Maple Terrace. Une fois à l'appartement, elle se précipita dans le salon, puis resta pétrifiée en découvrant la scène qui s'offrait à elle. Non ! Comment était-ce possible ?

Un flot de bile remonta dans sa gorge et elle plaqua une main sur ses lèvres pour ne pas se mettre à hurler. Arthur était assis sur le sofa, ses mains agrippées aux hanches de Patsy, qui le chevauchait. Tous deux étaient nus sous la ceinture, et il allait et venait furieusement en elle, les yeux fermés, au bord de l'extase. Soudain, Nelly poussa un cri et il ouvrit les paupières.

— Toi !

Patsy se retourna, une expression de triomphe dans les yeux, mais presque aussitôt Nelly sortit de la pièce en courant.

Elle n'entendit pas le cri désespéré d'Arthur, qui appelait son nom. Ses oreilles ne percevaient que les battements sourds de son cœur affolé. Laissant la porte ouverte derrière elle, elle retourna en courant à Candle Lane.

– Descends, Patsy, laisse-moi ! ordonna Arthur.

– Ce n'est pas ce que tu disais, il y a quelques minutes.

Avec un grognement, Arthur la repoussa, écœuré. Il se remémora l'expression de Nelly et fut pris de nausée. Grands dieux, qu'est-ce qui lui avait pris !

Quand Patsy s'était présentée à la porte, sous prétexte de prendre de ses nouvelles, ce matin, il l'avait invitée à entrer et ils s'étaient assis sur le canapé pour faire un brin de causette. Petit à petit, Arthur s'était confié à Patsy. Nelly ne le désirait plus, lui avait-il expliqué, et Patsy avait compati, tout en se rapprochant de plus en plus d'Arthur. Quand son corps avait touché le sien, l'atmosphère était devenue électrique, et l'instant d'après, la main de Patsy s'était mise à caresser l'intérieur de sa cuisse. Sentant qu'il répondait à ses avances, Patsy avait souri et haussé un sourcil appréciateur. Il aurait dû dire « stop », mais quand elle avait ôté sa minijupe, il avait perdu tout contrôle. Une petite culotte minuscule avait suivi, et elle l'avait chevauché et déboutonné sa braguette de ses petites mains agiles.

Il était à sa merci. Elle l'avait guidé en elle et stimulé pour l'amener au bord de l'extase, mais juste au moment où il allait atteindre l'orgasme, Nelly était entrée.

– Rhabille-toi, grommela-t-il.

– Tu ne veux pas finir ?

– Non ! Ma femme vient de nous surprendre, mais ça n'a pas l'air de te déranger.

— Tu as dit toi-même qu'elle ne voulait plus de toi. D'ailleurs je crois bien qu'elle en pince pour Joe. Quand on est toutes les deux, elle n'arrête pas de me parler de lui.

— Ne dis pas n'importe quoi. Joe est mon ami, et j'ai une entière confiance en lui.

— Peut-être, mais est-ce que tu fais confiance à Nelly ?

Arthur médita ses paroles. Joe était beau gosse, et contrairement à lui, il était entier. Pas étonnant que Nelly se sente attirée par lui, et Patsy aussi encore, sans doute. D'ailleurs, il n'était pas impossible qu'elle soit jalouse de Nelly et qu'elle ait cherché à se venger.

— C'est quoi, ton problème, Patsy ? Tu es jalouse ? Tu aimes encore Joe ?

— Non. On ne s'est jamais vraiment bien entendus, lui et moi. Mais c'est peut-être parce que dès la première fois où je t'ai vu, j'ai eu terriblement envie de toi.

— Ça m'étonnerait. Habille-toi, dit-il sans pouvoir s'empêcher de la regarder enfiler lentement sa culotte.

Il se lécha les lèvres avec concupiscence, mais au même instant il entendit du bruit dans l'entrée.

— Bon sang ! Nelly est revenue ! Rhabille-toi, vite !

Patsy venait de renfiler sa culotte quand la porte du salon s'ouvrit. Arthur eut le souffle coupé en voyant qui se tenait dans l'embrasure.

— Maman, balbutia-t-il. Qu'est-ce que…

Les yeux de sa mère s'étrécirent et ses lèvres se pincèrent puis, livide, elle fonça droit sur Patsy.

— Vous, la traînée, rhabillez-vous et sortez d'ici tout de suite ! Quant à toi, Arthur, je te conseille de refermer ta braguette !

Arthur écarquilla des yeux horrifiés et s'empressa de se reboutonner.

— Sortez ! ordonna à nouveau sa mère à Patsy, qui fila sans demander son reste.

— Comment as-tu pu faire une chose pareille, Arthur ? Et avec une fille de rien, en plus ! hurla-t-elle.

— Nelly m'a clairement fait comprendre qu'elle ne me désirait plus.

— Balivernes ! Je connais Nelly depuis qu'elle a dix ans, et elle est comme ma fille. Elle t'aime et elle ne mérite pas ça. Te rends-tu compte que si elle apprend que tu la trompes, ce sera la fin de votre couple ?

— Elle est au courant.

— Quoi ! Nelly est au courant ? Mais…

— Elle nous a surpris et s'est enfuie. C'est incroyable que tu ne l'aies pas croisée.

— J'ai appelé le chantier, mais Joe m'a dit que tu n'étais pas allé travailler. Et je me suis dit que c'était l'occasion ou jamais de te parler de ton père.

— À quel sujet ?

— Je me fais du souci pour sa santé. Son dos le fait souffrir, mais il ne veut pas consulter, dit Elsie en secouant la tête, excédée. Mais après tout ce que je viens de voir, tout cela me semble dérisoire. Arthur, mon garçon, quelle mouche t'a donc piqué ?

— Patsy ne me trouve pas repoussant, elle. Et elle m'a… disons… fait des avances.

— Pff !

– Si, maman. Elle s'est jetée à mon cou. Elle ne me considère pas comme un invalide, elle.

Les yeux d'Elsie se plissèrent à nouveau et Arthur s'empressa d'ajouter :

– Depuis que je suis rentré de l'hôpital, Nelly garde ses distances quand on est au lit. Je crois qu'elle ne supporte pas de voir ma jambe.

– Si Nelly garde ses distances, c'est qu'elle a une bonne raison pour cela. Et ce n'est sûrement pas parce qu'elle te trouve repoussant. Tu es sûr que tu ne te fais pas des idées ?

– Non, maman. Avec elle j'ai l'impression d'être impotent. C'est insupportable.

– Bon, admettons qu'elle ait du mal à s'y faire, cela n'excuse pas ton attitude. Je vais aller à Candle Lane et parler avec elle.

– Non, maman. Reste en dehors de tout ça. Et d'ailleurs qu'est-ce qui te dit qu'elle est à Candle Lane ?

– Où veux-tu qu'elle soit ?

– Ne te mêle pas de ça, s'il te plaît.

– Pourquoi ? Tu ne veux plus la voir ?

Arthur médita les paroles de sa mère. Bien sûr que si, mais si elle ne le supportait pas à quoi bon continuer à vivre ensemble ? Il songea alors à sa fille. Si Nelly et lui n'arrivaient pas à se rabibocher, quand verrait-il Angela ?

Il était incapable de penser.

– Maman, je ne sais pas ce que je veux, et en toute franchise, si Nelly ne m'accepte pas tel que je suis, notre couple n'a pas d'avenir.

– Je ne te crois pas. Nelly vous a surpris, toi et Patsy, et elle doit avoir le cœur brisé. Mais toi, tu ne penses qu'à toi.

— Je doute qu'elle ait le cœur brisé, rétorqua Arthur en se remémorant l'expression de Nelly quand elle l'avait vu en compagnie de Patsy. Elle a le béguin pour quelqu'un d'autre.

— Balivernes ! Tu dis ça pour te donner bonne conscience.

— Mais non, Patsy m'a dit qu'elle avait le béguin pour Joe et qu'elle n'arrêtait pas de lui parler de lui.

— Je ne te crois pas. Je vais aller parler à Nelly.

— Non, maman ! lança Arthur.

Mais Elsie était déjà à la porte.

31

L'horreur avait fait place à la colère lorsque Nelly atteignit Candle Lane. Comment avait-il pu ? Et avec cette fille, par-dessus le marché ! Son estomac se noua quand elle repensa à la scène. Elle ne parvenait pas à chasser l'expression extatique d'Arthur de son esprit.

Elle était sa femme, celle qui dormait à ses côtés chaque nuit, et il ne lui avait pas fait l'amour une seule fois depuis qu'il était rentré de l'hôpital. Elle lui avait trouvé toutes sortes d'excuses – son nouveau travail le tracassait, sa jambe le faisait souffrir – mais ça ne l'avait pas empêché de culbuter Patsy.

En larmes, elle fit une pause pour reprendre haleine avant d'entrer au numéro cinq.

— Maman ! s'écria-t-elle en entrant dans la cuisine.

— Que se passe-t-il ?

— Arthur… Arthur…, sanglota-t-elle en s'élançant dans les bras de sa mère.

Mais Ruth la repoussa soudain et demanda :

— Quoi, Arthur ? Il lui est arrivé quelque chose ?

Nelly avait la gorge tellement serrée qu'elle n'arrivait pas à parler.

— Non, mais il a... il a...

— S'il te plaît, Nelly, reprends-toi et dis-moi ce qui s'est passé.

Le ton sévère de sa mère lui fit l'effet d'une douche glacée.

— Je l'ai surpris avec une autre femme.

Les yeux de sa mère s'agrandirent, et il y eut un moment de silence, puis Ruth demanda :

— S'il te plaît, Nelly, raconte-moi tout calmement depuis le début.

Elle se laissa tomber sur une chaise et, en bredouillant par instants, parvint peu à peu à lui raconter la scène. Prise à nouveau de nausée, elle courut à la salle de bains et vomit tripes et boyaux dans la cuvette des toilettes.

Sa mère s'encadra peu après dans la porte et lui demanda :

— Ça va ?

— Je ne pense pas que je m'en remettrai un jour.

— Bien sûr que si. Et maintenant, viens et explique-moi tout.

— Il n'y a rien à expliquer.

— Allons, viens, répéta Ruth. Je vais faire du thé.

Comme s'il s'agissait d'une potion magique, songea Nelly, désabusée, avant de la suivre à la cuisine.

— Qu'est-ce que tu comptes faire ? lui demanda Sadie.

— Je ne sais pas, mais ce qui est sûr, c'est que mon mariage est fichu.

— Allons, allons, tu es en colère, et il y a de quoi, mais il ne faut pas prendre de décisions hâtives. Les hommes ne sont pas comme nous. Ils sont dominés par leur instinct et peuvent coucher avec des femmes pour qui ils n'ont pas de sentiments. Pourquoi crois-tu qu'il y a des prostituées ?

— Ce n'est pas une raison, grand-maman. Et de toute façon, ce n'était pas une prostituée. C'était ma voisine du dessus.

— Tu ne m'as pas écoutée, ma grande. Arthur a couché avec une autre femme, mais je suis certaine qu'il t'aime.

— Mais il m'a trahie. Il a trahi ma confiance, notre mariage. Je... je ne lui pardonnerai jamais.

— Il est trop tôt pour en parler, alors que tu es encore sous le choc.

Jetant un coup d'œil à la pendule, Nelly comprit qu'il n'était que trois heures de l'après-midi. Elle avait l'impression que sa vie avait volé en éclats, que plus rien ne serait jamais comme avant, et tout cela était arrivé en l'espace de deux heures. Une immense lassitude l'envahit soudain. Elle ne voulait plus y penser, elle voulait oublier ce qu'elle avait vu. La voix de sa mère lui parvint comme à travers un épais brouillard.

— Pourquoi ne montes-tu pas t'allonger un peu ? Je vais aller chercher Angela à l'école.

— Oui, maman, dit Nelly en se levant.

Elle aurait voulu s'enfermer dans une coquille et ne jamais en sortir.

— Attends. À supposer qu'Arthur vienne ici ?

— Ça ne risque rien. Il est trop occupé à trousser Patsy.

— Ne sois pas bête. Il va forcément vouloir une explication avec toi.

— Sauf que moi, je n'en ai pas envie ! En ce qui me concerne, vous pouvez lui claquer la porte au nez !

À peine cinq minutes plus tard, on frappa à la porte. C'était Elsie.

– Allons bon ! s'exclama Ruth. Ça n'a pas traîné, dis-moi. Arthur t'a passé un coup de fil ?

– Il n'en a pas eu besoin. Je me suis présentée chez lui, juste après que Nelly s'est enfuie, et il était encore avec sa traînée. Nelly est ici ?

– Oui, mais elle est montée se reposer un peu. Cette histoire l'a méchamment secouée, Elsie.

– Ça t'ennuie si je monte lui parler ?

– Non, mais je ne crois pas que cela va changer grand-chose.

– Peut-être, mais il faut tout de même que je la voie.

Elsie frappa à la porte de la chambre, puis entra. Nelly était étendue sur le lit, un bras ramené sur sa figure.

– Je peux te parler, ma grande ?

– Elsie ? Qu'est-ce que tu fais là ? demanda Nelly en se redressant d'un bond.

– Je sais ce qui s'est passé avec Arthur, mais quand je lui ai parlé, il m'a dit des choses qui m'ont étonnée.

– Comme quoi ?

– Qu'il te dégoûtait maintenant qu'il a perdu sa jambe.

– Non, ce n'est pas vrai.

– Il m'a dit que tu gardais tes distances au lit.

– Comment le saurait-il ? dit Nelly, amère. Il s'endort dès que sa tête touche l'oreiller.

– Il m'a aussi dit que tu avais le béguin pour son ami Joe. C'est vrai ?

— Bien sûr que non ! se récria Nelly, puis elle prit le temps de réfléchir et ajouta : Une fois Joe et Patsy sont venus dîner. Arthur flirtait ouvertement avec Patsy. Et comme j'étais contrariée, j'ai fait la même chose avec Joe, pour me venger.

— Je vois.

— Mais ce n'était pas sérieux, Elsie. Et puis ce n'est pas une excuse pour coucher avec une autre. J'aime Arthur, et jusqu'ici je pensais qu'il m'aimait.

Elsie voyait bien que Nelly était sincère, et même si Arthur pensait qu'elle était rebutée par son moignon, ce n'était pas une raison pour faire ce qu'il avait fait. Elle dit, espérant que ses paroles réussiraient à apaiser Nelly :

— Si tu veux mon avis, c'est cette fille qui a tout manigancé. Il m'a dit qu'elle lui avait fait des avances, et personnellement, je pense que c'est une traînée. S'il te plaît, Nelly, ne romps pas. Essaie de lui pardonner.

— Je ne crois pas que j'en sois capable. Surtout après les excuses qu'il a invoquées. Comment peut-il m'incriminer, et comment peut-il dire que je suis rebutée par sa jambe ? Tout ça, ce sont des inventions, et il le sait. Quant à Patsy qui se serait jetée à son cou, c'est un grand garçon, il aurait pu dire non, il me semble.

Il est trop tôt, songea Elsie. *Nelly a été profondément blessée.*

— Laissons tout cela de côté pour le moment, ma grande, et dans quelques jours tu verras les choses différemment.

— Ça m'étonnerait. Je peux te demander un service, Elsie ?

— Bien sûr.

— Je suis partie sans rien emporter, et Angela et moi allons avoir besoin d'affaires. Tu peux aller à Maple Terrace et nous en rapporter ?

— D'accord, dit Elsie en passant une main dans les cheveux de Nelly.

Ruth revenait de l'école, où elle était allée chercher Angela, juste au moment où Elsie redescendait au rez-de-chaussée.

— Alors, demanda-t-elle, tu as parlé à Nelly ?

— Oui, mais ça n'a fait qu'aggraver les choses. Où est Angela ?

— Je l'ai laissée jouer un petit peu dehors. Qu'est-ce que tu as dit à Nelly ?

Elsie lui rapporta leur conversation et conclut :

— Et maintenant, elle pense qu'Arthur essaie de rejeter la faute sur elle.

— C'est ce que je pense aussi, rétorqua sèchement Ruth.

— Allons, voyons, ça n'a aucun sens. Arthur affirme que Nelly ne l'approche plus et qu'il se sent diminué par sa faute. Mais Nelly dit que c'est lui qui est froid et distant avec elle depuis qu'il est rentré de l'hôpital. Si tu veux mon avis, il s'agit d'un malentendu.

Ruth fit la moue.

— Ce n'est pas une excuse pour se comporter comme il l'a fait, Elsie.

— J'ai dit à Nelly que j'allais passer prendre des affaires pour elle à Maple Terrace, et puis il faut que je dise deux mots à mon fils.

— Dis-lui de ne pas venir ici, tout au moins pour l'instant, précisa Ruth. Nelly ne veut plus le voir, et moi, je suis furieuse contre lui. Tellement furieuse que je risque de ne pas pouvoir me contrôler.

Le regard d'Elsie s'assombrit.

— Ruth, je suis vraiment désolée.

— Tu n'as pas à t'excuser, dit Ruth en posant une main sur le bras d'Elsie. Tu n'y es pour rien.

— Mais c'est mon fils, et il me fait honte. Je n'ose pas imaginer comment Bert va réagir. Tel que je le connais, il est capable de le renier.

Mon Dieu, faites que le mariage d'Arthur et Nelly résiste à cette épreuve, pria Elsie tandis qu'elle regagnait Maple Terrace.

32

Il était dix-neuf heures trente quand Arthur entendit frapper à la porte. Si c'était sa mère, elle pouvait toujours attendre. Il en avait assez qu'elle lui fasse la morale.

Nelly lui avait raconté tout un tas de sornettes ; elle l'avait accusé d'être distant et froid, alors que c'était l'inverse. Elle avait prétendu que son moignon ne la rebutait pas et sa mère avait tout gobé. Avant de partir, Elsie avait emporté quelques affaires pour Nelly et Angela, et déclaré qu'il ne devait pas aller à Candle Lane jusqu'à nouvel ordre. Et puis quoi encore ! Il n'était pas un gamin et n'avait d'ordre à recevoir de personne. Il irait chez Ruth si ça lui chantait, ne serait-ce que pour dire ses quatre vérités à sa femme.

On frappa à nouveau. Son moignon trop endolori pour qu'il puisse marcher avec sa prothèse, il attrapa ses béquilles pour aller ouvrir.

– Joe ! Entre, dit-il sèchement.

Surpris par son ton peu amène, Joe demanda :

– Qu'est-ce qui se passe, vieux ?

– Nelly est retournée vivre chez sa mère. On s'est engueulés.

– Engueulés ? Mais pourquoi ?

— Si tu tiens à le savoir, elle m'a surpris en train de m'envoyer en l'air avec Patsy.

— Avec Patsy ? Non… c'est une blague ou quoi ?

— Ne me regarde pas comme ça. Patsy m'a fait clairement comprendre qu'elle était libre. Elle s'est jetée à mon cou, et c'est arrivé.

— Et Nelly vous a surpris. Elle doit être dans tous ses états.

— Ça m'étonnerait, dit Arthur. En fait, rien ne va plus entre nous, depuis que je suis rentré de l'hôpital. Nelly ne supporte pas mon moignon, et n'a aucune envie de faire l'amour avec moi.

— Je crois que tu te fais des idées.

— Ah, oui ? Tu crois que je n'ai pas vu la façon dont les ouvriers me regardent sur le chantier ?

— Ils ont de la peine pour toi, c'est normal. Et puis, tu ne le sais peut-être pas, mais ils t'admirent d'avoir repris le boulot si vite après ton opération.

Ignorant sa remarque, Arthur continua sur sa lancée :

— Patsy m'a dit que Nelly avait le béguin pour toi.

— Allons bon, tu n'as pas l'impression que c'est un peu gros, comme ficelle ? Moi, je crois plutôt que Patsy n'a pas supporté que je la plaque et qu'elle cherche à semer la zizanie. Tu ne devrais pas l'écouter, c'est une langue de vipère.

— N'empêche que tu es sorti plusieurs fois avec elle.

— C'est vrai, mais moi, je suis célibataire.

Arthur fit la moue.

— D'accord, je n'aurais pas dû m'envoyer en l'air avec elle, mais ça m'a été offert sur un plateau et…

On frappa à la porte, et Arthur devina qui c'était. Voulait-il la revoir ? Il hésita, puis il repensa à toutes les foutaises que Nelly avait racontées, et sa colère reprit le dessus.

Une fois de plus, il s'empara de ses béquilles et alla ouvrir. C'était Patsy.

— Salut, Arthur, je suis venue prendre des nouvelles. Comment ça va ?

— Ça va, dit-il, en l'invitant à passer dans le séjour.

— Qu'est-ce que tu veux ? s'emporta Joe.

— Je suis venue voir Arthur.

— Tu ne penses pas que tu as fait assez de dégâts comme ça ?

— Joe, reste en dehors de tout ça, intervint Arthur. Si je ne voulais pas voir Patsy, je ne l'aurais pas fait entrer.

Joe devint rouge de colère, mais se contenta de dire :

— Je m'en vais. Tu viens travailler demain ?

— Si tu peux te passer de moi pendant encore un jour, je préfère rester à la maison. Ma jambe me fait souffrir, dit-il en se laissant tomber lourdement sur le canapé.

— Je peux me passer de toi, et pour plusieurs jours si c'est nécessaire. Fais-moi juste savoir quand tu voudras que je passe te chercher, offrit Joe, puis avec un regard furieux à Patsy, il s'en alla en faisant claquer la porte d'entrée.

Patsy s'assit sur le bras du sofa, la mine contrite.

— Je suis désolée que Nelly nous ait surpris, Arthur.

— Et moi donc.

— J'ai honte de la façon dont je me suis offerte à toi. Ça ne me ressemble pas du tout. Mais c'était plus fort que moi, j'avais tellement envie de toi que je n'ai pas pu résister. Tu es tellement attirant, même avec un petit bout de jambe en moins.

— Nelly ne pense pas ça.

— Je sais. Elle m'a dit qu'elle trouvait ça repoussant.

À ces paroles, Arthur se sentit absous. Quel dommage que sa mère ne soit pas là. Elle aurait compris que Nelly lui avait menti effrontément quand elle avait prétendu qu'elle ne le trouvait pas repoussant. À cette pensée, il sentit ses boyaux se tordre. Comme si elle avait deviné son désarroi, Patsy se laissa glisser sur ses genoux. Elle se pencha pour l'embrasser et il ne résista pas. Elle sourit intérieurement. Joe, en qui elle avait placé ses espoirs d'une vie meilleure, l'avait rejetée. Mais maintenant qu'elle savait que le couple d'Arthur partait en vrille, elle n'aurait aucun mal à attiser sa paranoïa. Les hommes étaient si faciles à manipuler !

À présent, elle chevauchait Arthur, ses pensées tournées vers l'avenir, bien loin de l'acte qu'elle était en train d'accomplir. Patsy ne ressentait rien, mais elle savait jouer la comédie à la perfection. Quelques soupirs langoureux émis ici et là, et le tour était joué. Cependant, contre toute attente, quand Arthur la pénétra, elle sentit le désir monter en elle, et les sentiments qu'elle croyait morts à jamais refirent surface tandis qu'elle feulait de plaisir. Elle arracha son pull-over et se pencha en avant pour offrir ses seins nus aux lèvres d'Arthur, s'abandonnant aux sensations qui parcouraient tout son corps. Depuis combien de temps ne s'était-elle pas sentie ainsi ? Elle se mit à bouger lentement, savourant chaque mouvement. Elle aurait voulu que ça ne s'arrête jamais.

Mais l'orgasme la submergea d'un seul coup, tel un raz de marée, et elle cria d'extase tandis qu'Arthur explosait en elle.

Ils jouirent au même moment.

L'espace d'un instant, ils restèrent agrippés l'un à l'autre, haletants. Patsy n'en revenait pas. Elle eut une moue dégoûtée en songeant à ses clients, des vieux cochons parfois invalides, dont elle satisfaisait les besoins. Bah, du moment qu'ils payaient bien et qu'ils lui étaient reconnaissants. D'ailleurs, aucun d'eux n'arrivait à tenir plus de quelques minutes. Elle s'arrangeait toujours pour conclure le plus vite possible. Mais quand elle avait décidé d'attraper Arthur dans ses filets, elle ne s'était pas attendue à prendre autant de plaisir. Cela ne faisait que rajouter du piment à la chose.

— Je suis désolée, Arthur, mais je n'ai pas pu résister. Tu es tellement beau. Je n'arrive pas à croire que Nelly n'ait plus envie de toi.

Elle se pencha à nouveau vers Arthur, amenant ses seins tout près de son visage, tandis qu'elle lui caressait les cheveux.

— Mais ne t'en fais pas, reprit-elle. Elle finira par s'habituer. Il faut juste lui laisser un peu de temps.

— Hum, murmura-t-il, ses lèvres frôlant ses tétons. Pour quoi faire ? Ma jambe ne te dérange pas, mais Nelly, elle, ne s'y habituera jamais. D'ailleurs, après tout ce qu'elle m'en a fait voir, je ne suis pas sûr d'avoir envie de me remettre avec elle.

Patsy exultait. C'était exactement ce qu'elle avait envie d'entendre. Elle l'embrassa avec passion, et il eut à nouveau une érection.

— Oh, oui ! s'écria-t-elle quand il la pénétra.

Cette fois, il était à elle, et si jamais l'envie lui prenait de se remettre avec Nelly, elle trouverait un moyen de semer la discorde entre eux.

33

Depuis qu'Arthur l'avait trompée, Nelly oscillait entre le chagrin et la colère. Angela était perturbée et réclamait son père à tout bout de champ. On était le premier dimanche d'avril et la journée s'annonçait morose, tout comme son humeur. Puis, vers trois heures de l'après-midi, le soleil perça les nuages et Angela demanda la permission de sortir jouer dehors.

— Non, dit Nelly, sans relever les yeux de l'âtre où rougeoyait un reste de braises.

— S'il te plaît, maman !

— Nelly ! intervint Ruth. Elle est restée enfermée toute la journée, sortir un peu ne lui fera pas de mal.

Quand la fillette fut sortie, Ruth et Sadie se mirent à parler de Tommy.

— Le garçon va rester chez lui, finalement ?

— Oui, et quand je l'ai vu jouer dehors tout à l'heure, il avait l'air bien. Mais je continue tout de même à veiller sur lui, et s'il revient frapper à ma porte, que Laura soit d'accord ou pas, je le prendrai avec moi.

— Tu ne feras que jeter de l'huile sur le feu. Et ce n'est pas bon pour le garçon.

— Mais que puis-je faire d'autre ? Si je ne lui ouvre pas, il va se retrouver à errer toute la nuit dans les rues.

Une demi-heure s'était écoulée depuis qu'Angela était sortie jouer et Nelly décida d'aller voir si tout allait bien. Elle scruta la rue de haut en bas. Sa fille n'y était pas. Apercevant Tommy Walters, en train de jouer avec deux autres garçons, elle lui lança :

– Tu sais où est passée Angela ?

– Elle était avec nous tout à l'heure, mais ensuite elle a dit qu'elle allait voir quelqu'un.

L'estomac de Nelly se noua. Angela ne cessait de réclamer son père ces derniers temps. Sans y réfléchir à deux fois, elle se mit à courir, espérant rattraper sa fille avant qu'elle n'ait atteint Maple Terrace.

Mais trop tard. Arrivée devant l'immeuble, elle comprit qu'elle n'avait pas pris ses clés et qu'elle allait devoir sonner. Elle eut un choc quand Patsy ouvrit la porte.

– Bonjour, Nelly. Tu es venue chercher ta fille ? On a été un peu surpris de la voir rappliquer seule.

– Oui, je suis venue chercher Angela, répondit Nelly, qui dut se faire violence pour ne pas planter ses ongles dans les joues de Patsy.

Relevant bien haut la tête, elle dit d'une voix glaciale :

– Dis-lui que je suis ici et que je la ramène à la maison.

– Tu ne veux pas entrer ?

– Non ! Va la chercher !

– Mais elle veut voir son papa. Ce n'est pas un crime, que je sache ?

Nelly se raidit et, ne voulant pas donner à Patsy la satisfaction de la voir s'effondrer, éructa :

– Ma fille n'a rien à faire avec une débauchée comme toi.

— Pas la peine d'être désagréable. Nous venons juste de finir de dîner, et j'allais réagencer les meubles quand la petite est arrivée. Arthur était tellement content de la voir.

Nelly se sentit pâlir. Ainsi donc, Patsy était en train de s'installer chez elle et de changer la chambre que Nelly avait mis tant de soin à décorer. Et le pire, c'est qu'Arthur la laissait faire.

— Va chercher ma fille ! exigea-t-elle.

— Arthur a le droit de voir Angela.

— Non. Il a perdu ce droit à partir du moment où il a couché avec toi !

Nelly savait qu'elle n'aurait pas dû s'exprimer aussi crûment, mais Patsy, avec son air suffisant, lui donnait des envies de meurtre.

— Ce n'est pas en le prenant comme ça que tu vas arranger les choses. En tout cas, l'avocat d'Arthur affirme qu'il a parfaitement le droit de voir Angela.

Il envisageait de divorcer ! Nelly serra les dents.

— Eh bien, s'il veut divorcer, tant mieux, rugit-elle. Et maintenant, va chercher ma fille !

Quelques instants plus tard, Patsy reparut avec Angela, mais lorsqu'elle vit sa mère, la petite eut un geste de recul et s'écria :

— Je veux pas rentrer à la maison. Pas tout de suite !

— Viens ici immédiatement ! ordonna Nelly et, saisissant fermement sa fille par la main, l'entraîna à l'extérieur.

Elles longèrent Maple Terrace, Angela traînant des pieds, et Nelly sonnée à l'idée qu'Arthur avait l'intention de divorcer.

Quel coup de veine ! songea Patsy en refermant la porte. Elle venait juste de descendre dire bonjour à

Arthur quand celui-ci lui avait annoncé qu'il voulait se remettre avec Nelly et insisté pour se rendre à Candle Lane. Et voilà qu'Angela s'était présentée à sa porte.

Et après cela, Nelly était tombée à pic en venant chercher sa fille. Patsy n'avait eu aucun mal à lui faire gober qu'elle s'était installée avec Arthur. Et maintenant, elle allait travailler Arthur au corps pour les éloigner encore un peu plus l'un de l'autre. Un rictus de satisfaction étira ses lèvres. Oui, avec un peu de chance, elle réussirait à prendre Arthur dans ses filets. Ils continuaient de faire l'amour fréquemment – l'homme était insatiable – mais malgré cela il rechignait à partager son lit avec elle. Mais cela allait changer.

Elle se composa un visage triste en entrant dans le séjour.

— Je suis désolée, Arthur, j'ai essayé, mais Nelly n'a pas voulu que la petite reste. Elle était très contrariée qu'Angela soit venue ici toute seule et a dit qu'elle allait prendre un avocat dès demain matin.

— Un avocat ! Mais pour quoi faire ?

— Elle veut demander le divorce, et faire en sorte que tu ne puisses plus voir ta fille, par-dessus le marché.

Arthur explosa :

— Ça, il n'en est pas question ! Je vais aller la voir de ce pas !

— Tu vas perdre ton temps. Elle refuse de te parler. J'ai essayé de la convaincre d'entrer, mais elle a refusé catégoriquement. Je te conseille de prendre un avocat le plus vite possible si tu veux continuer à voir ta fille.

— Tu es sûre qu'elle va demander le divorce ?

— Oui. Elle a dit que la prochaine fois que tu auras de ses nouvelles ce sera par l'intermédiaire de son avocat.

— Elle n'a pas le droit de me retirer Angela !

— Je sais. Mais Nelly ne veut plus te voir et tu ferais bien de prendre les devants si tu ne veux pas qu'elle te retire la petite.

Arthur s'effondra sur le sofa, les yeux noirs de colère.

— La garce ! Puisque c'est comme ça, je vais aller trouver un avocat dès demain.

Patsy s'assit à côté de lui. Elle jubilait intérieurement. Arthur était un homme orgueilleux qui n'accepterait jamais de capituler devant Nelly ou d'implorer son pardon. Soudain, il empoigna Patsy et la mordit dans le cou, lui arrachant un gémissement de plaisir. Faire l'amour l'aidait à évacuer sa colère, et ça ne la dérangeait pas.

Plus tard, une fois leurs sens repus, Patsy se pelotonna contre Arthur. Ce soir, peut-être, il la laisserait dormir dans son lit et demain matin, quand Joe passerait prendre Arthur et qu'elle irait lui ouvrir la porte en petite tenue affriolante, il comprendrait ce qu'il avait perdu et s'en mordrait les doigts. Non pas qu'il l'intéressât encore. Après tout, c'était Arthur qui lui donnait du plaisir, mais si Joe était jaloux, les deux hommes risquaient de se brouiller. Et c'était tant mieux. Car elle n'avait pas envie qu'Arthur continue de le fréquenter en dehors du boulot.

— Tu ne veux pas donner une deuxième chance à Arthur ? demanda Elsie tandis que Bert et elle prenaient place à la cuisine.

— Patsy vit avec lui à présent, dit Nelly tout en se remémorant ses échanges avec Patsy.

Angela était encore dans tous ses états et continuait de réclamer son père, mais quand Elsie et Bert étaient arrivés, avec un cadeau de surcroît, elle avait pris la nouvelle boîte de peinture et le cahier de coloriage et s'était aussitôt mise à dessiner.

— Nelly, je ne cherche pas à excuser mon fils, dit Bert, mais vous venez seulement de rompre et je n'arrive pas à croire qu'il se soit déjà installé avec cette fille.

— Mais si. Je l'ai vu de mes yeux.

— C'est certainement un quiproquo, insista Elsie. Je suis persuadée que c'était juste une passade.

— J'aime pas Patsy, dit Angela, qui avait posé son pinceau pour écouter leur conversation.

Nelly fronça les sourcils. Angela avait déjà dit cela plus tôt. Sa fille avait-elle pressenti ce qui allait arriver ? Voyant que sa fille les écoutait, elle dit tout bas :

— Elsie, je préférerais ne pas parler de tout ça devant la petite.

Bert demanda à Angela :

— Qu'est-ce que tu dirais d'aller faire un tour en voiture avec papy ?

— On peut aller voir papa ?

Nelly se crispa, puis se détendit quand Bert répondit :

— Une autre fois peut-être, mais aujourd'hui, je pensais t'emmener au parc pour faire de la balançoire.

Angela se releva d'un bond.

— Et tu me pousseras très très haut ?

— Oui. Va chercher ton manteau.

— Merci, mon chéri, dit Elsie, reconnaissante.

— Nous ne devons pas parler de ces choses devant la petite, dit Bert. Je serai de retour dans une heure, et ensuite j'irai dire deux mots à mon fils.

Je n'ose pas imaginer ce que Bert va dire à Arthur, médita Elsie quand Bert et Angela furent partis. *Il était hors de lui quand je lui ai raconté ce qui s'était passé.*

— Nelly, tu es sûre que cette fille s'est installée avec Arthur ? demanda soudain Ruth.

— Maman, je n'ai pas envie d'en parler.

Elsie secoua la tête.

— Je reste convaincue que tu te trompes.

— Non, pas du tout. Patsy était là quand je suis allée chercher Angela, mais je ne veux pas que ma fille ait quoi que ce soit à faire avec cette fille. Arthur veut divorcer, notre mariage est dissous, en ce qui me concerne. Maintenant qu'il s'est installé avec Patsy, j'estime qu'il n'a plus le droit de voir sa fille.

— Nelly, je comprends ta colère, mais tu ne peux pas empêcher la petite de voir son père.

— Ah, non ?

Pour la première fois, Sadie intervint :

— Écoute-moi, Nelly. Je sais que tu lui en veux à mort, mais Elsie a raison. Quoi qu'il ait pu faire, tu ne peux pas empêcher Arthur de voir Angela. Les petites filles sont très attachées à leur père, et si tu lui interdis de la voir, cela va se retourner contre toi et elle va t'en vouloir.

— Je m'en fiche ! Laissez-moi tranquille, hurla Nelly en sortant comme une furie de la cuisine.

Elle était profondément ulcérée par l'attitude d'Arthur et voulait lui rendre la monnaie de sa pièce. Et la seule façon était de se servir d'Angela.

— Elle est bouleversée, dit Elsie, désolée, quand la porte claqua derrière Nelly.

— On le serait à moins.

Sadie poussa un profond soupir.

— J'étais prête à faire des pieds et des mains pour sauver leur mariage, s'écria-t-elle, mais plus maintenant qu'il a emménagé avec cette traînée !

— Je continue de penser qu'il y a un malentendu. D'ailleurs, je vais aller à Maple Terrace moi-même. Quand Bert rentrera, dites-lui où je suis, d'accord ?

— Je vais venir avec toi, dit Ruth.

— Non, je crois qu'il vaut mieux que je parle seule à seul avec Arthur.

— Possible, mais je veux voir par moi-même si cette fille s'est installée chez lui. Si c'est le cas, alors Nelly a pris la bonne décision en ce qui me concerne.

— Bon, viens, dans ce cas. Mais tu verras que ce ne sont que des on-dit.

— Nelly ! cria Ruth. Elsie et moi on va faire un petit tour. Descends tenir compagnie à ta grand-mère, s'il te plaît.

Les deux femmes remontèrent Candle Lane sans échanger un mot jusqu'à Maple Terrace.

Ce fut Elsie qui frappa à la porte, et quand Arthur vint lui ouvrir, elle entra comme un ouragan.

— Qu'est-ce que c'est que cette histoire de divorce ?

Le sourire d'Arthur ressemblait davantage à un rictus quand il dit, plein de morgue :

— Bonjour, maman, content de te voir, moi aussi.

— Oh, ne joue pas au plus fin avec moi, rétorqua Elsie en faisant signe à Ruth de la suivre.

Arthur les suivit dans le séjour, et quand ils furent assis, Elsie demanda :

— As-tu l'intention de divorcer, mon fils ?

— Oui, et je n'apprécie pas que tu entres chez moi comme une furie.

— Tu as quelque chose à cacher ? grommela Ruth. Tu as peur qu'on te prenne la main dans le sac avec cette traînée ?

Arthur releva le menton d'un air de défi.

— Ta fille m'a quitté. Ce que je fais de ma vie ne regarde que moi.

— Elle avait de bonnes raisons de te quitter.

— Peut-être, mais elle n'a pas rempli son devoir d'épouse depuis que je suis rentré de l'hôpital. Je n'aurais pas couché avec Patsy, sinon. Et puis elle n'a pas le droit de m'empêcher de voir ma fille.

— Ah, non ? Même maintenant que tu t'es mis en ménage avec cette moins-que-rien ?

— C'est ce qu'elle vous a dit ? Et je parie que cette langue de vipère vous a raconté qu'elle nous avait surpris à nouveau ensemble ?

— Je t'interdis de traiter ma fille de langue de vipère.

— Pourtant, c'est ce qu'elle est.

— Assez, Arthur, coupa sèchement Elsie. Tu es en train de nous faire croire que tu n'as pas remis le couvert avec cette fille ?

Arthur rougit violemment, visiblement honteux, mais ce fut Elsie qui prit la parole, cette fois.

— Tu devrais avoir honte de toi !

— Eh bien, non ! Contrairement à ma femme, Patsy me désire et ne s'en cache pas. Et maintenant, je vous conseille de partir, et toi, maman, la prochaine fois que tu viens ici, passe-moi d'abord un coup de fil. Après tout, Patsy et moi pourrions être occupés. Tu ne voudrais pas nous surprendre en pleine action, n'est-ce pas ?

Ruth explosa :

– Comment oses-tu parler à ta mère ainsi, espèce de malappris !

– Laisse tomber, Ruth. Allons-nous-en, dit Elsie en foudroyant une dernière fois Arthur du regard.

Sur le chemin du retour, les yeux d'Elsie se remplirent soudain de larmes.

– Je n'arrive pas à y croire ! Jamais mon fils ne m'a parlé sur ce ton. Je ne le reconnais pas.

– Je ne sais pas quelle mouche l'a piqué, mais Nelly avait raison. Il veut divorcer.

– Oui, et j'ai peur de la réaction de Bert quand il va l'apprendre.

Ce n'est que lorsque Bert et elle furent dans la voiture qu'Elsie lui avoua :

– Quand tu étais au parc avec la petite, Ruth et moi sommes allées voir Arthur.

– Ah bon ? Pourquoi est-ce que tu ne m'as pas attendu ?

– Je voulais m'assurer par moi-même que cette garce de Patsy ne s'était pas installée chez lui.

– Et ?

– Il n'a pas nié, et non seulement ça, mais il veut divorcer.

– C'est ce qu'on va voir. On va y aller tout de suite, et je vais lui dire deux mots, moi.

– Non, Bert. Il vaut mieux attendre que la colère soit un peu retombée. Arthur m'a demandé de l'appeler pour le prévenir la prochaine fois que je passerai.

— Il a fait ça ? Mais pour qui se prend-il, nom d'un chien ?

— Je ne sais pas. Il est complètement changé. Il est devenu tellement cynique…

Elle éclata en sanglots.

— D'abord il couche avec une autre femme, après quoi il l'installe chez lui, et maintenant il exige qu'on lui téléphone avant de passer ! s'emporta Bert, rouge de colère. Cette fois la coupe est pleine. Arthur n'est plus mon fils !

— Oh, Bert, ne dis pas ça.

Pour toute réponse, il écrasa la pédale de l'accélérateur et remonta Candle Lane dans un rugissement de moteur, Elsie en pleurs à ses côtés.

Arthur était furieux. Comment sa mère osait-elle se présenter chez lui sans prévenir, et avec Ruth, par-dessus le marché ? C'était Nelly qui voulait divorcer, pas lui, mais tout lui retombait dessus. Il continuait de coucher avec Patsy, certes, mais ça ne serait pas arrivé si Nelly ne l'avait pas quitté. Et pour couronner le tout, cette garce était allée raconter que Patsy vivait avec lui.

Cette fois, la coupe était pleine. Nelly avait monté tout le monde contre lui. Arthur abattit son poing sur l'accoudoir du sofa. Demain, sans faute, il irait consulter un avocat.

Saisissant une béquille, il se mit debout et cogna un grand coup au plafond. Patsy ne disait jamais non, elle. Et même s'il n'était pas amoureux, il devait bien reconnaître qu'elle était géniale au lit.

Patsy entra et dit en souriant :

— Vous m'avez appelée, monsieur ?

— Oui. Approche, ma petite polissonne.

34

Le mois de mai était radieux, mais le moral de Laura Walters était au plus bas tandis qu'elle contemplait le vieux cliché en noir et blanc. C'est tout ce qu'il lui restait de sa jolie petite fille. Une image figée dans le temps.

Elle avait essayé d'arrêter de boire, vraiment, mais la boisson était la seule façon de noyer son chagrin. Si Denis ne l'avait pas quittée, elle aurait peut-être réussi, mais sans lui elle était perdue.

Elle remit la photo dans la boîte et en prit une autre, de son mariage celle-là. Denis souriait à l'objectif. Elle, de profil, semblait tout aussi heureuse tandis qu'elle le regardait dans les yeux. Elle jeta soudain le cliché au loin et saisit son verre de cidre.

Elle contempla un instant le liquide ambré. Dommage que ce ne soit pas du gin, mais elle n'avait pas les moyens d'acheter un alcool fort. Il lui sembla entendre frapper à la porte, mais elle ne réagit pas, ses pensées à présent tournées vers ses parents. Elle avait été une enfant tardive et non désirée, née avec un problème au cœur, de parents âgés qui auraient pu être ses grands-parents, et avait vécu une vie étriquée. Interdiction de courir, de jouer, de rire bruyamment.

Son frère aîné, Andy, était déjà un homme quand elle était venue au monde, et la différence d'âge entre eux faisait qu'ils ne s'étaient jamais vraiment connus. À l'adolescence, elle s'était enfuie et ce n'est que des années plus tard, à la naissance de Tommy, qu'elle avait recontacté ses parents. Sa mère avait refusé de lui parler, son père décrétant qu'ils ne lui pardonneraient jamais sa fugue et tous les soucis qui en avaient découlé pour eux.

Quand Tommy avait un an, Laura, craignant d'essuyer une rebuffade, avait écrit à son frère plutôt qu'à ses parents. Andy lui avait répondu et avait fait le trajet jusqu'à Londres pour la voir. Mais la rencontre avait été tendue. Car son frère aussi était un rabat-joie. Selon lui, elle n'aurait pas dû prendre le risque d'avoir un enfant. Elle s'était emportée, déclarant que Tommy valait largement le risque.

Ils s'étaient quittés en mauvais termes, et quand Andy lui avait écrit, elle ne lui avait pas répondu. Et à présent elle s'en félicitait. Elle ne voulait pas qu'il sache qu'elle était tombée aussi bas.

On frappa à nouveau.

— Laura ! Laura ! Ouvre-moi !

Denis – on aurait dit Denis ! Laura se mit sur ses pieds en chancelant. La pièce se mit à tourner autour d'elle et il lui fallut un moment pour retrouver son équilibre et aller ouvrir la porte.

— Alors comme ça, tu reviens la queue entre les jambes ? Où est ta clé ?

— Je sais pas, dit Denis en entrant.

— Qui t'a autorisé à entrer ?

— Laura, s'il te plaît, supplia-t-il. Je suis revenu, non ? Et puis j'ai rapporté un peu de sous.

— Pourquoi t'es parti comme un voleur ?

— Parce que je ne supportais pas l'idée de te perdre.

Laura continuait de dévisager son mari d'un œil vague, son esprit refusant de fonctionner.

— Mais je me suis remise de ma crise cardiaque et tu es parti juste au moment où je rentrais de l'hôpital.

— T'as rien dans le crâne, ma parole ! Tu as oublié ton problème ?

Laura s'affala sur une chaise et secoua la tête pour essayer de s'éclaircir les idées. D'accord, elle avait une faiblesse cardiaque, mais malgré les mises en garde des médecins, elle avait eu deux petits. *Maudits toubibs*, songea-t-elle en tendant la main vers le cidre.

Denis la retint pour l'empêcher de s'emparer de la bouteille.

— Tu t'en es sortie cette fois, mais si tu continues à boire…

— Fiche-moi la paix. On dirait mon père. Tu as beau jeu de me dire d'arrêter de boire alors que tu bois toi aussi. Et puis on ne peut pas dire que tu as été un mari exemplaire. C'est à peine si tu es venu me voir quand j'étais à l'hôpital.

— C'est parce que je pensais que tu n'allais pas t'en tirer, et cette idée m'était insupportable.

— Des excuses, tout ça. Tu te fiches de moi comme d'une guigne, alors pourquoi t'es revenu ?

— Je ne me fiche pas de toi, et j'ai compris que prendre la fuite n'allait rien résoudre. Tout allait bien entre nous avant que la petite meure. C'est ensuite qu'on s'est mis à boire tous les deux, dit Denis en se frottant les yeux. Mais on peut repartir de zéro, Laura.

J'ai pas touché une goutte depuis deux semaines, je suis sûr que tu peux en faire autant.

Laura partit d'un rire sarcastique et s'empara de la bouteille de cidre.

– J'ai arrêté pendant un temps, mais ça ne m'a pas plu. Tu veux un verre ?

– Pour l'amour du Ciel, Laura, tu ne m'as pas entendu ? Il faut que tu arrêtes de boire, l'alcool va te tuer !

Laura hésita, mais le besoin de boire fut le plus fort. Elle se servit un autre verre et l'avala d'un trait.

L'expression de Denis se durcit soudain et il s'écria :

– C'est la dernière fois que tu touches à ce truc. J'y veillerai personnellement.

À côté, au numéro cinq, Nelly tenait dans ses mains la lettre de l'avocat l'informant que la demande de divorce était en cours. Elle n'avait pas souhaité engager de poursuites, mais Arthur ne lui avait pas laissé le choix.

Elle avait le cœur brisé et avait envie de vomir chaque fois qu'elle pensait à Arthur et Patsy. De plus, le gouffre entre Arthur et ses parents n'avait cessé de se creuser. Bert continuait de refuser de voir son fils, et même si elle était reconnaissante à ses beaux-parents de leur soutien, Nelly savait qu'Elsie était très malheureuse.

L'apathie s'était emparée de Nelly qui, bien que s'acquittant de toutes les tâches du quotidien, se sentait morte en dedans. Le clapet de la fente à lettres tinta. Nelly alla ouvrir et resta bouche bée.

– Tatie Mary ! s'écria-t-elle. Tu es revenue. Oh, comme je suis contente de te revoir !

– Moi aussi, je suis contente de te revoir, dit Mary en entrant.

Au même instant, Sadie sortit de sa chambre et Mary la salua gentiment :

– Bonjour, maman.

– Alors comme ça tu es de retour.

– Oui, vous me manquiez trop. Comment vas-tu ?

– Bien, répondit Sadie, puis elle serra sa fille sur son cœur, et ajouta, la voix fêlée par l'émotion : Je n'arrive pas à croire que tu es revenue.

Les deux femmes restèrent un instant enlacées tandis que Nelly observait sa tante en songeant qu'elle était en beauté. Mary était bronzée et mince, les yeux étincelants de santé. Sa coiffure d'ordinaire sévère avait été remplacée par une coupe ondulée, et ses vêtements peu seyants par une jolie robe stylée. Elle paraissait plus jeune que Ruth, alors qu'elle était l'aînée, et Nelly se demanda comment sa mère allait réagir quand elle verrait Mary.

Sadie relâcha enfin sa fille et proposa :

– Viens donc à la cuisine. Je veux tout savoir sur ton voyage et ton travail en Espagne.

– Tu es bronzée comme une noisette, dit Nelly.

– Il fait soleil, en Espagne, même pendant les mois d'hiver, mais mon bronzage ne va pas durer malheureusement.

Nelly prépara du thé et écouta, fascinée, les récits de voyage de sa tante, surprise par tout ce qu'elle avait fait. Mais quand son regard tomba sur la lettre de l'avocat posée sur la table, elle se rembrunit.

— Assez parlé de moi, dit Mary. Je suis contente de voir que tu es en pleine forme, maman. Ce qui n'a pas l'air d'être le cas de Nelly. Tu as tellement maigri ! Comment ça se fait ?

Nelly sentit une boule se former dans sa gorge. Incapable de parler, elle balbutia :

— Grand-maman, raconte-lui, toi.

La tête baissée, Nelly écouta sa grand-mère raconter ses mésaventures, chaque parole l'atteignant en plein cœur comme un coup de poing.

— Et pour couronner le tout, Arthur s'est mis en ménage avec sa maîtresse…

— Non ! hoqueta Mary, scandalisée. Je n'arrive pas à y croire. Vous ne m'en avez rien dit dans vos lettres.

— Je leur ai demandé de ne pas t'en parler, expliqua Nelly. Tu semblais tellement heureuse en Espagne, je ne voulais pas gâcher ton bonheur.

— Oh, mais, j'aurais sauté dans le premier avion si j'avais su. Je n'arrive pas à croire qu'Arthur ait pu faire une chose pareille. Je pourrais l'étrangler. Je suis désolée pour toi, ma chérie. Tu dois être au quatrième dessous.

Nelly, qui jusque-là avait refoulé son chagrin afin de ne pas perturber Angela, éclata en sanglots, et quand sa tante lui tendit les bras en lui murmurant des paroles apaisantes, elle s'y précipita.

— C'est ça, pleure, lui dit sa grand-mère. Il faut que ça sorte.

Et Nelly pleura toutes les larmes de son corps.

— Je suis désolée, tatie, dit-elle. Ce n'est pas très gai comme fête de bienvenue.

Mary balaya d'un geste ses excuses, et elles recommencèrent à parler de l'Espagne.

Nelly était à l'étage en train de donner son bain à Angela quand Ruth rentra.

— Ça alors ! dit celle-ci. Je viens juste d'apprendre que Denis Walters était de retour, et voilà que tu es rentrée toi aussi, Mary ! C'est une simple visite ou tu restes pour de bon ?

— Je reste pour de bon. L'Espagne était une expérience fantastique, mais ma famille est ici et vous m'avez manqué.

— Tu es toute bronzée, et qu'est-ce que tu as fait à tes cheveux ?

— Je n'ai plus de permanente.

— Tu aurais dû faire ça il y a des années. C'est beaucoup plus chic.

— C'est quoi, cette histoire avec Denis Walters ? coupa soudain Sadie.

— Sur le chemin du retour, j'ai croisé Tommy qui m'a dit que son père était revenu. Et il avait l'air heureux comme un pinson. Peut-être que Denis va réussir à raisonner Laura.

— Il est aussi poivrot qu'elle. Ça m'étonnerait.

Ruth se laissa tomber dans un fauteuil et ôta ses chaussures en soupirant.

— Je sais que tu as toujours ton appartement, mais je doute que tu puisses récupérer ton ancien boulot.

— Ce n'est pas grave, j'en chercherai un autre.

— Où est Nelly ? demanda Ruth, comme si elle venait juste de comprendre que sa fille n'était pas dans la pièce.

— Elle est en haut, en train de mettre Angela au lit.

— La pauvre a une mine de papier mâché, dit Mary. Et elle est si maigre. Cette rupture l'a visiblement mise KO. Mais il n'y a vraiment rien qu'on puisse faire pour les réconcilier ?

— Reste en dehors de tout ça, Mary. Maintenant qu'il s'est mis en ménage avec cette traînée et qu'il a fait une demande de divorce, il vaut mieux pour Nelly qu'elle ne le revoie plus.

— Arthur est un type bien, j'ai du mal à y croire.

— Un type bien ! C'est ce que je croyais moi aussi, mais plus maintenant.

Mais Mary ne s'avouait pas vaincue, car cette histoire ne tenait pas debout. Elle irait voir Arthur elle-même et si toutes ces allégations se révélaient exactes, elle ne se gênerait pas pour lui dire le fond de sa pensée.

Arthur remua dans son fauteuil et fit la grimace. Il était déterminé à porter sa prothèse, et arrivait par moments à marcher sans l'aide d'une canne, mais aujourd'hui, il avait glissé en allant réceptionner une livraison et son moignon le faisait souffrir.

Quand ils rentrèrent du chantier, Joe avait insisté pour entrer et leur préparer un bon dîner. Le repas terminé, il alla faire la vaisselle.

Arthur avait ôté sa prothèse et était en train de masser son moignon quand Joe revint dans le salon avec du café.

— J'aimerais mieux que tu te serves de ta canne quand tu es sur le chantier, Arthur, suggéra-t-il. C'est plus prudent.

— Je veux lui montrer que je ne suis pas un invalide.

— À Nelly ? Maintenant que tu as fait une demande de divorce, qu'est-ce que ça change ?

— Je veux lui montrer, c'est tout !

— Dans ce cas, pourquoi lui avoir fait croire, ainsi qu'à tes parents, que toi et Patsy viviez ensemble ?

— C'est Nelly qui leur a dit ça, et ils ont décidé de la croire elle plutôt que moi. Je suis leur fils, bon sang, ils devraient me connaître. Mais ils se sont ligués contre moi, alors qu'ils aillent tous au diable !

— C'est ton orgueil qui parle, Arthur.

— Écoute. Patsy n'a pas emménagé avec moi et je n'ai pas l'intention qu'elle le fasse.

— Mais tu continues de la voir.

— Oui, pourquoi ? Tu es jaloux ?

— Pas du tout. Je ne suis sorti qu'une ou deux fois avec elle, et j'ai vite compris que ce n'était pas mon genre de fille. Je n'arrive pas à croire que tu la préfères à Nelly.

— Nelly ne veut pas de moi. Je ne suis pas un moine, nom d'un chien ! Et maintenant, s'il te plaît, le sujet est clos.

— Très bien, dit Joe en vidant sa tasse de café.

Au même instant, la sonnette retentit.

Quand Joe alla ouvrir la porte, Arthur entendit une voix de femme et il pensa que c'était peut-être Nelly. Mais à son grand désappointement, ce fut Mary qui entra dans le séjour.

— Salut, Mary, lança-t-il avec un sourire forcé. Tu es rentrée de voyage ?

Si elle avait été de meilleure humeur, Mary aurait peut-être plaisanté, mais elle se contenta de demander :

— On peut parler ?

— Joe, je te présente la tante de Nelly, qui vient de rentrer d'Espagne. Même si je doute qu'elle soit venue ici pour me raconter son voyage à l'étranger.

— Enchanté, dit Joe à Mary.

Mais cette dernière n'était pas d'humeur à faire des mondanités. Elle était venue pour voir si Arthur vivait avec une autre femme, mais apparemment ce n'était pas le cas.

Joe prit congé et Arthur invita Mary à s'asseoir.

— Je n'arrive pas à croire ce qu'on raconte sur ton compte, dit-elle sans préambule.

— Mais encore ?

— Qu'une jeune femme vivrait soi-disant avec toi.

Les lèvres d'Arthur se retroussèrent en un rictus amer.

— Comme tu peux le voir, il n'y a pas de femme ici. Et quand bien même il y en aurait une, Nelly a fait une demande de divorce, donc je ne vois pas en quoi cela te concerne.

— Nelly a pris conseil auprès d'un avocat après que le tien l'a contactée.

— C'est ce qu'elle t'a raconté ? Encore un bobard – mais bien sûr, tout le monde croit cette chère Nelly.

Soudain, une voix féminine retentit, faisant se retourner Mary, qui tournait le dos à la porte du salon.

— Dieu merci, ce grincheux est parti. J'en ai marre qu'il me traite comme de la m…

— Patsy, dit Arthur pour la mettre en garde.

— Quoi ?

Mary se leva du fauteuil à oreillettes qui la cachait à la vue, et les yeux de la fille s'agrandirent quand elle dit :

— Oh, désolée, je ne savais pas que vous étiez là !

— De toute évidence, non. Ainsi donc, c'est vrai, Arthur. Tu as bien quelqu'un qui vit avec toi.

Fou de rage, il rétorqua :

— Comme tous les autres, tu tires des conclusions hâtives !

— Que suis-je censée faire d'autre ?

— Oh, et puis pense ce que tu veux après tout. Rien à fiche ! Et maintenant, je ne te retiens pas.

— Je ne m'en irai pas avant d'avoir tiré cette affaire au clair ! Pourquoi dis-tu que c'est Nelly qui a demandé le divorce ? Et est-ce que cette fille vit avec toi oui ou non ?

— Je n'ai pas de comptes à te rendre. Et maintenant, va-t'en, s'il te plaît.

Mary serra les dents, et saisissant son sac à main, sortit en faisant claquer la porte derrière elle.

Ce n'est qu'une fois dans la rue qu'elle réussit à mettre un peu d'ordre dans ses idées. Arthur avait le sentiment que c'était Nelly qui avait demandé le divorce la première, mais pourquoi ? Et pourquoi disait-il que Nelly mentait ? Car ce n'était pas le cas, à l'évidence. Et d'ailleurs elle avait vu de ses yeux la petite amie d'Arthur.

Son cœur se serra pour sa nièce. Face à une telle intransigeance de la part d'Arthur, elle ne voyait pas comment le mariage de Nelly pourrait être sauvé. Elle se sentait complètement impuissante.

35

Deux autres semaines passèrent et Angela était de plus en plus vindicative.

— Pourquoi est-ce que je peux pas voir papa ?

— Parce que, dit Nelly.

— Je te déteste !

Les mains sur les hanches, Angela fusilla sa mère du regard.

— Tu devrais la laisser voir son père, conseilla Sadie. Tu crois que tu punis Arthur en l'empêchant de voir sa fille, mais c'est la petite qui souffre et ce n'est pas juste.

— Il ne mérite pas de la voir !

— C'est possible, et je n'approuve pas Arthur, mais il est son père.

— Maman, s'il te plaît, supplia Angela.

— Allons, Nelly, renchérit Ruth, sois raisonnable.

Elles s'y mettaient à deux, à présent.

— J'ai dit non, rétorqua Nelly, furieuse.

— Je te déteste, maman ! cria la petite en courant se réfugier dans les bras de Ruth.

Quelle sorte de mère suis-je ? se demanda soudain Nelly. Pour punir Arthur, elle avait employé l'unique arme dont elle disposait – sa fille. Craignant qu'Angela n'essaie d'aller seule à Maple Terrace, elle la gardait enfermée à la maison, et la petite se révoltait.

Elle déglutit péniblement, puis dit :

– Viens ici, ma chérie.

– Non ! répliqua Angela en enfouissant sa tête dans la poitrine de sa grand-mère.

– Mon ange, s'il te plaît, je suis désolée. Tu vas voir ton papa, je te le promets.

– C'est vrai ?

– Oui, je vais l'appeler pour le prévenir. On est dimanche, il devrait être à la maison. Si tu veux, tu pourras y aller après déjeuner.

– Youpi ! s'écria Angela, tout excitée.

– Je suis contente que tu sois revenue à de meilleurs sentiments, dit Sadie en tapotant gentiment le bras de Nelly.

– Je me suis mal comportée, grand-maman.

– Parce que tu souffres, ma chérie. C'est normal. Mais c'est mieux ainsi, je t'assure.

Nelly soupira et se dirigea vers le téléphone, dans l'entrée. Elle ne voulait pas parler à Arthur, mais il le fallait, pour Angela. Toutefois, elle allait poser une condition.

– Allô.

En entendant la voix d'Arthur, elle se raidit.

– Arthur, dit-elle presque dans un murmure.

– Nelly ? C'est toi ?

– Je t'appelle pour te dire que j'ai décidé de te laisser voir Angela.

– Encore heureux, tu n'as aucun droit de m'en empêcher de toute façon. C'est ma fille autant que la tienne.

– Je sais, et tu lui manques. Mais je ne veux pas qu'elle te voie en compagnie de Patsy.

— Ah non, et pourquoi donc ?

— Il me semble que c'est évident. Déjà qu'Angela supporte mal que nous soyons séparés, cela ne ferait que la déstabiliser encore plus si elle te voit en compagnie d'une autre femme.

Il y eut un silence, puis un gros soupir.

— À un moment donné, il va falloir qu'elle s'y fasse, mais pour l'instant je vais faire en sorte que Patsy ne soit pas là.

L'estomac de Nelly se tordit. Elle ne supportait pas l'idée qu'Arthur et Patsy puissent être ensemble. Elle inspira profondément, puis déclara d'une voix raffermie :

— On va bientôt déjeuner. Ensuite, je pourrais te l'amener pour une heure environ.

— Juste une heure ! Ce n'est pas assez.

— Bon, alors disons deux. Mais ensuite je reviens la chercher.

— D'accord.

Elle raccrocha, après un « au revoir » distant. Elle était au bord des larmes. Quand elle revint à la cuisine, Angela tendit vers elle un regard anxieux et elle s'obligea à sourire.

— Je vais t'emmener voir papa après déjeuner, dit-elle à sa fille.

La petite se mit à sautiller sur place en poussant des cris de joie, jusqu'à ce que Sadie s'impatiente :

— Moins fort, je te prie. Tu me donnes la migraine.

— Pardon, grand-ma.

— Pourquoi est-ce que tu ne sors pas jouer dehors ?

— Je peux, maman ?

Nelly hésita, puis songea qu'Angela n'allait pas chercher à fuguer dès lors qu'elle savait qu'elle allait voir son père.

— Seulement si tu me promets de ne pas bouger de Candle Lane.

Nelly se laissa tomber sur une chaise. Elle était paniquée à l'idée de revoir Arthur quand elle lui amènerait la petite.

Arthur était d'humeur massacrante quand il revint dans le séjour.

— Que se passe-t-il ? lui demanda Patsy.

— C'était Nelly. Elle a finalement accepté que je voie Angela.

— Oh, mais c'est une super nouvelle !

— Attends un peu de connaître les conditions qu'elle a fixées avant de te réjouir. Elle ne manque pas d'air, je te jure.

— Allons, calme-toi. C'est quoi ces conditions ?

— J'ai le droit de voir Angela seulement si tu n'es pas là.

Ravalant sa contrariété, Patsy dit posément :

— Ce n'est pas un problème. Je monterai chez moi quand la petite sera là.

— Merci, chérie.

— Est-ce que Nelly continue de penser que je vis avec toi ?

— Je crois bien que oui, et mes parents aussi. Mais je n'ai pas l'intention de les détromper. Qu'ils pensent ce qu'ils veulent, je m'en fiche.

Les pensées se bousculaient dans la tête de Patsy. Elle avait tout essayé pour que leur relation se formalise, sans succès. Arthur ne voulait rien d'autre qu'avoir des rapports avec elle, et refusait qu'elle reste dormir. Elle avait le sentiment qu'au fond de lui il avait envie de se remettre avec Nelly.

Ses yeux s'étrécirent. Il fallait qu'elle trouve un moyen de les tenir à l'écart l'un de l'autre.

Ruth regardait Angela chipoter son assiette et se demandait si Tommy avait assez à manger. Denis Walters disait qu'il avait arrêté de boire et Laura aussi, mais Ruth n'en était pas convaincue. Tommy avait toujours l'air aussi malheureux, sale et négligé, et cela lui fendait le cœur. Elle aurait voulu faire quelque chose, mais Denis, prenant fait et cause pour Laura, lui avait dit de se mêler de ses affaires.

— Mon ange, finis tes carottes, dit Nelly.

— J'aime pas ça.

— Il y a des enfants qui meurent de faim et qui seraient bien contents de manger ce qu'il y a dans ton assiette, dit Ruth.

— Eh bien, t'as qu'à leur donner.

— Angela, ne sois pas insolente avec mamie ! s'impatienta Nelly.

Ruth ne pouvait s'empêcher de comparer les deux enfants. Quand elle donnait à manger à Tommy, il dévorait tout ce qu'elle plaçait devant lui. Angela, en revanche, boudait son assiette. Ruth savait que c'était de leur faute, car ils l'avaient gâtée outrageusement. Mais c'était plus fort qu'elle, elle adorait son petit ange.

Sadie se lécha les lèvres.

— Cette épaule d'agneau était un régal, Ruth.

— Je suis contente qu'elle t'ait plu, répondit-elle, heureuse que sa mère soit de bonne humeur.

Elle aussi était de bonne humeur, même si elle s'efforçait de ne pas le montrer. Quand Nelly et Angela étaient parties s'installer à Maple Terrace, elles lui avaient cruellement manqué. Sans elles, la maison lui paraissait vide et désolée. Mais maintenant qu'elles étaient revenues vivre à Candle Lane, et bien qu'elle fît mine de compatir avec sa fille, elle espérait secrètement que Nelly ne se réconcilierait jamais avec Arthur. Elle avait abondé dans le sens de Sadie quand cette dernière avait suggéré qu'Angela voie son père. Mais à présent, elle doutait. À supposer que Nelly et Arthur décident de se remettre ensemble s'ils se revoyaient ? Ruth se sermonna intérieurement. C'était égoïste de sa part de penser ce genre de choses. Mais d'un autre côté, Arthur s'était mal comporté et ne méritait pas Nelly.

À trois heures, Nelly prit Angela par la main et l'emmena à Maple Terrace. On était début mai, la température s'était radoucie, et si elle n'avait pas été aussi tendue intérieurement, elle aurait peut-être savouré cette petite marche. Mais ses mâchoires se serrèrent quand elle sonna à la porte d'entrée.

Elles attendirent un bon moment avant qu'on vienne leur ouvrir, mais quand elle vit Arthur, son cœur fit un bond dans sa poitrine. Il se tenait bien droit, de toute sa hauteur, sans l'aide d'une canne.

— Papa ! s'écria Angela en s'élançant vers lui.

Arthur sourit à sa fille puis, faisant un pas de côté, lui dit :

— Bonjour, ma princesse, tu veux entrer ?

— Maman aussi ?

— Non, répondit Nelly. Je reviens te chercher dans deux heures. Sois bien sage.

Angela eut l'air surprise, mais elle entra et quand Arthur referma la porte, les yeux de Nelly se remplirent de larmes. Ça lui avait fait quelque chose de revoir Arthur, et elle comprenait à présent qu'elle n'avait jamais cessé de l'aimer. Elle s'éloigna, les épaules voûtées et les yeux baissés, si bien qu'elle ne remarqua pas Patsy qui arrivait en sens inverse, et manqua lui rentrer dedans.

— Bonjour, Nelly, je reviens juste de faire quelques courses. Merci de laisser Arthur voir Angela. Elle lui a beaucoup manqué, tu sais.

Nelly, qui luttait pour ne pas laisser paraître ses émotions, ne dit rien. Elle allait continuer son chemin quand Patsy reprit :

— Arthur s'est entraîné pendant des heures à marcher sans sa canne. Il ne veut pas qu'on le voie boiter quand nous nous marierons.

— Vous allez vous marier !

— Il ne te l'a pas dit ?

Nelly secoua la tête et répondit, d'une voix brisée :

— Non.

— Ah, les hommes ! s'exclama Patsy. Enfin, il te l'aurait annoncé tôt ou tard de toute façon. Bien sûr, nous allons devoir attendre que votre divorce soit prononcé, et ce genre de trucs prend du temps. Mais le principal c'est qu'on soit ensemble en attendant.

Nelly était consternée, même si elle s'efforçait de ne pas le montrer tandis que Patsy poursuivait :

— Enfin, comme tu le vois je me fais discrète quand Arthur est avec Angela. Je suis d'accord pour faire un effort, mais je trouve ça idiot, si tu veux mon avis. Après tout, il serait plus logique qu'Angela se fasse à l'idée qu'Arthur et moi sommes en couple. Tu ne peux tout de même pas exiger que je disparaisse à chaque fois qu'elle vient rendre visite à son papa.

La colère l'emporta soudain sur le chagrin et Nelly explosa :

— Je me fiche complètement que ça te plaise ou pas. Et d'ailleurs, je vais tout faire pour garder ma fille le plus loin possible de toi.

Sur ces mots, Nelly releva bien haut la tête et s'éloigna d'un pas décidé. Dire qu'il fut un temps où elle croyait qu'Arthur l'aimait ! À l'évidence, leur mariage n'avait plus aucune importance à ses yeux. Au point qu'il avait proposé à Patsy de l'épouser alors même que le divorce n'avait pas encore été prononcé.

Plus tard, juste au moment où Nelly s'apprêtait à aller chercher Angela chez son père, Ann arriva.

— J'espère que je ne te dérange pas, dit-elle, mais papa m'a déposée et il passera me reprendre dans une heure environ.

— J'allais sortir, répondit Nelly d'un ton glacial.

— Que se passe-t-il ? Tu n'es pas contente de me voir, c'est ça ?

— Non, non.

Ce fut Ruth qui prit la liberté d'expliquer la situation à Ann.

— Nelly a emmené Angela voir Arthur. En cours de route elle a croisé Patsy, qui lui a dit qu'Arthur et elle allaient se marier, dès que le divorce aurait été prononcé.

— Quoi ! C'est impossible ! Arthur nous l'aurait certainement dit.

— Écoute, je dois aller chercher la petite. On se parlera quand je rentrerai.

— Je viens avec toi. Si toute cette histoire est vraie, mon frère va m'entendre, crois-moi.

— Non ! dit Nelly. Je n'ai pas envie qu'il y ait une scène devant Angela.

Bien que d'humeur peu causante, Nelly répondit malgré tout aux questions d'Ann tandis que toutes deux se rendaient à Maple Terrace.

— Oui, je suis sûre qu'ils vont se marier. C'est Patsy elle-même qui me l'a dit.

Les yeux d'Arthur s'écarquillèrent quand il ouvrit la porte.

— Ça alors ! Une visite de ma sœurette ! Mais entrez donc toutes les deux.

— Non, répondit sèchement Nelly. Je viens juste reprendre Angela.

— Et si l'autre traînée est avec toi, je ne rentre pas non plus, dit Ann.

— Patsy n'est pas une traînée, rétorqua Arthur, visiblement contrarié. Attendez-moi là, je vais chercher la petite.

— Une seconde ! le rappela Ann. Tu attends peut-être des félicitations ?

— De quoi est-ce que tu parles ?

— Nelly m'a dit que Patsy et toi alliez vous marier.

Arthur étira le cou, comme si sa tête allait sortir de son col de chemise.

— Encore un de ses bobards !

— Non, protesta Nelly.

Elle allait lui rapporter ce que Patsy lui avait dit quand Angela parut.

— Tatie Ann ! s'écria-t-elle en souriant. Les garçons sont avec toi ?

— Non, ma chérie. Ils sont chez mamie Elsie.

— Allons, viens, Angela, on rentre à la maison, dit Nelly.

— Je veux rester avec papa, protesta la fillette.

— Tu le reverras la semaine prochaine, lui promit Nelly, qui avait hâte de s'en aller.

Arthur l'avait accusée de mentir et elle gardait ses poings serrés, ses ongles plantés dans la chair de ses paumes, pour se retenir de piquer un coup de gueule devant Angela.

— Ça m'a fait plaisir de te voir, Ann, et merci pour les félicitations, même si ça n'est pas d'actualité, dit Arthur avec une pointe de sarcasme.

— À cause de *qui tu sais*, dit Ann en désignant Angela de la tête, je préfère ne rien dire, mais je compte bien tirer cette affaire au clair.

— Tant que tu goberas tous ses bobards, tu n'y arriveras pas, riposta Arthur. Mais tu as raison, ce n'est pas le bon moment. Allez, au revoir, ma princesse, et à la semaine prochaine !

Tandis qu'elles s'éloignaient, Ann demanda :

— Tu ne trouves pas qu'Arthur a eu une réaction bizarre quand je l'ai félicité ? Il a dit que tu racontais des bobards, et maintenant, j'en viens à me demander si tu ne t'es pas trompée.

— C'est Patsy elle-même qui me l'a dit. Si tu ne me crois pas, pose-lui la question.

— Je n'ai aucune envie de parler avec cette fille, mais je vais avoir deux mots avec Arthur, ça oui.

Elles venaient d'atteindre Candle Lane quand Bert arriva.

— Désolé, leur lança-t-il, mais les jumeaux en font voir de toutes les couleurs à Elsie. Ann, viens vite, avant que ta mère ne devienne complètement chèvre !

Ann monta en voiture et Bert redémarra aussitôt, laissant Nelly en proie au doute. Pourquoi Arthur avait-il nié que Patsy et lui allaient se marier ? Dans quel but ?

Ce soir-là, quand le téléphone sonna, Arthur se dégagea de l'étreinte de Patsy et alla répondre.

La voix indignée de sa sœur résonna à l'autre bout de la ligne.

— Arthur, que se passe-t-il, nom d'un chien ? Nelly m'a dit que tu allais épouser Patsy, et toi tu dis que ce sont des mensonges. Je ne sais pas à quel jeu tu joues, mais tu ne penses pas que Nelly a assez souffert comme ça ?

— Inutile d'en dire plus, Ann. Si tu préfères croire les bobards de Nelly, tant pis pour toi. Et maintenant, si tu veux bien m'excuser, je suis occupé, dit-il avant de raccrocher brusquement.

Il était d'humeur sombre quand il regagna le séjour, où Patsy l'attendait. Mais elle avait beau être seins nus avec sa jupe relevée jusqu'en haut des cuisses, il n'éprouvait aucune excitation. Après avoir passé du temps avec Angela cet après-midi, il avait réalisé à quel point elle lui manquait. Et pour être parfaitement honnête, Nelly aussi. Il avait tout gâché entre eux, mais pourquoi est-ce que Nelly avait retourné tout le monde contre lui ?

— Qu'est-ce qui ne va pas, mon chou ? demanda Patsy en commençant à lui caresser l'entrejambe.

— C'était ma sœur. Apparemment, Nelly lui a encore raconté des trucs à dormir debout.

— Vraiment ! Qu'est-ce qu'elle a encore inventé ?

— Elle a dit qu'on allait se marier, toi et moi, et tout le monde l'a crue.

— Tu as dit à ta sœur que ce n'était pas vrai ?

— Non. Parce qu'elle est comme mes parents. Elle croit tout ce que Nelly leur raconte. Qu'ils aillent tous se faire voir !

— Allons, ce n'est pas bien grave, dit Patsy d'une voix de miel. Ils finiront par se calmer, tu verras, et en attendant…

Ses lèvres se posèrent sur les siennes, chaudes et humides, et, désireux d'oublier ses tracas, Arthur se laissa aller à ses caresses. Patsy aussi se laissa emporter par la passion, soulagée que son plan ait marché.

Elle avait pris un risque en disant à Nelly qu'Arthur et elle allaient se marier, mais la fin justifiait les moyens. Et Dieu merci, Arthur, blessé dans son amour-propre, n'avait pas cherché à nier et l'écart entre lui et Nelly s'était encore creusé.

Et entre Arthur et ses parents aussi, en espérant que les choses allaient en rester là pendant un bon moment. L'excès d'orgueil d'Arthur était une arme qui pouvait se retourner contre lui et avec un peu de chance, il la demanderait bientôt en mariage. Elle n'était pas stupide au point de ne pas savoir qu'il ne l'aimait pas. Mais quand bien même il lui demanderait sa main pour se venger de Nelly, elle accepterait sans hésiter.

36

Presque deux semaines s'étaient écoulées quand deux événements notables se produisirent à Candle Lane. Le facteur distribua la même lettre à tous les riverains, et avant qu'il n'ait atteint la dernière maison, les portes s'ouvrirent et les voisins sortirent dans la rue. Parmi eux, Mme Cox, blanche comme un linge, se précipita au numéro cinq.

— Ruth, vous avez eu la lettre ?

— Oui, donc je devine pourquoi vous êtes là.

— Je me moque de ce qu'ils peuvent dire ou faire. Jamais je ne quitterai Candle Lane.

— Étant donné qu'ils vont raser toutes les maisons, vous n'aurez guère le choix.

— Ils peuvent démolir la mienne si ça leur chante, mais moi je ne bougerai pas.

— On vous proposera quelque chose de mieux ailleurs.

— Comme une de ces cages à poules qui sont en train de sortir de terre ! Non, merci. S'ils veulent que je m'en aille, ils devront employer la force.

— Ça n'est pas la première fois qu'on nous annonce qu'on va être relogés. Et ça n'est encore jamais arrivé, dit Sadie. La mairie va peut-être repousser encore une fois l'échéance.

— J'en doute, murmura Ruth, puis voyant que Mme Cox chancelait sur ses jambes, elle l'invita à s'asseoir en disant à sa fille : Vite, Nelly, va faire du thé. Mme Cox est en état de choc !

Nelly fit ce que sa mère lui ordonnait. Tapotant doucement l'épaule de Mme Cox, Ruth s'excusa :

— Je suis navrée, mais je dois partir, sinon je vais être en retard au travail. Mais on en reparlera ce soir.

— Dépêche-toi, la pressa Sadie, Nelly et moi allons nous occuper de Mme Cox.

Nelly prépara un thé bien fort.

— Ne vous en faites pas, madame Cox. Si ça se trouve, ça prendra des années avant qu'ils ne puissent tous nous reloger. La lettre dit simplement que nous allons être expropriés, mais elle ne dit pas quand.

Les mains de Mme Cox tremblaient quand elle porta sa tasse à ses lèvres et Nelly comprit qu'elle non plus n'avait pas envie de quitter Candle Lane. Sa mère allait-elle se voir proposer une maison assez grande pour pouvoir toutes les accueillir ? Faute de quoi, elle devrait se trouver un appartement et pour pouvoir payer un loyer, elle devait être certaine qu'Arthur lui verserait une pension. Jusqu'ici, elle avait retiré l'argent dont elle avait besoin sur leur compte bancaire, mais Arthur risquait de le fermer incessamment. Si c'était le cas, et jusqu'à ce qu'ils se soient entendus sur une pension alimentaire, elle serait sans un sou.

Mme Cox avala la dernière gorgée de son thé. Ses joues avaient repris un peu de couleur.

— Tu as raison, Nelly. Cela peut prendre des années.

— Oui, concéda Sadie, mais notre tour viendra forcément un jour. Ils vont entièrement raser la rue, c'est certain.

— Ils devront me passer sur le corps ! s'écria Mme Cox. Je me fiche de ce qu'ils disent, je ne bougerai pas de chez moi.

— Ne sois pas bête, dit Sadie. Quand ils vont rappliquer avec leurs bulldozers, tu vas prendre tes jambes à ton cou.

— Certainement pas ! Si on refuse tous de partir, qu'est-ce qu'ils peuvent faire ? Tiens, d'ailleurs, je vais aller en parler à tous les voisins. Si on se serre les coudes, on réussira peut-être à avoir gain de cause, asséna Nelly Cox avec force, comme si l'idée d'agir lui avait redonné de l'énergie.

— C'est ça, bonne chance ! lui lança Sadie, mais la porte s'était déjà refermée derrière la vieille femme.

— Grand-maman, tu penses que la mairie va nous proposer un appartement avec trois chambres ?

— Comment veux-tu que je sache, ma grande ? Seules ta mère et moi sommes officiellement domiciliées ici. Remarque, elle pourrait les informer que tu vis avec nous, toi aussi. Tu devrais lui en toucher un mot quand elle rentrera.

— Oui, en attendant, je file emmener Angela à l'école, sinon elle va être en retard.

Lorsqu'elle sortit avec sa fille, Nelly aperçut Mme Cox qui était déjà en train de rameuter les voisins.

Le second événement notable de la journée se produisit chez les Walters.

— Papa ! Papa ! hurla Tommy.

— Que… quoi ?

— Papa, réveille-toi ! C'est m'man, elle va pas bien.

Denis Walters eut l'impression que ses paupières étaient collées avec de la glu lorsqu'il s'obligea à ouvrir les yeux. Il avait travaillé jusqu'à une heure tardive et, quand il était rentré, on aurait dit que la maison avait été ravagée par une bombe. Il avait fouillé toutes les cachettes habituelles de Laura, trouvant des bouteilles vides jusque dans la chambre du garçon. Quand il avait sermonné sa femme, une terrible bagarre avait éclaté. Malgré les preuves accablantes, et alors qu'elle empestait l'alcool à plein nez, Laura avait nié en bloc. Incapable de partager son lit, il s'était endormi sur le sofa, mais à présent il avait la nuque raide tandis qu'il tentait de se redresser.

— C'est bon, fiston, j'arrive. Laisse-moi juste m'habiller.

— Dépêche-toi, papa. Je n'arrive pas à la réveiller.

Denis sauta dans son pantalon et gravit l'escalier deux à deux.

Quand il entra dans la chambre, il blêmit en voyant le teint cireux de sa femme. Elle était morte. Il ordonna à son fils :

— Va vite chercher le docteur, petit. Dis-lui que c'est urgent.

— Maman, elle va bien ?

— Fais ce que je te dis ! hurla Denis, et dès que Tommy eut décampé, il se laissa tomber au bord du lit.

Oh, Laura, Laura ! S'il n'avait pas dormi sur le canapé, il aurait peut-être pu la sauver. Est-ce qu'elle avait souffert et appelé son nom au moment de mourir ? *Oh, mon Dieu, faites qu'elle soit partie tranquillement dans son sommeil.* La maison lui semblait étrangement silencieuse tandis qu'il attendait, les yeux rouges, mais secs, au chevet de sa femme. Enfin, des pas résonnèrent dans l'entrée et Tommy entra dans la chambre, suivi du médecin.

— Laisse-nous, Tommy, lui ordonna Denis.

— Non, je veux voir maman.

— Fais ce que je te dis !

Le docteur repoussa le garçon vers le couloir.

— Fermez la porte, monsieur Walters, dit-il en jetant un coup d'œil par-dessus son épaule pour s'assurer que Tommy était bien sorti.

Après un rapide examen de Laura, il déclara :

— Vous savez certainement que votre épouse est décédée, monsieur Walters. Vraisemblablement d'une autre crise cardiaque. Je vais faire procéder à l'enlèvement du corps, mais en attendant, vous devriez confier votre fils à des voisins.

L'esprit de Denis était embrumé. Devait-il remercier le docteur… de lui avoir annoncé que son épouse était morte ? Et Tommy. Ah oui, il allait devoir lui dire ce qui était arrivé. Et s'arranger pour qu'il ne soit pas là au moment de la levée du corps.

Denis suivit le médecin au rez-de-chaussée puis le raccompagna jusqu'à la porte.

— Qu'est-ce qu'elle a, maman ?

— Tommy, viens ici, lui dit Denis en posant ses mains sur les épaules de son fils. Je crains que ta maman ne soit plus de ce monde.

— Elle s'est évanouie ?

— Non, mon grand, elle est morte.

Le visage de Tommy se crispa et il l'attira contre lui, chose qu'il n'avait pas faite depuis des années. Le garçon, pas lavé, sentait mauvais, et une odeur de moisi s'échappait de ses vêtements sales. Denis se demanda comment il allait se débrouiller maintenant qu'il était seul avec lui.

Et puis où allait-il trouver l'argent pour les funérailles ? Il n'avait pas de compte d'épargne, pas un sou de côté. Il ferma les yeux, consterné.

Nelly s'en revenait de l'école quand elle aperçut le docteur qui sortait de chez les Walters. Laura était-elle retombée malade ? Elle venait à peine de rentrer quand on frappa à la porte.

C'était Denis, l'air catastrophé.

— Que se passe-t-il ? demanda-t-elle. C'est Laura ?

Tommy, qui se tenait derrière son père, s'élança vers elle et s'agrippa à ses jambes.

— Maman est morte. Où est Ruth ? Je veux Ruth !

— Vous feriez mieux d'entrer, dit Nelly en passant spontanément un bras autour des épaules de Tommy.

Denis secoua la tête, puis se pencha pour lui glisser à l'oreille :

— Le docteur va faire enlever le corps. Je peux vous laisser Tommy un moment ?

— Mais bien sûr, et si vous avez besoin de quoi que ce soit, n'hésitez pas.

— Merci, dit l'homme avant de ressortir précipitamment.

— Allons, viens, Tommy, dit Nelly en entraînant le garçon à la cuisine.

Dès qu'elle le vit, Sadie demanda d'un ton cinglant :

— Et pourquoi est-ce qu'il n'est pas à l'école, celui-là ?

— Ma… maman est morte, s'écria-t-il en se jetant sur le canapé, son petit corps agité de sanglots.

— Mince alors. Pauvre petit. Perdre sa mère si jeune.

Nelly s'assit à côté de Tommy et le prit dans ses bras, ses propres larmes se mêlant à celles du garçon. Pour la première fois depuis des lustres, Nelly mit son propre chagrin de côté et entreprit de bercer le garçon doucement.

Quand Ruth rentra du travail, Tommy était retourné chez son père, mais dès qu'elle apprit la nouvelle, elle alla frapper chez Denis Walters.

L'homme vint lui ouvrir, les yeux assombris par le chagrin. Dès que Tommy entendit la voix de Ruth, il accourut à toutes jambes et se jeta dans ses bras. Elle le serra très fort, bouleversée par ce petit bonhomme qu'elle trouvait profondément attachant.

— Entrez, lui dit Denis.

Tenant Tommy par la main, Ruth suivit Denis à la cuisine. Celle-ci était dans un état de saleté tel qu'elle fronça le nez de dégoût. Ce n'était pas juste. Tommy n'aurait pas dû vivre dans cette bauge.

— Denis, vous voulez que je prenne le petit avec moi le temps que vous puissiez vous retourner ?

— Je ne peux pas vous demander une chose pareille.

— Mais si. Il ne me dérange pas du tout. Et vous devez avoir beaucoup de démarches à faire.

— Qu'est-ce que tu en dis, fiston ?

Tommy les regarda l'un après l'autre, son petit visage inondé de larmes.

— Si tu veux pas rester tout seul, papa. Je peux rester avec toi.

Denis avala sa salive, visiblement ému par la proposition de son fils.

— Non, mon grand, je peux me débrouiller. Et puis je dois m'occuper d'un tas de choses. Tu seras mieux chez Mme Marchant.

Ruth aussi fut touchée par la sollicitude de Tommy, lorsqu'il déclara :

— D'accord, je vais aller chez Ruth, mais tu viendras me voir, hein, papa ?

— Bien sûr, dès que j'aurai tout réglé, tu pourras revenir vivre à la maison.

— Tu ferais bien d'aller chercher tes affaires, Tommy, suggéra Ruth. Du linge et des vêtements propres.

— J'en ai pas.

— Dans ce cas, apporte ce que tu as et je les laverai.

Quand Tommy fut sorti de la pièce, Denis dit :

— Vous savez, Laura aimait beaucoup son garçon, mais l'alcool l'a complètement changée. J'ai essayé de l'empêcher de boire, mais il fallait que j'aille travailler et je ne pouvais pas la surveiller vingt-quatre heures sur vingt-quatre.

Ruth hocha la tête, mais son esprit était ailleurs. Denis était-il capable d'élever seul son fils ? Comme s'il avait lu dans ses pensées, il dit :

— Je ne sais vraiment pas comment je vais pouvoir m'organiser.

Au même instant, Tommy revint avec un ballot de linge. Ruth songea que c'étaient des guenilles, mais elle lui sourit gentiment et dit :

— Allons, viens, on va chez moi.

— Au revoir, papa, dit Tommy en s'agrippant au cou de son père.

Denis le repoussa d'un geste impatient.

— Allons, vas-y, mon garçon.

Ruth pinça les lèvres et entraîna Tommy vers la porte. Ni lui ni son père ne le savait, mais une pensée ne cessait de la tarauder. Elle aimait ce petit garçon, et si Denis était d'accord, elle était prête à l'accueillir pour toujours chez elle et dans son cœur.

Plus tard ce soir-là, debout sur son perron, Nelly Cox était songeuse. Elle était allée frapper chez tous les voisins, mais hormis un ou deux d'entre eux, aucun n'était prêt à signer une pétition. Les jeunes couples approuvaient l'expropriation, déclarant qu'ils avaient hâte de quitter ce quartier minable pour être relogés dans un immeuble neuf.

Nelly Cox scruta la rue. Dépourvue d'arbres ou de jardinets, ce n'était qu'une longue rangée de maisons mitoyennes toutes semblables. Mais c'était sa rue et tous ses souvenirs étaient ici.

Il y avait eu des moments difficiles, mais elle préférait ne pas y songer, tandis qu'elle repensait aux années passées ici. Elle se remémora les fêtes des voisins, et l'incroyable bal populaire pour célébrer la fin de la guerre. Et aussi, la fête de couronnement de la reine Elizabeth, quand elle et toutes ses voisines avaient dansé la gigue.

Son regard se posa sur la maison des Walters, venus s'installer récemment dans le quartier, et son cœur se serra quand elle songea à Laura. Jadis, en pareille épreuve, tous les voisins se seraient cotisés pour acheter des fleurs, organiser les funérailles et apporter leur soutien à Denis. Mais de nos jours, au lieu d'aller chez les uns et les autres pour échanger des potins, les gens préféraient rester chez eux et regarder la télévision.

Les gens se mettaient-ils seulement à la place de Denis ? Ruth et Nelly, oui, sans doute, mais les autres... Réalisant qu'elle-même n'avait guère fait d'effort, elle s'empressa d'aller frapper chez les Walters.

– Je suis désolée pour votre femme, dit-elle quand Denis ouvrit la porte.

Puis voyant le regard attristé de l'homme, elle proposa :

– Est-ce qu'il y a quelque chose que je puis faire ?

– C'est très gentil à vous. Vous voulez entrer un moment ?

Elle suivit Denis à la cuisine et demanda :

– Comment va Tommy ?

– Il est très affecté. Mme Marchant l'a pris chez elle.

– Ruth est une femme adorable. Elle va prendre bien soin de lui.

– Je sais.

Un petit silence s'ensuivit, puis Denis s'exclama, désemparé :

– Je ne sais pas quoi faire. Je n'ai pas le premier sou pour enterrer ma femme, et je ne vais pas pouvoir travailler si je dois m'occuper de Tommy.

— Vous n'avez personne pour vous aider ? De la famille ?

Denis secoua la tête.

— Je n'ai plus mes parents et je n'ai pas de frères et sœurs. Les parents de Laura sont peut-être encore vivants, mais ils ont coupé les ponts avec elle.

— C'est bien triste. Mais pourquoi ont-ils fait une chose pareille ?

— Laura avait un problème cardiaque depuis toute petite et ses parents l'ont élevée dans du coton. Ils se faisaient constamment du souci pour elle et ne la laissaient jamais rien faire. Si bien qu'un beau jour, elle en a eu assez et s'est enfuie de la maison. Ils ne lui ont pas pardonné.

— Il n'y a vraiment personne d'autre ?

— Laura avait un frère, et ils se sont écrit une fois.

— Vous devriez le prévenir du décès de sa sœur, et ses parents aussi, s'ils sont toujours en vie, conseilla gentiment Mme Cox. Peut-être pourront-ils vous aider, qui sait ?

— Vous avez raison. Ils ne sont pas dans le besoin. Je vais essayer de mettre la main sur la lettre, au cas où il y aurait un numéro de téléphone.

— Je vous laisse, et n'hésitez pas si vous avez besoin de quoi que ce soit.

— Merci, dit Denis, qui avait déjà commencé à fouiller les tiroirs.

Il lui fallut une heure, mais il retrouva la lettre, sur laquelle figurait un numéro de téléphone.

Il fila à la cabine téléphonique la plus proche. Nelly Cox avait raison. Il fallait qu'il avertisse les parents de Laura, qui lui proposeraient peut-être de l'aider à payer l'enterrement. Laura méritait mieux que de finir dans une fosse commune.

— Allô, dit une voix à l'accent écossais.

La gorge de Denis se serra. Laura aussi avait cet accent chantant quand il l'avait rencontrée. Elle travaillait comme femme de chambre dans un hôtel, mais voulait devenir réceptionniste. Et pour gagner du galon, elle s'était efforcée de gommer toute trace de son ascendance écossaise.

— Allô, dit Denis. C'est Andy ?

— Oui, qui êtes-vous ?

— Je suis Denis, le mari de Laura. Je vous appelle pour vous dire que... qu'elle est décédée.

Il y eut un silence, puis Andy s'écria :

— Oh, non ! Que s'est-il passé ?

— Son cœur a lâché. Elle est morte... dans son lit.

Il y eut un autre silence, puis d'une voix rauque de chagrin, Andy dit :

— Il faut que je prévienne mes parents. Quand a lieu l'enterrement ?

— Je ne sais pas. Je n'ai pas encore pris de dispositions. Je n'ai pas les moyens de payer les pompes funèbres.

— Je vois, dit Andy, soudain bourru. Dans ce cas, je vais m'en occuper. Je vais prendre le premier train pour Londres demain matin. Vous habitez toujours à la même adresse ?

— Nous vivons à Battersea.

Après lui avoir donné sa nouvelle adresse, Denis raccrocha, soulagé. Apparemment, les parents de Laura étaient toujours en vie, et eux, ou Andy, allaient certainement pouvoir s'occuper de Tommy.

Après tout, le garçon faisait partie de leur famille, et il méritait une meilleure vie que celle-là.

Denis savait qu'il n'avait pas été un bon père et qu'il ne le serait jamais. Il ne s'était jamais vraiment occupé de son fils depuis qu'il avait perdu sa fille, et avait noyé son chagrin dans la boisson. Et même s'il avait arrêté de boire, il n'avait pas réussi à sauver Laura.

Il s'arrêta chez le caviste. Il avait trouvé une bonne raison de se remettre à boire.

Quand Andy verrait qu'il n'était qu'un ivrogne invétéré, avec un peu de chance, il emmènerait Tommy avec lui en Écosse. Le garçon aurait une vie confortable là-bas, et il ne manquerait de rien.

De retour chez lui, Denis se mit à boire comme un forcené… pour Tommy.

37

Bien qu'on fût en période de vacances scolaires, Nelly n'eut aucun mal à s'occuper de Tommy. Le garçon, abattu, n'était guère bavard, de même qu'Angela qui sentait que son ami n'allait pas bien. Mais le vendredi, alors qu'ils venaient de finir de déjeuner, le garçon dit soudain :

— Je veux voir mon papa.

— Il n'est peut-être pas à la maison, Tommy. Il... a beaucoup à faire, dit Nelly en prenant soin de ne pas mentionner l'enterrement. Mais viens, on va passer le voir. Ça ne sera pas long, lança-t-elle à Sadie en prenant Angela par la main.

Denis était chez lui, mais il titubait quand il ouvrit la porte, sa main cherchant appui sur le chambranle.

— Je croyais que c'était Andy, dit-il d'une voix traînante.

— Tu es saoul, dit Tommy, dépité.

— Je noie mon chagrin. J'y p... peux rien.

— Viens, Tommy, dit Nelly, tu repasseras voir ton papa plus tard.

— C'est cha... Va avec elle, approuva Denis.

— Qui c'est Andy ? voulut savoir Tommy.

— C'est ton oncle. Mais y f… faut d'abord qu'on parle… toi et moi, avant que j… je te le présente. Et maintenant… oust.

Nelly mit son bras autour des frêles épaules du petit et l'entraîna au-dehors. Avec Denis dans cet état, mieux valait qu'il ne reste pas là.

Quand ils rentrèrent, Sadie s'était endormie, et craignant que les enfants ne la réveillent, Nelly proposa :

— Pourquoi vous n'allez pas jouer un peu dehors ? Mais, toi, Tommy, tu laisses ton papa tranquille.

Angela s'empara de son sac de billes et ils sortirent dans la rue en promettant de ne pas s'éloigner. Nelly se laissa choir dans un fauteuil. Elle était furieuse contre Denis Walters. S'il se remettait à boire, quelle sorte d'avenir aurait le petit ?

Peu après, Sadie se réveilla et réclama du thé. Après quoi, Mme Cox vint frapper.

— J'ai vu les enfants jouer dehors, dit-elle. Comment va Tommy ?

— Il a dormi avec maman, hier, et il paraît qu'il a beaucoup pleuré. Et voilà que son père s'est remis à boire.

— Ça ne m'étonne pas, dit la vieille femme avant de saluer Sadie d'un grand sourire. Bonjour, toi ! Comment ça va ?

— Ça va. Mais dis-moi, tu as l'air bien guillerette d'un seul coup ?

— Je quitte Candle Lane dans deux semaines.

— Tu as changé d'avis ? Je croyais que tu allais te battre bec et ongles quand ils viendraient pour démolir ta maison ?

— Euh, en fait, on m'a proposé quelque chose de mieux à Osborne House.

— Quoi ! Une maison de retraite !

— J'y suis allée et ça m'a paru vraiment très accueillant. J'aurai ma propre chambre, j'ai pensé que ce serait mieux d'être en compagnie de gens de mon âge plutôt que d'être relogée seule dans une barre d'immeubles. Toi, c'est différent, Sadie, parce que tu as ta famille avec toi, mais moi je n'ai plus personne.

Nelly sentit sa gorge se serrer. La pauvre femme. Elle se promit d'aller lui rendre visite régulièrement.

— Tommy, on joue à chat ? suggéra Angela. J'en ai assez de jouer aux billes.

— D'accord, mais je voudrais guetter mon oncle.

Ils jouèrent à se courser pendant quelque temps, puis, hors d'haleine, s'assirent au bord du trottoir. C'est alors que Tommy aperçut un homme aux cheveux roux tourner au coin de la rue. N'ayant pas la moindre idée d'à quoi ressemblait son oncle, il demanda :

— Tu crois que c'est lui, mon oncle, Angela ?

— Peut-être. On va lui poser la question.

Les deux enfants coururent vers l'homme et Tommy demanda :

— C'est vous mon oncle Andy ?

— Tiens donc, il y a des années, j'ai tenu un petit gars du nom de Thomas dans mes bras, mais ne me dis pas que c'est le grand gaillard qui se tient devant moi aujourd'hui.

— Thomas, gloussa Angela, qui trouvait cet homme au drôle d'accent sympathique. C'est pas Thomas, rectifia-t-elle. C'est Tommy.

L'homme sourit, mais il y avait de la tristesse dans ses yeux.

— Et toi, poulette ? Comment tu t'appelles ?

— Angela.

— Un vrai petit ange.

Tommy tira sur la manche de l'homme et lui demanda à nouveau :

— Vous êtes mon oncle ?

— Si tu es Tommy Walters, alors oui, je suis ton oncle. Qu'est-ce que tu dirais qu'on aille voir ton papa ensemble ?

— Il habite là, dit Tommy en pointant la porte du doigt.

— Tu ne viens pas avec moi ?

— Nan, il est bourré, et il veut pas que je le dérange. Depuis que maman est morte, je dors chez Angela, ma voisine.

L'homme resta un court instant interloqué, puis s'accroupissant face à Tommy, il lui dit :

— Je suis désolé pour ta maman, mon grand.

Tommy baissa la tête en se mordillant la lèvre. L'homme le prit dans ses bras en murmurant :

— Il n'y a pas de honte à pleurer, tu sais.

Puis se relevant, il ajouta :

— Il faut que j'aille parler avec ton papa.

Tommy s'essuya la figure dans sa manche et l'homme alla sonner chez Denis Walters. Ce dernier l'invita à entrer, puis referma précipitamment la porte.

— Il est gentil, commenta Angela.

— Oui, mais tu diras pas à mes copains qu'il m'a pris dans ses bras, hein ?

— Pourquoi pas ?

— Parce que j'ai pas envie qu'ils me traitent de mauviette.

Angela semblait surprise, mais elle acquiesça.

— D'accord, mais à condition que tu me donnes un bout de réglisse.

Tommy se mit à détaler, en criant :

— Il faut que tu m'attrapes d'abord.

— Assieds-toi, Andy, dit Denis de sa voix pâteuse.

— Il n'y avait que Laura qui m'appelait Andy. Je n'arrive pas à croire qu'elle soit partie.

— Moi non plus, dit Denis en prenant une lampée de whisky.

— Moi aussi, j'ai flanché quand j'ai perdu ma femme.

— Je savais pas. Désolé.

— J'ai écrit à Laura pour le lui annoncer, mais elle ne m'a jamais répondu. En fait, j'ai écrit à votre ancienne adresse et si ça se trouve, elle n'a reçu aucune de mes lettres.

— Ouais, pff… Une goutte de whishh… ky ?

— Non, merci. Au fait, j'ai vu Thomas dehors.

— C'est un brave petit, mais il a pas eu la vie facile.

— Comment cela ?

Trébuchant sur chaque mot, Denis se lança dans une longue litanie, et Andy sentit la colère monter en lui. Complètement ivre, l'homme ne faisait que pleurer sur son sort avec l'intention évidente de l'attendrir pour pouvoir lui soutirer de l'argent. Lorsqu'il insinua qu'il ne pourrait pas s'occuper de son fils, Andrew perdit patience.

— En voilà assez. On ne pourra pas parler tant que tu seras dans cet état.

— Quel état ? dit-il en étirant la main pour se saisir de la bouteille.

— Non ! dit sèchement Andrew. En voilà assez, tu ferais mieux d'aller dormir pour cuver ton whisky. Où est ta chambre ?

Denis voulut protester, mais en fut incapable, et Andy dut l'aider à monter à l'étage. Quand il vit le lit, il eut un mouvement de recul.

— Non ! Non !

Ignorant ses protestations, Andrew le poussa vers le matelas. Denis s'agrippa à l'oreiller et geignit :

— Laura, Laura.

Puis il sombra presque aussitôt dans le sommeil.

Andrew secoua la tête. Qui aurait cru que sa sœur allait finir sa vie dans un taudis pareil ? La cuisine était repoussante de saleté, mais c'était encore pire ici. Submergé par la culpabilité, il s'en voulut de n'avoir pas cherché à rester en contact avec Laura. Sa sœur s'était enfuie de la maison paternelle et avait épousé un pauvre type, alors qu'elle méritait mieux que ça.

Quand Denis lui avait expliqué que leur petite fille était morte, il avait ressenti de la pitié, mais aussi de la colère. Le gredin n'était pas sans savoir que Laura avait un souffle au cœur. Pourquoi lui avait-il fait encore un enfant ? La deuxième grossesse avait dû mettre à rude épreuve le cœur fragile de Laura.

À présent, Denis ronflait comme un sonneur, à l'étage. Andrew ouvrit la porte d'entrée et jeta un coup d'œil à l'extérieur. Son neveu n'était plus dehors. La rue était sinistre, et Andy eut soudain une folle envie de rentrer chez lui, même si, ainsi qu'il l'avait confié à Denis, aucune épouse ne l'attendait en Écosse. Et quand bien même ce serait le cas, Moira ne l'aurait sûrement pas accueilli à bras ouverts. Andrew et elle s'étaient mariés six mois avant que la guerre n'éclate et elle était tombée presque aussitôt enceinte. Après quoi il avait été mobilisé quand son fils n'avait que neuf mois. Leur mariage n'avait pas été une réussite. Moira était une épouse frigide, qui ne s'intéressait qu'à leur fils. Aujourd'hui, Donald était un homme, marié à une fille charmante, et leur premier enfant était en route.

Quoi qu'il en soit, Andrew voulait prendre le temps de faire connaissance avec son neveu. Il se demanda s'il était dans la maison d'à côté. Il allait faire un rapide brin de toilette puis se présenter chez les voisins, en espérant qu'ils lui pardonneraient son intrusion.

*

Les enfants se ruèrent dans la maison et Angela s'écria :

– Maman, on a vu le tonton de Tommy. Il est trop gentil. J'en veux un pareil.

– Désolée, ma chérie, mais je suis fille unique. Alors c'est impossible. Mais tu as une tante. Tatie Ann.

– C'est pas juste. Je veux un oncle moi aussi.

– Je l'ai pas vu longtemps, ronchonna Tommy.

Un coup frappé à la porte les interrompit. Nelly alla ouvrir et dit à l'homme qui se tenait sur le seuil :

– Vous êtes l'oncle de Tommy ?

– C'est cela, Andrew Munro, mais vous pouvez m'appeler Andrew.

– Entrez, l'invita Nelly.

Dès que Tommy le vit, il lui demanda :

– Alors, mon papa veut bien que je rentre maintenant ?

— Je crains que non. Il dort pour l'instant, mais il ne devrait pas tarder à se réveiller. En attendant, j'ai pensé qu'on pourrait faire plus ample connaissance, toi et moi.

— Eh, t'as un drôle d'accent.

— Toi aussi, répondit son oncle, amusé.

Nelly présenta Andrew à Sadie, puis lui proposa une tasse de thé. Il parla surtout avec Tommy, même si Angela, refusant d'être laissée de côté, s'immisçait par moments dans la conversation. Au bout d'une demi-heure, Andrew se leva pour partir.

— Je ferais bien d'aller voir si ton papa est réveillé, dit-il. On a beaucoup de choses à organiser, lui et moi, mais je reviendrai bientôt te voir.

Il prit congé de tous, et tandis que Tommy le raccompagnait jusqu'à la porte, Angela dit soudain :

— Maman, il se passe quelque chose !

— Comment cela ? demanda Nelly en s'agenouillant face à sa fille.

— Je sais pas. Mais j'ai l'impression d'être dans un rêve. Je me sens toute drôle. Est-ce que mamie va bientôt rentrer ?

— Oui, répondit Nelly, stupéfaite de voir sa fille secouer la tête comme pour s'éclaircir les idées.

Angela sourit.

— Ça y est, ça va mieux.

— Tu es sûre ?

La petite acquiesça et Nelly se releva sans comprendre ce que tout cela signifiait.

38

Quand Ruth sortit du travail, elle avait les pieds en compote. Elle avait pensé à Tommy toute la journée et se faisait du souci pour lui. Dès l'instant que Denis n'était pas capable de s'en occuper, elle ne voyait d'autre solution que de le prendre avec elle. Ça n'allait pas être facile, mais avec Nelly pour la seconder, elle devrait y arriver. Elle allait attendre jusqu'après l'enterrement, après quoi elle irait parler avec M. Walters. Il comprendrait sûrement que c'était dans l'intérêt de l'enfant.

Quand elle arriva à la maison, Angela s'écria :

– Mamie, mamie ! Tommy a un oncle !

– C'est vrai cette histoire, Nelly ?

– Il est arrivé aujourd'hui. Il a l'air très bien.

– Et toi tu l'aimes, mamie ?

– Tu veux dire que je vais l'aimer quand j'aurai fait sa connaissance. Eh bien, on va voir ça, dit Ruth.

Tommy arriva à son tour et se serra contre Ruth, après quoi Nelly annonça que le dîner était prêt.

– Mon ange, va te laver les mains, et toi aussi, Tommy.

Quand les enfants revinrent, Ruth et Nelly remplirent les assiettes.

— Mon papa, il est encore bourré, annonça Tommy.

Ruth releva la tête, interloquée, puis sans trahir ses sentiments, déclara :

— Dans ce cas, il vaut mieux que tu restes ici jusqu'à demain.

— Mais je veux voir mon oncle.

— Demain matin, dit Ruth, et elle tint bon malgré les protestations de Tommy.

Plus tard, après avoir couché Tommy dans son lit, elle lui caressa les cheveux et attendit qu'il s'endorme. Puis elle redescendit à la cuisine, et une fois installée confortablement devant l'âtre, elle déclara :

— Je me fais du souci pour Tommy. Je pense qu'il devrait venir vivre avec nous pour de bon.

— Ne sois pas ridicule, Ruth, le garçon doit retourner chez son père, s'indigna Sadie. Qui plus est, étant donné que tu dois aller travailler, c'est Nelly qui va devoir s'occuper du gamin.

— Je suis sûre que ça ne la dérangera pas. N'est-ce pas, ma chérie ? demanda Ruth en se tournant vers sa fille.

— Non, pas vraiment, mais je doute que Denis soit d'accord. Et puis il y a son oncle. Je ne sais pas pourquoi, mais j'ai l'impression que c'est lui qui va prendre l'avenir de Tommy en main.

Ruth rétorqua sèchement :

— Dans ce cas, c'est avec son oncle que je vais parler.

Ruth alla frapper chez Denis. Quand il ouvrit, son haleine empestait la gnôle. Est-ce que les deux hommes étaient en train de se saouler de concert ? L'oncle de Tommy était-il lui aussi alcoolique ?

— Tiens, Ruth, bredouilla Denis d'une voix pâteuse. Vous entrez ?

— Vous êtes ivre, dit-elle avec une moue dégoûtée.

— Oh, ça va. J'ai déjà bien assez d'Andy pour me faire la morale. On dirait que vous avez oublié que je viens de perdre ma femme.

Ruth le suivit à l'intérieur et enchaîna :

— J'ai entendu dire que l'oncle de Tommy était ici. J'aurais aimé faire sa connaissance.

— Quand il a vu l'état de la cuisine, il a décidé de sortir manger un morceau dehors.

— Il est proche de Tommy ?

— Il le connaît à peine. Il ne l'avait pas vu depuis qu'il était tout bébé.

Les pensées se bousculaient dans la tête de Ruth. Si son oncle proposait de le prendre, pour Tommy, ce serait comme de partir vivre avec un parfait inconnu. Devait-elle dire à Denis ce qu'elle avait en tête ? Elle allait ouvrir la bouche quand on frappa.

— Ce doit être Andy. Je vais lui ouvrir.

Et flûte ! pesta Ruth intérieurement. Elle avait laissé filer sa chance.

Denis revint dans le séjour, et même après toutes ces années, elle reconnut instantanément l'homme qui l'accompagnait.

— Oh, non ! C'est impossible !

— Ruth ? Oh, mon Dieu, Ruth !

Quand elle revint à elle, Andrew, penché au-dessus d'elle, l'observait, l'air soucieux.

— Ça va ? lui demanda-t-il.

Sa vision s'éclaircit, et la question fusa de ses lèvres :

— Andrew ! Mais… comment as-tu fait pour me retrouver ?

— Ruth, je n'ai pas cherché à te retrouver. Je suis venu pour l'enterrement de ma sœur. Je ne savais pas que tu habitais ici.

Denis prit la parole, visiblement dérouté :

— Parce que vous vous connaissez, tous les deux ?

— C'est une longue histoire, dit Andrew. Est-ce que tu veux bien me rendre un service ? Ruth et moi devons parler en privé. Tu veux bien sortir prendre un verre ou autre ?

— Je veux bien, mais j'ai pas de quoi.

Andrew eut une moue dépitée qui n'échappa pas à Ruth, mais il sortit un billet de sa poche, et le fourrant dans la main de Denis :

— Voilà, dit-il, et tâche d'éviter les alcools forts.

Ruth n'arrivait toujours pas à y croire. Andrew avait dit qu'il était venu pour l'enterrement de sa sœur, Laura ! De tous les quartiers de Londres, c'était à Candle Lane que la sœur d'Andrew avait élu domicile.

Une fois Denis parti, Andrew se tourna vers Ruth, et dit en souriant :

— C'est un choc pour tous les deux. Tu sais que tu n'as presque pas changé ? Pourtant, ça va faire plus de vingt ans qu'on ne s'est pas vus.

— Toi non plus, tu n'as pas beaucoup changé. Tes cheveux se sont un peu éclaircis, mais je t'ai tout de suite reconnu.

Les pensées continuaient de se bousculer dans sa tête. Andrew n'était pas venu la chercher. Pourquoi l'aurait-il fait ? Il ignorait qu'elle vivait ici. Une fois Laura enterrée, il retournerait auprès de sa femme et de son fils en Écosse. Si elle lui disait la vérité, il serait probablement furieux et cela ne ferait que gâter les choses.

— Comme tu le vois, enchaîna Andrew, je vais devoir faire pas mal de démarches. Ce qui veut dire que je vais rester une dizaine de jours ou plus.

— Dix… jours, balbutia Ruth.

— Oui, mais ne t'en fais pas. Denis ignore tout de notre passé, et je suppose qu'après tout ce temps ton mari ne sera pas jaloux.

— Mon mari ? s'exclama Ruth. Mais je n'en ai pas. Nous avons divorcé il y a des années.

— Tu es divorcée ? Eh bien, moi aussi je suis seul, figure-toi. J'ai perdu ma femme il y a un peu plus d'un an.

— Toutes mes condoléances, dit Ruth, dont l'esprit s'était remis à vagabonder.

Andrew était veuf. Est-ce que cela changeait quoi que ce soit ? Il fallait qu'elle prenne le temps de réfléchir tranquillement. Sentir Andrew si proche la bouleversait, même après toutes ces années.

Elle se mit debout.

— Il faut que j'y aille, mais puisque tu vas rester encore quelques jours, on aura sûrement une autre occasion de parler.

— Je veux te revoir. Puis-je t'emmener dîner un de ces soirs ?

— Je… je ne sais pas, bégaya-t-elle.

— Ruth, où habites-tu ? C'est loin d'ici ?

— Où j'habite ? Mais je croyais que tu le savais. C'est moi qui me suis occupée de Tommy. J'habite la maison d'à côté. Bon, je dois partir… Je te dirai, pour le dîner.

Et sur ces mots, elle se hâta vers la porte.

– Alors, comment as-tu trouvé l'oncle de Tommy ? demanda Nelly.

– Il est… il m'a fait bonne impression, dit Ruth.

– Ça va, maman ? Tu n'as pas l'air bien.

– J'ai la migraine, bafouilla Ruth. Je vais prendre un bain et aller me coucher.

Mais, à onze heures et demie, Ruth n'arrivait toujours pas à s'endormir.

Dans la maison voisine, Denis, à nouveau ivre mort, ronflait comme un sonneur, et Andrew n'arrivait pas à trouver le sommeil. Il se leva et descendit au rez-de-chaussée, avec l'espoir de trouver un fauteuil plus confortable que le vieux lit de Tommy.

Il fit chauffer du lait, puis s'enroula dans une couverture, et se mit à penser à Ruth. Il n'en revenait pas de l'avoir trouvée là, et toujours aussi attirante par-dessus le marché. Les années avaient beau passer, il ne l'avait jamais oubliée. Comparée à son épouse, Ruth était une femme joyeuse, au rire contagieux, et qui adorait danser.

Soudain, Andrew se leva et s'approcha de la cheminée sur laquelle reposaient les petits bibelots de Laura. Une vieille boîte à biscuits au couvercle orné d'un paysage écossais attira son regard. Il l'ouvrit. Elle contenait de vieilles photos, dont une du mariage de sa sœur.

Sur le cliché, Laura avait l'air tellement heureuse qu'il en eut le cœur serré. Elle était sa sœur, et pourtant, ils étaient devenus comme des étrangers l'un pour l'autre. Il posa la photo de côté et en prit une autre. C'était un tirage sépia, craquelé par les années. On y voyait ses parents, sa mère, une jolie jeune femme à l'époque. Soudain la mâchoire d'Andrew s'affaissa. Il était certain d'avoir vu ce même sourire, récemment. C'est alors que la lumière jaillit et la colère aussi. Elle lui avait menti, mais dès demain, il allait la sommer de s'expliquer.

39

Ruth se réveilla en sursaut. Avait-on frappé à la porte ? Elle jeta un coup d'œil à la pendulette posée sur sa table de nuit. Six heures passées de quelques minutes à peine. Qui cela pouvait-il bien être d'aussi bonne heure, un samedi matin ?

Elle sortit du lit en prenant garde de ne pas réveiller Tommy et enfila son peignoir, puis descendit au rez-de-chaussée en rouspétant.

— Andrew ! s'écria-t-elle, puis voyant sa mine courroucée, elle fit un pas en arrière.

— Tu m'as menti. Pourquoi m'as-tu dit que c'était une fausse alerte ?

Ruth jeta un coup d'œil furtif par-dessus son épaule et implora :

— S'il te plaît, ne parle pas si fort. Tu vas rameuter toute la maison.

— Je t'ai posé une question. J'exige une réponse.

— Je ne sais pas de quoi tu veux parler.

— Ne fais pas l'idiote. La ressemblance saute aux yeux. Elle est au courant ?

— Il faut qu'on parle, mais… pas ici, bredouilla Ruth, visiblement apeurée.

Il se radoucit.

— Ruth, pardonne-moi, je n'aurais pas dû hausser le ton. Mais j'ai eu un tel choc. Écoute, Denis n'est pas encore levé et à mon avis il en a pour un bout de temps avant de se réveiller. Allons chez lui pour parler.

— Entendu, mais laisse-moi le temps de m'habiller.

Ruth referma la porte et remonta sans bruit à l'étage. Curieusement, sa mère n'avait pas été réveillée par le raffut et tout le monde semblait dormir à poings fermés. Elle se prépara en vitesse, redescendit à pas de loup et laissa un mot sur la table de la cuisine.

Andrew lui ouvrit dès qu'il l'entendit gratter tout doucement à la porte. Elle le suivit à la cuisine, où il lui tendit une photo.

— Ma mère, lui dit-il. Et comme tu peux le voir, la ressemblance est frappante.

Ruth étudia le portrait et dit d'une voix tremblante :

— C'est étonnant que tu ne t'en sois pas aperçu aussitôt.

— J'ai eu une drôle de sensation dès que je l'ai vue, mais ce n'est qu'en voyant cette photo que j'ai compris pourquoi. Il est évident qu'elle est de moi.

Ruth tenta de se justifier au mieux, cherchant ses mots.

— Quand mon mari est revenu du front et qu'il m'a trouvée enceinte, il… il m'a suppliée de rester avec lui et m'a promis de l'élever comme sa fille. Je ne savais pas quoi faire, Andrew. Toi et moi n'avions vécu qu'une brève aventure, et même si j'étais folle de toi, Ken était mon époux légitime.

— N'empêche que j'avais le droit de savoir.

— J'ai fait ce que j'ai pensé être le mieux pour tout le monde. Tu avais une femme et un enfant, et que je sois enceinte de toi ou pas n'y aurait rien changé.

Il resta un instant silencieux, puis déclara :

— Je n'aurais pas pu quitter ma femme et mon fils, mais j'avais le droit de savoir que j'avais une fille. J'aurais pu la voir de temps à autre, la regarder grandir, faire partie de sa vie. Elle est si belle, Ruth.

— C'est vrai, et je ne peux rien dire d'autre que « je suis désolée ». J'ai cru bien faire à l'époque, mais c'était la pire erreur que j'aie jamais commise.

— Pourquoi cela ?

— Ken n'a jamais accepté Nelly et il nous a rendues malheureuses toutes les deux.

— Mon mariage à moi n'a pas été heureux non plus.

— J'en suis désolée.

Ses traits s'adoucirent quand il murmura :

— Nelly sait-elle que ton ex-mari n'est pas son père ?

— Je ne le lui ai dit que lorsque mon mari m'a quittée.

— Et quand elle l'a su, elle t'a posé des questions à mon sujet ?

— Oui, mais je ne savais pas grand-chose de toi, à part le nom de régiment pendant la guerre. Elle n'aurait pas pu retrouver ta trace avec aussi peu d'éléments.

— Tu veux dire que tu as tout fait pour qu'elle ne me retrouve pas.

— Je ne savais pas comment tu allais réagir, ou même si tu allais l'accepter. Et Nelly avait déjà assez souffert comme ça. Et puis, il y avait aussi ta femme et ton fils. Qu'auraient-ils dit si elle était venue frapper à ta porte ?

— Je ne l'aurais pas rejetée. Mais en ce qui concerne ma femme, c'est une autre affaire. Elle l'aurait sans doute mal pris. Mais c'est différent à présent, et je ne vois pas pourquoi je ne pourrais pas me rapprocher d'elle. S'il te plaît, Ruth, dis-lui qui je suis. Tu me dois bien ça.

Ruth vit la tristesse dans les yeux d'Andrew, et comprit qu'elle le lui devait, ainsi qu'à Nelly.

— Très bien, dans ce cas, c'est le moment ou jamais.

Nelly venait juste de se lever quand sa mère entra en compagnie de l'oncle de Tommy. Voyant que les mains de sa mère tremblaient, elle demanda :

— Qu'est-ce qui ne va pas ?

Ruth hésita, regarda l'oncle de Tommy, puis dit d'une voix haletante :

— Nelly, il... il faut que je te dise quelque chose. Andrew est... ton père.

Nelly resta bouche bée, puis balbutia :

— Mon... père ?

— Oui.

Elle était trop abasourdie pour pouvoir réagir. Depuis qu'elle avait appris que Ken Marchant n'était pas son père, elle n'avait eu de cesse de retrouver son géniteur et de le serrer dans ses bras. Et voilà qu'elle était comme paralysée. Il lui jeta un regard plein de tendresse et soudain, une étincelle jaillit. Mais bien sûr, la ressemblance était frappante, et pas seulement parce qu'il avait des cheveux bouclés et roux ! Mon Dieu, cet homme était le grand-père d'Angela !

Elle se raidit en le voyant s'approcher, mais quand il lui tendit les bras en souriant, elle se laissa enlacer et resta serrée contre lui tandis qu'il lui murmurait des mots qui l'émurent aux larmes :

— Bonjour, ma fille chérie.

— Pourquoi tu fais un câlin à Nelly ?

Ils s'écartèrent l'un de l'autre et se tournèrent vers Tommy. Avec sa tignasse en bataille, il avait vraiment un air de famille, songea Nelly. Ainsi donc, Laura Walters avait été sa tante, et ce petit garçon qu'elle avait jadis rejeté était son cousin ! Comme si elle avait lu dans ses pensées, Ruth supplia :

— Nelly, ne dis rien, s'il te plaît. Nous aurons tout le temps de parler plus tard.

Nelly était bouleversée, et son cœur fit un petit bond dans sa poitrine quand son père lui décocha un sourire plein de gentillesse.

Il lui relâcha la main et se mit à croupetons face à Tommy.

— Eh bien, mon garçon, comment ça va, aujourd'hui ?

— Ça va. Où est mon papa ?

— Il dort encore, mais tu vas bientôt pouvoir le voir. Va donc t'habiller et ensuite on passera lui dire bonjour ?

— Je commence seulement à réaliser combien ça va être compliqué, tout ça, commenta Ruth. Il va falloir expliquer beaucoup de choses.

— C'est vrai, répondit Andrew, et moi, je vais commencer par faire connaissance avec ma fille. Comment ça va, ma grande ?

— Ça va, mais j'ai un peu le tournis.

— On a beaucoup de choses à se raconter, toi et moi.

— Et moi, je vais devoir parler à ma mère, dit Ruth. Je vais aller voir si elle est levée.

Juste au moment où elle sortait de la cuisine, Angela entra en trombe.

— Maman, maman ! Tommy, il veut pas que j'aille dans la salle de bains, mais moi j'ai envie de faire pipi !

Il y eut un bruit comme un hoquet étouffé, puis le rire d'Andrew éclata, emplissant toute la pièce. Gagnée par la bonne humeur, Nelly sourit de toutes ses dents tandis qu'Angela s'écriait, indignée :

— C'est pas drôle ! Dis à Tommy qu'il me laisse !

Nelly prit sa fille par la main et elles montèrent à l'étage.

— Tu te rends compte qu'Angela est ta petite-fille ? dit Ruth à Andrew.

— Quoi ! explosa une voix.

— Maman ! J'allais justement frapper à ta porte.

— T'ai-je entendue dire que cet homme était le grand-père d'Angela ?

— Oui. Et maintenant, assieds-toi, maman, sinon tu vas tomber à la renverse.

Ruth avait à peine fini d'expliquer la situation à Sadie, quand Tommy fit irruption dans la cuisine. Sans laisser à Sadie le temps de vendre la mèche, elle s'empressa de dire :

— Tu n'as pas traîné, mon grand ? Tu veux ton petit-déjeuner ?

— Mon oncle aussi, il peut déjeuner ?

Andrew fit non de la tête.

— Je crois que Ruth a déjà assez de bouches à nourrir comme ça. Déjeune, toi, fiston, et ensuite on ira chez ton papa.

— On peut pas y aller tout de suite ?

Ruth hocha discrètement la tête, et Andrew répondit :

— Si, si. Je devrais pouvoir nous préparer un petit quelque chose à grignoter.

Ruth les accompagna jusqu'à la porte et murmura :

— Merci, Andrew. Ma mère n'est pas quelqu'un qui sait tenir sa langue.

— Il faudra bien qu'on leur dise de toute façon.

— Oui, mais avant cela j'ai besoin de souffler un peu.

— Dire quoi ? demanda Tommy.

— Les murs ont des oreilles, dit Ruth en souriant au garçon.

— Je suis pas un mur ! protesta Tommy.

— Je sais. Et maintenant, va avec ton oncle. On se reverra plus tard.

— On se reparlera bientôt, dit Andrew à Ruth. Mais Denis et moi allons avoir beaucoup à faire aujourd'hui. L'enterrement, articula-t-il sans bruit. Je te renvoie le garçon dans une heure.

Tout s'était bien passé. Nelly avait immédiatement pris Andrew en affection, et il était évident qu'ils allaient se rapprocher l'un de l'autre. Car comme disait Sadie : les filles s'attachent beaucoup à leurs pères.

Au souvenir de son propre père, Ruth fut parcourue d'un frisson. Sa disparition l'avait anéantie. Andrew allait retourner en Écosse, loin, très loin de Londres. Nelly allait-elle avoir encore une fois le cœur brisé à cause d'elle ?

Andrew se félicita d'avoir fait quelques courses la veille. Après avoir récuré une casserole et une poêle à frire, il réussit sans trop de mal à préparer du pain grillé et des haricots à la sauce tomate. Tommy et lui bavardèrent pendant que le garçon dévorait son assiette. C'était un brave petit. Un peu fruste, mais très intelligent, et il lui rappelait son propre fils au même âge.

Il se demanda comment Donald et ses parents allaient réagir quand ils apprendraient la nouvelle. Il voulait que Nelly, mais aussi sa petite-fille, fassent partie de sa vie, et qu'ils puissent rattraper les années perdues.

Une demi-heure se passa avant que Denis n'émerge, en se grattant la tête et le visage ravagé par les effets de l'alcool. Il entra dans la cuisine et lança d'une voix éraillée :

– Il reste du thé ?

– Oui, mais il ne doit plus être très chaud.

Denis se servit une tasse puis demanda :

– Ruth t'a renvoyé ici, Tommy ?

– Non, c'est oncle Andy qui est venu me chercher.

– Comment ça se fait que tu connais Ruth ? demanda Denis.

– C'est une longue histoire. Je t'expliquerai plus tard.

– Tu m'as dit la même chose hier. Pourquoi pas maintenant ?

– J'ai dit plus tard. Tu devrais te préparer.

– Oui, oh, ça va.

– Je peux venir moi aussi ?

– Non, tu peux pas ! répondit Denis avec humeur.

Andrew ébouriffa gentiment les cheveux de son neveu.

– On n'en a pas pour longtemps, fiston. Et maintenant, tu vas retourner chez Ruth.

Comme Tommy hésitait, Denis explosa :

– Fais ce qu'on te dit !

— Inutile de crier, dit Andrew, tandis que Tommy sortait en courant. Tu n'as pas l'air de comprendre qu'il vient de perdre sa maman.

— Ouais, ben en tout cas, il sera toujours mieux chez Ruth. Et maintenant, dis-moi d'où tu la connais.

Maintenant que Tommy était hors de portée de voix, autant en finir une bonne fois, songea Andrew.

— Je l'ai rencontrée il y a très longtemps. Pendant la guerre, figure-toi, et je ne l'avais pas revue depuis.

— Je vois. J'ai entendu tellement d'histoires de ce genre. Quand les hommes étaient au front, leurs dames prenaient du bon temps.

— Tais-toi ! Tu ne sais rien du tout. Ruth n'avait plus de nouvelles de son mari depuis des mois, et elle pensait qu'il était mort au combat. Tu n'as aucune idée de ce que c'était. Les bombes qui pleuvaient chaque nuit. Les Londoniens ont vécu un véritable enfer. Des milliers sont morts ou ont perdu leur maison, sans parler du rationnement avec tout juste de quoi survivre. Ruth et moi nous sommes rencontrés, et on a eu une aventure. Les temps étaient difficiles. Les gens vivaient au jour le jour, sachant que c'était peut-être leur dernier.

Andrew s'arrêta. Après tout, il n'avait aucune raison de se justifier.

— Bon, ça va, calme-toi, vieux.

— Je n'ai pas fini. Et s'il te plaît, abstiens-toi de faire des remarques désagréables.

Andrew prit une profonde inspiration et poursuivit :

— En fait, la fille de Ruth, c'est ma fille.

— Quoi ! Tu veux dire que Nelly Marchant est ta fille !

Andrew laissa à Denis le temps de digérer la nouvelle et tout ce que cela impliquait.

Il n'eut pas longtemps à attendre.

— Nom d'un chien ! s'écria Denis. Tu veux dire que Tommy est parent avec les Marchant ? Je n'arrive pas à y croire.

— Écoute, je ne pense pas que Tommy doive être mis au courant pour l'instant. Il vient de perdre sa mère, ce serait trop pour lui.

— Je sais pas. Il aime beaucoup Ruth, et ça le réconfortera peut-être de savoir qu'il fait partie de sa famille.

— Tu as peut-être raison, mais je vais d'abord consulter Ruth, si ça ne t'ennuie pas. Angela aussi va devoir être mise au courant, et pourquoi pas en même temps que Tommy ?

— C'est dingue cette histoire. Ça veut dire que je suis l'oncle de Nelly alors qu'elle n'a que quelques années de moins que moi. Laura aurait adoré ça.

Andrew sentit son cœur se serrer. Une fois de plus, il se reprocha de ne pas avoir gardé le contact avec Laura, malgré leurs différences. À présent, il avait le sentiment de l'avoir abandonnée. Et maintenant, il ne pouvait rien faire à part veiller à ce qu'elle ait un enterrement décent.

— Bon, prépare-toi, dit-il soudain. Il faut qu'on s'occupe de fixer la date des funérailles.

Andrew songea soudain qu'il allait devoir prévenir ses parents. N'étant pas en bonne santé, ils ne pourraient pas faire le voyage jusqu'à Londres pour assister aux obsèques, mais ils voudraient certainement envoyer des fleurs. Quand il leur avait annoncé la mort de Laura, son père et sa mère avaient accusé le coup. Et maintenant, il allait devoir leur dire pour Nelly. Comment allaient-ils le prendre ?

40

Assis derrière le volant, Joe observait la porte d'entrée du pavillon dans son rétroviseur. Il était convaincu que Patsy n'était pas celle qu'elle prétendait être et voulait en avoir le cœur net. D'où tirait-elle son argent ? Comment une coiffeuse à domicile, qui travaillait aussi peu, pouvait-elle payer un loyer aussi onéreux et avoir une garde-robe aussi extravagante ? Quand il avait rompu avec elle, elle avait aussitôt pris Arthur dans sa ligne de mire. Si c'était une vache à lait qu'elle voulait, pourquoi s'était-elle compliqué la tâche en choisissant un homme marié ? À moins qu'elle n'ait vu en Arthur une proie facile ?

Joe avait espéré que la brouille entre Nelly et Arthur n'allait pas durer, qu'Arthur allait revenir à la raison et rompre avec Patsy. Mais il s'était passé l'inverse. Arthur s'était retourné contre Nelly.

Il jeta un coup d'œil à sa montre. Joe avait calculé que Patsy était dans la maison depuis une demi-heure. Ne sachant pas combien de temps prenait une séance de coiffage, il se cala sur son siège et attendit. Dix minutes plus tard, la porte s'ouvrit. Un homme parut sur le seuil et fit ses adieux à Patsy. Sauf que l'homme en question était chauve comme un œuf et qu'il avait dans les soixante-dix ans. Joe attendit que Patsy ait disparu à la vue, puis sortit de la voiture. Il y avait quelque chose d'étrange dans la façon dont le vieil homme se comportait avec elle, comme s'ils avaient été intimes.

Joe redressa son nœud de cravate et boutonna son blazer avant de s'approcher de la villa. Il ne savait absolument pas ce qu'il allait dire.

Mais dès que l'homme l'aperçut debout sur le seuil, son visage se décomposa.

— C'est pourquoi ?

— J'aimerais vous poser quelques questions au sujet de la jeune femme qui vient de sortir de chez vous.

— Mon Dieu ! Vous êtes de la police ?

Pourquoi l'homme pensait-il qu'il était de la police ? se demanda Joe, comprenant soudain qu'il pouvait retourner la situation à son avantage.

— En effet. J'enquête sur les activités de cette jeune femme. Ainsi que je vous l'ai dit, il y a deux ou trois questions que j'aimerais vous poser.

— Vous n'allez pas m'emmener au poste, au moins ?

— Nous pouvons mener l'interrogatoire chez vous si vous vous montrez coopératif.

— Entrez, proposa le vieil homme, visiblement prêt à tout pour ne pas aller au commissariat.

Joe le suivit le long d'un étroit couloir jusqu'à une pièce sur l'arrière. Il s'assit et, prenant un ton solennel, demanda :

— Pouvez-vous me dire pourquoi cette jeune femme vous a rendu visite ?

L'homme devint cramoisi.

— Si vous menez l'enquête sur elle, vous n'avez sûrement pas besoin que je vous fasse un dessin.

— J'aimerais tout de même vous l'entendre dire.

— C'est une… une prostituée. Écoutez, je ne sais rien de plus la concernant. J'ai son numéro de téléphone, qui m'a été donné par un ami, mais c'est tout.

S'efforçant de cacher sa stupeur, Joe parvint tant bien que mal à bredouiller :

— Je vois.

L'homme posa sur lui un regard suspicieux.

— Attendez, qu'est-ce qui me dit que vous êtes de la police ? Montrez-moi votre plaque !

Joe se leva précipitamment et, avant que l'homme ait pu réagir, dévala le couloir et sortit de la maison. En quelques enjambées, il avait atteint sa voiture. Il sauta derrière le volant et démarra sur les chapeaux de roues.

Une fois au bout de la rue, Joe se détendit. Il n'aurait pas dû se sauver comme il l'avait fait. Après tout, il y avait peu de chances pour que l'homme aille porter plainte à la police.

Ainsi donc, Patsy était une prostituée ! C'était incroyable, et en même temps, cela tombait sous le sens. Elle comptait sur Arthur pour l'entretenir et la sortir de sa condition. Qu'il le veuille ou non, Joe allait devoir le prévenir.

Une fois les préparatifs achevés, Andrew et Denis rentrèrent à Candle Lane. Denis, larmoyant, déclara qu'il avait besoin d'un remontant et partit de son côté sans même songer à aller voir son fils.

Andrew, qui avait l'estomac dans les talons, fit une halte dans un café pour manger un bout avant d'aller voir Ruth. Quand elle lui ouvrit la porte, il fut submergé par une vague de bonheur.

– Comme on ne peut pas parler devant les enfants, j'ai attendu qu'ils soient couchés avant de venir, dit-il.

Nelly l'accueillit avec un grand sourire, puis demanda :

– Vous avez tout organisé ?

– Oui, l'enterrement aura lieu vendredi.

– Oh, non ! Vendredi c'est l'anniversaire de Tommy, protesta Ruth.

– Tu es sûre ? Denis n'en a pas parlé.

– Je n'arrive pas à croire qu'il ait oublié que c'était l'anniversaire de son fils.

– Moi, non plus. Espérons qu'on va pouvoir changer la date.

– Et tes parents ? demanda Ruth. Est-ce qu'ils vont faire le voyage ?

– Je crains que non. Ils ne sont pas en bonne santé.

– Tu leur as dit pour moi ? Et pour Nelly ?

– Non, pas encore. Je préfère leur dire de vive voix.

– Eh, mais j'y pense, ce sont mes grands-parents, dit Nelly.

– Oui, et tu ressembles énormément à ma mère. J'ai appelé mon fils, mais sa femme est sur le point d'accoucher et il préfère rester avec elle. De sorte que lui non plus ne viendra pas à l'enterrement.

– Ton… ton fils, hoqueta Nelly. Ça veut dire que j'ai un demi-frère !

— Nelly, je suis désolé. Mais bien sûr… tu n'étais pas au courant. J'aurais dû tourner ma langue sept fois dans ma bouche avant de parler.

— Allons bon ! Cette histoire devient de plus en plus compliquée, s'écria Sadie. Moi, je finis par m'y perdre.

— Andrew, je crois que tu devrais nous parler un peu de ta famille, dit Ruth.

— Oui, tu as raison. Alors, par où commencer ? Mon père, Duncan Munro, était un géomètre expert et moi j'ai pris sa suite quand il est parti à la retraite. Ma mère se prénomme Jane et son nom de jeune fille est McFarland. Ils ont eu deux enfants, Laura et moi, et nous avons grandi dans un petit village à l'extérieur d'Édimbourg.

— Et Donald ? demanda Nelly.

— J'ai épousé Moira et nous avons eu un fils. Mon épouse est décédée il y a un peu plus d'un an.

— Donald est plus âgé que moi ?

— Oui, il est né en 40.

— Et… est-ce qu'on se ressemble ?

— Pas vraiment. Donald tient plus de sa mère, même s'il a les cheveux auburn. Un peu comme Tommy, en fait.

— Eh bien, dit Sadie, je me demande ce que va dire votre fils quand il apprendra qu'il a une frangine.

— Une quoi ?

— Une sœur, en argot. Mais on dit aussi…

Ruth l'interrompit et demanda :

— Andrew, Denis est au courant ?

— Oui, et il veut que Tommy sache que vous êtes parents. Qu'en pensez-vous ?

Ce fut Sadie qui répondit :

— Je ne vois aucune raison de ne pas lui dire. Les enfants sont plus résilients qu'on ne le croit. Ça va peut-être le réconforter d'apprendre qu'il a encore de la famille alors qu'il vient de perdre sa maman.

— Ma mère a raison, dit Ruth. Je suis très attachée à Tommy, et depuis que Laura est décédée, il se raccroche à moi.

— Très bien. Si vous pensez que c'est pour le mieux, nous pourrions le lui dire demain. Ça te va, Nelly ?

— Oui, oui.

— Nelly, j'espère que tu ne m'en voudras pas de te poser la question, dit Andrew. Mais je n'ai pas entendu une seule fois parler du père d'Angela.

Nelly hésita un instant, puis lui raconta comment son mariage avait volé en éclats. En apprenant dans quelles circonstances elle avait été chassée de son foyer, Andrew explosa :

— C'est lui qui aurait dû aller voir ailleurs, pas toi.

— Je n'aurais pas pu supporter de vivre là-bas, pas après l'avoir surpris avec Patsy. Quand maman sera relogée, s'il n'y a pas assez de place pour moi, je me chercherai un appartement.

— Relogée ! Comment ça ?

Ce fut Ruth qui prit la parole et expliqua à Andrew que Candle Lane était vouée à la démolition.

— Quand est-ce que vous allez partir ?

— On ne sait pas encore.

— Moi, tout ce que j'espère, c'est qu'ils ne vont pas nous reloger dans une de ces horribles tours, gémit Sadie.

Quand Denis et lui étaient sortis, Andrew avait remarqué les barres d'immeubles nouvellement construites par la municipalité.

– En effet, dit-il en hochant la tête. Je ne peux rien imaginer de pire. Quel dommage que vous soyez obligées de vivre ici. Il y a des coins d'Angleterre tellement jolis. Sans parler de l'Écosse.

– Je ne suis jamais sortie de Londres, pas même pendant les bombardements, et je n'ai pas l'intention de le faire. De quelle partie d'Écosse êtes-vous ?

– D'Édimbourg.

– Tu vis... si loin, dit Nelly, visiblement émue, avant de sortir en courant de la pièce.

Andrew se leva aussitôt pour la suivre, mais Ruth le retint.

– Laisse-la. Elle vient juste de te retrouver et maintenant elle doit accepter le fait que tu seras bientôt parti.

Andrew se laissa retomber sur sa chaise. Ruth avait raison, songea-t-il tristement. Ils vivaient tellement loin les uns des autres.

41

Le dimanche matin, quand Arthur alla ouvrir, il se retrouva nez à nez avec Joe.

– Salut, vieille branche ! On peut parler ?

– Bien sûr, dit Arthur en allant chercher une bière pour son ami avant de s'installer avec lui dans le salon. C'est quoi le problème ?

– J'ai fait une découverte, hier, mais je n'ai pas trouvé le courage de venir t'en parler avant.

– Eh bien ? Raconte.

– Arthur, Patsy n'est pas celle qu'elle prétend être.

– Qu'est-ce que tu entends par là ? De toute façon c'est sans importance, parce que je commence à en avoir par-dessus la tête, de cette fille. Je n'arrête pas de lui dire que je ne veux pas d'une relation sérieuse, mais elle me met constamment la pression. Et ça finit par me taper sur les nerfs. Je ne comprends pas pourquoi elle est si pressée, alors qu'elle a un bel appart au premier et qu'on se voit autant qu'on veut. Mais elle devient de plus en plus possessive.

– Oui, eh bien, je sais pourquoi.

– Mais encore ?

La mâchoire d'Arthur s'affaissa quand Joe lui raconta ce qu'il avait découvert. Il n'en croyait pas ses oreilles.

– Bon, d'accord, elle me prend pour un gogo, mais je n'arrive pas à croire qu'elle se prostitue. Ce type t'a raconté n'importe quoi.

– Arthur, il est chauve comme un œuf. Elle n'y est sûrement pas allée pour lui faire une coupe.

Si Arthur avait eu des sentiments sincères pour Patsy, il aurait été profondément blessé, mais ce n'était pas le cas. À la pensée que, pendant tout ce temps il avait couché avec une prostituée, un flot de bile lui remonta dans la gorge, et il se leva d'un bond.

– Je vais avoir une explication avec elle.

– Tu veux que je vienne avec toi ? Je suis curieux de voir la tête qu'elle va faire.

Peu après, Arthur alla frapper chez Patsy.

– Espèce de garce ! explosa-t-il quand elle lui ouvrit la porte. Grâce à Joe je sais exactement comment tu gagnes ta vie.

Elle écarquilla les yeux puis, passant la tête par l'embrasure, jeta un rapide coup d'œil au-dehors et dit :

– Tu ferais mieux de monter.

– Pourquoi ? Tu ne veux pas que les voisins entendent ce que j'ai à te dire ? demanda Arthur sur le ton du sarcasme, tandis que Joe et lui la suivaient au premier.

– Eh bien, c'est quoi le problème ? demanda-t-elle quand ils furent chez elle.

– Tu es une prostituée.

– Comment oses-tu !

— Inutile de nier, dit Joe. Je t'ai suivie et j'ai parlé avec un de tes clients, le vieux gaga m'a pris pour un flic et a tout avoué.

— Comment oses-tu m'espionner ? hurla-t-elle. Ce que je fais pour gagner ma vie ne te regarde pas.

Cette fois, Patsy avait bel et bien tombé le masque et Arthur sentit de nouveau un flot de bile lui remonter dans la gorge.

— Ça me dégoûte de penser que j'aie pu coucher avec toi. Combien d'hommes y a-t-il eu avant moi ? Des centaines, je parie !

— Oui, et ils me donnent bien plus de plaisir que toi, si tu veux tout savoir. Et maintenant, du balai, pauvre infirme, et emmène ton abruti de copain avec toi.

Arthur blêmit, et dès qu'ils eurent regagné le rez-de-chaussée, Joe lui demanda :

— Tu te sens bien ?

— C'est la première fois qu'on me traite d'infirme et ça n'est pas agréable.

— Patsy n'est qu'une gourde, ce qu'elle dit est sans importance.

— Je sais, dit Arthur fièrement, même si les mots de Patsy continuaient de résonner dans sa tête. Je suis bien content d'en être débarrassé.

— C'est sûr. Quand je pense que j'ai failli me faire avoir moi aussi.

Arthur se contenta de hocher la tête. Il était débarrassé de Patsy et de Nelly par la même occasion. De toute façon, il en avait par-dessus la tête des bonnes femmes. Patsy n'était qu'une fille de petite vertu et sa femme une menteuse patentée.

— Je suis désolé, Arthur, mais je dois y aller. Ma mère m'attend pour le déjeuner. Mais si tu préfères, je peux l'appeler et me décommander.

— Non, non. Ne t'en fais pas pour moi, insista Arthur, dont la colère commençait à retomber.

Quand Joe fut parti, il prit le temps de méditer. Certes, Nelly avait retourné ses parents et sa sœur contre lui, mais elle l'avait sans doute fait pour se venger. Et pour être tout à fait honnête, il aurait pu arranger les choses entre eux, si son stupide orgueil n'avait pas pris le dessus.

Il était temps qu'il se réconcilie avec ses parents et leur dise la vérité, sauf que jamais il ne pourrait leur avouer pourquoi il avait rompu avec Patsy.

Elsie et Bert arrivèrent une heure plus tard.

— Mais pourquoi est-ce que tu ne nous l'as pas dit plus tôt ? s'écria sa mère quand il leur eut présenté sa version des faits.

— Parce que vous aviez choisi le camp de Nelly et que j'étais en colère, maman. Vous m'avez condamné sans appel.

— Qu'est-ce que tu t'imagines ? s'emporta son père. Tu n'étais pas rentré depuis cinq minutes que tu as commencé à coucher avec cette fille.

— C'est vrai, je ne le nie pas, mais quoi qu'ait pu vous dire Nelly, je ne me suis jamais mis en ménage avec elle.

— Ah, non ? Mais ça ne t'a pas empêché de continuer à coucher avec elle.

Arthur ne voyait pas comment il aurait pu prétendre le contraire. Mais comment expliquer à ses parents que ses rapports avec Patsy étaient devenus une véritable obsession et qu'il était devenu insatiable ? Un haut-le-cœur lui souleva l'estomac.

— De toute façon, j'ai rompu avec Patsy.

— Quoi ? Mais, Nelly a dit que tu allais l'épouser ?

— Encore un de ses bobards. Et comme je vous l'ai déjà dit, c'est elle qui a voulu divorcer, pas moi.

— Je n'arrive pas à y croire. Ça ne ressemble pas du tout à Nelly.

— Je pense qu'elle l'a fait pour se venger ?

— Mais ça ne lui ressemble pas, insista Elsie. C'est Patsy qui lui a dit que vous alliez vous marier.

— Quoi ?

— Si, si. Et tiens, d'ailleurs, c'est Nelly qui t'a annoncé qu'elle voulait divorcer, ou Patsy ?

Arthur ferma les yeux, les pensées se bousculant dans sa tête.

— Maintenant que tu le dis, maman, je crois bien que c'est Patsy.

— Nom d'un chien ! s'emporta Bert. Cette fille a tout fait pour vous monter l'un contre l'autre, et toi tu as tout gobé comme un idiot.

— Je commence seulement à en prendre conscience, papa.

— Dans ce cas, reprends-toi et va à Candle Lane pour tirer toute cette affaire au clair.

— Elle va m'amener Angela ici cet après-midi.

— Vous ne pouvez pas vous expliquer devant la petite.

— Papa, à quoi bon essayer de tout arranger, alors que Nelly ne supporte pas la vue de mon moignon ?

Sa mère se pencha vers lui :

— Mon garçon, je suis désolée, mais elle n'a jamais rien dit de tel. Je crois que c'est toi qui t'es fait des idées.

— Je ne crois pas.

— Parle-lui. La moindre des choses, c'est de lui faire des excuses.

— Elle va me les renvoyer en pleine figure. On va divorcer. Notre sort est entre les mains des avocats.

— Viens, Elsie. On ne peut pas discuter avec cette tête de mule, s'emporta Bert.

Arthur fut soulagé de les voir partir. Après tout ce qui avait été dit, il fallait qu'il se rende à l'évidence. Patsy n'était pas juste une prostituée, c'était la reine de l'embrouille, mais il était trop aveuglé par la colère et l'orgueil pour s'en rendre compte. Quelle sorte d'homme était-il devenu depuis sa sortie de l'hôpital ? Il s'était laissé manipuler par Patsy. Et le pire de tout, c'est qu'elle vivait juste au-dessus de chez lui. Incapable de se calmer, il décida d'aller prendre un verre au pub avant le déjeuner. Ensuite, il irait à Candle Lane pour s'expliquer avec Nelly.

Il vida sa pinte de bière et se mit en route.

Ce fut Nelly qui lui ouvrit. Elle eut un haut-le-corps, mais se ressaisit aussitôt, et referma presque entièrement le battant, ne laissant qu'un petit jour pour que personne ne puisse voir qui se tenait sur le seuil.

— Si tu es venu chercher Angela, c'est trop tôt. Elle est en train de déjeuner.

— C'est toi que je suis venu voir. Je voulais te présenter mes excuses et te demander de revenir à la maison. C'est fini entre Patsy et moi, et sache que j'ai menti quand je t'ai dit qu'elle était venue vivre avec moi et que je voulais divorcer.

— Tu oublies que je vous ai surpris en pleine action.

— C'est vrai, mais je te jure qu'elle ne s'est jamais installée à la maison.

— C'est ce que tu dis, mais ça ne t'a pas empêché de continuer de la voir et de coucher avec elle.

Arthur baissa les yeux, cherchant ses mots.

— Nelly, s'il te plaît. Je suis désolé. Je croyais sincèrement que tu ne supportais pas la vue de mon moignon et… et Patsy s'est jetée à mon cou.

Dès qu'il vit ses lèvres se retrousser, Arthur comprit qu'il avait fait une grosse bourde.

— Balivernes ! siffla-t-elle. Ce sont des excuses tout ça. Si elle s'était jetée à ton cou, tu aurais pu dire non, tu ne crois pas ? Tu as peut-être perdu une jambe, mais pas ton bagou de bonimenteur ! Va-t'en, Arthur !

— Angela…

— Tu peux faire une croix dessus. Tu ne la verras pas aujourd'hui.

Elle referma brusquement la porte.

Arthur se figea sur place, abasourdi. Nelly ne lui pardonnerait jamais. Et il ne l'avait pas volé.

Qu'est-ce donc qui retenait Nelly dans l'entrée ? se demanda Ruth. Juste au moment où elle se levait de table, elle entendit claquer la porte et vit Nelly se ruer au premier.

Elle la suivit et lui demanda :

— Qu'est-ce qui ne va pas ? Qui était-ce ?

— Arthur. Il a rompu avec Patsy et il est venu me faire des excuses.

— Et tu lui as dit quoi ?

— D'aller au diable.

— Bien fait. Mais il n'était pas censé voir la petite cet après-midi ?

— Si, mais je lui ai dit qu'il pouvait faire une croix dessus, dit Nelly, au bord des larmes.

— Ne te laisse pas attendrir surtout, dit Ruth.

— Maman, s'il te plaît, j'ai besoin d'être seule.

— Tu oublies que ton père est là, et Denis aussi. Je te rappelle qu'on était censé parler aux enfants après le déjeuner.

— D'accord. Je viens dans une minute.

Quand Ruth redescendit, elle trouva sa mère au pied de l'escalier.

— Que se passe-t-il ?

— Arthur est passé pour voir Nelly, lui glissa Ruth, et ça l'a mise dans tous ses états.

— Qu'est-ce qu'il voulait ?

— Il est venu lui annoncer qu'il avait rompu avec Patsy et il lui a présenté ses excuses. Comme si ça suffisait pour tout effacer.

— Si Nelly l'aime encore, il y a peut-être moyen de sauver leur mariage.

— Après ce qu'il a fait, tu crois vraiment que Nelly va accepter ?

— Angela adore son père, Ruth, et elle a besoin de lui.

— Pour quoi faire ? Nelly a survécu quand Ken est parti. Elle s'en est même très bien passée. Quant à Arthur, qui couche à droite, à gauche, elle est mieux sans lui.

– Ken n'a jamais été vraiment un père pour Nelly, et avant de blâmer Arthur, souviens-toi du vieil adage : « Qui a un toit de verre ne tire pas de pierres chez son voisin. »

– Qu'est-ce que ça veut dire ?

– Tu as oublié que tu as eu un amant ? Pourtant il est assis dans notre cuisine au moment même où je te parle et il partage notre rôti du dimanche.

– Chut, maman, il va t'entendre, siffla Ruth, juste au moment où Andrew s'encadrait dans la porte.

– Il y a un problème ? demanda-t-il.

– Le mari de Nelly est passé et elle est un peu contrariée. Elle a besoin qu'on la laisse un peu tranquille.

– Où elle est, maman ? demanda Angela.

– Elle avait mal à la tête alors elle est montée s'allonger un peu, dit Ruth en commençant à débarrasser.

Elle découpa ensuite la tarte aux pommes, qu'elle servit avec de la crème anglaise.

– Ça a l'air rudement bon ! s'exclama Denis en attaquant sa part.

Quand ils eurent fini, Nelly n'était toujours pas redescendue et Andrew suggéra à voix basse :

– On devrait peut-être attendre encore un peu avant de parler aux enfants.

Ruth acquiesça.

– Bien, je ne sais pas ce que tu en dis, Denis, mais après un déjeuner comme celui-là, une petite balade avec les enfants ne nous ferait pas de mal. Il y a un parc dans le coin ?

– Oui, mais j'ai pas envie de marcher. J'aimerais mieux faire un somme.

— Je crois que tu devrais passer du temps avec ton fils.

— Mais c'est ce que je viens de faire. Je vais aller piquer un roupillon.

Se tournant vers les enfants, Andrew demanda :

— Bien, vous deux, qu'est-ce que vous diriez de m'emmener au square ?

— Moi, je sais où il est, dit Tommy.

Quand ils furent sortis, Sadie poussa un soupir de soulagement.

— Dieu merci, enfin un peu de paix. Je devrais peut-être aller parler à Nelly.

— Non, laisse-la, dit Ruth, qui ne voulait pas que sa mère conseille à sa fille de se remettre avec Arthur. Elle voulait la garder près d'elle, et Angela aussi.

Ruth était en train de faire la vaisselle quand le clapet de la fente à lettres tinta. Elle alla voir qui était à la porte.

— Ruth, je peux te parler ?

— Oui, entrez, madame Cox.

— Bon sang, rouspéta Sadie. Qu'est-ce que tu veux encore Nelly Cox ?

— Calme-toi, Sadie. Je ne vais pas rester longtemps. Je vais bientôt partir à Osborne House et comme j'ai des meubles à donner, je me suis dit que Ruth serait peut-être intéressée.

Au même instant, Nelly entra dans la cuisine, les joues rouges d'avoir pleuré.

— Ça ne va pas ? demanda Mme Cox, inquiète.

— Si, ça va, répondit Ruth. C'est juste qu'Arthur est passé et que ça l'a contrariée.

— Il t'a demandé de retourner vivre avec lui ?

— Il est venu pour s'excuser. Mais c'est trop tard.

Mme Cox resta quelques instants sans rien dire, puis lança de but en blanc :

— J'ai ressenti la même chose avec George. Mais je suis contente de lui avoir pardonné.

— Quoi ! s'offusqua Sadie. Ne me dis pas que George t'a trompée avec une autre femme !

— Si. On était mariés depuis six ans à l'époque, et il a eu une aventure avec la serveuse du pub.

— Non ! Tu m'en diras tant !

— On a failli divorcer, mais je suis contente qu'on ne l'ait pas fait, grâce à ma mère qui m'a fait entendre raison.

Ruth n'en croyait pas ses oreilles. Nelly Cox avait été mariée pendant plus de quarante ans avec un mari des plus attentionnés. Et voilà qu'elle leur avouait qu'il l'avait trompée.

— Et qu'est-ce qu'elle vous a dit, votre mère ?

— Que j'avais deux possibilités. Ou bien je le flanquais dehors, ou bien je lui pardonnais. J'aimais George, et je savais que si je le flanquais dehors je ne m'en remettrais jamais. D'un autre côté, si je pouvais lui pardonner, nous pourrions vivre heureux comme avant, non ?

— Je ne pense pas que ce soit aussi simple, dit Ruth.

— George avait tellement honte. Il m'a juré qu'il ne recommencerait plus jamais. C'est aussi simple que ça. Bien sûr, il m'a fallu du temps pour lui accorder à nouveau toute ma confiance, mais je n'ai jamais eu à le regretter. Ma mère avait raison. J'aurais été malheureuse sans lui.

— Eh bien, Nelly Cox, tu nous en apprends de belles ! commenta Sadie.

— Je n'en ai jamais parlé à personne, et puis je me suis dit que ça pourrait peut-être aider Nelly de savoir qu'elle n'est pas la seule à avoir été trompée par son mari.

— Comment pourrais-je pardonner à Arthur, alors que je l'ai surpris en train de faire l'amour avec Patsy sur notre canapé, dans notre maison !

Sur ces mots, Nelly sortit en courant de la cuisine.

— Mon Dieu, et moi qui croyais que ça pouvait l'aider si je lui parlais de George.

— Nelly Cox, dit Sadie, en étrécissant ses paupières. Moi, je crois que George ne t'a jamais trompée et que tu as tout inventé. En tout cas, merci d'avoir essayé.

— Sait-on jamais. Peut-être que ça va amener Nelly à réfléchir, dit Mme Cox. Et maintenant, Ruth, pour les meubles...

— C'est gentil à vous de me les proposer, mais je n'ai besoin de rien. Je suis sûre qu'il y a d'autres gens dans la rue à qui ça rendrait service.

— Très bien. Dans ce cas, je vais aller frapper à toutes les portes. Surtout, dites bien à Nelly que je suis désolée et que je ne voulais pas la contrarier.

— Elle le sait, dit Ruth.

Elle raccompagna Mme Cox à la porte, puis jeta un coup d'œil en haut de l'escalier. Au même instant Nelly parut, et plutôt que de lui adresser des paroles compatissantes qui risquaient de faire jaillir ses larmes, elle lui dit d'une voix brusque :

— Descends un peu, j'ai besoin d'un coup de main pour la vaisselle. Ton père va rentrer dans une demi-heure et il va falloir qu'on parle aux enfants.

42

— Tout va bien, ma grande ? demanda Andrew quand il revint avec les enfants.

— Oui, dit Nelly, même si ce n'était pas le cas.

— Si tu te sens prête à parler à Tommy et à Angela, je vais aller chercher Denis.

— Entendu.

Un quart d'heure plus tard, il revint avec un Denis à l'allure dépenaillée, mais avec tous ses esprits.

Tommy regarda son père, puis son oncle, puis se tailla une place entre eux lorsqu'ils s'installèrent sur le canapé.

Comme personne ne prenait la parole, Nelly demanda :

— Vous voulez que je leur dise moi-même ?

Ils acquiescèrent et elle se lança.

Tommy écarquilla les yeux, mais Angela semblait prendre la chose comme si cela allait de soi. Elle regarda Andrew, puis Tommy, et déclara avec un sourire satisfait :

— Toi, c'est ton oncle, mais moi, c'est mon papy.

Voyant blêmir Tommy, Nelly se fâcha :

— Ça suffit, Angela !

Ruth tendit les bras et dit à Tommy :

— Viens, mon petit cœur, car ce n'est pas tout.

Se tournant vers Denis, elle demanda :

— Tu veux lui expliquer toi-même ou tu préfères que je le fasse ?

— Dis-le-lui toi.

— Tommy, tu sais que je... que nous t'aimons tous beaucoup, commença Ruth, incertaine de la façon dont elle devait présenter les choses. Et... ce n'est pas surprenant étant donné que tu fais partie de la famille. Nelly est ta cousine.

— Ma cousine ? Pour de vrai ?

— Oui, mon cœur, et moi, je suis ta tante.

Tommy leva les yeux vers elle et s'écria :

— Ah ben, ça alors !

Tous éclatèrent de rire et l'atmosphère se détendit d'un coup.

— C'est une bonne nouvelle ! dit Denis avec un sourire chafouin. On forme tous une grande et joyeuse famille et ça me fait chaud au cœur de penser qu'il y aura toujours quelqu'un pour s'occuper du petit quand je serai au travail.

Ruth eut un sourire prudent. Elle avait toujours l'intention de prendre Tommy avec elle, mais ce n'était pas le moment d'aborder le sujet.

— Oui, Tommy a une famille, et nous allons veiller à ce qu'il soit traité comme il le mérite.

Quand Arthur rentra chez lui, l'appartement vide lui sembla déprimant. Après s'être préparé un sandwich, il alluma la télévision. Mais il n'arrivait pas à se concentrer. À sept heures, il décida d'appeler Joe. S'il n'avait rien à faire, il lui proposerait d'aller prendre un verre. Car Dieu sait s'il avait besoin d'un remontant !

Heureusement, Joe était chez lui.

— Pourquoi pas ! Je passe te chercher.

— Non, attends, j'aimerais bien voir ta maison. C'est moi qui vais venir chez toi.

— Mais tu vas faire comment ?

— Je vais prendre le métro jusqu'à Earls Court, ou un taxi.

— Arthur, ce n'est pas raisonnable. Je viens chez toi.

— Non, non. À tout de suite, dit Arthur, et il raccrocha sans laisser à Joe le temps de protester.

Il opta pour un taxi, mais pour cela il dut marcher jusqu'au boulevard.

— Earls Court, dit-il au chauffeur, en lui donnant l'adresse de Joe.

Quand le taxi se gara devant une imposante maison, il n'en crut pas ses yeux. Allons bon, qui aurait dit que Joe vivait dans un palais pareil. Il fit la grimace quand le chauffeur lui annonça le prix astronomique de la course, mais paya sans broncher, puis gravit le perron. Il chercha la sonnette de Joe, mais il y en avait au moins huit. Ayant trouvé un Somerton, il pressa le bouton.

Quand Joe parut enfin, il s'excusa :

— Eh, mon vieux, je t'aurais bien invité à entrer, mais j'habite au cinquième sans ascenseur.

— Mais dis-moi, c'est quoi, cette baraque ?

— Je loue une piaule avec juste un coin couchage et une kitchenette. J'aime bien le quartier, et pour l'instant ça me va. Mais quand on aura décroché la timbale, je me chercherai quelque chose de mieux.

— Je suis content que tu aies dit « quand on aura décroché la timbale » et non pas « si on décroche la timbale ». Où est le pub le plus proche ?

— Juste au coin de la rue.

Lorsqu'ils furent attablés devant une pinte de bière, Arthur dit :

— Je suis allé voir Nelly. J'ai voulu lui présenter mes excuses, mais elle m'a claqué la porte au nez. Elle ne veut plus entendre parler de moi, Joe, et je peux le comprendre. Mais j'ai besoin de noyer mon chagrin. Je crois qu'en plus de ma bière je vais siffler un double scotch. Tu en veux un toi aussi ? Ou tu as peur de rouler sous la table ?

— Si c'est un concours à qui boira le plus, je suis partant.

Les deux hommes commencèrent à descendre un verre après l'autre. Puis à dix heures, ils sortirent du pub agrippés l'un à l'autre et en chantant à tue-tête.

Joe, un peu moins saoul qu'Arthur, héla un taxi qui passait par là.

Mais quand le chauffeur vit dans quel état ils étaient, il redémarra aussitôt.

— Je sens que tu es parti pour passer la nuit chez moi, dit Joe avec un sourire d'ivrogne.

Puis, saisissant Arthur par le bras, il l'obligea à remonter sur le trottoir.

Arthur gloussa puis entonna une chanson tandis qu'ils regagnaient le studio de Joe. Quand ils eurent réussi à introduire la clé dans la serrure de la porte d'entrée, Joe lança :

— Prépare-toi, vieux. Il va falloir monter tout là-haut.

Arthur jeta un coup d'œil à la première volée de marches, puis les deux hommes entamèrent leur ascension. Par chance, Arthur était tellement ivre qu'il ne sentait pas sa prothèse. Il se mit à brailler une chanson à boire, Joe se joignant à lui, tandis que les voisins, furieux, leur criaient de se taire.

43

Au cours des trois jours suivants, Andrew apprit à mieux connaître sa fille, découvrant qu'elle avait hérité des dons de guérisseuse de sa mère.

Il ne tarda pas à comprendre que Nelly n'avait pas de vie à elle. Il avait voulu l'inviter à sortir pendant que Ruth était au travail, mais Sadie requérant des soins constants, cela ne fut pas possible. *Ce n'est pas juste*, songea-t-il. Même si Ruth était obligée de travailler pour faire bouillir la marmite, ce n'était pas à Nelly d'endosser l'entière responsabilité de sa grand-mère.

Il songea ensuite à Angela, et retrouva le sourire. Depuis qu'elle savait que Tommy et elle étaient cousins, elle le traitait comme s'il avait été sa « propriété ». Et quand elle lui donnait des ordres, Tommy obéissait sans se faire prier. Pour l'instant. Le garçon était heureux de faire partie de la famille, et ne voulait pas faire de vagues. Mais Andrew savait que les étincelles de la rébellion ne tarderaient pas à jaillir. Car Angela était une enfant gâtée qui aimait mener son monde à la baguette. Ses pensées s'en revinrent vers son neveu, qui allait fêter son anniversaire dans deux jours. Par chance, ils avaient pu décaler la date de l'enterrement, qui aurait finalement lieu le lundi.

Il jeta un coup d'œil à la pendule. Denis était toujours au lit. Avait-il seulement songé à acheter quelque chose à son fils ? Sans doute pas. Il alla frapper chez Nelly.

— Bonjour, ma chérie, lui dit-il quand elle ouvrit la porte. Je vais aller acheter un cadeau d'anniversaire pour Tommy. Mais je ne sais pas quoi lui prendre. Tu n'aurais pas une idée par hasard ?

— Entre, papa.

C'était la première fois qu'elle l'appelait « papa » ! Il en rosit de bonheur.

— Bonjour, Sadie, dit-il en souriant quand il entra dans la cuisine.

Sadie répondit par un grognement et Nelly fit la grimace.

— Grand-maman n'est pas dans son assiette, aujourd'hui, murmura-t-elle.

— Je suis pas sourde, glapit la vieille dame.

Andrew avait remarqué que Sadie pouvait être odieuse par moments, et se demandait comment Nelly pouvait la supporter.

— Pourquoi pas un petit train ? dit cette dernière.

— Oh, mais oui ! C'est une excellente idée. Et où puis-je en trouver un ?

— À Clapham Junction, il y a un grand magasin, juste au coin, Arding & Hobbs. Tu ne peux pas le manquer.

Andrew se rendit à l'arrêt de bus. Dommage qu'il n'ait pas eu sa voiture. Il était venu en train à Londres, mais il n'était plus habitué aux transports en commun. Tandis qu'il attendait l'autobus, il jetait des regards autour de lui. Sa nouvelle famille allait lui manquer quand il rentrerait en Écosse, mais pas ces énormes cheminées qui recrachaient une fumée noire qui polluait l'atmosphère.

À six heures et demie, ce soir-là, quand Joe déposa Arthur en bas de chez lui, ce dernier proposa :

– Je t'offre un verre ?

– Non, merci. Je ne suis pas encore remis de notre cuite de dimanche.

Arthur sourit.

– Quand je me suis réveillé chez toi, ça m'a fichu un coup, dis donc. Tu vis dans un clapier, mon vieux. Tu devrais chercher quelque chose de mieux.

– Ça viendra, ne t'inquiète pas. À demain.

– À demain, dit Arthur, dont le moral était à nouveau au plus bas.

Après une journée passée sur le chantier, il avait horreur de rentrer dans cette maison vide et froide. Même s'il n'aimait pas vivre chez la mère de Nelly à Candle Lane, c'était tout de même mieux. Et puis Angela, avec son petit sourire espiègle, lui manquait. Et Nelly aussi, et tous les bons moments qu'ils avaient partagés : sa joie quand il était revenu d'Australie et qu'ils s'étaient mariés, et quand ils avaient emménagé dans leur première maison.

Et puis tout était parti en vrille à partir du moment où ils étaient allés vivre à Candle Lane. Ils ne faisaient jamais l'amour, faute d'intimité, parce qu'Angela partageait leur chambre. Après quoi, il y avait eu son long séjour à l'hôpital et l'amputation de sa jambe. Il s'en voulait d'avoir méjugé Nelly. Elle avait toujours eu de l'instinct, et maintenant il en venait à se demander si elle n'avait pas ressenti ses douleurs fantômes. Si c'était le cas, pas étonnant qu'elle ait gardé ses distances quand ils étaient au lit. Il aurait dû lui en parler, mais il craignait qu'elle ne lui dise qu'elle le trouvait repoussant.

Le téléphone sonna.

— Salut, m'man.

— Je viens d'appeler Ruth. Elle m'a dit que tu étais allé voir Nelly dimanche. Je ne comprends pas pourquoi tu ne me l'as pas dit toi-même.

— Parce qu'il n'y a rien à dire. Nelly ne veut plus de moi.

— Ne renonce pas si vite, mon garçon.

— Maman, notre mariage est fichu. Je dois me faire une raison.

— Arthur, Nelly a beaucoup de soucis en ce moment. Tu n'as pas choisi le bon moment, c'est tout. Elle ne t'a pas dit que son père était là ?

— Non. Mais j'imagine que Ruth l'a viré comme un malpropre.

— Non, mon chéri, pas Ken Marchant, mais son *vrai* père.

— Sérieux ? Elle a dû avoir un choc.

— D'après Ruth, c'est un homme charmant, et lui et Nelly ont immédiatement accroché. Le seul problème c'est qu'il va retourner en Écosse après l'enterrement de Laura Walters.

— Attends, maman, je suis perdu, là. Qu'est-ce que l'enterrement de Laura Walters vient faire là-dedans ?

La mâchoire d'Arthur s'affaissa quand sa mère lui expliqua la situation. Quel extraordinaire concours de circonstances !

— Tu veux dire que Nelly est la cousine de Tommy ?

– Oui, mais comme je te l'ai dit, tout cela est arrivé quand tu es venu t'expliquer avec Nelly. Maintenant que tout est rentré dans l'ordre, tu pourrais peut-être essayer de lui parler à nouveau.

– Non, m'man. C'est inutile.

– Pas si tu aimes Nelly. Si tu veux la reconquérir, il va falloir faire un effort.

– Maman, je t'en prie.

– Bon, d'accord. Je n'insiste pas. Mais parfois, j'ai envie de te botter les fesses, fiston.

Après avoir raccroché, Arthur se demanda si sa mère n'avait pas raison.

Il retournerait voir Nelly, mais pas tout de suite. Il fallait d'abord qu'il sache précisément ce qu'il allait lui dire.

Avant de rentrer à Earls Court, Joe se rendit à Clapham Common. Quand Arthur lui avait proposé de prendre un verre, il s'était défaussé tant bien que mal, et maintenant il allait retrouver Patsy. Si Arthur réussissait à convaincre Nelly de revenir vivre avec lui, jamais elle n'accepterait de retourner à Maple Terrace alors que Patsy vivait à l'étage. Mais il avait eu une idée.

Patsy avait été surprise par son coup de fil, et tout d'abord elle s'était montrée revêche, mais il l'avait caressée dans le sens du poil jusqu'à ce qu'elle accepte de le rencontrer. Assis sur la banquette du pub, Joe gardait les yeux rivés sur la porte. Il haussa les sourcils quand elle entra. Qu'on le veuille ou non, cette fille était une beauté, toute en grâce innocente, dont on n'aurait jamais deviné la véritable occupation.

— Salut, Patsy. Je t'offre un verre ? demanda-t-il quand elle s'assit à côté de lui.

— Une vodka citron, dit-elle sèchement.

Il alla chercher les boissons au bar, puis revint à leur table et dit :

— Merci d'être venue.

— J'avoue que ton coup de fil m'a surprise, dit-elle, avant d'aller droit au but : Alors, c'est quoi cette proposition ?

Les traits de Joe se durcirent.

— Je te propose de déménager.

— De déménager ? Mais pourquoi ferais-je une chose pareille ?

— Ça me semble évident.

— Pas à moi.

— Nelly refusera de revenir tant que tu occuperas l'appartement du premier.

Elle haussa les épaules.

— Tant pis pour elle.

— Ton proprio est au courant de tes activités professionnelles ?

— Quel rapport ?

— Je me demande comme il réagira quand il apprendra que sa locataire est une prostituée qui reçoit des hommes chez elle.

— Mais ce n'est pas vrai !

— Ce sera ta parole contre la mienne, Patsy. Et les voisins ? Que diront-ils quand ils sauront de quoi tu vis ?

— Espèce de salaud !

— Je te retourne le compliment. Et maintenant, je te donne jusqu'à la fin de la semaine pour prendre tes cliques et tes claques, et si ce n'est pas fait, je me chargerai personnellement de répandre la rumeur.

Elle bondit sur ses pieds, livide, puis, saisissant son verre de vodka, le lui jeta à la figure.

– Très bien, tu as gagné ! Et ta vodka, tu peux te la mettre où je pense !

Joe sortit un mouchoir de sa poche et s'essuya la figure tandis que Patsy sortait du pub d'un pas martial. Quelques clients le dévisagèrent en riant sous cape, mais Joe les ignora. L'important c'était que Patsy débarrasse le plancher. C'est alors qu'une autre idée lui traversa l'esprit. Arthur lui avait suggéré de trouver un logement plus décent, et maintenant que l'appartement de Maple Terrace allait se libérer, il pourrait peut-être le louer. Il y serait mieux qu'à Earls Court.

44

Le jeudi soir, Andrew s'apprêtait à emmener Ruth dîner en ville. Elle n'était plus la femme pleine de vie qu'il avait connue. On aurait dit qu'à force de traverser les épreuves, elle avait perdu le goût de rire. Mais malgré cela, c'était une femme affectueuse, qui débordait d'amour pour Tommy et Angela.

— Tu es prête ? lui demanda-t-il quand elle lui ouvrit la porte.

Une légère rougeur monta aux joues de Ruth quand elle répondit :

— Presque. J'en ai pour une minute. Mais entre.

— Bonjour, Nelly, dit Andrew quand ils entrèrent dans la cuisine. J'espère que ça ne t'ennuie pas que j'emmène ta mère dîner.

— Pas du tout. Les enfants dorment et, elle désigna Sadie d'un mouvement de la tête, grand-maman aussi.

— Ce n'est pas vrai ! protesta Sadie. Je reposais mes yeux.

— C'est curieux, il me semblait avoir entendu quelqu'un ronfler, dit Ruth en riant.

Andrew songea qu'elle n'avait pour ainsi dire pas changé en vingt ans. Elle était toujours aussi mince, avec un teint de pêche, et il n'y avait pas un fil blanc dans ses cheveux.

– Angela mène toujours Tommy par le bout du nez, dit Nelly.

– Elle a l'air ravie que je sois son grand-père, mais je crois que Tommy ne s'est toujours pas remis du fait que tu es sa cousine. Une fois qu'il l'aura accepté, il reprendra du poil de la bête, et Angela n'aura qu'à bien se tenir.

– Je crois que tu as raison. Mais je ne pense pas qu'il s'en prendra à Angela. Il s'est toujours montré attentionné avec elle. Comme s'il avait senti inconsciemment qu'ils étaient parents.

– Ça n'a rien d'étonnant. Il y a des dons de double vue dans la famille.

– Je suis prête, lança Ruth.

Elle était jolie comme un cœur, dans sa robe d'été à fleurs et son gilet en crochet, songea Andrew.

Tandis qu'ils longeaient Candle Lane, il prit machinalement la main de Ruth dans la sienne, et quand elle se tourna vers lui, ses yeux pétillaient de bonheur. L'espace d'un instant, il reconnut la ravissante jeune femme qui aimait danser jusqu'au petit matin.

– Tu te souviens quand on dansait le jitterbug ?

– Bien sûr. On s'amusait bien en ce temps-là.

– C'est vrai, surtout quand je te retournais tête en bas. Je n'oublierai jamais la vue de ta culotte en dentelle.

– Andrew ! s'écria Ruth avant d'éclater de rire. Dommage que tu n'aies pas porté de kilt, sans quoi moi aussi j'aurais vu la tienne.

– Ciel, Ruth ! Tu ne sais pas que les Écossais ne portent rien sous leurs kilts ?

Comme elle rougissait, Andrew pressa sa main dans la sienne. Il se rappelait comment ils faisaient l'amour, passionnément, sans se douter que Nelly allait en résulter.

— Notre fille est merveilleuse, murmura-t-il.

Ils entrèrent dans le restaurant, s'installèrent, et restèrent assis les yeux dans les yeux jusqu'à ce que le garçon leur apporte le menu.

Ils bavardèrent gaiement pendant tout le repas, parfaitement à l'aise l'un avec l'autre.

Ils en étaient au dessert, quand Andrew aborda le sujet qui le tourmentait.

— J'aimerais pouvoir faire quelque chose pour t'aider, Ruth, et aider Nelly par la même occasion, dit-il.

— M'aider comment ?

— J'aimerais te verser une pension alimentaire chaque mois pour que tu n'aies plus besoin de travailler.

— N'y pense même pas. Je ne peux pas accepter ton argent.

— Mais pourquoi ? Nelly est ma fille, et je n'ai jamais participé à son éducation.

— Écoute, c'est moi qui ai choisi de ne rien te dire. Tu n'as aucune raison de te sentir coupable. Nelly n'est plus une gamine. C'est une adulte, et je n'ai pas besoin de ton argent pour l'élever.

— Je sais, Ruth. Mais c'est égoïste de ta part. Si tu acceptais mon soutien financier, tu pourrais rester chez toi et t'occuper de ta mère au lieu de t'en remettre à Nelly.

— Comment oses-tu dire que je suis égoïste ? Quand Ken est parti, j'ai dû chercher du travail pour pouvoir élever Nelly, et sans l'aide de ma mère je ne sais pas comment j'aurais fait. Elle me donnait l'essentiel de sa pension et s'occupait de Nelly quand j'allais travailler. À présent, ma mère est malade et les rôles se sont inversés. Mais Nelly l'aime et elle est heureuse de veiller sur elle.

– Tu en es sûre ? Tu lui as posé la question ? C'est une jeune femme, clouée à la maison toute la sainte journée, et si tu veux mon avis, c'est à toi de t'occuper de ta mère.

Furieuse, Ruth s'écria :

– Je ne te permets pas de me juger ! Tu es là depuis une semaine à peine, et déjà tu t'imagines que tu peux régenter ma vie !

– Mais pas du tout. J'essaie juste de vous aider, et comme je te l'ai dit, je pense qu'il te revient de…

La chaise de Ruth crissa sur le plancher et elle se leva, livide de rage.

– Il me revient de faire quoi, espèce de donneur de leçons ! Je me suis débrouillée sans toi pendant plus de vingt ans, et je suis assez grande pour savoir ce que je dois faire. Mêle-toi de tes affaires… Quant à ton argent, tu peux te le mettre où je pense !

Sur ces mots, Ruth sortit comme une furie, tandis qu'Andrew hélait le serveur :

– L'addition, s'il vous plaît !

Ruth rentra chez elle au pas de marche. Comment Andrew osait-il la traiter d'égoïste ? Elle avait travaillé dur pour pouvoir élever Nelly quand Ken l'avait plaquée du jour au lendemain !

Comment avait-elle pu s'imaginer qu'Andrew l'aimait toujours ? Elle avait cru déceler des regards attendris de sa part, alors que tout ce qui l'intéressait c'était le bien-être de sa fille. Que s'imaginait-il, qu'elle prenait plaisir à trimer chaque jour ? Quand Nelly était petite, elle aurait adoré pouvoir rester à la maison pour s'occuper d'elle, mais elle n'avait pas eu le choix.

Quand elle atteignit la maison, Ruth hésita avant de glisser sa clé dans la serrure. Nelly n'allait pas comprendre pourquoi elle était déjà de retour et elle n'était pas d'humeur à lui donner des explications. Elle entra et regagna sa chambre à pas de loup.

45

Le vendredi matin, Nelly se leva plus tôt que d'habitude. C'était l'anniversaire de Tommy aujourd'hui, et il fallait qu'elle prépare un bon goûter. La gelée aux fruits devait être confectionnée à l'avance, si possible avant que les enfants se réveillent.

Il y avait eu un débat quant au goûter d'anniversaire, Sadie déclarant que c'était indécent de faire la fête alors que la mère du garçon n'était même pas encore enterrée. Ruth avait argué que Laura aurait voulu que son fils ait une fête d'anniversaire. Il y aurait bien assez de larmes comme ça lundi prochain.

Pour finir, au grand dam de Sadie, Nelly s'était rangée à l'avis de sa mère.

Une demi-heure plus tard, Ruth entra dans la cuisine, l'air morose.

— Tout va bien, maman ?

— Bien sûr, pourquoi ça n'irait pas ?

Nelly savait par expérience que sa mère pouvait se montrer très obstinée par moments et qu'il était inutile d'insister.

Quand les enfants furent débarbouillés et habillés et qu'ils descendirent à la cuisine, le regard de Tommy s'illumina lorsqu'il vit les cadeaux.

— Ouah ! Je peux les ouvrir ?

— Bien sûr.

S'emparant du plus gros, il déchira fébrilement l'emballage et s'exclama :

— Regarde, Angela ! Un petit train de la part de mon père et de mon oncle Andy !

— C'est pas juste, ronchonna la fillette. Moi aussi, j'en veux un.

Ruth se retint de sourire, puis demanda :

— Tu ne préférerais pas une poupée, plutôt ?

— J'aime pas les poupées. Je veux un petit train.

— Mais dis donc, je te rappelle que c'est l'anniversaire de Tommy aujourd'hui, la semonça Nelly. Et je ne veux pas de jérémiades. Quand ce sera ton anniversaire, tu pourras choisir ton cadeau, mais en attendant, je pense que tu devrais souhaiter un bon anniversaire à Tommy et lui donner notre cadeau.

Angela courut jusqu'au buffet, y prit un cadeau et le tendit au garçon.

— C'est moi qui les ai choisis, alors tu devras me laisser jouer avec.

Tommy déchira une fois encore fébrilement le papier. Il contenait un filet plein de billes, des cartes à jouer, le dernier numéro de son illustré préféré, un puzzle en bois, et une boîte de bonbons acidulés.

— Rooooh, merci !

— Et ça, c'est de ma part à moi, dit Ruth en lui tendant un autre paquet.

— C'est mon plus bel anniv ! dit Tommy en s'emparant du cadeau, qui renfermait six boîtes contenant des petites voitures.

Nelly dit :

— Quand tu rentreras de l'école, on va faire une petite fête et je vais demander à ton papa et à ton oncle de se joindre à nous.

Son expression changea d'un coup, et il dit, l'air triste :

– C'est dommage que maman puisse pas voir tous mes jouets.

Angela lui passa un bras autour des épaules, et Nelly fut touchée d'entendre sa fille dire :

– C'est pas grave, Tommy, tu peux partager ma maman avec moi.

– Je peux pas. C'est ma cousine.

Il se ranima un peu et se mit à jouer.

– Moi, je veux la voiture rouge ! s'écria Angela.

Nelly regarda sa mère. Elle n'avait quasiment rien dit.

– Maman, tu es sûre que ça va ?

– Oui. Mais contrairement à d'autres, il faut que je me dépêche d'aller travailler.

Nelly se demanda pourquoi sa mère lui avait dit ça tandis que Ruth sortait en trombe de la cuisine.

La fête d'anniversaire était un succès, songea Andrew. Denis était sobre et il s'était bien conduit. Quand les enfants eurent fini leur copieux repas et leur dessert de gelée de fruits et de crème glacée, il entreprit d'installer le train de Tommy, remontant périodiquement la mécanique de la locomotive. Au bout d'un moment, incapable de résister, Denis se joignit à eux.

Quand Ruth rentra du travail, l'atmosphère se tendit immédiatement. Elle ne souriait pas et c'est à peine si elle croisa le regard d'Andrew. Ce dernier se releva et, s'approchant d'elle, lui glissa tout bas :

– Ne gâchons pas la fête de Tommy. On ne pourrait pas aller parler ailleurs, toi et moi ?

Elle sortit dans le couloir et il la suivit. Il avait beaucoup réfléchi depuis la veille au soir et s'en voulait.

Ruth avait raison, il n'avait aucun droit de se mêler de leurs vies. Elle avait élevé Nelly seule et avait fait du beau travail. Mais au lieu de la féliciter, il l'avait traitée d'égoïste. En voulant aider Nelly, il avait blessé Ruth. Il s'approcha d'elle et posa ses mains sur ses épaules.

– Je te demande pardon, dit-il. Je regrette ce que je t'ai dit hier.

Les yeux humides, elle concéda :

– Je n'ai pas pu m'empêcher de penser à ce que tu m'as dit. Nelly a proposé de s'occuper de Sadie après son attaque, et elle ne s'est jamais plainte. Mais tu as peut-être raison.

– Non, Ruth, je n'avais pas le droit de me mêler de ce qui ne me regarde pas. Si Nelly est heureuse de veiller sur sa grand-mère, c'est très bien. Et sinon, ma proposition tient toujours, si tu veux t'arrêter de travailler.

– Je ne veux pas de ton argent, Andrew. Mais je pense que la moindre des choses serait de demander à Nelly ce qu'elle en pense.

– Oui, et maintenant que tout est réglé, est-ce qu'on peut redevenir amis, toi et moi ?

Elle lui sourit, et Andrew revit la fille qu'il avait aimée. Les souvenirs de leurs ébats affluèrent dans son esprit, et sans même réfléchir, il se pencha et l'embrassa.

Ruth ne résista pas, lui offrant ses lèvres et passant ses bras autour de son cou. Quand leur baiser s'acheva, il continua de la serrer contre lui.

– Et si on dînait ensemble ce soir ? murmura-t-il. Et cette fois, on ne parlera pas de Nelly.

Quand ils revinrent à la cuisine, Nelly remarqua que sa mère avait retrouvé le sourire.

— Andrew m'a encore une fois invitée à dîner ce soir, dit-elle. Ça ne t'ennuie pas, Nelly ?

— Pas du tout. Je n'ai rien de prévu. Mais je songe à reprendre mes séances de magnétisme à la maison communale.

— Excellente idée. Ça te fera du bien de sortir un peu.

— Bon, dit Denis, moi, je vais rentrer. Tommy, range ton train. Ça prend trop de place sur le plancher et quelqu'un risque de marcher dessus.

— Non, laisse-le où il est, exigea Angela.

— Je préfère le ranger, insista Tommy en commençant à démonter les rails.

Angela bondit sur ses pieds, renversant la locomotive, qui tomba de côté. Tommy, rouge de colère, la fusilla du regard.

— Tu l'as fait exprès !

— Non, c'est pas vrai.

— Si.

Et se levant à son tour, il poussa violemment Angela qui tomba en arrière et atterrit sur les fesses.

— Je t'interdis de toucher à mon train !

— Je le toucherai si je veux, riposta Angela.

Puis s'emparant de la locomotive, elle leva le bras comme si elle s'apprêtait à la jeter.

— Angela ! cria Nelly.

— Ça suffit, petite, dit Andrew en soulevant prestement sa petite-fille de terre.

Il lui prit le jouet des mains et le rendit à Tommy.

— Ce ne sont pas des façons, Angela. Tommy t'a laissée jouer avec son train, et c'est comme ça que tu le remercies ?

— Je veux un petit train !

— Et je ne crois pas que tu le mérites. Maintenant, fais-lui des excuses.

— Non.

Andrew soupira et reposa Angela à terre.

— Je te laisse gérer la crise, Nelly. Mais je pense que cette petite fille aurait besoin d'une bonne fessée.

— Oui, et elle va en avoir une si elle ne fait pas ses excuses à Tommy.

Angela les regarda un à un puis, voyant leurs mines sévères, s'empressa de s'excuser :

— Pardon, Tommy.

Tommy recommença à ranger son train sans rien dire.

— Tu as passé un bon anniversaire ? lui demanda Ruth en se baissant pour l'aider.

Le garçon ne répondit pas, mais Ruth remarqua que ses épaules tremblaient.

— Oh, mon cœur. Angela ne l'a pas fait exprès, dit-elle en l'attirant entre ses bras.

— C'est pas à cause du train. C'est mon anniversaire et je veux ma maman.

Ruth leva les yeux et remarqua que Denis avait l'air désemparé. Elle ne le portait pas spécialement dans son cœur, mais il venait tout de même de perdre sa femme. C'était surtout le sort de Tommy qui lui importait, et il fallait qu'elle dise à Denis qu'elle voulait le prendre avec elle.

À sept heures et demie, les enfants furent mis au lit, puis Andrew passa prendre Ruth à huit heures. Alors que Nelly allait s'installer avec sa grand-mère devant la télévision, on frappa à la porte.

— Allons bon, qu'est-ce que c'est encore ? grommela Sadie.

— J'y vais, dit Nelly, son estomac se nouant quand elle vit Arthur. Va-t'en, lui dit-elle.

— S'il te plaît, Nelly, il faut qu'on parle.

— Je n'ai rien à te dire.

— S'il te plaît, accorde-moi juste cinq minutes.

— Non, dit-elle, prête à refermer la porte.

Mais il tendit la main et la tint ouverte.

— Je ne partirai pas tant que tu ne m'auras pas écouté.

Voyant sa détermination, Nelly répondit du bout des lèvres :

— Cinq minutes, mais pas plus.

— On peut parler en privé ?

— Dans la chambre de ma grand-mère, alors.

Elle le laissa entrer et il la suivit dans la chambre de Sadie.

Arthur posa sur elle un regard suppliant.

— S'il te plaît, Nelly, donne-moi encore une chance.

— C'est impossible. Je ne pourrai plus jamais te faire confiance.

— Je te promets que ça n'arrivera plus. Je te le jure. S'il te plaît, on ne peut pas tout envoyer valser à cause d'une erreur.

— Une erreur ! Tu as couché avec Patsy plus d'une fois, et tu aimais ça apparemment.

Il rougit.

— Si tu ne m'avais pas laissé, ça ne serait pas arrivé.

— Parce que c'est de ma faute en plus ?

— Ce n'est pas ce que je voulais dire. Mais quand tu es partie, Patsy s'est littéralement jetée à mon cou.

— Et tu n'as pas pu résister, c'est ça ?

— Maintenant, je sais qu'elle a tout fait pour nous séparer, mais il n'y a jamais rien eu de sérieux entre elle et moi.

Nelly serra les poings, ses ongles s'enfonçant dans ses paumes. Pendant qu'elle pleurait chaque soir toutes les larmes de son corps, il s'envoyait en l'air avec Patsy. À la seule pensée qu'Arthur avait touché Patsy, elle avait envie de vomir.

— Peut-être que pour toi, le sexe n'a aucune importance, Arthur, mais en ce qui me concerne, tu m'as trahie et tu as fichu notre couple en l'air.

— Nelly, s'il te plaît. Je t'aime.

— Tu m'aimes ! Tu ne sais pas ce qu'aimer veut dire. Et maintenant, va-t'en. Je ne te pardonnerai jamais, Arthur.

— Qu'est-ce qui se passe ? dit soudain Sadie en entrant dans sa chambre.

— Rien, grand-maman. Arthur s'en va.

— Nelly…

— J'ai dit « va-t'en » ! hurla-t-elle.

Quand il fut parti, Nelly se jeta sur le lit de sa grand-mère et laissa libre cours à son chagrin.

Elle sentit la main de sa grand-mère dans ses cheveux.

— Allons, allons, ma grande. Tu vas te rendre malade à pleurer comme ça. Tu ne peux vraiment pas lui pardonner ?

— Non. Chaque fois que je pense à lui et Patsy, j'ai l'estomac retourné, geignit Nelly en se pelotonnant contre sa grand-mère.

La douleur était toujours là et elle se demanda si elle partirait un jour.

46

L'enterrement de Laura fut éprouvant. Ils n'étaient pas nombreux à part Andrew, Denis, Ruth et quelques voisins.

À la fin du service, quand ils sortirent de la chapelle, ils trouvèrent quelques petites couronnes de fleurs sur le parvis.

— Toutes mes condoléances, dit une femme qui se trouvait là.

— Je vous remercie. C'est gentil à vous d'être venue. Je suis désolé, je ne connais pas votre nom.

— Je m'appelle Jessie. Jessie Stone, une voisine de Candle Lane.

La femme se tourna ensuite pour présenter ses condoléances à Denis.

Andrew glissa tout bas à Ruth :

— Je continue de penser que Tommy aurait dû venir.

— Son père a préféré l'envoyer à l'école. Mais j'avoue que j'ai du mal à accepter le fait qu'on ne lui ait pas dit que sa mère allait être enterrée aujourd'hui.

— Denis pense qu'il est trop jeune pour comprendre.

— Trop jeune ? Tommy est très vif pour son âge.

Ils commencèrent à se diriger bras dessus bras dessous vers la maison. Il allait rentrer demain, alors qu'il y avait encore tant de choses à faire. Il se faisait du souci pour Tommy, dont le père buvait comme un trou et se félicitait que Ruth soit là pour lui. Le garçon se raccrochait à elle et elle n'allait pas tarder à devenir sa mère de substitution. Soudain, il dit :

— Je me demandais si tu accepterais de sortir dîner avec moi ce soir, une dernière fois avant mon départ ?

— Oh, mais oui.

À Candle Lane, une collation préparée avec soin par Nelly les attendait, mais Andrew n'avait pas d'appétit.

Une main se posa sur son bras. C'était Sadie.

— Je suis désolée de n'être pas venue, dit-elle gentiment. Je pense que j'aurais pu assister au service religieux, mais comme toujours, Nelly a exigé que je reste ici avec elle.

— Elle se fait du souci pour vous, et elle a raison, dit Andrew. J'aurais dû m'en faire moi aussi, pour ma sœur. Je ne me le pardonnerai jamais.

— Elle est dans un monde meilleur à présent.

Andrew ne trouva aucune consolation dans les paroles de Sadie. Il était rongé par la culpabilité et il en serait ainsi jusqu'à la fin de ses jours.

Une heure plus tard, Jessie Stone prit congé, ainsi qu'une autre voisine, mais Mme Cox resta pour aider à débarrasser.

— Presque tous les sandwiches ont été dévorés, dit Andrew. Merci pour la délicieuse collation, ma grande.

Elle lui rendit son sourire, mais ses yeux étaient tristes. Sa fille était malheureuse. Elle avait décrété que son mariage était rompu et avait refusé qu'il intervienne de quelque façon que ce soit, et Andrew se sentait désemparé. Ruth pensait que c'était aussi bien ainsi et que Nelly finirait par s'en remettre. Toujours est-il qu'Andrew avait appris sa leçon. Plus jamais il ne chercherait à s'immiscer dans leurs affaires. Cependant, il allait faire en sorte de voir Nelly régulièrement, malgré les difficultés et la distance.

— J'ai besoin d'un remontant, dit Denis.

Andrew hocha la tête, songeant qu'un petit whisky lui aurait fait du bien à lui aussi.

— Je t'accompagne, dit-il, et ils sortirent.

Tout en s'affairant, Nelly songeait au départ de son père le lendemain. Il allait lui manquer. Au cours des quelques jours qu'ils avaient passés ensemble, elle s'était attachée à lui. Elle n'aurait pas pu rêver meilleur père. Elle avait du mal à comprendre qu'elle avait des grands-parents paternels et un frère. Allait-elle les rencontrer un jour ? Elle n'avait pas osé lui poser la question à ce stade précoce de leur relation.

— Tu as vu comment Jessie Stone s'est jetée sur les sandwiches au jambon ? dit Sadie. Si elle avait pu, elle les aurait enfournés deux par deux.

— Oui, c'est une vorace, dit Mme Cox. Mais assez parlé de Jessie. Il y a quelque chose que je dois te dire.

— Eh bien, vas-y ! s'impatienta Sadie.

— Je pars m'installer à Osborne House après-demain.

— Oh, non ! Candle Lane ne sera plus la même sans toi.

— Candle Lane ne va pas durer éternellement.

— Tu vas me manquer, vieille branche, dit Sadie en sortant un mouchoir de sa poche de tablier pour s'essuyer les yeux.

— Mince alors ! Tu pleures ?

— Mais non, j'ai une poussière dans l'œil.

— Bien sûr, dit Nelly Cox. Et les poules ont des dents. Je ne savais pas que tu tenais autant à moi.

— Qui a dit ça ?

— C'est qu'on se connaît depuis un bail, toi et moi. Si j'ai bonne mémoire, tu es venue t'installer ici juste avant le couronnement de la reine.

— C'est exact, et quelques gouttes d'eau ont coulé sous les ponts depuis.

Mme Cox s'assit face à Sadie, et les deux femmes se mirent à évoquer le bon vieux temps, Ruth apportant son grain de sel de temps à autre.

Au bout d'une heure, la vieille femme se leva pour partir.

— Madame Cox, dit Nelly, je viendrai vous voir à Osborne House.

— Et moi aussi.

— Tu es sûre, Sadie ? Elles risquent de ne pas te laisser ressortir.

— Ça serait peut-être pas plus mal. Nelly aurait un fardeau de moins à porter.

— Ne dis pas ça, grand-maman. Tu n'es pas un fardeau et tu ne le seras jamais.

— Tu as beaucoup de chance d'avoir une famille aussi aimante, Sadie.

— Je sais, vieille branche, je sais.

Nelly raccompagna Mme Cox à la porte.

— Je sais que ça ne me regarde pas, dit la vieille femme, mais j'avais espéré qu'Arthur et toi vous remettriez ensemble avant mon départ.

— Ça ne risque pas. Notre mariage est complètement fichu.

— Tu en es bien sûre, ma grande ? Tu veux vraiment passer le reste de ta vie sans lui ?

Il était presque vingt heures quand Andrew jeta un coup d'œil à sa montre. Il était temps de passer chercher Ruth pour l'emmener dîner.

Ce fut Nelly qui lui ouvrit.

— Entre, papa. Maman en a pour une minute.

Il entra puis, posant une main sur le bras de Nelly, lui dit :

— Écoute, ma grande. Je m'en vais demain matin, mais tu peux m'appeler à tout moment. Surtout n'hésite pas, si tu as besoin de quelque chose. Je te téléphonerai souvent, et dès que je le pourrai je reviendrai te voir.

— Tu vas revenir ?

— Bien sûr. Ça ne sera pas tout de suite, parce que j'ai beaucoup de travail en retard, mais je reviendrai à Londres.

Nelly allait dire quelque chose quand Ruth lança du haut des escaliers :

— Andrew, je suis prête !

Il lui sourit en songeant par-devers lui qu'elle était en beauté puis, se tournant à nouveau vers Nelly, lui dit :

— Je passerai te dire au revoir avant de m'en aller.

Quand ils furent sortis, Andrew prit Ruth par la main. Il sentait qu'ils étaient en train de se rapprocher, mais jusqu'ici elle ne lui avait pas reparlé de sa proposition de lui verser une pension.

— Au fait, tu as demandé à Nelly si ça ne lui pesait pas trop de s'occuper de sa grand-mère ?

— Oui. Et elle m'a assuré que non.

Andrew soupira. Il n'avait rien fait pour Ruth ou sa fille, et cela le tourmentait.

— Tu sais, j'ai le sentiment que je dois vous aider d'une façon ou d'une autre.

— Pour l'amour du Ciel, tu ne vas pas recommencer ! Je te l'ai déjà dit, c'est moi qui ai choisi de ne pas te parler de Nelly. Alors, arrête avec tes remords de conscience.

— Mais c'est plus fort que moi.

— S'il te plaît, c'est notre dernière soirée ensemble. On ne va pas se disputer, tout de même.

— Non, mais j'insiste. Si tu as besoin de quoi que ce soit, promets-moi de me le dire.

— Si ça peut t'aider à te sentir mieux, je te le promets.

Quand ils furent attablés, Andrew dit :

— Ça me fend le cœur de savoir que Nelly n'est pas heureuse. Elle a beau s'efforcer de ne pas le montrer, ça se voit à ses yeux.

— Moi aussi, ça me fend le cœur. J'en veux terriblement à Arthur pour tout le mal qu'il lui a fait.

— Mais il veut se remettre avec elle.

— C'est impossible. Il l'a trompée, et pire encore, Nelly l'a surpris en pleine action.

— J'ai tout de même le sentiment qu'elle l'aime toujours.

— Il ne le mérite pas, dit Ruth quand les entrées arrivèrent.

Après quelques bouchées, elle changea de sujet :

— Tu as toujours l'intention de parler de Nelly à tes parents ?

— Oui, et à mon fils aussi. Les secrets ne sont pas éternels. Tu en es la preuve vivante.

— Comment est-ce qu'ils vont le prendre ?

— Je n'en sais rien. Ils vont avoir un choc, c'est sûr. Quant à Donald, nous verrons bien.

— Tu vas manquer à Nelly.

— Je lui ai promis de revenir à Londres dès que possible et pas seulement pour la voir elle.

— Ah non ?

— Je veux te revoir, toi aussi.

— Vraiment ?

— Oui, vraiment, confirma-t-il, et il était sincère.

47

Quand Andrew était allé faire ses adieux à Nelly, Angela avait fondu en larmes. Il n'en revenait pas de la vitesse à laquelle il s'était attaché à elles. Et pourtant, il devait rentrer en Écosse. Sa vie était là-bas, de même que ses parents et son fils.

Il se mit à songer à Ruth. Sa flamme pour elle ne s'était pas éteinte, et il était certain qu'elle ressentait la même chose. Mais avec une telle distance entre eux, leur relation risquait de tourner court.

Le voyage lui parut interminable. Le bruit régulier des roues cahotant sur les rails finit par le bercer et il s'endormit. La faim l'éveilla et il se rendit à la voiture-restaurant. Tout en mangeant, il regardait défiler le paysage, sans cesser de penser à tous ceux qu'il avait laissés derrière lui.

Une fois à Édimbourg, il s'engouffra dans un taxi et se laissa tomber sur la banquette en soupirant. Il serait bientôt chez lui.

La maison lui parut froide et vide. Personne n'était là pour l'accueillir. Mais les meubles étaient bien astiqués, constata-t-il, satisfait que la femme de ménage soit passée avant son retour.

Il pénétra dans le grand salon. Après la petite maison biscornue de Candle Lane, celle-ci lui paraissait immense.

Il s'approcha du téléphone et appela ses parents pour leur annoncer qu'il passait les voir.

– Bonjour, mon chéri, le salua sa mère, quand il se présenta chez eux, une heure plus tard. Tu as l'air fatigué. Nos fleurs sont bien arrivées pour l'enterrement ?

– Oui, elles étaient très belles.

Voyant que sa mère était au bord des larmes, il prit sa main dans la sienne.

– Oh, Andrew. Je n'arrive pas à croire que je ne reverrai plus jamais ma fille.

– Allons, allons, dit doucement Duncan Munro pour la consoler.

Elle se tamponna les yeux, puis demanda :

– Et… le fils de Laura ?

– C'est un brave petit gars, maman. Vif comme l'éclair.

Les larmes inondèrent ses joues quand elle dit :

– Il est notre petit-fils, mais on ne l'a jamais vu.

– Ce n'est pas insurmontable. Je suis sûr qu'il adorerait venir passer quelques jours en Écosse.

Duncan Munro s'éclaircit la gorge et dit d'une voix émue :

– Donald a appelé tout à l'heure, et quand je lui ai dit que tu allais passer nous voir, il a dit qu'il passerait aussi.

Pile au même instant la sonnette retentit et Andrew alla ouvrir.

– Salut, fils. Des nouvelles de mon petit-enfant ?

— Non, papa. Il a l'air de se plaire là où il est, car il ne semble pas pressé de sortir.

— Oh, c'est un garçon ?

— J'aimerais bien, mais je serai tout aussi content si c'est une fille.

Ils entrèrent ensemble dans le séjour, et Andrew songea que le moment était venu de tout leur dire. Voyant sa mère retrouver le sourire à la vue de Donald, il décida de se lancer.

— Ça tombe bien que tu sois parmi nous, fiston, parce que j'ai quelque chose à vous annoncer.

— Tu dis ça sur un ton tellement solennel. J'espère que ça n'est pas une mauvaise nouvelle.

— Je l'espère moi aussi.

Donald s'assit, l'air intrigué, et Andrew prit la parole en s'efforçant d'être le plus concis possible. Sa mère ravala un hoquet, son père émit un grognement, et Andrew comprit qu'il était incapable de regarder son fils dans les yeux. Ce qu'il venait de leur avouer était terrible. Une idylle de la guerre, une enfant dont il ignorait l'existence, et maintenant une petite-fille en plus.

Personne ne dit mot, puis son père brisa le silence :

— Attends, tu es en train de nous dire que Laura vivait à côté de… de cette femme !

— Ruth. Elle s'appelle Ruth, papa.

— Oh, Andrew, gémit sa mère. Je n'arrive pas à croire que tu aies fait une chose pareille.

— C'était la guerre, nous vivions des temps pas ordinaires. J'étais très jeune, loin de ma famille pour la première fois de ma vie, et… c'est arrivé.

— Humph, grommela son père. Tu étais marié, et Donald n'était encore qu'un bébé. Tu devrais avoir honte.

— Je ne suis pas fier de moi, mais maintenant que je sais que j'ai une fille et une petite-fille adorables, je n'ai aucun regret.

— Papa, dit Donald, qui n'avait encore rien dit, cela signifie que j'ai une demi-sœur ?

Cette fois, Andrew trouva le courage de regarder son fils en face. À sa surprise, Donald lui sourit.

— C'est exact, et son nom est Nelly, comme je vous l'ai dit. Je suis... désolé, mon garçon.

— Papa, tu n'as pas à t'excuser. J'aimais maman, mais je sais que tu n'étais pas heureux avec elle.

— Vraiment ? J'ai pourtant tout fait pour que tu ne le remarques pas.

— Je n'étais pas dupe. Toi et maman faisiez chambre à part. Et puis, une fois, j'avais entendu maman se confier à une amie et lui dire qu'elle trouvait le devoir conjugal déplaisant.

— Donald ! s'écria Jane Munro. Ce n'est pas une conversation qu'on peut avoir en public.

— Grand-maman, voyons ! On est dans les années soixante.

— Ce n'est pas une raison pour parler de ces choses aussi ouvertement.

— Désolé, dit Donald avant de demander à Andrew : Je pourrais la rencontrer, papa ?

— Qui cela ?

— Ma sœur.

— Euh... ma foi, oui. La prochaine fois que j'irai à Londres, tu pourras venir avec moi.

— Si j'arrive à me dégager, volontiers, mais en attendant, parle-moi d'elle.

— Eh bien, elle a les cheveux roux, comme moi, mais sinon c'est le portrait craché de ta grand-mère, et elle a les mêmes dons de double vue.

— Vraiment ? s'étonna Jane Munro, soudain radoucie.

Puis elle ajouta :

— Et… et sa fille ?

— Angela a les cheveux roux, et elle aussi te ressemble.

— Angela ! Quel prénom singulier.

— On la surnomme parfois « Ange », dit Andrew en souriant au souvenir de sa petite-fille. C'est un vrai garçon manqué, mais elle est adorable.

Les yeux de sa mère se remplirent à nouveau de larmes, et elle dit dans un petit sanglot :

— S'il y a une chose que m'a apprise la mort de Laura, c'est que j'ai péché par intransigeance. J'ai coupé les ponts avec elle, et maintenant j'ai le cœur brisé à l'idée que je ne la reverrai plus jamais. Ne perds pas le contact avec ta fille, Andrew. Arrange-toi pour la voir le plus souvent possible et amène-la-nous ici, en Écosse, si tu en as l'occasion… J'aimerais tellement faire sa connaissance.

— C'est un peu compliqué pour Nelly. Elle doit s'occuper de sa grand-mère et n'a pas beaucoup de temps libre. Mais je vais trouver un moyen, je te le promets.

Duncan Munro s'approcha de son épouse.

— Je crois qu'elle a besoin de se reposer.

— Oui, bien sûr, dit Donald. Viens, papa, il est temps de partir.

Andrew acquiesça. Une fois de plus, son fils faisait preuve d'une grande maturité. Ses parents étaient âgés et ils avaient eu un choc. Mais ils avaient mieux réagi qu'il ne s'y attendait.

— Tu devrais venir dîner à la maison, demain soir, papa, ça ferait plaisir à Maureen, suggéra Donald.

— Oui, bonne idée.

À Candle Lane, le lendemain matin, Nelly Cox se rendit au numéro cinq pour faire ses adieux.

— Oh, madame Cox, vous êtes sûre d'avoir fait le bon choix ? demanda Ruth. La mairie vous aurait peut-être proposé mieux qu'un logement dans une tour.

— Peut-être, mais ça ne sera jamais pareil. Je me retrouverais au milieu d'étrangers, et pour être franche, je ne m'en sens pas le courage. Au moins, à Osborne House, je serai avec des gens de mon âge. Et puis là-bas, il y a des tas d'activités.

— Vous allez nous manquer, dit Nelly en passant un bras autour des épaules de la vieille dame.

— Je croyais que tu m'avais dit que tu allais venir me voir.

— Mais oui, nous allons toutes venir. N'est-ce pas, maman ?

— Absolument, confirma Ruth.

— Et moi, je viendrai même s'il faut qu'on me porte, ajouta Sadie avec un petit reniflement.

— Tant mieux. Parce que je veux être tenue au courant de tous les potins, dit Mme Cox, les traits tendus comme si elle faisait un effort pour retenir ses larmes. Bon, il faut que j'y aille et comme j'ai décidé d'y mettre les formes, je vais prendre un taxi.

— Et les affaires que vous devez emporter avec vous ?

— Elles sont déjà là-bas. Le jeune homme charmant du numéro vingt m'a proposé de les emporter dans sa camionnette.

— Oh, c'est gentil, dit Sadie.

— Oui, il y a de braves gens parmi les nouveaux venus du quartier.

— Des nouveaux venus ! protesta Ruth. Il y a cinq ans qu'ils vivent ici.

— Il n'empêche que ce sont des nouveaux venus, insista Sadie.

Les deux vieilles femmes échangèrent un sourire larmoyant, puis Sadie lança d'une voix rauque :

— Prends soin de toi, vieille branche.

Ruth serra Mme Cox dans ses bras et Nelly fit de même. Il leur semblait inconcevable que leur vieille amie, qui avait fait partie de leur vie pendant si longtemps et avait toujours été là pour elles, puisse partir.

— Inutile de me raccompagner, dit Mme Cox, au bord des larmes.

Quand elle fut sortie, Nelly éclata en sanglots. Un chapitre de leur vie venait de s'achever.

En Écosse, Andrew passa le reste de la semaine immergé dans le travail. Il redoutait de rentrer chez lui le soir et de trouver la maison vide et froide, chose qu'il n'avait jamais ressentie avant son voyage à Londres. Pour la première fois depuis le décès de sa femme, il se sentait seul, ses pensées revenant sans cesse vers Ruth, sa fille, sa petite-fille et Tommy.

Il voyait fréquemment ses parents et retourna dîner une deuxième fois chez Donald et Maureen, qui était sur le point d'accoucher.

Le jeudi soir, une semaine après son retour, Andrew appela Londres. Ruth décrocha, visiblement heureuse d'entendre sa voix.

— Comment vas-tu ? lui demanda-t-il.

— Bien. Nous allons tous bien. Sauf Denis.

— Qu'est-ce qui ne va pas ?

— Il boit comme un trou et ne rentre quasiment jamais chez lui.

— Et Tommy ? voulut savoir Andrew, inquiet.

— Ne t'inquiète pas. Il passe le plus clair de son temps avec nous. D'ailleurs, si j'arrive à attraper Denis un jour où il sera sobre, je lui suggérerai de me laisser Tommy pour de bon.

— Ruth, c'est gentil de ta part, mais tu dois me laisser t'aider financièrement. Je doute que tu obtiennes quoi que ce soit de Denis pour la garde de son fils.

— C'est inutile. Il est encore petit. Il ne risque pas de nous mettre sur la paille, va.

— Pourquoi faut-il que tu sois aussi têtue ? Tommy est mon neveu et je veux l'aider.

— Je vais y réfléchir.

Andrew soupira puis demanda :

— Tu as des nouvelles de la mairie, concernant l'expropriation ?

— Pas encore, mais ça ne va pas arriver avant longtemps à mon avis.

— J'espère juste qu'ils vont te proposer quelque chose de correct.

— Moi aussi. Mais dis-moi, Andrew, comment ont réagi tes parents quand tu leur as raconté pour nous deux ?

— Au début, ils étaient contrariés, mais ensuite ils se sont résignés. Et je sais qu'il leur tarde de rencontrer Nelly, Angela et Tommy. Ils pourraient peut-être venir tous les trois ici pendant les vacances scolaires ?

Il y eut un silence au bout de la ligne, puis Ruth déclara :

— Je suis sûre qu'ils adoreraient ça.

Ils continuèrent à bavarder encore quelques instants, puis sentant que le ton de la voix de Ruth avait changé, Andrew dit au revoir et raccrocha.

Après cela, il retourna dans son bureau et tenta de se plonger dans un dossier important, mais ses pensées ne cessaient de retourner vers Ruth.

48

Une semaine après son retour, Andrew avait réussi à rattraper tout le travail qu'il avait en retard. Il appela Nelly pour l'inviter à venir avec les enfants au moment des vacances scolaires, mais celle-ci ne se laissa pas aisément convaincre, arguant qu'elle ne pouvait pas laisser sa grand-mère. Finalement, ce fut Ruth qui débloqua la situation, déclarant qu'elle allait prendre une semaine de congé pour pouvoir s'occuper de Sadie. Une date fut arrêtée, début août, soit dans moins d'un mois.

Il venait juste de raccrocher quand il reçut un appel de Donald.

— Papa, c'est un garçon ! s'écria son fils fou de joie.

— C'est formidable, dit Andrew dans un grand sourire. Et Maureen, comment va-t-elle ?

— Elle va bien.

— J'arrive.

À la maternité, dès qu'il vit ce beau petit garçon aux cheveux roux de presque quatre kilos, ses yeux s'embuèrent.

— Eh bien, comment allez-vous l'appeler ? demanda-t-il aux jeunes parents, qui semblaient nager dans le bonheur.

— Andrew Duncan Munro, comme toi et grand-père.

— Oh, merci, dit Andrew, profondément touché.

— Papa, il n'y a plus rien qui te retienne ici maintenant que ton petit-fils s'est décidé à venir au monde.

— Comment cela ?

— Chaque fois que vous êtes venu manger à la maison, vous n'avez fait que parler de Ruth, lui dit Maureen en souriant gentiment.

— Ah bon ? Je ne m'en suis pas rendu compte.

— Vous nous avez dit que c'était une belle femme, affectueuse et charmante.

— Alors qu'est-ce que tu attends ? demanda Donald.

— Je ne comprends pas.

— Tu ne vas tout de même pas passer le reste de ta vie tout seul dans ta grande maison vide alors que tu es amoureux de Ruth. Si les sentiments sont réciproques, pourquoi est-ce que tu ne l'épouses pas ?

— L'épouser ! Oh, mais je ne sais pas si…

— Tu mérites ta part de bonheur, papa.

C'est vrai qu'il était amoureux de Ruth. Mais il fit non de la tête.

— C'est trop tôt pour songer à me marier. Nous ne nous connaissons que très peu en réalité.

— Dans ce cas, retourne à Londres et apprends à la connaître mieux.

— Je ne peux pas faire ça. J'ai du travail par-dessus la tête, et de toute façon, Nelly va bientôt venir en Écosse avec Angela et Tommy.

— Nelly, Angela et Tommy, parfait. Mais Ruth ? Elle va se sentir laissée de côté.

— Elle doit rester à Londres pour s'occuper de sa mère, mais je l'inviterai peut-être plus tard.

Donald posa une main sur le bras de son père.

— Tu ne peux pas passer ton temps à travailler et laisser passer ta chance. Si tu attends trop longtemps, Ruth va penser qu'elle ne t'intéresse pas, et si elle est aussi charmante que tu le dis, elle risque de rencontrer quelqu'un d'autre.

— Donald a raison, renchérit Maureen. Le travail peut attendre, mais pas le cœur.

Andrew contempla son petit-fils, un beau bébé qui allait s'épanouir au grand air. Il songea ensuite à Angela, son adorable petite-fille, qui vivait dans de tout autres conditions, et prit une décision. S'il épousait Ruth, cela pourrait résoudre tous leurs problèmes.

— Vous avez raison, concéda-t-il. Demain, je retourne à Londres.

— Et tu vas demander Ruth en mariage ? demanda Donald.

— Je crois bien, même si elle risque de refuser.

— Tu ne le sauras pas tant que tu ne lui auras pas posé la question.

Andrew se pencha et déposa un baiser sur le front de son petit-fils.

— Tu as annoncé la nouvelle à tes grands-parents ?

— Oui, et ils sont fous de joie.

— Et maintenant, puisque vous avez fait des plans d'avenir pour moi, je dois filer. Je reviendrai dès que possible.

Andrew embrassa son fils et sa bru, et ressortit presque en courant de la maternité. Il était déjà quatre heures de l'après-midi, mais avec un peu de chance, il pourrait être à Londres demain en fin de journée.

Le vendredi soir, la mâchoire de Ruth s'affaissa quand elle alla ouvrir la porte.

— Andrew !

— Tu ne m'invites pas à entrer ?

— Oh, mais si. Mais pourquoi est-ce que tu ne nous as pas prévenus que tu allais venir ?

— Parce que je me suis décidé à la dernière minute et que je voulais te faire la surprise.

Andrew sentit son cœur s'emballer d'un coup. À présent qu'il était nez à nez avec Ruth, il prenait toute la mesure de son attachement. Mais n'était-ce pas un peu trop tôt pour lui demander sa main ?

Elle lui sourit et il comprit qu'il l'aimait sincèrement, de tout son cœur, et espérait qu'elle ressentait la même chose.

— Papa ! s'écria Nelly lorsqu'il entra dans la cuisine. Qu'est-ce que tu fais ici ?

— Je suis venu pour vous voir, pardi. Mais d'abord je voudrais parler à ta mère. Ruth, est-ce que je peux t'emmener dîner dehors ?

— Mais tu viens seulement d'arriver.

— Je sais, mais j'ai quelque chose d'important à te dire et ça ne peut pas attendre.

— Il y a un problème ? demanda-t-elle, soudain inquiète.

— Non, non, pas du tout.

— Oh, papa, dit Nelly, Angela va être tellement contente de te voir. Elle n'arrête pas de parler de toi et elle ne tient plus en place depuis qu'elle sait qu'on va aller en Écosse. On ne s'attendait pas à te voir avant cela. Combien de temps comptes-tu rester ?

— Je ne sais pas encore. Mais j'espère que Denis va pouvoir me loger.

Ruth eut une grimace.

— Tu seras mieux ici, sur le canapé. Comme je te l'ai dit au téléphone, Denis continue de boire comme un trou et rentre à des heures indues. Neuf jours sur dix, Tommy dort ici.

Andrew ravala sa contrariété. Il serait toujours temps de s'occuper de Denis plus tard, mais pour l'heure, il avait d'autres priorités.

— Eh bien, Ruth ? demanda-t-il. Tu veux bien sortir dîner ?

— Oui, laisse-moi juste me poudrer le nez et mettre un peu de rouge à lèvres.

Pendant que Ruth sortait son poudrier, Andrew dit à Nelly :

— Ma belle-fille vient d'accoucher d'un beau petit garçon.

— Ça veut dire que je suis sa tante, dit Nelly en rosissant d'émotion.

— Oui, ma chérie. Et ton neveu a les cheveux roux lui aussi.

— J'ai hâte de le voir.

— Je suis prête, annonça Ruth en s'inspectant une dernière fois dans la glace.

Ils s'installèrent à une petite table derrière la vitrine du restaurant, et quand il prit la carte, Andrew sentit qu'il avait les mains moites.

— Tout va bien ? lui demanda Ruth.

— Oui, oui. Et maintenant, qu'est-ce qui te ferait plaisir ?

Ils passèrent leur commande et, quand le garçon se fut éloigné, Andrew se demanda s'il devait faire sa demande maintenant ou attendre la fin du repas. Il lui sembla voir de l'amour dans les yeux de Ruth, quand celle-ci le regarda.

Il était paniqué à l'idée d'essuyer une rebuffade – son épouse lui avait si souvent battu froid pendant toutes les années qu'avait duré leur mariage ! Et puis était-il prêt à se remarier ? Il tortillait nerveusement sa serviette tout en se rappelant combien il s'était senti seul en Écosse.

— Tu ne parles pas beaucoup, Andrew. Pourquoi est-ce que tu ne me dis pas ce qui te tracasse ?

Il lança au débotté :

— Nelly s'occupe de Tommy, maintenant, en plus de sa grand-mère, quand tu es au travail. Comment est-ce qu'elle s'en sort ?

— Oh, non ! s'exclama Ruth. Ne me dis pas que tu es revenu en coup de vent pour me dire que tu te fais du souci pour Nelly et que je me comporte en égoïste ?

— Oh, mais non, pas du tout. Je comprends que tu doives travailler, mais je crois avoir trouvé la solution idéale. Vois-tu…

Ruth l'interrompit, paumes levées.

— Si tu as fait tout ce chemin pour me proposer de l'argent, tu as perdu ton temps.

— Ce n'est pas ce que j'avais en tête. S'il te plaît, Ruth, laisse-moi finir. Je sais que vous allez être bientôt expropriées, et il m'est venu une idée. Il se trouve que j'ai une grande maison en Écosse, dont j'ai hérité de mes grands-parents. Il y a six chambres en plus d'une petite annexe. C'est-à-dire assez de place pour nous tous, y compris Tommy si son père est d'accord. Tu pourrais arrêter de travailler pour te consacrer à ta mère, et Nelly pourrait vivre dans l'annexe avec Angela.

– Quoi ! Tu veux que nous allions nous installer en Écosse ? s'exclama Ruth, interloquée.

Puis elle lui lança un regard suspicieux.

– Qu'attends-tu de moi, au juste, Andrew ? Que je sois ta servante ? Ou une femme entretenue ?

– Oh, mais quelle idée ! Pour qui me prends-tu ! Je sens que j'ai tout gâché encore une fois. Non, j'essaie juste de te demander de m'épouser.

– De… t'épouser ?

– Oui, et le plus vite possible. Tous nos problèmes seraient résolus. Je ne supporte pas d'être aussi loin de vous tous, mais je suis obligé de vivre en Écosse. Tu vas être expropriée, et Nelly n'a pas de maison à elle. N'est-ce pas la meilleure solution ?

Toute une palette d'émotions défila sur les traits de Ruth. La joie qu'il avait cru déceler dans un premier temps fit peu à peu place au doute, à la consternation, et enfin à l'inquiétude.

– Ce n'est pas aussi simple, Andrew. Je ne suis pas sûre que Nelly ou ma mère qui accepteraient de s'installer en Écosse.

– Pourquoi pas ? Je vis dans un lieu magnifique où l'air est frais et pur et où Angela et Tommy pourraient jouer en toute liberté. C'est tout de même mieux que les rues grises et sales de votre quartier, non ?

– À t'entendre, tu vis dans un véritable paradis, Andrew, mais ma mère est née et a vécu toute sa vie à Londres. Jamais elle n'acceptera de partir.

– Ruth, c'est toi que je veux épouser, pas ta mère. Si tu dis oui et qu'elle veut continuer de vivre avec toi, elle te suivra.

— Ma mère n'a pas un caractère facile, Andrew. Elle n'est plus la même depuis qu'elle a fait son attaque cérébrale. Et puis maintenant qu'elle a perdu la santé, un si grand changement risque de lui être fatal.

— Tu ne penses pas que l'Écosse serait mieux pour elle qu'un appartement dans une barre d'immeubles ?

Ruth sembla hésiter. Prenant sa main dans la sienne, Andrew implora :

— J'ai suffisamment d'argent pour pouvoir subvenir à tous vos besoins. S'il te plaît, dis oui.

Elle ôta sa main.

— Il y a une chose très importante que tu n'as pas mentionnée.

— Laquelle ?

— Tu m'as demandé de t'épouser en insistant sur le fait que ce serait la solution la plus raisonnable, mais… moi je veux plus que ça.

Elle baissa les yeux, et Andrew saisit brusquement l'allusion. Quel idiot ! Il avait oublié de mentionner le plus important de tout.

— Ruth, t'avoir retrouvée tient véritablement du miracle pour moi, et bien qu'on n'ait pas encore passé beaucoup de temps ensemble, je ne peux pas nier que je t'aime. En fait, je crois bien que je n'ai jamais cessé de t'aimer. S'il te plaît, épouse-moi.

— Oh, Andrew, moi aussi je t'aime… et… ma réponse est oui.

Andrew sourit de toutes ses dents, mais presque au même instant, elle ajouta :

— Cela étant, je doute que ma mère, ou Nelly, acceptent de partir.

— La seule façon de le savoir c'est de leur poser la question. Ne t'inquiète pas, je sais être très persuasif quand je veux.

— Espérons-le, dit-elle.

Elle se détendit et, durant l'heure qui suivit, ils parlèrent des préparatifs du mariage. Quand ses parents rentrèrent à la maison, Nelly remarqua qu'ils se tenaient par la main, mais elle eut le souffle coupé quand son père annonça qu'ils allaient se marier. Elle n'avait pas eu le temps de digérer la nouvelle que sa mère déclara qu'ils iraient tous vivre en Écosse.

— En Écosse ! s'indigna Sadie. Ah, ça, non alors ! Jamais de la vie !

Andrew lui dit gentiment :

— S'il vous plaît, prenez le temps de réfléchir avant de tout rejeter en bloc. J'ai une grande maison dans un quartier verdoyant, et Ruth va pouvoir arrêter de travailler pour s'occuper de vous.

— J'ai pas besoin qu'on s'occupe de moi. J'en ai assez de me l'entendre dire. Ruth, tu pars si tu veux, mais moi je reste.

— Nelly, dit Andrew en s'approchant de sa fille. Qu'est-ce que tu en penses ?

— Je… je ne sais pas. Tout est si soudain. Mais si ma grand-mère refuse de partir, je ne peux pas la laisser.

— Ma grande, je viens seulement de te retrouver et je n'ai pas envie qu'on ne se voie plus. Quand je retournerai en Écosse, j'aimerais que vous veniez tous avec moi.

— Quand est-ce que tu pars ?

— Dès que possible.

— Et quand est-ce que vous allez vous marier, maman et toi ?

— J'ai dit à ta mère que j'aimerais que ma famille assiste à notre mariage, et elle est d'accord pour que nous nous mariions à Édimbourg. Nous n'avons pas encore fixé de date.

Nelly était perplexe. Elle était heureuse que ses parents se marient, mais partir en Écosse ? Pour les vacances, d'accord, mais…

— Vas-y, Nelly, moi je reste.

Nelly savait qu'elle n'arriverait pas à mettre de l'ordre dans ses pensées tant que Sadie continuerait de pester.

— Maman, papa, je vais me coucher. On… en reparlera demain.

— Bonne nuit, ma grande, lui dit Andrew en la prenant par les épaules. Je suis désolé si je vous ai fait un choc, à toi et Sadie, mais si vous décidez de venir en Écosse, je vous promets que vous ne le regretterez pas.

Nelly était songeuse quand elle monta dans sa chambre. Si sa grand-mère refusait de partir, elle ne pourrait pas la laisser, mais le conseil d'arrondissement serait-il d'accord pour les reloger alors que le bail était au nom de Ruth ?

Le samedi matin s'annonçait clair et ensoleillé. Voyant qu'Angela dormait toujours, Nelly descendit sans bruit au rez-de-chaussée.

— Grand-maman, tu es déjà levée ? Il n'est que six heures.

— J'ai pas bien dormi.

— Je pensais que papa était ici, mais apparemment il est allé dormir chez Denis.

— Oui, il voulait lui parler, dit Sadie en gigotant dans son fauteuil. Nelly, t'en penses quoi d'aller vivre en Écosse ?

— Je ne sais pas. Mais ce qui est sûr c'est que je n'irai pas sans toi.

— J'ai passé la nuit à peser le pour et le contre, et puis j'ai pris une décision à laquelle je ne m'attendais pas.

— Vraiment ? Laquelle ?

— Nelly Cox s'est installée à Osborne House, et j'ai envie d'aller la rejoindre là-bas.

— S'il te plaît, grand-maman, ne fais pas ça. Je resterai ici et on habitera ensemble.

— Non. C'est décidé. Et maintenant, parlons de toi. J'aurais bien aimé qu'Arthur et toi vous réconciliiez. Mais puisque tu ne veux pas, je pense que tu devrais aller en Écosse. Je n'aime pas l'idée de te savoir seule ici alors que ta famille sera là-bas.

— Mais pas toi ni tante Mary.

— L'Écosse, ce n'est tout de même pas la Mongolie. Tu pourras nous rendre visite de temps à autre. Mais j'y pense ! Mary n'est même pas au courant que ta mère va se remarier.

— Si, je l'ai appelée hier soir avant d'aller me coucher, dit Ruth en entrant dans la cuisine en bâillant.

— Grand-maman dit qu'elle veut partir vivre à Osborne House. Essaie de la convaincre de ne pas le faire, maman.

— Si tu t'imagines que je vais partir en Écosse sans toi, maman, tu te fourres le doigt dans l'œil. En fait, je n'irai nulle part si vous ne venez pas avec moi toutes les deux.

— Allons, ne sois pas bête.

— Je ne suis pas bête. Eh bien, que dois-je faire ? Annuler mon mariage ?

— Voilà que tu nous fais du chantage affectif, maintenant ! s'indigna Sadie. Andrew est un homme bien et tu mérites d'avoir ta part de bonheur. Donc je suppose que je vais venir avec toi. Et toi, Nelly, tu en dis quoi ?

— Je viens aussi.

Un grand sourire joua sur les lèvres de Ruth.

— Dieu soit loué ! Et maintenant, je vais m'habiller. Je dois aller annoncer la bonne nouvelle à Andrew.

Elle sortit en hâte de la cuisine et une demi-heure plus tard, elles entendirent la porte d'entrée claquer derrière elle.

— Ça me fait plaisir de voir ma fille aussi heureuse, dit Sadie avec un petit hochement de tête. J'aimerais pouvoir en dire autant de toi.

— Je vais bien, ne t'inquiète pas, grand-maman, mentit Nelly en se tournant vers la fenêtre.

Elle n'arrivait pas à croire qu'elles allaient toutes partir vivre en Écosse.

Dix minutes plus tard, Ruth revint avec Andrew et annonça, les yeux pétillants :

— Denis est d'accord. Tommy va venir avec nous.

Quand Angela descendit à la cuisine, son visage s'illumina quand elle vit son grand-père.

— Papy ! Tu es revenu !

— Bonjour, beauté.

Se tournant vers Nelly, il dit :

— Il va falloir lui annoncer la nouvelle à elle aussi.

— Quelle nouvelle, papy ?

Tommy entra au même instant, surpris de les voir tous réunis. Nelly s'approcha des enfants et s'efforça de leur expliquer le plus simplement possible qu'ils allaient partir vivre en Écosse.

– Mon paternel, il dit que les hommes portent des jupes en Écosse, ronchonna Tommy.

– Ce ne sont pas des jupes, ce sont des kilts, rectifia Andrew.

– M'en fiche. Moi, je veux pas en porter.

– Et mon papa ? demanda Angela. Il va venir aussi ?

– Non, ma chérie, mais tu continueras de le voir. Pendant les week-ends et les vacances.

– Et mon papa à moi ? demanda Tommy.

Ce fut Ruth qui répondit.

– Il viendra te voir aussi souvent qu'il le pourra. Pendant les vacances scolaires, comme pour Angela.

– C'est parfait, conclut Tommy. Qu'est-ce qu'il y a pour le petit-déjeuner ?

Ruth rit doucement. Nelly remarqua que sa fille était anormalement silencieuse. La petite, distante, regardait dans le vide, mais juste au moment où Nelly allait lui tapoter l'épaule, Angela pencha la tête de côté comme si elle entendait quelque chose.

Puis elle sourit et dit :

– Quand est-ce que grand-ma et papy vont partir ?

– On va tous partir ensemble, lui dit Nelly. Mais on ne sait pas encore précisément quand.

– Voyons, dit Andrew, nous sommes samedi, que diriez-vous de partir mardi ?

– C'est impossible, se récria Ruth. Il y a tellement de choses à régler avant.

— Comme quoi ? Tu n'as pas besoin d'emporter tes meubles, juste tes affaires personnelles.

— Mais il n'y a pas que les meubles, voyons. Il va falloir fermer la maison, relever les compteurs, et puis il y a le problème de l'école.

— Dans le village où je vis, il y a une excellente école. Ils pourront y aller à partir de la rentrée, en septembre. Quant aux compteurs et autres démarches, je peux tout régler par téléphone.

— Je veux emporter mon lit, s'indigna Sadie. C'est tout ce qu'il me reste de ma vie avec Charlie. Je dors dedans depuis que je me suis mariée et je n'en veux pas d'autre.

— Entendu, dit Andrew gentiment. Dans ce cas, je vais organiser un petit déménagement.

— Alors, va pour mardi ! conclut Sadie.

Andrew était fou de joie.

— Fais tes valises, ma chérie, on part tous à Édimbourg ! s'écria-t-il en la prenant dans ses bras.

C'est alors que Nelly comprit qu'elle allait devoir annoncer à Arthur qu'ils partaient tous mardi prochain.

49

Le dimanche, tout était encore sens dessus dessous. Ruth avait commencé à trier sa garde-robe et il y avait des affaires éparpillées partout dans sa chambre. Elle s'empara d'une robe bain de soleil qui ne lui allait plus, mais dont elle hésitait à se défaire. Pour finir, elle la jeta sur la pile des vêtements à donner, après quoi elle entreprit de vider sa commode. Nelly jetait des coups d'œil anxieux à la pendule. Arthur n'allait pas tarder à venir chercher Angela, et elle redoutait sa réaction lorsqu'elle allait lui annoncer la nouvelle.

Quand il frappa à la porte, elle rejeta courageusement les épaules en arrière, prête à l'affronter, même si elle tremblait intérieurement.

– Euh… il faut que je te parle en privé, lui dit-elle. Tu veux bien venir dans la chambre de grand-maman ?

Il eut l'air surpris, et quand elle se recula pour le laisser passer, elle constata qu'il ne boitait plus du tout. Quand il se retourna pour la regarder, elle sentit son estomac se nouer, mais se ressaisit aussitôt. Après tout ce qu'il lui avait fait, elle devait se montrer inflexible.

Tommy était chez son père avec Andrew et Angela était en train de jouer à la marchande dans la cour.

— Arthur, dit Nelly… Il y a quelque chose que je dois te dire. Nous… nous allons tous partir vivre chez mon père en Écosse.

— En Écosse ! Non, ce n'est pas possible !

— Mon père et ma mère vont se marier. Il… il a une grande maison où il peut tous nous héberger, et… j'ai accepté d'y aller. Angela et moi allons vivre dans l'annexe.

— C'est absurde. Tu ne peux pas emmener Angela en Écosse. Quand est-ce que je vais la voir ?

— Certains week-ends. Et pendant les vacances scolaires.

Le visage d'Arthur s'empourpra et il explosa :

— Je ne me laisserai pas faire, Nelly ! Tu n'as pas le droit de me retirer ma fille !

Nelly sentit sa propre colère prendre le dessus. Si elle restait à Londres, elle devrait se trouver un logement, et élever sa fille seule. Alors que son père lui offrait une grande et belle maison, un vrai lieu de vie.

— J'ai tous les droits ! C'est toi qui as commis l'adultère et as fichu notre couple en l'air. Si tu veux m'en empêcher, vas-y ! On se verra au tribunal !

Cette fois, Arthur devint livide, la colère faisant place au chagrin.

— J'ai commis une faute, Nelly, une seule, et je t'ai promis que ça n'arriverait plus jamais. Je te le jure. S'il te plaît, ne t'en va pas en Écosse. Reviens vivre avec moi et repartons de zéro.

Il y eut un bruit de pas, puis la voix d'Angela retentit.

— Papa ! s'écria-t-elle en se ruant vers lui. Il me semblait bien t'avoir entendu.

Arthur la souleva de terre, mais sans quitter Nelly des yeux.

— S'il te plaît, implora-t-il à voix basse.

Nelly hésita un instant, puis secoua la tête.

— Non, jamais.

Vaincu, Arthur reposa Angela à terre et dit, la gorge serrée par l'émotion :

— Allons, viens, ma chérie, on va prendre un taxi pour aller voir mamie et papy à Wimbledon.

Nelly s'efforça de museler ses sentiments tandis qu'elle les regardait partir. En vain, elle aimait toujours Arthur. Mais pouvait-elle se remettre avec lui ?

Elle monta au premier. Elle avait besoin de se confier. Elle entra dans la chambre de sa mère.

— Maman, Arthur est passé chercher Angela, et il m'a demandé si je voulais retourner vivre avec lui. Qu'est-ce que tu en penses ?

— Après ce qu'il t'a fait ? Il ne manque pas d'air !

Nelly s'assit au bord du lit, effondrée.

— Je l'aime toujours, maman.

— Écoute-moi bien, ma fille. Arthur n'était pas sorti de l'hôpital depuis cinq minutes qu'il s'envoyait déjà en l'air avec cette traînée. Et quand tu es partie, il n'a même pas cherché à te retenir. Au contraire, il a continué de coucher avec cette Patsy. Bon sang, Nelly, comment peux-tu lui faire encore confiance ?

Les paroles de sa mère rouvrirent la plaie lancinante de la trahison d'Arthur.

Elle l'aimait toujours, certes, mais ce qu'il lui avait fait était impardonnable.

— Tu as raison, dit-elle en sortant de la chambre.

Si elle s'était retournée, Nelly aurait vu l'expression de triomphe dans les yeux de Ruth.

Dès qu'il entra, Elsie comprit qu'Arthur n'allait pas bien. Elle fit un bisou à Angela et lui dit d'aller rejoindre son grand-père dans le jardin.

— Bien. Et maintenant, Arthur, raconte-moi tout.

Il lui expliqua la situation et Elsie s'effondra.

— En Écosse ! Ils vont tous partir vivre en Écosse !

— J'ai essayé de faire entendre raison à Nelly, mais elle refuse de m'écouter. J'ai tout gâché une fois de plus.

— Arthur, s'il te plaît, recommence du début. Que lui as-tu dit au juste ?

— La première fois que j'ai essayé de la convaincre de se remettre avec moi, je lui ai dit que c'était de sa faute si j'avais couché avec Patsy et que ça ne serait pas arrivé si elle ne m'avait pas quitté.

Elsie n'avait aucun mal à imaginer comment Nelly avait réagi à cela. Dieu sait si elle aimait son fils, mais il avait la sale manie de toujours rejeter la faute sur les autres. Mais il avait aussi de grandes qualités qui compensaient largement ce travers.

— Arthur, quand vas-tu accepter d'assumer tes propres actes ?

— Ne commence pas, maman. Je sais que j'ai fait une erreur et je ferais n'importe quoi pour revenir en arrière.

— On aimerait tous faire ça. Mais ne baisse pas les bras, Arthur. Si tu veux regagner la confiance de Nelly, tu dois essayer encore une fois.

– Ça ne sert à rien. Elle est inflexible. Et maintenant, elle va partir à l'autre bout du pays et je ne verrai Angela que pendant les vacances scolaires.

– Oh, mon Dieu ! À moi aussi, elle va me manquer. Et pas qu'elle. Ruth et moi, on est amies depuis des lustres. Je vais aller la voir, et parler avec Nelly par la même occasion. Elle acceptera peut-être de m'écouter.

– Je ne crois pas, maman.

Elsie l'ignora. Elle alla à la porte de derrière et cria :

– Bert, il faut que tu m'emmènes à Candle Lane !

– Quoi ! Maintenant ?

– Oui, c'est important. Je t'expliquerai dans la voiture.

Se tournant vers Arthur, elle ajouta :

– Trouve une excuse pour Angela, et attendez-nous ici jusqu'à ce qu'on revienne.

Arthur acquiesça, puis sortit dans le jardin où Angela était en train de jouer avec le chat, ses boucles rousses chatoyant au soleil. Il devait en avoir gros sur le cœur, songea Elsie qui les observait de loin. Il avait perdu sa femme, et voilà qu'il allait aussi perdre sa fille.

*

Ruth était toujours en train de trier ses vêtements quand on frappa à la porte. Pensant que c'était Mary, elle se hâta d'aller ouvrir.

– Elsie ! Bert ! s'exclama-t-elle, surprise.

– Arthur vient de m'annoncer que vous alliez tous partir vivre en Écosse. Nous sommes amies depuis si longtemps, il fallait absolument que je vienne te voir. Alors comme ça tu vas te marier ?

— J'ai failli tomber dans les pommes quand j'ai revu Andrew, dit Ruth en les faisant entrer. Il est merveilleux, exactement comme il l'était quand je l'ai rencontré.

— Je suis heureuse pour toi, mais n'est-ce pas un peu précipité ?

— Si Andrew ne vivait pas en Écosse, nous aurions sans doute pris plus de temps. Mais, précipité ou pas, je suis aux anges. Je crois que nous allons adorer vivre là-bas.

Elsie se raidit.

— Et Arthur ? Nelly va emmener Angela avec elle, et il est dans tous ses états.

— Quand ma fille a surpris Arthur avec cette fille, elle aussi était dans tous ses états. C'est sa faute s'ils ont rompu, et après tout ce que Nelly a enduré, j'estime qu'il n'a que ce qu'il mérite.

— Ruth, s'il te plaît. Arthur a commis une faute grave, mais il aime Nelly et je suis convaincue qu'elle l'aime toujours, elle aussi. Ne penses-tu pas qu'ils pourraient se remettre ensemble ?

— Non. Sa décision est prise, elle vient avec nous.

— Je pourrais peut-être essayer de lui parler.

Ruth songea qu'elle allait se marier et partir vivre en Écosse. Quand Nelly avait accepté de les suivre là-bas, elle avait exulté. Il ne fallait pas qu'Elsie leur mette des bâtons dans les roues.

— Nelly est là-haut, et je crois qu'elle en a eu assez pour aujourd'hui.

— Mais…

Un nouveau coup à la porte interrompit les protestations d'Elsie. Cette fois c'était Mary.

Elle entra et salua Elsie et Bert, mais quand Ruth déclara « Je suis désolée, mais ma sœur et moi avons des choses à nous dire en privé », Bert explosa.

– Entendu, mais nous voulons voir Nelly avant son départ.

– Je suis là, lança Nelly, qui avait reconnu leurs voix et était descendue.

Ruth déclara, les lèvres pincées :

– Elsie et Bert allaient partir.

– Nelly, je n'arrive pas à croire que vous allez partir vivre en Écosse, protesta Elsie. Arthur va très mal.

– Tant pis pour lui, dit Ruth.

Bert s'approcha de Nelly et prit sa main dans la sienne.

– Je sais qu'il t'a fait beaucoup de mal, mais Elsie a raison. Tu ne peux vraiment pas lui pardonner ?

– S'il te plaît, implora Elsie.

Ruth retint son souffle, son cœur battant à tout rompre tandis qu'elle plantait ses yeux dans ceux de sa fille. *Nelly, je t'en supplie, ne retourne pas vivre avec lui.*

– C'est trop tard, dit Nelly au grand soulagement de Ruth.

– Mais est-ce que tu l'aimes toujours ? voulut savoir Bert.

– S'il vous plaît, je n'ai pas envie d'en parler, répondit-elle, soudain au bord des larmes.

– Je vous avais dit que ma fille n'allait pas bien, s'insurgea Ruth. Et maintenant, je ne veux pas être malpolie, mais je pense que vous devriez partir.

Au même instant, Sadie entra dans la cuisine.

– Que se passe-t-il ?

– Nous sommes venus pour parler avec Nelly et vous dire au revoir à tous, dit Elsie.

— J'ai horreur des adieux, grommela Sadie en s'approchant de son fauteuil.

Elsie prit Nelly dans ses bras.

— Je ne voulais pas te faire pleurer, je suis désolée. Tu vas bientôt partir, mais j'espère qu'on va rester en contact.

Nelly répondit, les lèvres tremblantes :

— Oh, mais bien sûr et... vous pourrez toujours voir Angela. Je vous l'amènerai aussi souvent que possible.

Voyant qu'Elsie était au désespoir, Ruth s'en voulut. Elle était son amie, la femme qui avait toujours été là pour elle quand elle en avait eu besoin. Elle s'élança vers elle et la prit dans ses bras.

— Tu vas me manquer, Elsie.

Ce fut Elsie qui rompit leur étreinte avant de suivre Bert à l'extérieur.

— La pauvre, dit Mary. Elle a l'air très malheureuse. Remarquez, moi aussi, ça me fait de la peine de savoir que vous partez.

— Tu pourras venir nous voir aussi souvent que tu le voudras. Andrew a une grande maison. Nous pourrons t'accueillir.

— Vous avez fixé la date du mariage ?

— Pas encore. Tout est arrivé si vite. Mais tu viendras, j'espère.

— Bien sûr.

Sadie déclara soudain :

— Je n'aurais jamais cru que je quitterais Londres un jour. Même les bombes pendant la guerre n'ont pas réussi à me faire partir.

— Tu pourrais venir vivre avec moi, maman, suggéra Mary.

— Ne sois pas bête, protesta Ruth. Tu dois travailler et maman ne peut pas rester toute seule.

— Nelly pourrait venir vivre avec moi.

— Mais tu n'as pas assez de place, fit remarquer Ruth que la suggestion de sa sœur contrariait.

Mary soupira.

— Je sais. C'est pur égoïsme de ma part. Vous allez tous partir et c'est comme si je perdais toute ma famille.

La voix de Mary se fit soudain brusque, quand elle demanda :

— Mais au fait, où est Andrew ? Je ne l'ai pas encore rencontré.

Comme par un fait exprès, il frappa à la porte juste à ce moment-là.

— Andrew, dit Ruth, je te présente ma sœur.

— Enchanté, dit-il en serrant la main de Mary.

— Alors comme ça, vous allez vous marier ?

— Oui, et j'espère que vous viendrez à notre mariage.

— Ah, ça, oui alors !

Nelly les écoutait d'une oreille distraite, perdue dans ses propres pensées.

— Si ça ne vous ennuie pas, il faut que je commence à faire mes bagages, s'excusa-t-elle, heureuse de pouvoir se défiler.

Elle avait le cœur gros et, quand elle fut dans sa chambre, au lieu de trier son linge, elle se jeta sur le lit et pleura comme une fontaine.

50

Le lundi matin, il faisait un temps radieux, mais Arthur faisait grise mine quand il monta en voiture avec Joe.

La mâchoire de Joe s'affaissa quand son ami lui expliqua ce qui s'était passé. Il avait toujours eu l'intime conviction que Nelly et Arthur finiraient par se réconcilier. Et voilà qu'elle partait vivre en Écosse avec sa famille.

– Mince alors ! Je n'arrive pas à y croire !

– Moi non plus.

– En tout cas, j'ai au moins une bonne nouvelle. Je vais être là si tu as besoin de t'épancher. Tu m'as suggéré une fois de me chercher un logement décent. Eh bien, maintenant que Patsy a déménagé, je vais reprendre son appartement.

Arthur sourit tristement.

– Comme ça, au moins, on ne risque pas de m'accuser de m'envoyer en l'air avec toi.

Ce matin, le chantier bouillonnait d'activité et Joe sentit un pincement d'excitation. Le lotissement commençait à prendre tournure, et si tout allait bien, ils pourraient bientôt empocher un juteux retour sur investissement.

— Ça se présente bien, dit-il. La première maison sera achevée dans un mois ou deux, et on va s'en servir comme maison témoin.

— Nelly aurait été d'excellent conseil pour la déco. Elle a l'œil pour ce genre de choses.

— Parle-lui encore, Arthur. Elle va peut-être changer d'avis.

— Non, c'est trop tard. Elle part pour l'Écosse demain matin.

Joe soupira. Dommage qu'Arthur ait jeté l'éponge. Il allait le lui dire, mais son ami était déjà sorti de la voiture et se dirigeait vers le bureau, l'air abattu.

Il n'y eut qu'une seule visite ce soir-là à Candle Lane. Mary, qui ne pourrait pas se libérer le lendemain matin, était venue leur dire au revoir.

— À quelle heure doit passer la camionnette ?

— À huit heures, mais elle ne devrait pas être longue à charger. Il n'y a que les meubles de maman, deux caisses et nos valises.

Le téléphone sonna et Nelly alla décrocher. C'était Ann.

— Nelly, je n'arrive pas à croire que tu vas faire une chose pareille, dit-elle sans préambule. D'accord, Arthur s'est très mal comporté, mais ce n'est pas une raison pour lui retirer sa fille.

— Je ne la lui retire pas. Il pourra continuer de la voir, même quand je serai en Écosse.

— C'est-à-dire une fois tous les trente-six du mois ?

— Ann, je fais ce que je pense être le mieux.

— Emmener Angela en Écosse n'est pas ce qu'il y a de mieux.

— Elle va vivre dans un meilleur environnement au milieu des siens.

— Tu veux dire ta famille à toi, pas celle de son père. Nelly, ne fais pas ça. Mon frère a fait une énorme bêtise, mais il m'a avoué que Patsy ne comptait pas pour lui. Tout est fini entre eux.

— Et notre mariage aussi, Ann.

— Nelly, tu n'es pas raisonnable.

— Parce que c'est *moi* qui ne suis pas raisonnable ?

— Oui.

Nelly serra les dents.

— Je me demande ce que tu dirais si ton mari te faisait cocue.

— Je pense que je serais plus indulgente.

— Eh bien, j'espère que tu n'auras jamais à mettre cette belle théorie en pratique. Je n'ai pas envie de me disputer avec toi, Ann. Restons-en là.

— Entendu, mais je pense tout de même que tu commets une grosse injustice.

Sentant brusquement monter la colère, Nelly raccrocha rageusement. Mais quelques secondes plus tard, le téléphone se remit à sonner. Cette fois, c'était Elsie et Bert.

Elle leur parla quelques instants, la voix brisée par l'émotion, et quand elle raccrocha, elle était dévastée. Quand Mary se leva pour partir, à dix heures, Nelly monta se coucher le cœur gros.

Une heure plus tard, elle était toujours éveillée. Si seulement son ange gardien lui était apparu pour la réconforter… Mais elle ne voyait que les ombres projetées par le clair de lune. Était-elle vraiment déraisonnable ? Était-ce sa façon de se venger du mal qu'Arthur lui avait fait ?

Les paroles d'Arthur, celles de ses beaux-parents et même de Mme Cox ne cessaient de tourner dans sa tête. Cette dernière avait pardonné à son mari et ils avaient ensuite coulé des jours heureux ensemble. Voulait-elle passer le reste de sa vie sans Arthur ? Nelly eut l'impression qu'elle ne dormait que depuis quelques minutes quand sa mère vint la réveiller.

– Allons, Nelly, lève-toi, il est presque six heures et demie.

Elle ouvrit les yeux péniblement et s'assit. Ainsi donc, le jour du départ était arrivé. Dans quelques heures, ils quitteraient définitivement Candle Lane. La journée promettait d'être longue pour eux tous. Nelly décida de laisser Angela dormir encore un peu.

Sadie était déjà levée et Ruth était en train de faire du thé quand elle descendit à la cuisine.

– Qu'est-ce que tu veux pour déjeuner ? lui demanda-t-elle.

– Rien, maman, je n'ai pas faim.

– Tu devrais essayer de manger un peu. Un long voyage nous attend.

Nelly s'assit, et quand sa mère lui servit une tasse de thé, elle sentit monter les larmes.

– Oh, maman.

– Nelly, s'il te plaît. Ce n'est pas le moment de pleurer. On a trop de choses à faire ce matin.

– Je ne suis pas sûre que ce soit raisonnable de partir en Écosse.

– Mais si, voyons. On va enfin quitter ce maudit quartier pour vivre à Édimbourg. Ce sera tellement mieux pour Angela. Elle va s'épanouir, là-bas. Et Andrew va faire en sorte qu'elle ne manque de rien.

— Très bien. Je monte faire ma toilette et m'habiller.

— Entendu, mais ne t'éternise pas dans la salle de bains. Il faut que je prépare Tommy aussi.

Une heure plus tard, Andrew vint se joindre à elles. Après quoi ce fut Denis, l'air plus saoul que jamais, qui vint dire au revoir à son fils.

— Promets-moi d'être bien sage et je viendrai te voir en Écosse dès que je pourrai.

Tommy n'eut pas l'air contrarié le moins du monde quand son père s'en alla. Les adieux s'étaient faits sans drame. À présent, Ruth courait en tous sens, ouvrant tiroirs et placards pour s'assurer qu'elle n'avait rien oublié.

— Calme-toi, la supplia Andrew. Tiens, regarde, voilà le camion de déménagement.

Tandis que les déménageurs chargeaient les meubles de Sadie, Nelly sortit sur le perron pour contempler Candle Lane. Un flot de souvenirs l'assaillit quand elle se revit enfant, en train de jouer avec Ann. Elle revit Arthur aussi, un garnement qui prenait plaisir à la taquiner, et qui plus tard était devenu le grand et beau jeune homme qui avait ravi son cœur.

Comme si ses pensées s'étaient matérialisées, elle le vit soudain apparaître au coin de la rue.

— Nelly, il fallait que je te voie. Je t'en supplie, ne pars pas. S'il te plaît, donne-moi encore une chance.

À ces mots, la question qui hantait Nelly revint à l'assaut : pouvait-elle lui pardonner ? Pouvait-elle lui accorder à nouveau sa confiance ?

— Nelly, je t'aime. Et je te jure que je ne te tromperai plus jamais.

Elle sentit sa gorge se serrer et quand leurs regards se croisèrent, elle fit un pas hésitant dans sa direction. Arthur la prit dans ses bras et elle comprit que sa place était ici avec lui.

— S'il te plaît, Nelly, reviens.

— Mme Cox m'a posé une question, et maintenant j'ai la réponse.

— Quelle question ?

— Elle m'a demandé si je voulais vraiment passer le reste de ma vie sans toi.

— Et ?

— Non.

Il la souleva de terre en poussant un cri de joie.

— Mme Cox, je vous dois une fière chandelle !

— Je ne crois pas qu'elle puisse t'entendre, dit Nelly, qui souriait à présent. Elle est partie vivre à Osborne House.

— Dans ce cas, on ira la voir avec la plus grosse boîte de chocolats qu'on puisse trouver.

Nelly redevint sérieuse.

— Il faut que je l'annonce à mes parents avant que les déménageurs aient embarqué mes affaires !

Ils allèrent à la cuisine, main dans la main.

— Maman, papa, je suis désolée, mais j'ai changé d'avis. Je ne viens pas en Écosse.

— Papa ! s'écria Angela en se précipitant vers son père. Je savais que tu allais venir. Je savais qu'on n'allait pas partir avec mamie et papy.

— Comment est-ce que tu l'as su ? demanda-t-il en la prenant dans ses bras.

— C'est la dame qui me l'a dit.

— Quelle dame ? s'enquit Nelly, bien qu'elle ait deviné la réponse.

— Celle qui vient dans un nuage de lumière.

Andrew était stupéfait.

— Ma mère aussi la voit.

— Et moi aussi, dit Nelly.

Ruth parla enfin.

— Je n'arrive pas à croire que tu ne viens pas, dit-elle tristement.

— On te rendra visite le plus souvent possible.

Andrew s'approcha de Ruth et prit sa main dans la sienne.

— Regarde ta fille. Elle est heureuse.

— Oui, mais pour combien de temps ? Nelly, qu'est-ce que tu vas faire s'il recommence ?

— Je ne recommencerai pas, dit Arthur. Je ne ferai pas deux fois la même erreur.

— Ça vaut mieux pour toi, mon garçon, grommela Andrew.

Tommy semblait perdu quand il demanda :

— Tu vas pas venir avec nous, Angela ?

— Non, je reste avec mon papa.

— Je veux pas partir non plus dans ce cas. Je veux rester moi aussi.

Ruth s'agenouilla devant lui.

— Écoute, mon cœur, si tu veux rester, tu devras vivre avec ton papa. Si… si c'est ce que tu veux… alors bien sûr, tu n'es pas obligé de venir.

Les lèvres du garçon se mirent à trembler. Ruth le serra contre elle, puis dit :

— C'est à toi de décider, mon chéri, mais sache que… je t'aime et que ça me briserait le cœur de te laisser derrière moi.

Tommy regarda Ruth et son oncle, puis se pinça pensivement le lobe de l'oreille. Personne ne parlait plus, même Angela était silencieuse, et soudain, Tommy releva la tête et déclara avec un grand sourire :

— D'ac', tatie Ruth, je viens avec toi !

Il y eut un gros soupir de soulagement, puis Ruth se tourna vers Nelly, les yeux pleins de larmes.

— Ma chérie, j'ai été égoïste, je te demande pardon. Tu es ma fille et j'aurais aimé t'avoir avec moi, mais je me rends compte que ce n'est pas juste. Je vois à présent combien tu es heureuse et… ça me rend heureuse moi aussi.

Nelly se jeta au cou de sa mère.

— Tu n'es pas égoïste, maman. Je ne connais pas meilleure mère que toi et je t'aime. Tu vas beaucoup me manquer, mais tu vas bientôt te marier et quoi qu'il arrive, je serai là à ton mariage. On sera tous là.

Nelly se pencha ensuite vers sa grand-mère et lui dit :

— Tu vas me manquer.

— Toi aussi, tu vas me manquer, mais tu as pris la bonne décision.

« Le camion est chargé ! » cria une voix.

— C'est bon, répondit Andrew, avant d'ajouter : Je crois que notre taxi est là.

Nelly étreignit son père.

— Sois heureuse, ma grande fille, lui dit-il.

Et Nelly vit qu'il avait les larmes aux yeux. Angela était très émue elle aussi, et quand Arthur la prit à nouveau dans ses bras, elle s'agrippa à son cou.

— Allons, venez, dit Arthur en entraînant Nelly au-dehors.

Andrew aida Sadie à monter dans le taxi, puis Tommy monta à son tour, suivi de Ruth. Nelly se sentait affreusement tiraillée. Une moitié d'elle-même voulait être avec Arthur et Angela, et l'autre moitié aurait voulu monter dans le taxi avec tous les autres.

— Non, non ! se mit-elle à crier instinctivement en s'approchant de la voiture.

Andrew la serra encore une fois dans ses bras.

— Je sais ce que tu ressens, ma chérie, mais je vois bien que ton cœur appartient à ton mari. On se reverra bientôt, sois-en sûre.

Sur ces mots, il s'engouffra dans le taxi.

Tous agitèrent la main quand la voiture commença à s'éloigner.

— Ne pleure pas, ma chérie, dit Arthur en prenant la main de Nelly dans la sienne. Tu les reverras bientôt.

Il y avait tellement d'amour dans ses yeux que Nelly comprit qu'elle avait pris la bonne décision.

Sa place était ici, auprès de lui. Ils s'aimaient, et comme Mme Cox et son mari, ils allaient vivre de nombreuses années de bonheur ensemble.

Cet ouvrage a été composé
par Soft Office à Eybens (Isère)

Impression réalisée par
CPI France
en août 2024
pour le compte des Éditions Archipoche

#lisez! engagé
www.lisez.com

Pour plus d'information :

Imprimé sur du papier issu de forêts gérées durablement.

Imprimé en France
N° d'édition : 846
N° d'impression : 2079658
Dépôt légal : septembre 2024